불행을 행복으로

불행을 행복으로

초판 1쇄인쇄 2022년 3월 10일
초판 1쇄발행 2022년 3월 15일

저 자 이광복
발행인 박지연
발행처 도서출판 도화
등 록 2013년 11월 19일 제2013 - 000124호
주 소 서울시 송파구 중대로34길 9-3
전 화 02) 3012 - 1030
팩 스 02) 3012 - 1031
전자우편 dohwa1030@daum.net
인 쇄 유진보라

ISBN | 979-11-90526-70-8 *03810
정가 15,000원

도화道化, fool는

고정적인 질서에 대한 익살맞은 비판자,
고정화된 사고의 틀을 해체한다는 뜻입니다.

불행을 행복으로

이광복 산문집

도화

■ 책머리에

불행한 영혼들에게 참된 행복을

–이광복 소설가·(사)한국문인협회 이사장

기구한 운명이었다. 출생 이후 불우(不遇)와 불운(不運)이 꼬리를 물고 따라왔다. 삶이 남루했다. 내 사전에는 애당초 행복이라는 어휘가 존재하지 않았다. 행복, 그것은 남의 나라 이야기 아니면 배부른 사람들의 잠꼬대에 지나지 않았다. 내 앞에는 오직 감당하기 어려운 거대한 불행이 가로막고 있을 뿐이었다.

힘들고 괴로웠다. 몇 번인가 극단적인 선택을 작정한 적이 있었다. 하지만 목숨은 생각보다 훨씬 질겼다. 하루하루 죽지 못해 산다 해도 과언이 아니었다. 암울했다. 유년 시절과 청년기를 거쳐 장년에 이르는 동안 별의별 우여곡절 속에 산전수전 만고풍상을 겪었다. 상상을 초월하는, 생사를 넘나드는 험난한 형극의 길이었다. 피와 땀이 뒤섞인 피땀을 흘렸고, 피와 눈물이 뒤범벅된 피눈물을 삼켰다. 파란만장한 내 과거는 실의와 좌절과 절망과 슬픔과 불행의 연속이었다. 누구 말마따나 팔자가 사나웠다.

그래도 필자에게는 뚜렷한 목표가 있었다. 문학이었다. 만약 문학이 아니었다면 나는 불행한 인생을 진작 끝장냈을 것이다. 하지만 단 한 편이라도 내 나름의 문학 작품을 건지기 위해서는 반드시 살아남아야 했다. 죽은 뒤에는 작품이고 뭐고 쓸 수가 없기 때문이었다. 결국 문학이 나를 살렸고, 애오라지 오직 한길 문학에 목을 매달고 살다 보니 어느 사이엔가 어제의 불행이 오늘의 행복으로 치환되었다. 어느덧 고희의 언덕을 넘어선 지금 필자의 내면에는 저 지긋지긋했던 불행 대신 가슴 벅찬 행복이 넘쳐나고 있다.

재작년 산문집 『절망을 희망으로』를 냈고, 지난해에는 그 후속편으로 『슬픔을 기쁨으로』를 간행했다. 『절망을 희망으로』는 절망하는 영혼들에게 희망을, 『슬픔을 기쁨으로』는 슬픈 영혼들에게 기쁨을 줄 수 있으리라 기대했다. 그 의도는 어느 정도 적중했다. 많은 독자들이 기대 이상의 과분한 성원을 보내 주었다.

이제 그 여세를 몰아 『불행을 행복으로』를 엮는다. 이 책은 당연히 『절망을 희망으로』와 『슬픔을 기쁨으로』의 연장선상에 있다. 『절망을 희망으로』가 내 인생의 민낯이었다면 『슬픔을 기쁨으로』는 슬픔을 딛고 일어나 기쁨을 이룩하기까지의 사색과 편린들이었다. 여기 『불행을 행복으로』는 문학의 길에서 거둬들인, 말하자면 불행이 행복으로 옷을 갈아입는 과정에서 얻어낸 창작 이외의 부산물 또는 부가 가치라 하겠다.

제1부는 문단과 문인들에 얽힌 비망록이다. 지난 세월 문단에서 숱한 문인들을 만나고 헤어졌다. 따라서 문단과 문인들에 관한 글을 쓰자면 한이 없다. 우선 여러 지면에 발표했던 글을 수록하되, 미처 쓰지 못한 더 많은 이야기들은 후일을 기약키로 한다.

제2부는 대작가 안수길 선생님에 관한 담론이다. 필자는 일찍이 안 선생님의 추천을 받아 문단에 나왔다. 안 선생님은 그 고매한 인품과 절륜한

작품으로 문단에서 가장 존경받던 어른이었다. 오늘따라 내 소설의 발판과 행복의 열쇠를 마련해 주신 안 선생님이 더욱 그립다.

제3부는 강의 또는 토론에서 썼던 원고들이다. 그동안 여러 기관의 초청을 받아 각종 강연과 발제와 토론에 참여했다. 주제가 다양했지만, 필자는 그때마다 최선을 다했다. 청중들로부터 뜨거운 박수를 받을 때에는 몸둘 바를 모를 만큼 면구스러웠다.

그랬다. 필자는 문학 덕분에 용케도 살아남았다. 인생 유전이랄까, 문학이라는 한 우물을 파는 동안 내 삶도 부침(浮沈)을 거듭했다. 결국 내 인생은 문학을 통해 절망을 희망으로, 슬픔을 기쁨으로, 불행을 행복으로 뒤집는 한 편의 역전 드라마였다. 아무쪼록 이 책이 불행한 영혼들에게 참된 행복을 안겨 줄 수 있다면 더 바랄 나위가 없겠다.

지난 몇 달 동안 여기저기 흩어져 있던 원고들을 한자리로 소환하느라 무척 애를 먹었다. 원고지 시대의 원고들은 대부분 어디론가 사라졌고, 컴퓨터 시대에 쓴 원고들도 상당 부분 집을 나가 행방이 묘연하다. 따라서 실종된 원고는 어쩔 수 없이 포기했고, 여태까지 책상 언저리에 남아 있는 착한 원고들을 애써 찾아내 주섬주섬 그러모았다.

예나 지금이나 필자를 위해 적극 후원해 주신 모든 분들에게 거듭 경의를 표한다. 특히 이 어려운 시기에 기꺼이 출판을 맡아 주신 도화출판사에 고마움을 전하며 독자 여러분의 변함없는 질정과 편달을 기대한다.

2022년 봄

차 례

제3부 착한 마음, 바른 행동, 참된 성공

[부록] 소설가 이광복(李光馥) 연보

제1부
문단 비망록

문인의 긍지와
한국문인협회의 위상

존경하는 한국문인협회 회원 여러분.

우리 협회가 올해 창립 제60주년을 맞이했습니다. 1961년 12월 종래의 모든 문학 단체를 통합하여 대망의 한국문인협회가 탄생한 이래 어언 60년의 세월이 흘렀습니다. 사람의 나이로 따지면 환갑을 맞이한 셈입니다. 저는 제 임기 중 창립 제60주년을 맞게 된 것을 무한한 영광으로 생각하면서 가슴 벅찬 오늘의 이 감격을 역대 이사장님과 회원 여러분에게 고스란히 돌려드리고자 합니다.

예나 지금이나 문인이 있기에 문학 작품이 있습니다. 문인은 문학 작품을 창작하는 주체이고, 문학 작품은 모든 문화 예술과 학문의 토대입니다. 어떠한 문화 예술이나 학문도 문학의 뿌리인 문장과 문맥의 표현을 거치지 않고서는 결코 성립될 수 없습니다. 특히 동서고금의 문인들이 남긴 불후의 세계 명작은 인류의 문화 유산으로 만고청사에 길이 빛나고 있습니다.

그 값진 유산은 오랜 세월 인간의 삶을 풍요롭게 가꾸어 주었습니다. 문학 작품을 읽고 성공한 사람은 많아도 문학 작품으로 말미암아 실패한 사람은 찾아볼 수 없습니다. 문학이 인류 사회에 미치는 영향은 어느 누구도 부인하지 못합니다.

더욱이 문인은 특유의 혜안과 탁월한 선견지명으로 항상 시대정신의 주역이 되었습니다. 우리나라의 경우 유사 이래 줄곧 역사의 선두에 문인들이 있었습니다. 일제강점기에는 신명을 바쳐 일제에 항거했고, 광복이 되자마자 가장 먼저 해방 공간의 전면에 나섰습니다.

1945년 8월 16일 조선문학건설본부를 필두로 9월 8일에는 조선문화협회가 발족했습니다. 이들 단체는 변모를 거듭하면서 여러 단체들을 파생시켰고, 1946년 3월 13일 조선문화협회의 후신인 중앙문화협회를 모체로 전국문필가협회가 출범한 데 이어 그해 4월 4일 조선청년문학가협회가 탄생했습니다. 그 이듬해, 즉 1947년 2월 12일에는 문학 단체를 중심으로 여러 문화 단체가 모여 전국문화단체총연합회(약칭 문총)를 결성하기에 이르렀습니다.

1948년 8월 15일 대한민국 정부 수립 이후 명망 있는 문인들은 끊임없이 문단의 대통합을 추진했습니다. 그 결과 1949년 12월 9일 마침내 한국문학가협회(약칭, 문협)가 출범했습니다. 그때 문협은 전국문필가협회 소속 문인 전원, 청년문학가협회 소속 문인 전원, 좌익에서 전향한 문인 전원, 중간파 문인 전원, 기타 공인된 모든 문인들을 망라했습니다. 이는 우리나라 문단을 최초로 통합한 일대 쾌거였습니다.

하지만 그 후에도 유명무실한 몇몇 군소 단체들이 생겨나 우후죽순처럼 난립했습니다. 그럼에도 불구하고 한국문학가협회는 조선문화협회, 중앙문화협회, 전국문필가협회, 조선청년문학가협회의 정통성을 계승하면서 여전히 한국 문단을 주도했습니다.

1950년 6·25전쟁, 1960년 4·19혁명, 1961년 5·16 군사 정변을 거치면서 문단도 거대한 격변의 소용돌이에 휩싸였습니다. 특히 군사 정부는 1961년 6월 17일 포고령 제6호를 발령하여 기존의 모든 정치 단체와 사회단체를 해산 조치하는 한편 성격이 유사한 사회단체의 단일화를 종용했습니다.

이에 따라 한국문학가협회는 신문 광고를 통해 새로운 문학 단체의 설립을 대내외에 고지하고 1961년 12월 30일 오후 1시 서울 중구 충무로 소재 수도여자사범대학 강당에서 한국문인협회(약칭 문협) 창립총회를 가졌습니다. 이때 창립 준비위원들은 단체 명칭을 새로 정하면서 '문필가' '문학가' '문학자' 등 종래에 사용했던 기존의 용어 대신 '문인'이라는 어휘를 선택하여 신설 문학 단체의 중립성과 통합성을 중점 부각했습니다. 이로써 마침내 우리나라 문인들을 총체적으로 아우르면서 한국을 대표하는 유일무이의 한국문인협회가 공식적으로 출범하게 되었습니다.

한국문인협회의 창립은 역사적으로 획기적인 사건이었습니다. 우리나라의 모든 문인들이 이념과 이해관계를 초월하여 한국문인협회 회원으로 대동단결했기 때문입니다. 그 결과 한국문인협회는 명실 공히 자타가 공인하는 대통합 문학 단체로 신기원을 이룩하면서 가장 뚜렷한 한국 문단의 정통성과 대표성을 확립하게 되었던 것입니다.

잘 아시다시피 우리 한국문인협회는 조선문화협회→전국문필가협회→한국문학가협회의 역사와 전통을 이어받았습니다. 따라서 문협의 전신에 해당하는 이들 단체까지 거슬러 올라갈 경우 우리 협회의 역사는 해방 이후 우리나라 문단사와 대등합니다. 문협은 한국문단사를 관통하는 그 자체의 중심이자 본류입니다.

존경하는 회원 여러분, 그리고 국내외 독자 여러분.

1962년 1월 5일 한국예술문화단체총연합회(약칭 한국예총)가 창립되었습니다. 우리 협회는 한국건축가협회 한국국악협회 한국무용협회 한국미술협회 한국사진협회 한국연극협회 한국연예협회 한국영화인협회 한국음악협회와 함께 창립 회원 단체로 참여했습니다. 문협은 현재도 이들 단체와 긴밀히 공조하는 가운데 문학은 물론이려니와 더 나아가 우리나라 예술 문화 발전을 위해 불철주야 각고의 노력을 기울이고 있습니다.

지난 60년 동안 우리 협회가 쌓아 올린 업적을 열거하자면 한이 없습니다. 문협은 회원 상호 간의 친목 도모와 권익 옹호 및 해외 교류 이외에도 다방면에 걸쳐 광범위한 활동을 펼침으로써 한국 문학 발전의 선도적 역할을 수행했습니다. 문협이 전개하는 사업은 타의 추종을 불허할 만큼 다양합니다.

한국문학심포지엄은 한국 문단의 대표적 심포지엄으로 올해 제60회를 기록했습니다. 전국 각지를 순회하며 전개한 이 심포지엄은 우리 문학을 보다 더 발전시키기 위해 해마다 다양한 주제를 심도 있게 다루어 매번 큰 호평을 받았습니다.

문협의 활동은 국내에만 머물지 않습니다. 1989년부터 해외한국문학심포지엄을 개최해 왔고, 그 이듬해부터는 해외에서 활동하는 재외 동포 문인들에게 해외한국문학상을 시상하여 한국 문학의 세계화에 박차를 가했습니다.

1981년부터 시행한 전국지부장대회는 중도에 전국대표자대회로 명칭을 바꾸어 올해 제41차 대회까지 성공적으로 개최했습니다. 이 대회는 국내외 지회장과 지부회장 등 지역 대표들이 한자리에 모여 한국 문학의 발전 방향을 모색하는 데 역점을 두고 있습니다.

그런가 하면 1986년에 시작한 마로니에전국청소년백일장은 학생 백일장의 모범으로 첫손가락에 꼽힙니다. 청소년들의 정서를 함양하고 문학적 자질을 갖춘 꿈나무들을 발굴하기 위해 제정한 이 백일장은 초창기부터 전국적인 명성을 떨쳐 왔습니다.

광복 제50주년을 맞아 1995년부터 시행한 한국현대문학표징사업은 문단 안팎에서 큰 호평을 받았습니다. SBS문화재단과 공동으로 추진한 이 사업은 1996년 '문학의 해'를 거치면서 1997년까지 이어졌고, 전국 유명 문인들의 생가와 문학 관련 유적지에 동판 등 내구성 뛰어난 표징을 설치함으로써 우리 문학사의 현장을 새롭게 각인시켰습니다.

한편 우리 문협은 한국문학상 윤동주문학상 전영택문학상 박종화문학상 조연현문학상 등 10여 종의 굵직굵직한 문학상을 제정 운영하고 있습니다. 이들 문학상은 누구나가 받고 싶어 할 만큼 선망의 대상으로 떠올라 그 권위가 매우 높습니다.

문협은 정기 간행물과 출판 부문에서도 획기적인 사업을 펼쳐 왔습니다. 일찍이 1968년에 창간한 『월간문학』은 문협의 대표 기관지로 회원 여러분의 주옥같은 작품을 담아내면서 이번 12월 통권 제634호를 발간하게 되었습니다. 그동안 『월간문학』이 신인작품상을 통해 배출한 문인만 해도 연인원 1,236명에 이릅니다. 문협은 현재 『월간문학』의 자매지로 계간지 『한국문학인』까지 병행 발간합니다. 이들 두 기관지는 국내 문학지 중 최대 발행 부수를 자랑하며 전력 질주하고 있습니다.

지금은 절판되었지만, 과거 한국문인협회 편 『한국전쟁문학전집』(전5권, 1969, 휘문출판사)과 『한국단편문학대계』(전15권, 1973~1976, 삼성출판사)는 독서계에 거대한 돌풍을 일으키며 우리나라 문학 전집의 전형이 되었고, 회원들의 문제작을 집대성한 『광복30년문학전집』(전10권, 1975,

정음사)은 일약 출판계를 강타하며 세인의 주목을 받았습니다. 1976년에 간행한 애국시 101인집 『조국이여 강산이여』 또한 아낌없는 찬사를 받았습니다.

1998년 관계 당국에 등록한 월간문학출판부는 본격적인 출판 사업에 들어가 장족의 발전을 거듭했습니다. 그동안 『문단유사』 『통일시선』 『한인문학대사전』 『그리운 작가 영원한 명작』 『나의 인생 나의 문학』 『문단실록』을 비롯하여 회원들의 작품집 400여 종을 발간했습니다.

이밖에도 문협은 우수 지회·지부 시상, 지회·지부 문학지 콘테스트, 문협회보 발간 등 참으로 많은 업무를 수행합니다. 2013년에 창립한 평생교육원에서는 쟁쟁한 실력파 교수진이 참신한 신인과 유능한 낭송가 양성을 위해 심혈을 기울입니다. 그리하여 평생교육원을 통해 숱한 인재들이 속속 배출되고 있습니다. 이러한 사업이야말로 문협이 아니면 어느 누구도 감당하기 힘든 일입니다.

존경하고 사랑하는 문인 여러분.

우리 협회 창립 당시 본부 회원 수는 317명이었습니다. 그로부터 60년이 지난 오늘날 우리 협회 회원 수는 시 시조 민조시 소설 희곡 평론 수필 청소년문학 아동문학 외국문학 등 10개 분과에 걸쳐 총 1만 5천여 명에 이릅니다. 총회, 이사회, 사무처, 평생교육원, 지회, 지부 등 기구와 조직도 방대합니다. 창립 당시 10개소에 불과했던 지부는 현재 국내외 지회 18개소와 지부 182개소로 대폭 확장되었습니다. 이러한 조직과는 별도로 직능 강화를 위한 전문 기구로 49개 위원회가 설치돼 있습니다. 그야말로 혁혁한 발전이 아닐 수 없습니다.

저는 지난 2019년 2월 제27대 이사장으로 취임하자마자 우리 협회 창립 제60주년을 앞두고 웅장한 대규모 경축 행사를 구상했습니다. 구체적인 계획도 세웠습니다. 하지만 지난해 연초부터 세상을 뒤흔드는 신종 코로나바이러스 감염증(코로나19)의 대유행으로 그 꿈을 조용히 접을 수밖에 없는지라 못내 아쉽고 유감스럽기 짝이 없습니다. 하루속히 코로나19가 종식되어 평온하고 행복한 일상으로 복귀할 수 있게 되기를 간절히 기원합니다.

회원 여러분과 저는 이 시대의 문인입니다. 문인은 긍지와 명예와 자존심으로 살아갑니다. 우리 협회는 바로 여러분의 긍지와 명예와 자존심 위에서 눈부신 금자탑을 이룩했습니다. 누가 뭐래도 문협은 한국 문단의 최고봉입니다. 특히 제27대 집행부의 강력한 개혁과 창립 제60주년의 연륜이 절묘하게 맞물리면서 최근 문협의 위상이 고공 행진을 이어가고 있습니다. 회원 여러분에게는 이렇듯 든든한 문협이 있고, 문협에는 한국 문단의 주역이신 여러분이 계십니다.

문인과 문학은 영원합니다. 우리 협회는 회원 여러분과 함께 앞으로 제2, 제3의 희망찬 창립 제60주년을 향해 줄기차게 도약할 것입니다. 여러분의 변함없는 성원을 기대합니다. 감사합니다. (『月刊文學』 2021. 12월호. 한국문인협회 창립 제60주년 기념사)

한국문인협회의 창립과 역대 이사장단

1945년 8월 15일 해방이 되자마자 그 어느 분야보다도 문화예술계가 가장 먼저 역사의 전면에 나섰다. 그해 8월 16일 좌익으로 널리 알려진 임화林和가 기다렸다는 듯이 김남천金南天 이원조李源朝와 함께 서울 종로 종각 옆 한청빌딩에 있던 조선문인보국회 사무실을 장악, 거기에다 조선문학건설본부朝鮮文學建設本部 간판을 내걸었다.

곧 이어 그 건물에 조선연극건설본부·조선영화건설본부·조선음악건설본부·조선미술건설본부가 들어섰고, 8월 18일에는 이들 단체가 연합하여 조선문화건설중앙협의회(朝鮮文化建設中央協議會, 약칭 文建)를 결성했다. 하지만 이 단체에 대한 거부 반응과 반발도 만만치 않았다. 좌익 중에서도 조선문화건설중앙협의회의 이념에 불만을 품은 이기영李箕永 윤기정尹基鼎 한설야韓雪野를 비롯한 일단의 문인들이 그해 9월 17일 조선프롤레타리아문학동맹을 창립했고, 뒤이어 조선프롤레타리아연극동맹·조선프롤레타리아영화동맹·조선프롤레타리아음악동맹도 생겨났다.

이들은 조선문화건설중앙협의회와는 별도로 9월 30일 조선프롤레타리아예술동맹(약칭 藝盟)을 결성했다. 이 두 단체는 결국 남로당의 지령으로 그해 12월 통합, 조선문학동맹朝鮮文學同盟으로 재탄생했다. 그러고 나서 그 이듬해 2월 8일부터 9일까지 이틀 동안 서울 종로 YMCA에서 전국문학자대회를 열고 단체의 명칭을 조선문학가동맹朝鮮文學家同盟으로 변경했다.

한편, 좌익의 결속에 반기를 든 우익에서는 1945년 9월 8일 변영로卞榮魯 오상순吳相淳 박종화朴鍾和 김영랑金永郎 이하윤異河潤 김광섭金珖燮 오종식吳宗植 김진섭金晉燮 이헌구李軒求 등이 종로구 당주동에서 조선문화협회朝鮮文化協會를 발족시켰으나 한 번 모였다가 헤어진 정도에 그쳤다. 그로부터 열흘 뒤인 9월 18일 지난번 조선문화협회에 참여했던 문인들 이외에 양주동梁柱東 서항석徐恒錫 김환기金煥基 안석주安碩柱 허영호許永鎬 심재홍沈載弘 유치진柳致眞 서원출徐元出 이선근李瑄根 오시영吳時泳 조희순曺喜淳 등이 새로이 참여하여 중앙문화협회中央文化協會를 창립했다.

이 협회가 좌익에 대응하는 최초의 우익 단체로 떠올라 1946년 3월 13일 전국문필가협회全國文筆家協會 창립을 주도했다. 하지만 전국문필가협회의 활동은 중앙문화협회보다 훨씬 미흡했고, 여기에 불만을 품은 김동리金東里 곽종원郭鍾元 서정주徐廷柱 박두진朴斗鎭 박목월朴木月 조지훈趙芝薰 최태응崔泰應 유동준兪東濬 임서하任西河 이한직李漢稷 박용덕朴容德 조연현趙演鉉 곽하신郭夏信 김광주金光洲 이정호李正鎬 여세기呂世基 김윤성金潤成 박용구朴容九 정태용鄭泰榕 등 30대와 40대의 소장 문인들이 1946년 4월 4일 조선청년문학가협회朝鮮青年文學家協會를 창립했다.

그 이듬해, 즉 1947년 2월 12일 전국문화단체총연합회(全國文化團體總聯合會, 약칭 文總)가 태동했다. 중앙문화협회·전국문필가협회·조선청년문학가협회가 주축을 이루고, 여기에 조선미술가협회朝鮮美術家協會·극예술연구회劇藝術硏究會·조선사학회朝鮮史學會·조선영화극작가협회朝鮮映畫劇作家協會·한중문화협회韓中文化協會·고려음악가협회高麗音樂家協會·단구미술원檀丘美術院 등 20여 문화 및 예술 단체가 협찬함으로써 발족된 문총은 대한민국 정부 수립 이후인 1948년 12월 27일과 28일 이틀에 걸쳐 서울 중구 시공관市公館에서 민족정신앙양전국문화인총궐기대회를 열기도 했다.

이렇듯 문화예술계가 요동치는 가운데 명망 있는 문인들은 끊임없이 문단 대통합을 추진했다. 그 결과 1949년 12월 9일 마침내 한국문학가협회(韓國文學家協會, 약칭 文協)가 출범하게 되었다. 이때 문협은 전국문필가협회 소속 문인 전원, 조선청년문학가협회 소속 문인 전원, 좌익에서 전향한 문인 전원, 중간파 문인 전원, 기타 공인된 모든 문인들을 총망라했다.

1950년 6·25전쟁이 발발했다. 전쟁 중 남쪽의 여러 문인들이 월북했고, 북쪽의 문인들이 대거 월남했다. 이를 계기로 문단에 커다란 지각 변동이 일어나 정전 협정 체결 이후 새로운 문학 단체들이 계속 나타났다. 환도 후 한국문학가협회에 불만을 품은 상당수 문인들이 1955년 6월 12일 한국자유문학자협회를 창립했고, 그밖에도 몇몇 군소 단체들이 더 생겨났다.

그 후 1960년 4·19혁명과 1961년 5·16 군사 정변을 거치면서 문단에도 큰 격동이 일어났다. 특히 4·19혁명이 일어나자 각계각층에서 민주화 열풍이 불었다. 문단 사정도 예외가 아니었다. 기존 문학 단체를 모두 해산해야 한다는 목소리가 분출하는 가운데 다른 한편에서는 새로운 문학 단체들이 우후죽순처럼 급조되기 시작했다. 이런 상황에서 1961년 5·16

군사 정변이 일어났다.

한국자유문학자협회는 그해 5월 21일 총회에서 문단의 대동단결을 전제로 해산을 결의하였고, 한국문학가협회도 사회적 여론에 따라 해산을 위한 임시총회를 소집했으나 회원들의 절대다수는 '해산해야 할 아무런 이유가 없다'는 데 의견을 모으고 임원들의 사표를 모두 반려하는 한편 단체의 존속을 결의했다.

하지만 군사 정부는 그해 6월 17일 포고령 제6호를 통해 기존의 모든 정치 단체와 사회단체를 해산 조치했다. 그런 다음 이번에는 모든 사회단체의 단일화를 종용했다. 헌집 헐고 새집 짓는 형국이라고나 할까, 이를테면 '헤쳐 모여' 식으로 사회단체 통합에 나선 셈이었다. 문단에서는 종전의 한국문학가협회 측 인사들과 한국자유문학자협회 측 인사들이 긴밀히 접촉, 문단의 여러 계파를 총체적으로 아우르는 새로운 문학 단체의 결성에 합의하고, 1961년 12월 30일 오후 1시 서울 중구 충무로 소재 수도여자사범대학 강당에서 한국문인협회(韓國文人協會, 약칭 文協) 창립총회를 개최했다.

이때 창립총회 참가자들은 단체 명칭에 '문필가' '문학가' '문학자' 등 종래에 사용했던 기존의 용어 대신 '문인'이라는 어휘를 선택함으로써 새로 출범하는 문학 단체의 중립성과 통합 정신을 부각했다. 이날 총회에서는 초대 이사장으로 전영택田榮澤을, 부이사장으로는 김광섭 김동리 이희승李熙昇을 선출했다. 이로써 명실 공히 한국을 대표하는 문학 단체인 대망의 한국문인협회가 공식 출범하게 되었다.

거의 같은 시기에 한국건축가협회·한국국악협회·한국무용협회·한국미술협회·한국사진협회·한국연극협회·한국연예협회·한국영화인협회·한국음악협회 등 각 분야별 10개 단체가 창립되었고, 이들 단체를 통합하여 1962년 1월 5일 한국예술문화단체총연합회(韓國藝術文化團體總聯合會—약칭 藝總)가 발족되었다. 그 후 문협은 예총과 더불어 장족의 발전을 거듭하면서 거대한 사단법인으로 우뚝 섰다. 문협은 현재 10개 분과, 18개 지회, 182개 지부, 49개 위원회, 사무처, 평생교육원을 두고 있으며, 창립 당시 317명이었던 회원 수는 2020년 12월 31일 기준 1만 4천 859명에 이른다. 참고로 문협의 역대 이사장단을 살펴보면 다음과 같다.

◇ 제1대(1961~1962)

* 이사장 : 전영택

* 부이사장 : 김광섭 김동리 이희승

◇ 제2대~8대(1963~1969)

* 이사장 : 박종화

* 부이사장 : 김동리 모윤숙 서정주

◇ 제9대(1970)

* 이사장 : 김동리

* 부이사장 : 김현승 모윤숙 서정주

◇ 제10대(1971~1972)

* 이사장 : 김동리

* 부이사장 : 조연현 김현승 서정주

◇ 제11대(1973~1974)

* 이사장 : 조연현

* 부이사장 : 김현승 김요섭 서정주

◇ 제12대(1975~1976)

* 이사장 : 조연현

* 부이사장 : 김요섭 문덕수 조병화

◇ 제13대(1977~1978)

* 이사장 : 서정주

* 부이사장 : 이동주 김요섭 박양균

◇ 제14대(1979~1980)

* 이사장 : 조연현

* 부이사장 : 이원섭 조경희 이범선 박양균 이범석

◇ 제15대(1981~1982)

* 이사장 : 조연현

* 부이사장 : 곽학송 문덕수 박양균 조경희 황 명

* 이사장 조연현 작고로 조경희 이사장 직무 대행

◇ 제16대(1983~1985)

* 이사장 : 김동리

* 부이사장 : 조경희 김윤성 황 명 이근배

◇ 제17대(1986~1988)

* 이사장 : 김동리

* 부이사장 : 조병화 서정범 구인환 황 명 김양수

◇ 제18대(1989~1991)

* 이사장 : 조병화

* 부이사장 : 황 명 구인환 원종성 김시철 김해성

◇ 제19대(1992~1994)

* 이사장 : 황 명

* 부이사장 : 김해성 성춘복 구인환 홍승주 김시철

◇ 제20대(1995~1997)

* 이사장 : 황 명

* 부이사장 : 성춘복 신세훈 함동선 이유식 이철호

◇ 제21대(1998-2000)

* 이사장 : 성춘복

* 부이사장 : 이철호 신세훈 구혜영 이은방 김원중

◇ 제22대(2001~2003)

* 이사장 : 신세훈

* 부이사장 : 홍문표 장윤우 최광호 이수화 엄기원

◇ 제23대(2004~2006)

* 이사장 : 신세훈

* 부이사장 : 장윤우 강석호 김년균 김건일 김지연

◇ 제24대(2007~2010)

* 이사장 : 김년균

* 부이사장 : 김병권 김남환 박곤걸 정영자 성춘기 정대연 김건중

◇ 제25대(2011~2014)

* 이사장 : 정종명

* 부이사장 : 김송배 한분순 정목일 진동규 박성배 김종섭 이광복

◇ 제26대(2015~2018)

* 이사장 : 문효치

* 부이사장 : 박찬선 강희근 양왕용 하청호 한분순 정목일 이광복

◇ 제27대(2019~)

* 이사장 : 이광복

* 부이사장 : 하청호 정성수 노창수 이혜선 김호운 최원현 권갑하

(한국문인협회 편, 『문단실록』 2권. 2021. 2)

문협 역사에 세우는
또 하나의 금자탑

사단법인 한국문인협회(약칭 문협)는 1961년 12월에 탄생했다. 따라서 올해 대망의 창립 60주년을 맞이하게 되었다. 문협 창립 이전에도 여러 문학 단체가 명멸했다. 1945년 조선문화협회·중앙문화협회, 1946년 전국문필가협회·조선청년문학가협회, 1947년 전국문화단체총연합회(약칭 문총), 1949년 한국문학가협회가 결성되었다. 문협의 전신前身이라 할 이들 단체까지 거슬러 올라갈 경우 문협의 연륜은 사실상 해방 이래의 한국현대사와 대등하다고 하겠다.

문협의 역사는 곧 한국 문단의 역사였다. 문인이 증가하면서 문협이 발전했고, 문협의 성장 속에 한국 문단이 활기차게 번영했다. 창립 이후 줄곧 한국 문단을 선도하면서 눈부신 약진을 거듭해 온 문협은 현재 10개 분과, 18개 지회, 182개 지부, 49개 위원회, 사무처, 평생교육원 등 방대한 조직을 두고 있다. 회원 수는 1만 5천 명에 육박한다. 누가 뭐래도 문협은 창립 이래 오늘날까지 한국을 대표하는 문학 단체로 힘차게 웅비하면서 세계 속에 우뚝 섰다.

재작년 2월에 출범한 제27대 집행부는 강력한 변화와 개혁을 단행하면서 문협의 숙원인 『한국문인협회사韓國文人協會史』 편찬을 다각적으로 검토했다. 그러나 인력과 예산 등 현실적 한계에 부딪쳐 이 과업을 부득이 뒤로 미루었다. 그 대신 문협 창립 제60주년 기념 특별 기획의 일환으로 지난해 『문단실록文壇實錄』 발간 계획을 수립했다.

한편, 세간에는 여러 종류의 문학사文學史가 나와 있다. 그 반면 아직까지는 이렇다 할 문단사文壇史를 찾아보기 어렵다. 일부 단편적인 수기, 회고록, 논문, 문단이면사 등이 전혀 없는 것은 아니지만 문단 전체를 아우르는 문단사, 즉 문단통사文壇通史랄까 문단전사文壇全史는 간행된 적이 없다. 그렇다면 장차 누군가가 착수할 총체적인 문단사 기술記述을 위해 더 늦기 전에 서둘러 기초 자료를 수집·정리·축적할 필요가 있다고 판단했다.

곧바로 예산 확보에 주력했다. 때마침 한국문학예술저작권협회의 공모 사업에 문단실록 간행계획안이 선정되었고, 이를 계기로 집행부는 즉각 문단실록간행위원회를 구성하여 본격적인 작업에 돌입했다. 그로부터 필진 선정, 원고 청탁, 편집과 교정 등 모든 업무가 순조롭게 진행되어 마침내 이처럼 번듯한 『문단실록』 1·2권을 성공적으로 간행하게 되었다.

물론 미진한 부분이 없지 않다. 필진 보완과 지면 확대는 후일을 기약할 수밖에 없지만, 그럼에도 불구하고 이 『문단실록』이 향후 한국문단사는 물론이려니와 우리 시대의 작가와 작품 연구에 아주 소중한 전거典據가 되리라 확신한다. 이로써 우리는 문협 역사에 또 하나의 기념비적 금자탑을 세우게 되었다.

이 방대한 『문단실록』의 간행을 적극 지원해 주신 한국문학예술저작권협회에 거듭 경의를 표한다. 또한 처음부터 끝까지 불철주야 심혈을 기울여 주신 간행위원회 위원 여러분에게 따뜻한 위로와 격려를 전한다. 아무쪼록 이 책이 한국 문학과 한국 문단의 융성에 크게 기여하기를 기원한다. (한국문인협회 편, 『문단실록』 1·2권 간행사. 2021. 2)

[주-한국문인협회는 2021년 2월 『문단실록』 1·2권을 간행했다. 필자는 한국문인협회 이사장으로 이 책의 간행위원회 위원장 직분을 맡아 영광의 간행사를 썼다. 『문단실록』은 1·2권을 초석으로 그 후속편이 이어지는 가운데 한국문인협회의 중요한 업적이라는 평가를 받고 있다.]

전영택田榮澤 이사장님,
한국 문단의 선구자

[『月刊文學』2019년 12월호 : (사)한국문인협회는 1961년 12월에 창립했다. 따라서 2019년 12월로 창립 58주년을 맞이했다. 본지는 이를 기념하고자 이광복 현 이사장이 전영택 초대 이사장과 특별한 가상 인터뷰를 가졌다.]

이광복 : 한국문인협회 제27대 이사장 이광복입니다. 초대 이사장님께 처음으로 인사드립니다. 진작 찾아뵈었어야 하는데 인사가 너무 늦었습니다. 죄송합니다. 널리 헤아려 주시면 더 바랄 나위가 없겠습니다.

전영택 : 괜찮습니다. 현직 이사장이 나를 찾아 주어 무척 반갑습니다. 내가 초대 이사장을 지냈는데, 벌써 제27대에 이르렀다니 감회가 새롭군요.

이광복 : 우리 한국문협은 초대 이사장님께서 초석을 놓으신 이래 장족의 발전을 거듭해 왔습니다. 창립 당시에는 회원 수가 317명에 불과했지만 현재 우리 협회는 10개 분과, 국내외에 18개 지회, 181개 지부를 두고

있으며, 회원 수는 1만 4천 5백여 명에 이릅니다.

전영택 : 대단하군요.

이광복 : 이사장님께서는 1918년 일본 도쿄에서 김동인金東仁 주요한朱耀翰 김환金煥 최승만崔承萬 선생 등과 함께 『창조創造』 동인을 결성하시고, 그 이듬해 2월 마침내 우리나라 최초의 문예지 『창조』를 창간하는 데 큰 역할을 담당하셨습니다. 그 당시 문단 사정은 어떠했습니까.

전영택 : 언젠가 김동인이 말했듯 『창조』가 나오기 이전에는 사실상 '문단'이라는 말 자체가 통용되지 않았습니다. 문단이라면 '문인들의 사회'를 말하는데, 그 이전까지는 문인이라야 오직 이인직李仁稙 이해조李海朝 최남선崔南善 이광수李光洙만 존재했으니까 굳이 문단이라는 말이 필요 없었던 것이지요. 그러다가 『창조』 창간 이후 여러 문인들이 배출되고, 『백조白潮』와 『폐허廢墟』로 이어지는 문학 동인, 여기에 일간지 신춘문예 등을 통해 새로 등장한 신인들이 모여 그 나름의 집단을 형성하게 되자 자연스럽게 문단이라는 용어가 통용되기 시작했지요. 잘 알다시피 『창조』는 9호까지 발행하고 문을 닫았습니다만, 우리 문학사에 끼친 영향은 아주 컸습니다.

이광복 : 그 점에 대해서는 많은 후학들이 공감하고 있습니다. 해방 전후의 문단 사정은 어떠했는지요.

전영택 : 무척 복잡했습니다. 해방 공간의 우리 사회는 좌·우익의 대립과 반목 등 우여곡절이 참 많았지요.

[1945년 8월 15일 해방이 되자마자 그 어느 분야보다도 문화예술계가 가장 먼저 역사의 전면에 나섰다. 그해 8월 16일 좌익으로 널리 알려진 임화林和가 기다렸다는 듯이 김남천金南天 이원조李源朝와 함께 서울 종로 종각 옆 한청빌딩에 있던 조선문인보국회 사무실을 장악, 거기에다 조선

문학건설본부朝鮮文學建設本部 간판을 내걸었다. 전광석화처럼 민첩한 행동이었다. 곧 이어 그 건물에 조선연극건설본부·조선영화건설본부·조선음악건설본부·조선미술건설본부가 들어섰고, 8월 18일에는 이들 단체가 연합하여 조선문화건설중앙협의회(朝鮮文化建設中央協議會, 약칭 文建)를 결성했다. 하지만 이 단체에 대한 거부와 반발도 만만치 않았다. 좌익 중에서도 조선문화건설중앙협의회의 이념에 불만을 품은 이기영李箕永 윤기정尹基鼎 한설야韓雪野를 비롯한 일단의 문인들이 그해 9월 17일 조선프롤레타리아문학동맹을 창립했고, 뒤이어 조선프롤레타리아연극동맹·조선프롤레타리아영화동맹·조선프롤레타리아음악동맹도 생겨났다. 이들은 조선문화건설중앙협의회와는 별도로 9월 30일 조선프롤레타리아예술동맹(약칭 藝盟)을 결성했다. 이들 두 단체는 명목상 서로 대립하는 듯한 양상을 보이고 있었지만, 사실상 그 이념과 본질은 별반 다를 것이 없었다. 굳이 말하자면 명칭만 다른 셈이었다. 이 두 단체는 결국 남로당의 지령으로 그해 12월 통합하여 조선문학동맹朝鮮文學同盟으로 재탄생했다. 그러고 나서 그 이듬해 2월 8일부터 9일까지 이틀 동안 서울 종로 YMCA에서 전국문학자대회를 열고 단체의 명칭을 조선문학가동맹朝鮮文學家同盟으로 바꾸었다. 한편, 좌익의 결속에 반기를 든 우익에서는 1945년 9월 8일 변영로卞榮魯 오상순吳相淳 박종화朴鍾和 김영랑金永郎 이하윤異河潤 김광섭金珖燮 오종식吳宗植 김진섭金晉燮 이헌구李軒求 등이 종로구 당주동에서 조선문화협회朝鮮文化協會를 발족시켰으나 한 번 모였다가 헤어진 정도에 그쳤다. 그로부터 열흘 뒤인 9월 18일 지난번 조선문화협회에 참여했던 문인들 이외에 양주동梁柱東 서항석徐恒錫 김환기金煥基 안석주安碩柱 허영호許永鎬 심재홍沈載弘 유치진柳致眞 서원출徐元出 이선근李瑄根 오시영吳時泳 조희순曺喜淳 등이 새로이 참여하여 중앙문화협회中央文化協

會를 창립했다. 이 협회가 좌익에 대응하는 최초의 우익 단체로 떠올라 독자적인 행보에 나섰다. 바로 이 중앙문화협회 주도로 1946년 3월 13일 전국문필가협회全國文筆家協會가 결성되었다. 하지만 전국문필가협회의 활동은 중앙문화협회보다 미흡했고, 여기에 불만을 품은 김동리金東里 곽종원郭鍾元 서정주徐廷柱 박두진朴斗鎭 박목월朴木月 조지훈趙芝薰 최태응崔泰應 유동준兪東濬 임서하任西河 이한직李漢稷 박용덕朴容德 조연현趙演鉉 곽하신郭夏信 김광주金光洲 이정호李正鎬 여세기呂世基 김윤성金潤成 박용구朴容九 정태용鄭泰榕 등 30대와 40대의 소장 문인들이 1946년 4월 4일 조선청년문학가협회朝鮮青年文學家協會를 창립했다. 그 이듬해, 즉 1947년 2월 12일 전국문화단체총연합회(全國文化團體總聯合會, 약칭 文總)가 출범했다. 문총은 중앙문화협회·전국문필가협회·조선청년문학가협회가 주축을 이루고, 여기에 조선미술가협회朝鮮美術家協會·극예술연구회劇藝術研究會·조선사학회朝鮮史學會·조선영화극작가협회朝鮮映畫劇作家協會·한중문화협회韓中文化協會·고려음악가협회高麗音樂家協會·단구미술원檀丘美術院 등 20여 문화 및 예술 단체가 협찬함으로써 발족되었다. 문총은 대한민국 정부 수립 이후인 1948년 12월 27일과 28일 이틀에 걸쳐 서울 중구 시공관市公館에서 민족정신앙양전국문화인총궐기대회를 열기도 했다. 한편, 명망 있는 문인들은 끊임없이 문단 대통합을 모색했다. 그 결과 이런저런 어려움을 극복하고 1949년 12월 9일 마침내 한국문학가협회(韓國文學家協會, 약칭 文協)가 출범하게 되었다. 이때 문협은 전국문필가협회 소속 문인 전원, 조선청년문학가협회 소속 문인 전원, 좌익에서 전향한 문인 전원, 중간파 문인 전원, 기타 공인된 모든 문인들을 총망라했다. 따라서 문협은 문단의 대통합 위에서 형성된 최초의 문학 단체라고 말할 수 있었다. 이는 절대다수 문학인들이 열망하던 쾌거였다. 아무튼 문협의 발족을 계기로 종래의 모든 대립과 반목이 종식되고, 문인들은 문협을 중심으로 대동단결하는 가운데 창작에 전념할 수 있게 되었다.]

이광복 : 해방과 6·25전쟁을 거치면서 많은 문인들이 월북했고, 또 북한의 여러 문인들이 월남했습니다. 초대 이사장님께서는 언제 월남하셨습니까.

전영택 : 나는 해방 전 서울과 평양을 오가며 여러 가지 잡다한 일을 했습니다. 1938년 서울감리교신학교 교수로 일했고, 1943년에는 기독교신문 주간과 『신생명新生命』 주필로도 활약했습니다. 그 후 1944년 평양 신리교회에서 배일排日 설교를 하던 중 일제에 검속되어 평양 감옥에 수감되었다가 풀려 나왔습니다. 출옥 후에는 일제의 미행과 감시가 얼마나 극심했던지 설자리가 없었지요. 대성산 밑 어떤 사람이 버리고 떠난 폐가를 보금자리 삼아 가족들과 근근이 연명하다가 해방을 맞이했습니다. 해방은 우리 겨레에게 감격과 환희를 안겨 주었습니다. 나는 해방 직후 잠시 평양의학전문학교 국어 교수로 몸담고 있다가 그해 12월 월남했습니다.

이광복 : 6·25전쟁 중의 문단 사정은 어떠했습니까.

전영택 : 우여곡절이 참 많았습니다. 대부분의 문인들이 부산이나 대구에서 피난 생활을 했지요. 나는 부산과 진해를 거쳐 일본으로 건너가서 도쿄 한인 YMCA의 복음신문 주필로 있다가 휴전 이후인 1954년에 귀국했습니다. 전쟁을 거치면서 또다시 남쪽의 많은 문인들이 월북했고, 북쪽의 문인들이 대거 월남했습니다. 말하자면 문단에 커다란 지각 변동이 일어난 셈입니다.

이광복 : 정전 협정 체결 이후 새로운 문학 단체들이 계속 생겨났습니다. 그 점에 대해 어떻게 생각하십니까.

전영택 : 환도 후 한국문학가협회에 불만을 품은 상당수 문인들이 1955

년 6월 12일 한국자유문학자협회를 창립했죠. 그밖에도 몇몇 군소 단체들이 나타나기 시작했습니다. 뜻을 같이하는 사람들, 친한 사람들이 서로 모이는 것은 당연한 현상이지만, 문단이 분열하여 반목하고 대립하는 것은 바람직하지 않다고 생각했습니다. 나는 그 시절 기독교 목사로서 목회 활동에만 전념하고 있었습니다.

이광복 : 목사님께서는 1955년 기독교문인클럽 초대 회장으로 취임하셨지요?

전영택 : 네, 맞아요. 나는 이런저런 문학 단체에 깊이 관여할 마음이 없었습니다. 그저 본연의 직무인 목회 활동에 주력하면서 창작 활동을 병행했을 뿐입니다. 내 신분이 목사였던지라 기독교문인클럽 회장에 선출되었다고 보시면 됩니다.

[그 후 1960년 4·19혁명과 1961년 5·16 군사 정변을 거치면서 문단에도 큰 변화가 일어났다. 특히 4·19혁명이 일어나자 각계각층에서 민주화 열풍이 불었다. 문단 사정도 예외가 아니었다. 기존 문학 단체를 모두 해산해야 한다는 목소리가 분출하는 가운데 다른 한편에서는 새로운 문학 단체들이 우후죽순처럼 급조되기 시작했다. 이런 상황에서 1961년 5·16 군사 정변이 일어났다. 한국자유문학자협회는 그해 5월 21일 총회에서 문단의 대동단결을 전제로 해산을 결의하였고, 한국문학가협회도 사회적 여론에 따라 해산을 위한 임시총회를 소집했으나 회원들의 절대다수는 '해산해야 할 아무런 이유가 없다'는 데 의견을 모으고 임원들의 사표를 모두 반려하는 한편 단체의 존속을 결의했다. 하지만 군사 정부는 그해 6월 17일 포고령 제6호를 통해 기존의 모든 정치 단체와 사회단체를 해산 조치했다. 문학 단체라고 해서 이 포고령을 비켜 갈 수는 없었다. 한국문학가협회를 비롯한 모든 문학 단체가 강제로 해산되었다. 서슬이 시퍼

렁던 군사 정권 시절이었다. 그 직후 군사 정부는 모든 사회단체의 단일화를 종용했다. 병 주고 약 주는 형국이라고나 할까, 이를테면 '헤쳐 모여' 식으로 사회단체 통합에 나선 셈이었다. 문단에서는 종전의 한국문학가협회 측 인사들과 한국자유문학자협회 측 인사들이 긴밀히 접촉, 문단의 여러 계파를 총체적으로 아우르는 새로운 문학 단체의 결성에 합의하고 1961년 12월 30일 오후 1시 서울 중구 충무로 소재 수도여자사범대학 강당에서 한국문인협회(韓國文人協會, 약칭 文協) 창립총회를 개최했다. 이때 창립총회 참가자들은 단체 명칭에 '문필가' '문학가' '문학자' 등 종전에 사용했던 용어 대신 '문인'이라는 어휘를 선택함으로써 새로 출범하는 문학 단체의 중립성과 통합 정신을 부각했다. 이날 총회에서는 초대 이사장으로 전영택을, 부이사장으로는 김광섭 김동리 이희승李熙昇을 선출했다. 이로써 명실 공히 한국을 대표하는 문학 단체인 대망의 한국문인협회가 공식 출범하게 되었다. 거의 같은 시기에 한국건축가협회 한국국악협회 한국무용협회 한국미술협회 한국사진협회 한국연극협회 한국연예협회 한국영화인협회 한국음악협회 등 각 분야별 10개 단체가 창립되었고, 이들 단체를 통합하여 1962년 1월 5일 한국예술문화단체총연합회(韓國藝術文化團體總聯合會-약칭 藝總)가 발족되었다.]

이광복 : 그때의 임원 임기는 1년이었지요?

전영택 : 그랬죠. 그 이듬해 총회에서 제2대 이사장에 박종화, 부이사장에 김동리 모윤숙毛允淑 서정주를 선출하면서 문협의 기틀을 다져나가게 되었습니다.

이광복 : 초대 이사장님, 장시간 좋은 말씀 많이 들었습니다.

전영택 : 아무쪼록 한국문인협회를 잘 이끌어 주시기 바랍니다.

이광복 : 명심하겠습니다.

[전영택 초대 이사장은 1962년 제2대 박종화 이사장에게 자리를 넘겨주고 창작 활동과 목회 활동에 심혈을 기울이던 중 1968년 1월 16일 오후 3시 50분 경 서울 종로2가 YMCA 앞 횡단보도에서 불의의 교통사고로 서거했다. 향년 74세였다. 장례는 12월 20일 오전 10시 정동감리교회에서 문인과 각계 인사 1천여 명의 조객이 교회 안팎을 가득 메운 가운데 한국문인협회장으로 엄수되었고, 고인의 유해는 금촌 감리교회 묘지에 안장되었다.] (가상 인터뷰. 『月刊文學』 2019. 12월호)

'횡보橫步 염상섭廉想涉의 상像' 이전

'횡보 염상섭의 상'이 4월 1일 종로구 삼청공원에서 광화문 교보빌딩 종로 쪽 출입구 앞으로 이전되었다. 이로써 '횡보 염상섭의 상'이 마침내 가장 이상적인 자리를 잡게 되었다.

'횡보 염상섭의 상'은 1996년 '문학의 해'에 문학의해조직위원회가 한국 근대 문학의 대표적 인물인 소설가 횡보 염상섭을 기리기 위해 제작한 좌상 조형물이다. 당시 문학의해조직위원회는 문화체육부(현 문화체육관광부)와 대산재단의 후원으로 이 좌상을 제작, 종묘공원 들머리에 설치했다. 제작은 조각가 김영중 씨가 담당했다. 그때 필자는 문학의해조직위원회 행사분과 위원이었다.

1897년 서울 종로에서 출생한 횡보 염상섭은 1921년 소설 「표본실標本室의 청개구리」로 등단한 이후 「만세전萬歲前」 「삼대三代」 「취우驟雨」 등 숱한 작품을 발표했다. 이들 작품은 명작으로 널리 알려져 있으며, 이러한 맥락에서 횡보는 한국 근대 문학의 선구적 인물로 높은 평가를 받아왔다.

경향신문 동아일보 조선일보 등에서 언론인으로도 활약한 그는 1963년 3월 서울에서 타계했다. 따라서 횡보야말로 서울이 배출한 가장 대표적인 문인이다.

그런데 그의 좌상은 2009년 종묘공원 정비 과정에서 삼청공원 약수터로 옮겨졌다. 삼청공원은 횡보와 직접적인 관련이 없다. 그뿐 아니라 이는 한국문학사에 금자탑을 쌓은 문인에 대한 예의도 아니었다. 뜻있는 문인들은 이를 안타깝게 여긴 나머지 보다 적절한 장소를 물색하게 되었다.

이 과정에서 한국문인협회 정종명 이사장, 대산문화재단 곽효환 사무국장, 좌상 제막 당시 문화체육부 예술국장이었던 이길융 소설가가 지난 2월 19일 오전 7시 서울시내 안국역 부근 한 음식점에서 김영종 종로구청장, 윤명중 공원녹지과장과 조찬 회동을 갖고 좌상 이전 문제를 구체적으로 논의했다.

종로구 의회 의원 등 일부의 반대가 있었지만, 문단 관계자들은 대승적 차원에서 횡보 좌상 이전을 수용하라고 강력히 요구했다. 그 당시 필자는 한국문인협회 부이사장 겸 상임이사로 공문 작성 등 이 문제의 실무에 관여했다.

어쨌든 종로구와 문단의 대화가 좋은 결실을 맺어 횡보 좌상이 마침내 광화문통으로 이전되기에 이르렀다. 장소는 대산문화재단에서 제공했다. 이곳은 횡보가 살아생전 자주 왕래했던 곳이어서 더욱 의미가 깊다. 횡보 좌상 앞을 지날 때마다 만감이 교차한다. 문인과 문학을 존중해 주는 종로구와 대산재단이 거듭 고마울 뿐이다. (2014)

박종화朴鍾和 선생님,
21세기의 거인巨人

문단에 첫발을 들여놓던 1970년대 중반, 필자는 새해 첫날 잊지 않고 두 분 어른께 세배를 다녔다. 정릉에 사시던 석재石齋 조연현趙演鉉 선생님과 종암동에 사시던 남석南石 안수길安壽吉 선생님이었다. 조 선생님께서 한국문인협회 이사장으로 계실 당시 필자는 그 어른 휘하에서 『월간문학月刊文學』 기자로 근무했고, 또 안 선생님은 필자에게 소설을 가르쳐서 『현대문학現代文學』에 추천까지 해 주신 스승이었다. 이런 특별한 연유로 필자는 해마다 정초가 되면 그 어른들을 찾아뵙고 새해 인사를 드렸다.

참고로 말하자면 1911년에 출생하신 안 선생님은 1977년에, 그리고 1920년에 출생하신 조 선생님은 1981년에 각각 타계하셨다. 그런데 두 어른 모두 갑작스럽게 돌아가심으로써 가족들은 물론 문단 안팎에 엄청난 충격을 안겨 주었다. 그것은 문자 그대로 큰 '사건'이었다.

필자의 경우 안 선생님 댁에는 사모님께서 유명을 달리하신 1996년까지 19년 동안 꼬박꼬박 세배를 다녔지만, 어쨌든 안 선생님이나 조 선생님께서 갑작스레 타계하셨을 때 도하 언론과 저명한 평론가들은 이구동성으로 이 나라 문단이 큰 손실을 입게 되었다고 애석해 마지않았다.

다소 서두가 길어진 느낌이지만, 어느 해던가 필자는 정월 초하룻날 아침 일찍 세배를 드리기 위해 조연현 선생님 댁을 방문했다가 새삼스런 경험을 하게 되었다. 줄줄이 찾아드는 제자들이나 후학들로부터 마땅히 세배를 받으셔야 할 조 선생님이 안 계시기 때문이었다. 어쩐 일일까? 그러나 그 의문은 이내 풀렸다. 사모님의 말씀인즉, 조 선생님께서 월탄月灘 박종화 선생님 댁에 세배를 가셨다고 했다.

그랬다. 조 선생님께서는 차례를 지내자마자 곧바로 월탄 선생님께 세배를 가신 것이었다. 몰려드는 당신의 세배꾼을 맞으셔야 할 원로가 집을 비우신 채 당신보다 더 웃어른을 찾아 세배를 가던 시대. 교통이 불편한 시절이었고, 날씨마저 추운데 정릉에서 서교동까지 왕복하려면 간단한 문제가 아니었다. 그런데도 조 선생님께서는 월탄 선생님께 매년 한 해도 거르지 않고 세배를 다니셨다.

그리하여 정릉의 세배꾼들은 조 선생님께서 돌아오신 뒤에나 단체로 세배를 드릴 수 있었다. 조 선생님께서 매년 정초 월탄 선생님께 세배를 다닌 것은 선비다운, 깍듯한 예의범절로 대변되는 문단 질서의 한 전범典範이 아니고 무엇이었을까. 필자는 그때 조 선생님을 통해 문단의 위계질서를 다시 한 번 배웠고, 월탄 선생님을 향한 조 선생님의 변함없는 존경심을 읽었다.

한편, 필자는 몇 차례 대가 중의 대가, 원로 중의 원로이신 월탄 선생님을 직접 모실 기회가 있었다. 언젠가 한번은 문협에서 시화전을 열기로 되어 있었는데 명필이신 선생님의 휘호 출품을 청탁 드리기 위해 서교동 선생님 처소로 찾아뵌 적이 있었다. 선생님께서는 흔쾌히 청탁을 받아 주셨고, 그로부터 며칠 후 필자는 『월간문학』에서 함께 일하던 이세룡李世龍 시인과 동행하여 그 값진 작품을 받기로 하였다. 그때 월탄 선생님께서 한시漢詩로 쓰신 휘호를 내놓으시면서 우리에게 물었다.

"표구는 어떻게 할 생각인가?"

이 시인이 재빨리 답변하였다.

"훼손되지 않고 오래 보존될 수 있도록 액자에 넣어 유리를 끼울까 합니다."

그 당시만 해도 휘호나 동양화의 경우 족자簇子 형식이 많았는데 그보다 좀 개량된 방식을 택하겠다는 뜻이었다.

"굿 아이디어!"

월탄 선생님은 매우 흡족해 하셨고, 우리는 목구멍까지 터져 나오는 웃음을 참느라 무진 애를 먹어야 했다. 본래 한학漢學에 조예가 깊으시고, 그리하여 역사 소설을 많이 쓰셨을 뿐만 아니라 더욱이 한시로 쓰신 휘호를 내놓으신 원로께서 영어로 '굿 아이디어!' 하고 말씀하시는 터라 우리는 여간 감탄한 것이 아니었다.

인사를 드리고 대문 밖 도로에 나온 우리는 누가 먼저랄 것도 없이 참았던 웃음을 터뜨렸다. 이 시인과 필자는 마치 실성한 사람처럼 깔깔대고 웃었다. 미친 듯한 우리의 웃음소리는, 대가 중의 대가한테서 마침내 귀한 휘호를 받아냈다는 그 성취감과 맞물려 더욱 클 수밖에 없었다.

물론 우리는 그 작품을 인사동의 표구점에 맡겨 액자에 넣고 유리를 끼웠다. 그로부터 며칠 후 광화문 신문회관 전시실에서 문협 주최 시화전이 열렸을 때 월탄 선생님께서도 그곳에 나와 출품된 작품을 둘러보셨는데 당신의 작품이 잘 표구돼 나온 것을 보시고서는 매우 만족해 하셨다.

그 이듬해던가, 이번에는 문협에서 겨레와 조국을 주제로 한 일련의 시편들을 묶어 애국애족시집을 발간키로 하였다. 그때 편집부에서는 이 시집에 선생님의 시 작품 중 통일 염원을 노래한 「대원大願」을 수록키로 했는데, 필자가 다시금 서교동으로 월탄 선생님을 찾아뵙고 선생님의 동의를 구하는 한편 본문 이외에 속표지에 쓸 휘호를 청탁 드렸다. 그러자 선생님께서는 두 말 않으시고 「대원」의 재수록을 승낙해 주시는 것은 물론 그 작품의 한 연聯을 붓으로 써 주셔서 예의 애국애족시집 『조국이여 강산이여』를 출판할 때 멋진 속표지를 장식할 수 있었다.

한편, 그 무렵에는 해마다 연말이 되면 서울특별시장이 문인들을 시청으로 초청하여 송년회를 열어 주었다. 이를테면 일종의 연례행사라고나 할까, 그것은 서울특별시의 좋은 전통으로 이어져 나왔다. 그때만 하더라도 문인들의 수가 많지도 않았을 뿐만 아니라 모름지기 문인이라고 하면 학식과 덕망의 표상으로서 사회적으로 존경받던 시절이었다. 지금이야 문인들의 수가 그 시절과는 비교할 수 없을 만큼 많아진 데다 이유야 어디에 있든 문인에 대한 대우도 형편없이 낮아진 것이 사실이지만, 그 시절에는 문인들이야말로 존경과 선망의 대상이 되었다.

물론 그 후에도 서울특별시장 초청 문인 송년회가 상당 기간 존속되었다. 다만, 장소가 시청 본관 홀에서 세종문화회관으로 옮겨지긴 했으나 몇 해 전까지만 해도 그 전통이 이어져 나왔다. 그러다가 이 근래 흐지부지된 것으로 알려졌지만, 어쨌든 문인들에 대한 사회적 대우는 이래저래 뒷걸음질을 치고 있는 것이 사실이라고 하겠다.

아무튼 필자는 문협에 근무하는 동안 서울특별시장 초청 문인 송년회와 관련하여 잔심부름을 맡았는데, 송년회가 열리는 날에는 주차장에서 대기하고 있다가 원로 선생님들을 연회장으로 안내하였다. 물론 그 자리에는 원로에서 신인에 이르기까지 서울에 거주하는 대부분의 문인들이 골고루 참석하였다.

그 행사에는 일찍이 문협 이사장을 역임하신 월탄 선생님께서도 노구老軀를 이끄시고 꼭꼭 참석하셨다. 특히 서울특별시장이나 문협 이사장으로 계셨던 조연현 선생님께서는 꼭 월탄 선생님을 가장 우선적으로 그 자리에 모시고자 하였다. 두말할 나위도 없이 월탄 선생님께서 참석하셔야만 그 자리가 더욱 빛나기 때문이었다.

어느 해 연말이던가, K씨가 시장으로 있을 때인데 그해에도 필자는 내빈 안내를 위해 시청 주차장에서 대기하고 있었다. 눈보라까지 휘날려 날씨가 엄청나게 추웠다. 오시는 손님들을 한 분 한 분 연회장으로 안내하고 있을 때 행사 시작 10분전쯤 드디어 월탄 선생님이 도착하셨다.

필자는 쏜살같이 안으로 뛰어 들어가 조 선생님께 월탄 선생님 도착 사실을 보고했다. 그러자 조 선생님과 K시장이 득달같이 달려 나와 월탄 선생님을 영접하였다. 잘 알려진 일이지만, 월탄 선생님은 본래 오척단구五尺短軀이신지라 보폭이 짧았으므로 마치 제자리에서 또닥또닥 발자국만 떼어놓는 것 같았다. (『한국소설』 2003. 9월호)

안수길安壽吉 선생님과 「북간도北間島」

1. 작가의 발자취

안수길 소설가는 1911년 11월 3일 함남 함흥에서 출생했다. 그는 1924년 부모님이 계신 만주 용정龍井으로 가서 1926년 간도중앙학교를 졸업한 뒤 고향의 함흥고보, 서울의 경신학교를 거쳐 일본 교토(京都)의 료요중학교(兩洋中學校)를 나왔다. 1931년 와세다대학(早稻田大學) 고등사범부 영어과를 중퇴하고 간도로 귀환한 그는 1932년 용정 외곽 팔도구八道溝의 소학교 해성학교海星學校에서 교편을 잡았고, 1935년 『조선문단朝鮮文壇』을 통해 문단에 데뷔하는 한편, 1936년 용정에서 발간되던 한글 신문 간도일보間島日報 기자로 활약하던 중 간도일보가 신경新京의 만몽일보滿蒙日報와 병합되어 신경에서 만선일보滿鮮日報로 발족되자 그곳으로 옮겨가 편집국 기자로 근무했다. 1948년 가족과 함께 월남, 서울에서 왕성한 작품 활동을 전개하다가 1977년 4월 18일 별세했다. 향년 67세. 그의 탄생 100주년을 맞이한 2011년 방대한 분량의 『안수길전집(전16권)』이 나왔다.

2. 개황과 배경

안수길 소설가는 1935년 용정에서 동인지 『북향北鄕』을 냈고, 1944년 첫 창작집 『북원北原』을 간행했다. 그해 12월 1일부터 그 이듬해 4월까지 첫 장편 「북향보北鄕譜」를 만선일보에 연재했다. 해방 후 월남과 더불어 꾸준히 창작 활동에 전념하던 중 1959년 4월 『사상계思想界』에 「북간도」 제1부를 발표, 우리 문단에 신선한 충격을 불러일으켰다. 그 후 1961년 1월 『사상계』에 제2부, 1963년 1월 역시 『사상계』에 제3부를 잇따라 발표한 데 이어 1967년 제4부와 제5부를 전작으로 묶어 5부작 완결판을 삼중당에서 출간했다. 북간도는 두만강 건너의 비옥한 농토, 좀 더 정확히 말하자면 두만강과 합류하는 해란강海蘭江과 부루하더강布爾哈德江 유역에 전개되는 저 광활한 대지를 말한다. 「북간도」는 이곳 용정을 무대로 이한복 일가(장손 창윤 정수) 4대에 걸친 고투상이 장강대하처럼 펼쳐지는 웅장한 작품이다. 안수길 소설가는 이렇듯 「북간도」를 통해 한국 소설의 지평을 대륙으로까지 확장했다. 그곳은 바로 우리 겨레가 개척한 땅이었다.

(『月刊文學』 2018. 1월호)

김동리金東里 선생님, 한국 문단의 큰 별

필자는 김동리 선생님의 제자가 아니다. 필자는 한국 문단의 거봉 안수길安壽吉 선생님의 가르침을 받아 1976년 소설가의 길로 들어섰다. 그럼에도 불구하고 필자는 한때 김동리 선생님을 모셨던, 그 특별하고도 행복한 인연으로 은사이신 안수길 선생님과 함께 그 어른에 대한 흠모의 정을 가슴 깊이 새기며 살아가고 있다.

필자는 지난 1989년 정초 소설가 김정례 선생과 함께 한국소설가협회(약칭 소협) 사무차장이라는 감투 아닌 감투를 쓰게 되었다. 그 당시 소협 회장이 바로 김동리 선생님이었다. 훗날 소협이 법인화되면서 그 수장의 직함도 이사장으로 바뀌었지만, 소협 창립 이래 초창기 이 단체 대표의 공식 직함은 어디까지나 '회장'이었다.

그해 정초, 청담동 김동리 선생님 댁에서 소협 집행부를 구성할 때 정말 '뜻하지 않은' 감투를 쓰고, 비교적 지근에서 그 어른을 모실 수 있었던 것은 그야말로 큰 행운이었다. 물론 그 이전에도 문단의 공식 행사 등에서 김동리 선생님을 종종 뵙곤 했지만, 당신의 제자도 아니면서, 이 나라 문단 최고의 '큰 별' 곁으로 다가설 수 있다는 그 자체만으로도 행운이 아니고 무엇인가. 이는 문단 데뷔 13년만의 일로서, 그 어른 휘하로 들어가 소협 운영의 일익에 직접 참여한 것은 그때가 처음이었다.

한편, 은사이신 안수길 선생님께서는 필자를 문단에 천거해 주시고 나서 그 직후인 1977년 4월 18일 영면하셨다. 이로써 필자는 은사를 여의옵고 약 10여 년 동안 슬프게, 그리고 고단하게 문학의 길을 개척해 나가지 않으면 안 되었다. 이렇다 할 학연도, 특별한 지연도 없는 처지에서 문단 생활을 한다는 것은 결코 쉬운 일이 아니었다.

물론 문단이 글을 써 주는 것은 아니고, 작품은 본인 스스로의 피나는 노력에 의해 창작되는 것이지만, 그럼에도 불구하고 문인이라면 문단이라는 '또 하나의 사회'를 외면할 수가 없다. 이렇게 볼 때, 아무런 인맥이 없음으로 해서 문단의 떠돌이나 다름없던 필자가 자타가 공인하는 '큰 별' 김동리 선생님을 모시고 소협 운영 실무에 깊이 관여할 수 있었다는 것은 일종의 축복이자 은총 그 자체라고 말할 수 있었다.

선생님을 모셔 봐서 잘 아는 일이지만, 그 어른은 역시 '큰 별' 중의 '큰 별'이었다. 그릇이 무한대로 넓은 '큰 별'. 언젠가 김정례 선생이 김동리 선생님에 관해 언급하면서 '문단의 북극성'이라 표현한 것을 보았다. 그때 필자는 '북극성'이라는 그 표현에 무릎을 탁 치지 않을 수 없었다.

김동리 선생님은 살아생전이나 유명을 달리하신 지금이나 '문단의 북극성'임에 틀림없다. 선생님께서는 내게 영원한 회장님으로 가슴깊이 살아 계신다. (김동리선생추모문집 『영원으로 가는 나귀』. 김동리기념사업회. 2005)

황순원黃順元 선생님,
소설 문학의 교과서

중학교 때였다. 국어 교과서에 황순원 선생님의 단편소설 「소나기」가 실려 있었다. 그러므로 우리 또래의 중학생이라면 어느 누구라도 '황순원'이라는 존함과 「소나기」라는 작품을 잘 알게 마련이었다. 바꾸어 말하자면 그 당시 황순원 선생님과 「소나기」를 모르는 학생이 없었다. 그건 지금도 다를 바 없다. 황 선생님의 작품이 예나 지금이나 줄곧 교과서에 나오기 때문이다.

필자는 중학교 시절 이후 「소나기」를 수십 번이나 읽었다. 그뿐 아니라 문학 수업 과정에서는 선생님의 거의 모든 작품을 섭렵했다. 「목넘이 마을의 개」「독 짓는 늙은이」를 비롯한 단편소설과 「일월日月」「나무들 비탈에 서다」 등 일련의 장편소설들을 빠짐없이 읽었다. 그때마다 이루 말할 수 없는 감동과 감탄에 사로잡히곤 했다.

그렇다. 황 선생님의 작품은 전부 주옥같은 불후의 명작이다. 좀 더 부연하자면 황 선생님의 작품은 한결같이 소설 문학의 전범이자 교과서라

해도 과언이 아니다. 황 선생님은 누가 뭐래도 가위 '소설의 신神'이다. 단언컨대 소설을 공부하려면 마땅히 황 선생님의 작품을 읽어야 하고, 황 선생님의 작품을 읽지 않고서는 제대로 소설 공부를 했다고 말하기 어렵다.

문단 말석에 끼어든 이후 공식적인 문단 행사에서 대여섯 차례 황 선생님을 뵌 적이 있었다. 아, 저 어른이 바로 황순원 선생님이시구나. 하지만 너무 높이 우러러 뵈는 어른인지라 주눅이 든 채로 멀찌감치 떨어져 주저주저했을 뿐 변변히 인사도 못 드렸다.

그렇다. 소설가 황순원 선생님은 참으로 고결한 어른이었다. 작품을 쓰고 학교에서 후학들을 가르치는 일 이외에는 한눈을 팔지 않았던 것으로 널리 알려져 있다. 작가는 오직 작품으로 말해야 한다는 원칙을 몸소 실천했다. 오죽하면 당신의 작품집에 가외의 서문이나 해설같은 것을 따로 붙이지 않았다.

그렇다고 아주 문단 활동까지 외면한 것은 아니었다. 황 선생님께서는 일제강점기와 해방 후 몇몇 문학 단체의 창립 발기인으로 참여하셨고, 1948년 한국문학가협회에서는 초대 소설분과위원장을 지내셨다. 1961년 군사 정변 이후 종전의 이런저런 문학 단체들이 하나로 뭉쳐 우리 한국문인협회가 창립될 때에도 초대 소설분과 회장에 피선되셨다.

그로부터 46년이 흐른 지난 2007년 필자는 제24대 소설분과 회장에 당선했고, 일찍이 황 선생님께서 세우신 그 초석의 정통성을 이어받음으로써 무한한 긍지와 자부심을 가질 수 있었다. 그 후 필자는 부이사장을 거쳐 이사장에 오르는 동안 서너 차례 경기도 양평 황순원문학촌 소나기마을을 방문했다. 그때마다 천하 명당 묘소에 참배하면서 황 선생님의 명복을 빌고 또 빌었다. (『소나기마을』 2020. 가을호. VOL.44)

조연현趙演鉉 선생님,
한국 문단에 우뚝 선 불세출의 사령탑

1.

석재石齋 조연현 선생님과의 인연은 차라리 일생일대의 운명이었다. 그 어른께서 내게 베풀어 주신 은혜의 분량과 무게는 이루 헤아릴 길이 없다. 필자는 석재 선생님 살아생전 그 어른을 '이사장님' 또는 '선생님'으로 모셨다.

1920년 7월 26일 경남 함안에서 출생하신 선생님께서는 청년 시절 이후 줄곧 문단의 한복판에서 활약하셨다. 집안은 유복했다. 1937년 배재중학교 재학 중 중학생 신분으로 학우 정태용鄭泰榕 등과 함께 동인지『아芽』를 출간했고, 중학교를 졸업한 1938년『조광朝光』기성시란旣成詩欄에 시「하나의 향락享樂」을 발표하는 한편 정태용 유동준兪東濬 등과 동인지『시림詩林』을 간행했다.

그 후 선생님께서는 시인, 문학평론가, 언론인, 문학지 편집자, 대학교수, 문학 단체의 임원 등으로 큰 명성을 떨쳤다. 1948년『문예文藝』편집장을 거쳐 주간을 지내셨고, 1954년 대한민국예술원 회원으로 피선되었다. 1955년 『현대문학現代文學』 창간 때부터 주간으로 일하시다가 1976년 11월 제5대 사장(발행인 겸 편집인)에 오르셨다. 그 연장선상에서 한국잡지협회 제20대 회장을 지내시기도 했다.

『현대문학』은 오랜 세월 자타가 공인하는 당대 최고의 문학지로 깃발을 날렸다. 『현대문학』과 조연현 선생님은 불가분의 관계였다. 선생님은 『현대문학』 창간의 산파역이면서 그 문학지를 최고의 위치에 올려 놓은 주인공이었다. 『현대문학』이 독자들의 사랑을 받는 동안 우리 문학도 활짝 꽃을 피웠다. 조 선생님께서 이룩하신 『현대문학』의 저력과 그 위상은 하늘을 찔렀다.

그런 조연현 선생님께서는 1973년 한국문인협회(약칭 문협) 제11대 이사장을 거쳐 1975년 제12대 이사장으로 재선되었다. 4년 뒤인 1979년 제14대 이사장으로 3선, 1981년 제15대 이사장으로 4선을 기록했다. 문협 이사장 임기가 2년으로 중임이 가능했던 시절이었다. 아, 그런데 이게 웬 청천벽력일까, 그해 부인 최상남崔祥南 여사님과 해외여행을 하던 중 11월 24일 일본 도쿄에서 돌연 서거하셨다. 향년 62세. 현직 문협 이사장이 타계하시다니 그야말로 전대미문의 충격적인 사건이었다.

한편, 1951년 충남 부여에서 출생한 필자는 1970년 논산대건고등학교 졸업 후 맨손으로 서울에 올라와 밑바닥을 박박 기며 죽을 고생을 하였다. 그러다가 1972년 어느 대중잡지의 기자를 시작으로 노동청(현재의 고용노동부) 공보담당관실을 거쳐 1974년 여성지 『신여원新女苑』 편집부 기자로 근무했다. 이 과정에서 1973년 문화공보부(약칭 문공부, 현재의 문화체육관광부) 문예 작품 현상 공모 장막희곡 가작 입선, 1974년 동아일보 자매지 『신동아新東亞』 논픽션 현상 모집 당선 등 그 나름의 작은 성과를 일궈냈다.

1975년 봄이었다. 극작워크숍 제2기 동인이었던 오태영吳泰榮 선배가 말하기를, 한국문인협회 기관지 『월간문학月刊文學』 편집부에 한 자리가 났는데 직장을 그쪽으로 옮겨 볼 의향이 없느냐는 것이었다. 나는 이것저것 가릴 것 없이 선뜻 좋다고 대답했다.

급여는 『신여원』보다 약소했지만, 문학지를 만들어 보고 싶은 야망에 대뜸 구미가 당겼다. 문협이라면 예나 지금이나 명실 공히 한국 문단을 대표하는 문학 단체인지라 나에게는 선망의 대상이 되고도 남았다. 특히 문협은 한국예술문화단체총연합회(약칭 한국예총)의 중추적인 핵심 단체로 널리 알려져 있었다.

그 무렵 한국예총은 종로구 종로1가 3번지 의사빌딩에 입주해 있었다. 의사빌딩은 비각과 교보빌딩 옆구리, 피맛길로 이어지는 모서리에 있던 건물인데 훗날 헐리면서 그 자리로 통행로가 확장되었다. 한국예총 회장은 시인이자 영화감독인 이봉래李鳳來 선생님이었다.

필자는 오태영 선배를 따라 의사빌딩 706호에 있는 문협을 방문했다. 사무국장 오학영吳學榮 선생님께 인사를 드리고 미리 준비해 간 이력서를 제출했다. 극작가이신 오 국장님은 바로 오태영 선배의 친형님이었다.

아무튼 그로부터 사나흘 뒤 오 국장님으로부터 연락이 왔다. 모든 절차가 끝났으니 하루라도 빨리 『월간문학』으로 나와 달라고 했다. 인사권자인 조연현 이사장님의 서면 결재를 받았다는 뜻이었다. 조 이사장님께서는 이렇듯 면접 절차도 거치지 않은 채 필자를 특채하기로 결정하셨다. 그만큼 오 국장님의 천거를 확실하게 신뢰한다는 반증이기도 했다.

이직移職은 신속 정확하게 추진되었다. 『신여원』에 사직서를 제출하고 즉시 『월간문학』으로 출근했다. 그날 하늘같은 조연현 이사장님을 처음 뵙고 인사를 드렸다. 그것이 인연의 출발점이었다. 그 어른을 뵙는 순간 뭔가 찌릿찌릿한, 볼이 실룩실룩하면서 머리끝이 설렁거리는 듯한 전율을 느꼈다. 당시 조연현 이사장님께서는 제11대에 이어 제12대 이사장으로 문협을 이끌고 계셨다.

2.

필자는 조 이사장님이 어떤 분인가를 어느 정도 알고 있었다. 선생님께서 저술하신 『문학개론文學槪論』(인간사 판) 이외에도 여러 권의 책을 읽었기 때문이었다. 그 책을 통해 선생님의 문학관과 인생관에다 저간의 이런저런 경력까지 파악할 수 있었다. 새파란 애송이로서 그렇게 큰 어른을 가까이에서 모실 수 있다는 것은 크나큰 행운이었다.

더욱이 조 이사장님은 누가 뭐래도 한국 문단의 수장이었다. 오래 전부터 저 유명한 『현대문학』의 주간으로 막강한 영향력을 행사하면서 선거를 통해 소설가 김동리金東里 선생님을 물리친 분이었다. 더 이상 긴 말이 필요 없었다. 한국 문단에서 문협 이사장과 『현대문학』 주간이라는 자리는 감히 어느 누구도 넘볼 수 없는 '절대 권력'이었다.

그뿐이 아니었다. 선생님께서는 동국대학교 교수, 대한민국예술원 회원, 한국예술문화윤리위원회(약칭 예륜) 위원장 등 여러 직책을 맡고 계셨다. 바로 문협 옆방의 예륜에는 문협 부이사장이신 시인 이동주李東柱 선생님께서 상임이사로 근무하고 있었다.

조연현 이사장님께서는 주로 오전에 『현대문학』에 들렀다가 동국대에서 강의를 하신 뒤 오후에 문협으로 나오셨다. 강의가 없는 날이나 방학 때에는 낮부터 문협으로 나오셔서 업무 결재를 하신 다음 가까운 문인들과 바둑을 두곤 하셨다. 대국 상대는 문협 상임이사이신 시인 이인석李仁

石 선생님을 비롯하여 시인 김윤성金潤成 선생님, 소설가 이종환李鍾桓 선생님, 영화평론가 이영일李英一 선생님, 장한기張漢基 동국대 교수님 같은 분들이었다.

참고로 말하자면 그 당시 『월간문학』 편집부에는 소설가 조정래趙廷來 선생님과 시인 이세룡李世龍 기자가 근무하고 있었다. 필자는 최말단이었다. 조 이사장님께서 필자를 호명할 때에는 '이 군'이라 불렀고, 필자 쪽에서는 그 어른을 '이사장님' 또는 '선생님'으로 깍듯하고 반듯하게 섬겼다.

내 예상은 적중했다. 문학지 편집이 기대 이상으로 즐거웠다. 문인들, 즉 문협 회원들의 작품을 육필 원고로 가장 먼저 읽으면서 여기저기 교정을 보는 그 재미가 쏠쏠했다. 매달 시 소설 희곡 수필 평론 등등 적지 않은 문예 작품을 섭렵했다.

도랑 치고 가재 잡고 동전 줍고…. 일하고 공부하고 월급 타고…. 문학지 편집과 교정이야말로 일거양득 그 이상의 보람으로 다가왔다. 급여가 아주 빈약했지만 업무를 통해 얻어지는 알찬 공부에 비한다면 그런 걸 탓할 계제가 아니었다. 학교에서 배우는 공부가 박제된 이론 중심이라면, 업무를 통해 매일매일 몸으로 배우는 공부야말로 생생한 현장 학습이었다.

더욱이 이사장님과 오 국장님, 조정래 선생님한테서는 배울 점이 참 많았다. 특히 이사장님은 세상만사를 선험적으로 통찰한 직관의 달인이었다. 그 직관의 날카로움은 면도날보다 훨씬 더 번득였고, 정확성으로 말하자면 족집게를 뺨치고도 남았다. 이사장님께서는 항상 말씀을 아끼셨지만, 누군가의 말을 한두 마디만 들으면 벌써 결론을 꿰뚫고 명료한 해답까지 제시함으로써 세인을 놀라게 했다.

이사장님은 병약했다. 몸집이 호리호리했고, 체중은 평생 50킬로그램 미만에서 맴돌았다. 그런데도 누구 못지않게 통이 컸다. 중대한 결심을 하실 때에는 과감했다. 문화공보부(약칭 문공부, 문화체육관광부의 전신) 장관이나 서울특별시장 등 유관 기관의 고위층과 대화를 나눌 때에는 특유의 인품과 위엄과 결기로 초장부터 상대방의 기선을 제압했다. 이사장님은 한국 문단에 우뚝 선 불세출의 사령탑이었다.

언젠가 한번은 문공부 장관과 이사장님의 오찬 회동 자리 귀퉁이에 배석했다가 이사장님의 진면목을 발견한 적이 있었다. 장소는 청진동의 어느 일식집이었다. 그날도 이사장님과 장관은 문화예술계 현안에 관해 이런저런 의견을 교환했다. 분위기가 화기애애했다. 식사가 거의 끝나갈 무렵이었다. 이사장님께서 장관에게 조목조목 문화예술계 예산 지원 체계 개선을 요청하였다.

그때였다. 장관 곁에 죽치고 앉아 있던 예술국장이 중뿔나게 끼어들었다. 함량 미달로 널리 알려져 있었던 그는 국가 예산이 마치 자기 사유 재산이나 되는 듯 가당치도 않은 생색을 내면서 난색을 표명했다. 그 순간 이사장님께서 대갈일성, 장관을 향해 냅다 호통을 치셨다.

“장관, 이런 사람이 예술국장입니까. 문공부가 우리나라 문화예술을 제대로 발전시키려면 당장 이 자식부터 자르시오.”

이사장님은 예술국장을 ‘풀 먹은 개 나무라듯’ 호되게 다루었다. 장관이 궁지에 몰려 전전긍긍하는 동안 예술국장은 사색이 되어 죽는 시늉을 하였다. 그는 하룻강아지 범 무서운 줄 모르고 물색없이 까불다가 된통 혼쭐이 났다. 개기름이 번들번들했던 그의 면상은 이내 홍당무가 되었다.

통쾌했다. 이사장님은 그런 분이었다. 교만한 자 앞에서는 한없이 강했던 반면, 겸손한 자 앞에서는 한없이 약했다. 이사장님의 인간적 내면을 들여다보면 들여다볼수록 존경심이 더욱 진하게 우러나왔다.

이인석 상임이사님은 법 없이도 살아가는 무골호인이었다. 오 국장님은 과묵했고, 조정래 선생님은 놀라울 정도로 근면했다. 이 시인은 남달리 뛰어난 감각을 가지고 있었다. 필자는 그런 분들과 근무하면서 착실히 문학 수업을 쌓아갔다. 그러던 어느 날이었다. 이사장님께서 필자를 임원실로 불렀다.

"이 군. 작년에 『신동아』 논픽션 당선했제?"

"네. 그렇습니다."

"그 내용이 뭔데?"

"시립근로자합숙소의 애환을 다룬 오죽잖은 글입니다."

"시립근로자합숙소?"

"그렇습니다. 서울특별시에서 운영하는 사회 복지 시설입니다. 서울에 남대문, 동대문, 영등포 등 세 곳에 합숙소가 있습니다. 무의무탁한 근로자들이 살아가는 곳이지요."

"그래? 그 논픽션 한 번 읽어 보고 싶네."

"잘 알겠습니다. 즉각 그 글이 게재된 『신동아』를 구해 드리겠습니다."

의사빌딩과 동아일보사는 종로를 사이에 두고 빤히 건너다보였다. 필자는 즉시 광화문 지하도를 거쳐 동아일보사 신동아부로 부리나케 달려갔고, 당선작이 게재된 『신동아』 과월호過月號를 구해다가 이사장님께 드렸다. 이사장님께서는 퇴근하실 때 그 책을 가방에 챙겨 넣으셨다.

그 이튿날이었다. 바둑 손님들이 모여 들고 있었다. 이사장님께서는 웬일일지 바둑 손님들이 모인 자리로 필자를 부르셨다. 무슨 말씀을 하시려는 것일까. 나는 궁금증을 증폭시키면서 이사장님 앞으로 다가가 부동자세로 선 채 하명을 기다렸다. 그때 이사장님께서 바둑 손님들과 필자를 번갈아 보면서 공개적으로 말씀하셨다.

"우리 이 군은 재주가 참 많아요. 이 군이 쓴 『신동아』 논픽션 당선작을 읽어 보니까 웬만한 소설보다 훨씬 낫더군."

납득하기 어려운 과찬이었다. 얼굴이 화닥거렸다. 예의 논픽션에는 의지가지없는 나의 풍찬노숙風餐露宿과 저 남루한 객지 생활이 가감 없이 사실적으로 기록돼 있었다. 이사장님께서는 어리고 불쌍한 나의 사기를 북돋아 주기 위해 그런 말씀을 하시는 것 같았다. 이사장님께서 내게 물었다.

"이 군, 장차 극작가 되겠다고 했제?"

"네, 그렇습니다."

"그러지 말고 소설가가 되면 어떨까. 이 군 논픽션에 소설을 쓰고도 남을 소질이 보이던데."

그랬다. 바로 그 말씀 한마디에 내 운명이 바뀌었다. 나는 그때부터 희곡 쓰기를 접고 소설 쓰기로 방향을 틀었다. 말하자면 선생님께서 내 인생의 새로운 이정표를 제시해 준 셈이었다. 그렇게 가슴 따뜻한 이사장님을 모실 수 있다는 사실만으로도 행복했다.

문협 사무실에는 오다가다 사모님께서 들르셨고, 고등학교에 재학 중이던 귀염둥이 막내따님이 종종 부친을 찾아왔다. 이사장님께서는 사모님과의 사이에 1남 2녀를 두셨다. 사모님께서는 재작년 94세로 일기를 마치셨고, 이사장님께서 그렇게 애지중지하던 막내따님은 어느덧 손주를 거느린 60대의 '할머니'가 되었다.

3.

한국예총은 1976년 6월 광화문 의사빌딩을 떠나 종로구 인사동 110번지 옛 종로구청 청사로 이전했다. 종로구를 수송동 새 청사로 확장 이전시킨 서울특별시가 종래의 낡은 종로구청 청사를 예총회관으로 내 준 것이었다. 이때 문협도 인사동 예총회관 1층으로 사무실을 옮겼다.

칭찬은 고래도 춤추게 한다고 했던가. 필자는 이사장님으로부터 항상 과분한 칭찬을 들었다. 이사장님께서는 이따금 내게 중요한 심부름을 시켰다. 예컨대 동사무소(요즘의 주민자치센터)에 가서 등본·초본·인감증명 등 행정 서류를 발급 받아야 할 때 거의 예외 없이 나에게 그 일을 맡기셨다.

그 심부름의 뒤안길에 이사장님의 내밀한 인정과 깊은 배려가 있었다. 이사장님께서는 내게 심부름 값, 즉 얼마간의 용돈을 수고비 형식으로 주시기 위해 일부러 그런 심부름을 시키셨다. 아무런 이유 없이 용돈을 주면 내 자존심을 건드리게 될까 염려하신 나머지 의도적으로 심부름을 시켜 놓고 그때마다 적절한 수고비를 주신 것이었다.

그 깊은 뜻을 눈치 채는 순간 이사장님이 더욱 위대해 보였다. 필자에 대한 이사장님의 사랑은 끝이 없었다. 어느 날이던가, 이사장님께서 내게 조용히 말씀하셨다.

"이 군, 지금은 어디에서 먹고 자나?"

"누님 댁에서 기거하고 있습니다."

"누님 댁? 누님이 어디에 사는데?"

"미아리에 삽니다."

"그래? 우리 집에 와서 같이 살면 안 되겠나. 집이 커서 적적하네."

이사장님께서는 이번에도 내 자존심을 건드리지 않으려고 당신 집의 '적적함'을 내세우고 있었다. 하지만 그 이면에는 마땅히 오갈 데 없는 이 뜨내기의 숙식을 해결해 주시려는 깊은 뜻이 깃들어 있었다. 필자는 차마 이사장님의 그 깊은 뜻을 거역할 수가 없었다. 그날 이후 필자는 정릉 이사장님 댁 문간방 식객이 되었다.

이사장님 내외분은 나를 아들 이상으로 아껴 주셨다. 가슴 뻐근하도록 고마웠다. 서울에 와서 산전수전 모진 시련을 겪다가 인간적인 대우를 받아보기는 그때가 처음이었다. 이사장님 내외분께서 워낙 사랑해 주시는지라 나중에는 너무 송구해서 도저히 견딜 수가 없었다. 한 보름쯤 지났을까, 필자는 그 어른들께 이런저런 핑계를 둘러대고 결국 미아리 누님 집으로 돌아왔다.

부평초 같은 인생, 그런 떠돌이 삶 속에서도 소설 공부에 매진했다. 힘이 넘쳤다. 드디어 서광이 비치기 시작했다. 『현대문학』 1976년 9월호에 단편소설 「불길」로 초회 추천初回推薦을 받았다. 그 작품을 읽고 이사장님보다도 사모님께서 더 격려를 아끼지 않으셨다. 추석 인사차 정릉을 방문했을 때 사모님이 말씀하셨다.

"아주 잘 썼어요. 정말 놀랐네. 장차 대성하겠어요."

부끄러웠다. 별로 신통치도 못한 글을 그렇게까지 과찬해 주시다니 그저 면구스러울 따름이었다. 사모님의 응원이 주효했던 것일까, 「불길」은 발표되자마자 일본의 『친화親和』가 일본어로 전문 번역하여 게재하는 등 꽤 괜찮은 반응을 보였다.

필자는 그 여세를 몰아 단편소설 「향연香煙」을 썼고, 1977년 1월호에 완료 추천完了推薦을 받았다. 추천위원은 대작가 안수길安壽吉 선생님이었다. 이로써 필자는 마침내 꿈에도 그리던 등단의 관문을 뚫고 소설가 칭호를 듣게 되었다. 그런 점에서 1977년은 내 인생의 중요한 분수령이었다.

바로 그해 문협 임원 개선 총회가 있었다. 제12대 조연현 이사장님의 후임, 즉 제13대 이사장으로 시인 서정주徐廷柱 선생님이 선출되었다. 그 어간에 대망의 『조연현문학전집趙演鉉文學全集』(전6권)이 어문각에서 나왔고, 조 이사장님께서 신임 서 이사장님에게 업무를 인계하고 퇴임하신 직후 필자도 미련 없이 문협을 떠났다. 조 선생님이 안 계신 문협에서는 별로 일하고 싶은 마음이 없기 때문이었다.

그 시기 길흉화복吉凶禍福이 정신을 차릴 수 없을 만큼 급물살을 타고 몰려왔다. 호사다마好事多魔라 했던가, 『현대문학』 추천을 완료하던 1977년에는 감내하기 힘든 미증유未曾有의 변고들이 꼬리를 물고 이어졌다. 4월 18일 안수길 선생님께서 돌연 타계하셨고, 음력으로 5월 열아흐렛날에는 고향의 아버지께서 돌아가셨다. 스승과 아버지를 제대로 모시지 못한 그 비통함이란 이루 말할 수가 없었다. 하늘이 무너지고 땅이 뒤집혔다.

그 이듬해 봄, 좀 더 구체적으로 말하자면 1978년 3월 21일 필자는 신문회관(현재의 한국프레스센터 자리) 강당에서 한 살 아래의 신부 박혜숙朴惠淑 양과 결혼식을 올렸다. 그때 석재 선생님께서 흔쾌히 주례를 맡아주셨다. 며칠 후 답례 인사차 양복감 한 벌을 가지고 아내와 함께 정릉 자택을 방문했을 때 선생님께서 말씀하셨다.

"과용했군. 이 군 형편으로는 너무 버겁잖아."

사모님께서는 과일을 내 온다 차를 내 온다 분주하게 움직이시는 가운데 싱글벙글 기쁨을 감추지 못했다.

"이 양반이 주례 서고 오셔서 얼마나 자랑하셨는지 몰라요. 축하 손님도 많았다고 하데요."

사모님은 느닷없이 거실 의자를 벽 쪽으로 옮겨 놓고 껑충 올라서더니 저만큼 높이 걸려 있던 아담하고 예쁜 벽시계를 떼어 신혼 선물로 주셨다. 황송했다. 그 벽시계는 내 마음 속 '인생의 벽시계'로 들어와 박혔다.

지난 세월 수시로 『조연현문학전집』을 꺼내 읽으면서 선생님을 흠모했다. 사실 문협에서 선생님을 직접 모신 기간은 채 2년이 못 되었다. 하지만 선생님으로부터 배운 교훈과 덕목은 한두 가지가 아니었다. 그러므로 그 특별한 인연은 선생님 사후에도 변함없이 이어져 나왔다. 산천이 여러 번 변해도 선생님 내외분의 그 엄청난 은혜를 잊을 수가 없었다.

선생님의 영혼이 응감한 것일까, 필자는 1995년 제14회 조연현문학상 趙演鉉文學賞을 수상했다. 지지난해 2월 사모님 빈소에 무릎 꿇어 극락왕생을 빌었고, 그로부터 1년 뒤인 지난해 2월에는 영광스럽게도 한국문인협회 제27대 이사장으로 취임했다.

과거 조연현 이사장님의 특채로 문협에 첫발을 들여놓았던 최말단 직원이 그 후 이사, 편집국장, 소설분과 회장, 부이사장 겸 상임이사 등 문협의 요직을 두루 거쳐 종당에는 선생님의 그 자리까지 이어받았으니 이게 일생일대의 운명이 아니라면 과연 무엇일까. 필자가 발행인 겸 편집인을 맡고 있는 『월간문학』은 올해 2월호에 '탄생 100주년 기념 조연현의 삶과 문학'을 특집으로 꾸며 선생님의 업적을 기렸다.

한 번 맺은 인연을 어찌 함부로 저버릴 것인가. 필자는 지금도 조 선생님의 유족들과 긴밀히 소통하며 지내고 있다. 그렇다. 우리는 지금 100세 시대에 살고 있다. 선생님께서 조금만 건강하셨더라면 충분히 오늘까지 사실 수 있었을 텐데 그렇지 못해 사뭇 슬프다. 선생님 내외분의 명복을 빈다. (『PEN문학』 2020. 7·8월호)

한무숙韓戊淑 선생님,
그리운 회장님

지난 1989년 1월, 필자는 뜻하지 않은 '감투'를 쓰게 되었다. 전혀 예상치도 않은 가운데 한국소설가협회 사무차장에 선임되었던 것이다. 과거 수년간 온갖 노고를 아끼지 않으신 오찬식吳贊植 사무국장의 후임으로 염재만廉在萬 선생이 임명되었고, 그분을 보좌하는 사무차장에 김정례金貞禮 선생과 필자가 임명되었던 것이다.

어떤 분의 천거에 의해서, 또는 무슨 연유로 그 자리에 발탁되었는지는 아직도 확실치 않다. 그것은 어디까지나 인사권자인 회장단의 결정에 의한 것이어서 필자 자신으로서는 그러한 감투를 쓰게 된 경위랄까 배경에 관해서 굳이 알고 싶지도 않다. 다만 필자가 인선 사실을 통고 받았을 때에는 작은 놀라움이 있었다는 점을 밝히지 않을 수 없다. 왜냐하면 필자 자신은 그동안 한국소설가협회를 위해서 기여한 일도 없었을 뿐만 아니라 능력도 절대적으로 부족했기 때문이었다.

이와 관련, 필자는 며칠 동안 고민을 거듭했다. 현역 소설가들의 결집체인 한국소설가협회를 위해, 그리고 원로에서부터 신인에 이르기까지 다른 소설가들을 위해 미력이나마 봉사를 할 수 있다는 점에는 마음이 끌리는 일이면서도, 필자 자신의 능력을 생각할 때에는 저절로 어깨가 무거워지는 것이었다.

그러나 모든 것이 부족한 이 사람에게 그런 중책을 안겨 주신 회장단을 생각할 때 함부로 발뺌을 할 수도 없었다. 나의 개인 사정을 이유로 발뺌을 할까 궁리할라치면 회장단으로 활약 중이신 원로 선생님들의 존함과 얼굴이 천근 무게로 다가왔다. 지금도 그렇거니와 당시에도 한국소설가협회는 집단 지도 체제를 취하고 있었다. 따라서 회장단은 초超 중량급 원로들로 구성돼 명실 공히 한국소설가협회를 대표하고 있었다.

1989년 당시의 회장단을 보면 회장에 김동리金東里 선생님, 대표위원에 한무숙 김광식金光植 박연희朴淵禧 이호철李浩哲 강신재康信哉 정한숙鄭漢淑 선생님으로, 필자 같은 풋내기 입장에서는 그분들의 존함만 들어도 거의 주눅이 들 지경이었다. 또한 중앙상무위원은 홍성유洪性裕 선생님으로, 그분은 한국소설가협회의 발전을 위해 지대한 관심을 기울이고 있었다. 어쨌든 이러한 마당에 사무차장이라는 감투를 쓰게 되었으니 실로 '겁나는' 일이 아닐 수 없었다. 막말로 빼지도 박지도 못할 처지에서 필자는 그만 분에 넘치는 중책을 맡고 말았던 것이다.

그해 정초 김동리 회장님 댁에서 신년 세배를 겸한 집행부 모임이 있었고, 그 직후 강남의 한 음식점에서 운영위원회를 겸한 조촐한 만찬이 있었다. 대단히 부끄러운 일이지만, 그 당시에는 협회 재정이 형편없어서 운영위원회를 비롯한 임원 회의를 개최할 경우 회의에 참석하는 임원 선생님들로부터 부득이 당일의 회비를 갹출하는 것이 관행처럼 되어 있었다.

그날 모임에서도 이러한 관행이 그대로 적용되었다. 그러나 정작 음식

값을 계산해야 할 사무국의 입장에서는 항상 조마조마할 수밖에 없었다. 협회 통장에 회의비를 집행할 만한 잔고가 없기 때문이었다. 물론 이 없으면 잇몸으로 산다는 말이 있고, 당일의 음식 값 계산을 위해 얼마간의 비상금 정도는 준비하고 있지만, 그러나 이따금 열리는 임원 회의 때마다 여간 불안한 것이 아니었다.

그런데 필자는 이쯤에서 참으로 어쭙잖은 고백을 하지 않을 수 없다. 그것은 필자가 모셨던 회장단과 임원 선생님들의 음식상이 항상 검소했다는 사실이다. 사회적인 명성과 지위, 그리고 그분들이 써낸 주옥같은 작품들에 견주어 우리 한국소설가협회 임원들의 음식상은 언제나 조촐하기만 했다.

그런데도 집행부 실무 관계자들은 돈이 없어 음식 값을 걱정하지 않을 수 없었다. 하지만 우리에게는 든든한 '빽'이 있었다. 바로 한무숙 선생님이었다. 참석 인원이 많으면 많을수록 한 선생님께서는 기꺼이 그 고운 지갑을 열어 금일봉을 내놓으시는 것이었다. 선생님의 이러한 후의에 힘입어 음식 값 걱정은 자연스럽게 해결되었고, 도리어 임원 회의를 겸한 식사자리를 한 번 갖고 나면 얼마간의 협회 운영비까지 생기곤 하였다.

그해 여름이었다. 한국소설가협회는 제11회 정기심포지엄을 충남 부여에서 개최키로 결정하였다. 두말할 필요도 없이 임원 회의를 통해 그렇게 결정한 것이었다. 그때 필자는 적잖이 고민했다. 부여는 바로 필자의 고향인 데다 협회 집행부의 말석에 낀 이후 처음으로 여는 심포지엄인지라 몹시 신경이 쓰였다.

필자는 이 행사를 위해 제법 치밀한 계획을 세웠고, 회장단의 결재를 받아 하나하나 준비를 서둘렀다. 그 과정에서 필자는 네 차례나 현지를 오르내리는 한편 최종적으로 홍성유 중앙상무위원님을 모시고 부여에 내려가 막판 점검을 거쳤다. 이러한 준비 과정을 거쳐 9월 초 마침내 부여 부소산 기슭 삼정유스호스텔에서 정기심포지엄이 열리게 되었다.

회장단의 비상한 지도와 회원들의 적극적인 성원으로 무려 103명의 회원이 참가한 이 심포지엄은 대성황을 이루었다. 특히 이 심포지엄을 적극 후원해 주었던 김종필金鍾泌 신민주공화당新民主共和黨 총재는 10여 명의 자당自黨 소속 국회의원을 대동하고 이 행사에 참석하여 융숭한 주연을 베풀어 주었을 뿐만 아니라 명년 심포지엄까지 후원해 줄 것을 흔쾌히 약속하였다.

그런데 그 이듬해 여름 뜻하지 않은 중대 사건이 발생했다. 그처럼 정정하시던 김동리 회장님께서 쓰러져 돌연 병석에 눕게 되었다. 모든 사람들이 김 회장님의 조속한 쾌유를 빌었으나, 그 어른의 와병은 의외로 장기화되었고, 오늘 이 시간까지도 투병 중이시니 참으로 안타깝고 또 안타까울 뿐이다. 이 자리를 빌려 다시 한 번 그 어른의 조속한 쾌유를 빌어 마지않는다.

한편, 한국소설가협회는 김동리 회장님의 와병이 장기화됨에 따라 대표위원 회의를 열고 회무 집행의 공백과 차질을 막기 위해 한무숙 대표위원을 회장 대행으로 선출하였다. 그것이 1990년 9월의 일이었다. 그때부터 한무숙 회장(대행)님은 협회 일을 직접 챙겨 주셨다.

그러면서도 김동리 선생님의 동의 없이 회장 대행에 취임한 것을 못내 죄송하게 생각하던 한무숙 선생님. 그 무렵, 김동리 선생님은 병환이 깊어 당신의 의사 표시를 전혀 못하시는 형편이었으므로 한무숙 회장(대행)님은 '김동리 회장님이 병석에 계시는 동안만' 대행 직을 수행하겠다고 누차 말씀하셨던 것이다.

그 말씀의 행간에는 몇 가지 뉘앙스가 담겨 있었다. 첫째 김동리 회장님의 조속한 쾌차를 비는 마음이 그것이요, 둘째 김동리 회장님의 양해도 없이 회장 대행을 맡아도 괜찮겠느냐 하는 미안한 의구심이 또한 그것이었다.

그럼에도 불구하고 김동리 회장님의 병세는 호전될 기미를 보이지 않고 있었다. 이 점 가족들은 물론이려니와 주위 사람들을 모두 안타깝게 하였다. 이러한 안타까움 속에서 협회의 회무는 한무숙 회장(대행)님의 주도로 집행되었다.

당시 협회 사무국은 장충동에 있는, 염재만 협회 사무국장이 주간으로 근무하던 어느 출판사에 얹혀 있었다. 한국소설가협회는 명실 공히 이 나라 소설가들의 결집체이면서도 형편이 넉넉지 못한 신생 출판사의 한 모퉁이에 빌붙어 있었던 것이다.

이 같은 상황 아래 1990년 10월 한국소설가협회 제12회 정기심포지엄이 제주도 서귀포 프린스호텔에서 성대히 열렸다. 이 심포지엄을 위해 김종필 민주자유당民主自由黨 최고위원이 다시금 후원을 아끼지 않았다. 그때는 정치적으로 노태우盧泰愚 대통령의 민주정의당民主正義黨, 김영삼金泳三 총재의 민주당民主黨, 김종필 총재의 신민주공화당이 합당한 뒤의 일이었다. 이러한 정치적 격변을 겪으면서도 김종필 최고위원은 지난해 부여에서의 약속을 지킨 것이다.

그때에도 김 최고위원은 국회의원 여러 명을 대동하고 멀리 서귀포까지 내려와 자유롭게 어울리면서 우리 소설가들을 즐겁게 해 주었다. 그는 이 자리에서 한국소설가협회를 위해 또 다른 후원, 즉 사무실을 마련해 주기로 약속하였다.

어쨌든 서귀포 정기심포지엄 직후 쌍용그룹에서 우리 협회에 2억 원을 기부하겠다는 의사를 표명해 왔다. 그 직후 쌍용그룹은 한국소설가협회의 사무실 확보, 협회 운영 기금 조건으로 문예진흥기금 2억 원을 한국문화예술진흥원(한국문화예술위원회의 전신)에 기탁하였다. 이로써 우리 협회는 일약 2억 원의 자산을 확보하게 되었던 것이다.

이 대목에 이르기까지 회장단은 물론, 특히 홍성유 중앙상무위원님의 힘이 크게 작용했다. 물론 기금 그 자체가 협회의 존망을 좌우하지는 않는다. 하지만 남의 사무실에 근근이 얹혀 지내던 저간의 사정을 감안한다면 이 같은 기금 확보야말로 획기적인 일이 아닐 수 없었다. 빈 집에 소가 들어온 형국이었다.

결국 한국소설가협회는 이 기금으로 마포의 한 오피스텔에 아담한 사무실을 마련했다. 이를테면 한무숙 회장(대행)님 때에 이르러 한국소설가협회는 떠돌이 신세를 면했고, 비로소 '내 집'을 장만한 셈이었다. 이렇게 볼 때, 한무숙 회장(대행)님의 공로야말로 한국소설가협회의 번영과 함께 오래 기억되어야 할 것이다.

한편, 한국문예진흥원으로부터 예의 문예진흥기금 2억 원을 인수하고 사무실을 장만하는 과정에서 염재만 사무국장의 노고가 컸다. 염 선생은 까다롭기 짝이 없는 행정 절차를 밟느라 진땀을 흘렸고, 예산 범위에 맞는 사무실을 물색하느라 여기저기 뛰어다니며 심혈을 기울였다.

그리하여 사무국은 회장단과 운영위원회의 결정을 토대로 마포의 현 사무실을 구입하게 되었다. 물론 그에 따른 실무적인 작업은 염 선생이 거의 도맡다시피 하였다. 사무실 구입 이후에도 번거로운 일들이 참 많았다. 예컨대 등기 이전과 공증 문제만 하더라도 이만저만 까다로운 것이 아니었다. 그러나 염 선생은 쓰다 달다 군말 없이 이러한 번거로움을 너끈히 극복, 모든 절차를 완벽하게 마침으로써 사무국장으로서의 소임과 능력을 유감없이 발휘하였다.

새 사무실이 마련되자 이번에는 내부 단장이 필요했다. 우리가 인수할 당시의 그 사무실은 전前 주인이 험하게 써 온 탓으로 카펫이며 도배, 반자 등이 지저분하기 짝이 없었다. 이때 한무숙 회장(대행)님은 특유의 섬세함과 지극히 세련된 감각으로 사무실 내부 단장을 손수 계획하고 집행하였다. 모름지기 협회 창립 이후 처음으로 개설하는 사무실인 만큼 한무숙 회장(대행)님은 지대한 열성을 보여 주셨던 것이다.

그해 12월 대학로 한국문화예술진흥원 강당에서 정기총회가 열렸다. 이번 총회는 회칙에 의거한 임원 개선 총회이기도 했다. 즉, 김동리 회장의 임기가 만료되는 시점이었다. 이 총회에서 한무숙 회장(대행)님은 정식 회장으로 선출되었다. 만장일치의 결정이었다. 이로써 한 회장님은 이제까지 따라다니던 '대행'이라는 꼬리표를 떼었다. 하지만 한 회장님은 이때에도 병석에 계신 김동리 선생님을 의식한 나머지 무척 난처해 하는 모습이었다.

그러나 김동리 선생님께서 이렇다 할 병세의 호전도 없이 오래 병석에 계심으로써 총회는 김동리 선생님에 대한 인간적 예의가 아닌 줄 알면서도 진지한 토론을 거쳐 부득이 이러한 조치를 내리지 않을 수 없었다. 그 대신, 이 총회에서는 김동리 전임 회장님을 명예 회장에 추대하기로 전원 이의 없이 결의하였다.

이에 따라 그동안 협회의 창설과 발전에 전심전력으로 심혈을 기울여 오신 김동리 선생님의 뒤를 이어 한무숙 선생님께서 한국소설가협회 회장으로 공식 취임하게 되었다. 참고로 1990년 12월 정기총회의 의결을 거쳐 출범한 회장단을 보면, 명예 회장 김동리 선생님, 회장 한무숙 선생님, 대표위원에 김광식 박연희 이호철 강신재 정한숙 홍성유 구인환丘仁煥 선생님이었다.

그로부터 며칠 후, 즉 해가 바뀌어 1991년 정초가 되었을 때, 신임 회장단은 중앙상무위원으로 염재만 선생을 선임하였다. 이는 홍성유 선생님께서 대표위원으로 선출된 데 따른 후속 조치였다. 기억하기도 싫은 일이지만, 중앙상무위원 선임 문제를 둘러싸고 모종의 잡음이 들려왔다. 누군가가 신임 한무숙 회장님에게 제동을 걸고, 염 선생의 기용을 극력 반대한다는 것이었다.

염 선생에 대해서는 대단히 불쾌한 결례의 말씀이 될지 모르지만, 필자가 새삼 이 문제를 들추어 재론하는 데에는 그럴 만한 사연이 있다. 왜냐하면 중앙상무위원 선임과 관련, 일부 인사의 빗나간 처신으로 말미암아 신임 한무숙 회장님께서 마음에 상처를 받고 여러 날 동안 크게 속을 썩였기 때문이다.

이러한 잡음들이 이어지는 가운데 어느 날이던가 한무숙 회장님으로부터 전화가 걸려 왔다. 말씀의 핵심인즉, 염 선생의 뒤를 이어 사무국장 직을 맡아 달라는 것이었다. 그때 필자는 능력이 모자람을 들어 극력 고사했다. 그러자 한 회장님께서는 일단 만나서 이야기하자고 말씀하셨다.

일개 말단으로서 어찌 원로의 말씀을 거역할 것인가. 필자는 염재만 중앙상무위원과 함께 명륜동으로 한 회장님을 찾아뵈었다. 눈이 엄청나게 내린 추운 겨울날이었다. 염 선생과 나는 새해 인사부터 드렸다. 그런데 한 회장님의 표정 어딘가에는 어두운 그림자가 짙게 배어 있었다.

한 회장님께서는 아직도 누군가에게 시달리고 있음이 분명했다. 아니나 다를까, 한 회장님께서는 연말연시에 있었던 일, 즉 중앙상무위원과 사무국장 인선 문제를 놓고 누군가에게 몹시 시달려 왔노라고 실토했다. 그러면서 그 어른은 일부 트러블 메이커의 빗나간 처신에 불쾌감을 표시했다.

사실 필자 역시 동서남북에서 들려오는 간단없는 잡음들을 접하는 동안 개탄을 금할 길 없었다. 중앙상무위원이나 사무국장이나 큰 벼슬자리도 아니건만 감투 좋아하는 몇몇 사람들이 낯간지러운 처신으로 며칠 내내 회장님을 괴롭혀 왔으니 참으로 어처구니없는 노릇이었다. 언제나 밝고 유머 감각이 특출했던 한 회장님이었지만, 그러나 그날의 표정은 몹시 어두워 보였다. 지난 며칠 동안 얼마나 시달렸으면 그랬을까 하는 마음이 들었다.

한 회장님은 그 자리에서 또다시 내게 사무국장을 맡아 달라고 말씀하셨다. 본래 거절을 못하는 성미인 데다 필자는 마음이 약해질 대로 약해져 '당분간'이라는 전제 조건을 붙여 그 어른의 뜻에 따르기로 결정하였다. 필자가 제시한 '당분간'이란 새 집행부 구성을 둘러싼 잡음이 가라앉는 기간을 의미했다. 말하자면 일부 방해 세력에 맞서 홍성유 구인환 신임 대표위원의 회장단 합류, 염재만 신임 중앙상무위원 체제의 안전한 출범을 돕기 위한 순수한 충정에서 그런 결정을 내린 셈이었다. 비록 능력은 없지만, 필자가 사무국장 직을 맡게 될 경우 인선과 관련된 잡음이 다소 진정되리라는 기대, 그러한 한 회장님의 기대와 염재만 중앙상무위원의 기대를 한사코 저버릴 수가 없어 어쩔 수 없이 그분들의 뜻에 따르기로 했던 것이다.

그 결과, 필자는 본의와는 별 관계없이 사무국장이라는 더 큰 감투를 쓰게 되었다. 사실 염재만 중앙상무위원과 함께 한 회장님 댁을 방문했던 최초의 동기는 사무국장 내정을 사양하기 위함이었다. 하지만 그 결과는 반대로 나타나, 혹 떼러 갔다가 도리어 혹을 붙이고 돌아서는 형국이 되고 말았다. 그 직후 회장단은 신임 사무차장에 김호운金浩運 선생과 강난경姜蘭經 선생을 임명했다. 이로써 한무숙 회장님이 이끄는 새 집행부의 구성이 일단락되었던 것이다.

두말할 필요도 없이 새 회장단은 이에 앞서 각 분과 위원장과 운영위원, 그리고 감사를 선임해 놓고 있었다. 여담이지만 임의 단체인 한국소설가협회에는 이사와 이사회가 없다. 따라서 다른 법인체와 견주어 많은 차이점이 있고, 다른 단체에서의 이사와 이사회의 역할을 운영위원과 운영위원회에서 맡고 있는 것이다. (주 : 한국소설가협회는 그보다 훨씬 뒤인 1999년 3월에야 사단법인으로 전환했다.)

이야기의 전개가 다소 빗나간 감이 없지 않지만, 어떻든 한무숙 회장님은 취임 이후 협회를 위해 지대한 열정을 아끼지 않으셨다. 앞에서 잠깐 언급한 바 있지만, 사무실 내부 단장까지도 전부 그 어른의 계획과 주도 아래 이루어졌다.

추운 겨울날, 한 회장님께서는 건강치도 못한 노구老軀를 이끄시고 가구점에 들러 집기와 소파 등을 고르시는가 하면, 책상 위에 놓을 필통과 필기구까지도 손수 구입하셨다. 요컨대 사무실의 벽면과 천장, 그리고 사무용품 등이 제대로 조화를 이루어야 한다는 것이었다.

더욱이 한 회장님은 사무실 한쪽에 있는 주방의 수리와 심지어 화장실에서 신는 실내화에 이르기까지 모든 것을 몸소 고르셨다. 오죽하면 소파 앞의 탁자가 높다 하여 단골 목수를 불러 다리를 잘라 내게 하였고, 서가書架 놓을 위치까지 지정해 주셨다. 아무튼 필자는 그때 한 회장님의 세심함에 혀를 내두르지 않을 수 없었다.

이렇듯 사무실이 제 모습을 갖춰 가는 동안 회장단은 물론 운영위원 여러분들의 눈물어린 성원이 있었다. 특히 얄팍한 원고료만으로 생활하시는 대표위원 및 운영위원들께서 회의용 걸상이며 전화기, 가습기, 거울, 심지어 주방용품까지 마련해 주실 때에는 실로 가슴 뭉클한 감동을 느끼지 않을 수 없었다.

병석에 계신 김동리 명예 회장님의 가족은 그 어른의 친필 휘호가 든 액자를 가져왔으며, 한 회장님은 당신께서 손수 그리신 한국화 한 점을 기꺼이 기증하였다. 이로써 김동리 선생님의 글씨와 한무숙 선생님의 그림이 상호 조화를 이루는 가운데 사무실 분위기가 한껏 밝아졌다. 그밖에도 많은 분들이 물심양면으로 도움을 주셨다.

한편, 사무국에서는 김동리 명예 회장님의 친필로 현판을 제작하였다. 이 글씨는 김 명예 회장님께서 병석에 눕기 전에 쓰신 '韓國小說家協會報'의 제호 중 '報'자만 떼 내고 협회의 현판 제자題字로 제작했던 것이다.

이러한 과정을 거쳐 1991년 2월 한국소설가협회는 마포 새 사무실에서 현판식과 함께 입주식을 가졌다. 그날 한무숙 회장님을 비롯하여 대표위원님들은 물론 각 운영위원, 그리고 많은 회원들이 참석하여 가슴 벅찬 기쁨을 나누었다.

그런데 한 회장님께서 가구점과 시장을 출입하며 일일이 사무실 집기를 고르실 때에는 주로 강난경 사무차장이 수행하였다. 강 차장은 한 회장님의 문학적 제자이기도 했지만, 협회의 사무차장으로서 그 어른을 모시는 데 지극한 정성을 쏟았던 것이다.

또한 김호운 사무차장은 직장에 매인 몸이면서도 많은 시간을 할애, 사무실 개설에 힘을 아끼지 않았다. 그는 특히 입주식 당일 막후에서 뒷바라지를 하느라 무진 애를 먹었다.

한편, 염재만 중앙상무위원이 사무실 매입과 관련에 따른 제반 절차를 밟기 위해 동분서주하는 동안 한무숙 회장님은 필자에게 중요한 지시를 내렸다. 그 내용인즉, 김종필 민주자유당 최고위원과 김석원金錫元 쌍용그룹 회장에게 보낼 감사패와 명예회원증을 제작하라는 것이었다.

그 직후 모든 일 다 제쳐놓고는 부랴부랴 감사패와 명예회원증을 만들었고, 회장단은 곧 김종필 민주자유당 최고위원과 김석원 쌍용그룹 회장을 방문하여 그것을 전달하였다. 이는 사무실 개설 약 한 달 전인 1991년 1월의 일이었다. 그 결과 오늘날까지 김종필 민주자유당 최고위원과 김석원 쌍용그룹 회장을 한국소설가협회 명예회원으로 예우해 드리게 되었다.

아무튼 필자는 사무실 개설 이후 매일 사무실에 나가 협회 일을 보았다. 사실은 일이라고 해야 별것 아니었다. 중요한 회의와 행사를 빼고 나면 사무국 업무란 별로 대수로운 것이 없었다. 그렇건만 협회 사무실에 나감으로써 개인 시간, 즉 글을 써야 할 시간이 고스란히 부서졌다. 더욱이 원고지 칸을 메워 구차스럽게나마 처자권속을 거느려야 하는 필자의 입장에서는 생계가 막막한 실정이었다. 따라서 하루하루가 불안하고 초조하기만 했다.

본래 협회의 모든 임원과 집행부 구성원은 무보수 명예직이었다. 따라서 급료 따위는 아예 생각할 수조차 없었고, 오죽하면 어떤 때는 교통비 마련도 아쉬운 판이었다. 한 회장님께서는 항상 이 점을 안타깝게 생각하셨다. 그 어른은 기회 있을 때마다 앞으로는 사무국장에게 얼마간의 급료라도 마련해 줄 거라고 다짐하곤 하셨다.

그렇지만 필자에게는 그 점이 도리어 큰 부담으로 다가왔다. 당초 필자는 사무차장으로 있을 때부터 협회의 재무 구조를 누구보다도 소상히 알고 있었다. 그런 터에 한 회장님께서 급료 문제를 말씀하실 때에는 도리어 그 어른에게 폐를 끼치게 될 것만 같아 마음이 몹시 무거웠다. 막말로 생활비가 필요하면 열심히 글을 쓸 일이었다. 사실 생활비가 필요하여 사무실에 출근할 요량이라면 마땅히 다른 직장에 취직하는 편이 옳을 것이었다.

하늘을 우러러 맹세코 고백하거니와 필자는 협회에서 급료를 받아먹을 생각이 추호도 없었다. 문둥이 콧구멍의 마늘을 빼먹는 게 낫지 아무것도 없는 협회에서 급료를 받는다는 것은 말도 안 되는 소리였다. 필자는 그런 급료가 아니라 해도 글만 써서 살아갈 자신이 있었다. 다만 협회 업무에 얽매이다 보니 시간이 예상 외로 많이 부서짐으로써 글을 쓸 수가 없었다. 바로 그 점 때문에 늘 불만이었던 것이다.

협회에서 손을 떼느냐, 마느냐 하는 문제로 고민을 거듭하고 있을 때 몽매에도 잊지 못할 어떤 사건이 있었다. 임원 회의에 참석했던 어느 선배 한 분이 필자를 향해 심한 질책을 가하는 것이었다. 그 질책의 내용 중에는 개인적인 사소한 감정이 농후하게 배어 있었다. 이 자리에서는 자리가 자리인 만큼 그 내용을 자세히 밝힐 수도 없고, 또 그래서도 안 되지만 어쨌든 필자는 그때 이제야말로 사무국장 직에서 물러나야 할 시점에 와 있다는 것을 직감했다.

한 회장님과 약속한 기간도 본래 '당분간'이었다. 이제는 염재만 중앙상무위원도 자리를 잡았고, 몇몇 트러블 메이커들도 잠잠해진 데다 사무실 개소까지 성공적으로 마쳤으니 그만하면 사실상 내 역할을 할 만큼 한 셈이었다. 말하자면 '당분간'을 잘 이행했다 해도 과언이 아니었다.

그 직후 필자는 협회 사무국장 직에서 스스로 손을 떼었다. 한 회장님과 여러 대표위원 선생님들의 만류가 있었지만, 필자는 무례하게도 그런 만류를 뿌리친 채 사무국장 직을 그만두었다. 이렇다 할 대가도 없이, 오직 봉사의 기쁨만으로 딴에는 애정을 가지고 협회 사무를 보았건만, 공식 회의 석상에서 공격적인 성토를 당하면서까지 그 자리에 눌러앉아 질척거릴 얼간이가 어디 있겠는가.

그 결과 홀가분하게 감투를 벗긴 했지만, 한 회장님과 대표위원 선생님들께는 죄송한 마음을 떨칠 길이 없었다. 한 회장님께서 그토록 의욕적으로 일하시는 마당에 힘껏 보좌해 드리지 못하고 그 자리를 박차고 나올 때의 심정은 이만저만 괴로운 것이 아니었다.

그런 관계로 그 후 한무숙 회장님을 뵐 때에는 차마 낯을 똑바로 들 수가 없었다. 건강치도 못하면서 협회 일을 위해 그처럼 의욕과 정열을 불태우시던 한무숙 회장님. 그런 한 회장님을 보다 잘 모셨어야 하는데 그렇지 못했던 사실이 늘 어깨를 짓눌러 왔던 것이다.

특히 한 회장님께서 병원에 입원하셔서 문병객의 면회마저 사절되는 상황에 이르렀을 때, 필자의 가슴 속에서는 필설로 형언할 수 없는 회한이 사무쳐 왔다. 협회 사무국장 자리를 물러나올 때 그 어른의 재고 요청을 매몰차게 뿌리쳤던 일들이 더욱 가슴을 저리게 했다.

필자는 안다. 한 회장님께서 얼마나 고결하게 사셨는가를. 그리고 불우한 문인들을 위해 얼마나 헌신하셨는가를. 살아생전 그 어른이 보여 주셨던 박애 정신을 아는 사람은 다 아는 것이며, 따라서 그 고매한 인품은 세월이 흐르면 흐를수록, 인간사가 삭막해지면 삭막해질수록 더욱 찬연히 빛날 것임을 믿어 의심치 않는다.

아, 그러나 어쩌랴. 한 회장님의 부음을 듣고 명동성당 빈소로 달려갔을 때, 그 어른은 이미 유명을 달리한 것을. 그날의 슬픈 역사를 필자는 더 이상 적을 수가 없다.

아침 공기가 유난히도 을씨년스럽던 날, 명동성당 영결식에 나갔을 때 많은 분들이 비탄에 잠겨 있었다. 필자는 그날 김광식 박연희 이호철 홍성유 선생님의 비통해 하는 모습을 곁눈질하며 마음속으로 울고 또 울었다. 이토록 허무하게 세상을 떠날 줄 알았더라면 더 성심껏 모셨어야 하는 건데, 명색이 사무국장이랍시고 속만 엄청나게 썩여 드렸으니 그 잘못을 무엇으로 용서 받을 수 있을는지 도대체 가늠할 길이 없었다.

아, 그리운 한 회장님이시여. 이 불민한 사무국장을 한없이 질책해 주시옵고, 그리고 편히 잠드소서. 불초 풋내기 사무국장은 한 회장님 영전에 머리 숙여 명복을 빕니다. (韓戊淑追悼文集『豊饒한 不在』. 韓戊淑財團. 1993)

아, 한하운韓何雲 시인

중학교 1학년 때였다. 우리 1학년 1반 담임 선생님은 미술 선생님이었다. 실력이 특출했다. 한국화와 서양화에 두루 능통했다. 무엇이든 눈 깜짝할 사이에 척척 그려내 우리를 놀라게 했다. 여기에 한 가지 더 큰 놀라움이 있었다. 시를 아끼고 사랑하는 마음이었다.

선생님께서는 우리에게 수시로 한하운 시인의 시를 읊어 주었다. 그뿐 아니라, 교실 뒷면 게시판에 항상 한하운 시인의 작품을 써 붙였다. 선생님의 예술적인 글씨 속에서 한하운 시인의 작품은 더욱 빛나고 있었다.

선생님은 「어머니」「보리피리」「개구리」「파랑새」「전라도 길」「나는 문둥이가 아니올시다」 같은 작품들을 가르쳐 주었다. 이 시들은 비교적 쉬운, 우리 중학생들도 쉽게 이해할 수 있는 작품들이었다. 국어 선생님도 아닌 미술 선생님이 시를 가르쳐 준다는 것 자체가 신선한 충격이었다.

그렇다면 왜 하필 한하운 시인이었을까. 하 많은 시인들 중에서 선생님은 어찌하여 한하운 시인만을 편향적으로 좋아했을까. 그 정확한 내막은 알 길이 없지만, 어쨌든 한하운 시인이 당대 최고의 인기 시인으로 깃발을 펄펄 날리고 있었다는 사실에는 이의가 있을 수 없었다. 아무튼 그때부터 한하운 시인은 어린 필자의 내면에 깊숙이 자리 잡게 되었다.

그 후 고등학교를 거쳐 줄곧 문학 공부를 하는 동안에도 한하운 시인에 대한 관심이 간단없이 증폭되었다. 세월이 흘렀다. 필자는 1970년대 중반 소설가로 데뷔하여 글 쓰는 일을 생업으로 삼았다. 이른바 전업 작가로 근근이 살다 보니 르포나 논픽션 등 소설 이외의 여러 가지 글을 쓰지 않을 수 없었다. 필자의 경우 호구지책으로 사실상 소설 이외의 전기와 시나리오 등 다른 글을 더 많이 썼다.

1980년대 초반이었다. 마침 어느 잡지에서 「한하운 일대기」를 써달라는 청탁이 들어왔다. 한하운 시인은 1975년에 타계한 터라 그때 이미 이 세상 인물이 아니었다. 만약 그분이 생존해 계셨더라면 직접 인터뷰라도 했겠지만, 그럴 수 없는 사정이 참으로 안타까웠다.

필자는 어쩔 수 없이 여러 경로를 통해 본격적인 심층 취재에 들어갔다. 한하운 시인의 모든 작품을 통독한 것은 물론, 그분의 족적을 좇아 눈물겨운 일생을 종합적으로 조명했다. 심혈을 기울여 장문의 원고를 잡지사에 넘겼을 때 편집진이 무척 기뻐했다. 그 「한하운 일대기」는 잡지 속의 부록 형식으로 편집되었고, 마침내 독자들로부터 절찬을 받아 큰 화제를 불러일으켰다.

잘 알려진 바와 같이 한하운 시인은 누구 못지않게 화려한, 남북한은 물론이려니와 일본과 중국 유학에 이르기까지 동북아 국제 무대를 아우르는 학력을 자랑했다. 일찍이 함경남도 함주에서 출생한 그분은 함흥제일공립보통학교를 졸업했고, 이리공립농림학교 수의축산과獸醫畜産科를 거쳐 일본 세이케이고등학교(成蹊高等學校)와 중국 베이징대학(北京大

學) 농학원農學院 및 동 대학원에서 수학했다.

하지만 이 무슨 운명의 저주인가. 그분은 선천적인 나병 환자였다. 성서가 말해 주듯 나병은 오랜 세월 천형天刑으로 알려져 있었다. 정상적인 사람들은 나병 환자를 기피했고, 한하운 시인을 가리켜 '천형의 시인' '나병 환자 시인' '문둥이 시인'이라 불렀다. 그 자신 나병 환자로서의 기구한 운명을 시로써 피를 토하듯 절규했다. 이와 함께 그분은 남들이 손가락질하고 침 뱉는 그 힘든 멍에를 짊어진 채 구라 사업救癩事業, 육영 사업, 출판업 등 폭넓은 사회 활동을 전개하다가 결코 길지 않은 통한의 생애를 마감했다.

아, 한하운 시인. 그분은 속절없이 이승을 떠나 경기도 김포 땅에 잠들었다. 하지만 그분이 남긴 주옥같은 작품들은 우리 문학사를 찬연히 빛내고 있다. (전북대학교 이리농림총동창회 주최 한하운 시인 추모 문학의밤. 전북대학교 익산캠퍼스. 2015)

한하운 시인과 논산 기행

많은 사람들이 한하운 시인을 시성詩聖이라 한다. 시성 한하운기념사업회에서는 회원들끼리 대화를 주고받을 때에도 한하운이라는 존함 앞에 '시성'을 붙이지 않을 경우 벌금까지 물린다고 한다. 지금까지 시성이라는 칭호를 사용하지 않아 벌금을 바친 사람이 얼마인지 알 수는 없지만, 아무튼 일상적인 대화 속에서도 그만큼 한하운을 기리자는 의미일 것이다.

필자는 중학교 시절부터 한하운의 시를 읊으며 자랐다. 「보리피리」「어머니」「개구리」「파랑새」「전라도 길」을 비롯하여 여러 작품들을 외웠다. 그런가 하면 언젠가 한하운 자서전『나의 슬픈 반생기』를 읽었고, 지난 80년대에는 어느 학생 잡지에 「한하운 일대기」를 쓰기도 했다. 시성 한하운 시인과의 이러한 만남은 어쩌면 운명인지도 모르겠다.

현재 필자의 방에는 삼중당 문고 한하운시전집『보리피리』가 꽂혀 있어 종종 꺼내 읽곤 한다. 종이가 벌겋게 변색되어 만지기만 해도 바스라질 것만 같은 고서古書가 되었지만, 이『보리피리』는 아무리 낡아도 버릴 수 없는 불멸의 시집이라 하겠다. 이 책에는 당연히 「은진미륵불恩津彌勒佛」이라는 작품이 수록돼 있다.

> 논산 땅 은진미륵불 / 돌로 살아오신 육십 오척 / 몸 길이가 / 얼굴 길이가 / 균형을 잃은 웅장한 험절의 어처구니없는 / 옛날의 불구자 / …(중략) … / 세월도 / 세상도 / 운명도 / 그렇게만 눈짓하여 / 생각하여도 생각하여도 / 아 그 마음 / 푸른 하늘과 같은 마음 / 돌과 같은 마음 / 불구한 기립(起立) 스핑크스 / 세월도 / 세상도 / 운명도 / 집착을 영영 끊고 영원히 불토(佛土)를 그렇게만 지키는 것인가

필자는 충남 부여에서 태어나 성장했고, 가까운 논산으로 중고등학교를 다녔다. 그러므로 논산은 제2의 고향이라고 말할 수 있다. 바로 논산 관촉사에 은진미륵불이 있다. 좀 더 정확히 말하자면 그 당시 관촉사의 행정상 위치는 논산군 은진면 관촉리였다. 그곳 반야산에 미륵불과 관촉사가 자리 잡고 있다. 그런데 이미 오래 전 논산군이 논산시로 승격되었고, 그 후 은진면 관촉리는 논산읍으로 편입되어 관촉동이 되었다.

반야산 관촉사는 학창 시절 우리가 봄·가을로 소풍을 가는 곳이었다. 중고등학교 재학 중 수차 들락거렸던 관촉사. 그 절 마당에 들어서면 반야산을 병풍처럼 두른 미륵불이 우람한 자태와 인자로운 미소로 우리를 반겨 주곤 했다.

이런 연고로 「은진미륵불」을 읽을 때마다 한하운 시인이 특별한 느낌으로 다가온다. 그분은 살아생전 필경 관촉사를 방문했을 것이고, 미륵불을 만나 유심히 살펴본 뒤 이 작품을 썼을 것이 틀림없다. 어쩌면 미륵불이 응감하여 시인으로 하여금 이 작품을 쓰게 했는지도 모른다. 그렇지 않고서는 이 작품이 탄생될 수 없다.

한 시인은 일찍이 이리농림학교를 다녔는데 그 무렵 이곳 관촉사를 출입했던 것으로 추측된다. 아니면 소록도로 갈 때 전라도 땅으로 들어서기 전 이곳을 거쳐 가지 않았을까 짐작되기도 한다. 그것도 아니라면 소록도를 떠나 서울로 올라올 때 관촉사에 들렀거나 그 훗날 관광차 답사했을 수도 있다. 어쨌든 작품 「은진미륵불」로 미루어 한 시인의 발길이 관촉사에 닿았던 것은 의심할 여지가 없다.

지난가을이었다. 필자는 가까운 문인들 몇 분과 논산 기행에 나섰다. 그때 우리 일행은 명재고택, 돈암서원, 개태사를 거쳐 관촉사를 찾았다. 주변 경관이 학교 다닐 때와는 비교할 수 없을 정도로 많이 달라져 있었다. 절 입구의 초가집들은 찾아볼 수 없고, 그 대신 모든 가옥들이 현대식으로 변모해 있었다. 관촉사 경내에도 여러 채의 건물들이 신축 또는 개축되어 있었다.

하지만 미륵불은 예나 지금이나 변함이 없었다. 반야산에는 울긋불긋 단풍이 물들었지만, 푸른 소나무들은 호위무사처럼 암석 사이로 늘어서서 미륵불을 지키고 있었다. 미륵불은 넉넉한 자태와 인자로운 미소로 우리 일행을 맞이해 주었다. 돌연 춥고 배고팠던 학창 시절이 떠올라 가슴이 먹먹했다. 그와 동시에 문득 한하운 시인이 뇌리를 스쳤다. 경내에 머무는 동안 그분의 「은진미륵불」을 되뇌며 극락왕생을 빌었다.

일행은 관촉사 경내를 관람한 뒤 그곳을 벗어났다. 주차장 언저리의 감나무에는 홍시가 주렁주렁 매달려 있었고, 농가의 담장에는 둥실둥실한 호박들이 가을 햇살에 누릇누릇 늙어가고 있었다. (한하운기념사업회, 『보리피리』 제3호, 2021)

문덕수文德守 선생님 조사弔辭

한국 문단의 거봉이신 심산沁山 문덕수 선생님.

선생님 가시는 길에 이런 조사를 바치게 될 줄이야 꿈에서도 생각하지 못했습니다.

목이 메고 눈물이 앞을 가립니다.
말문이 막히고 온몸이 마구 떨립니다.
그야말로 어안이 벙벙합니다.

일찍이 6·25전쟁 때 육군 장교로 참전하여 국가 유공자 반열에 오르신 선생님께서 지난 세월 국가와 민족을 위해 이룩하신 업적은 이루 열거할 수가 없습니다.

선생님께서는 1956년 『현대문학』을 통해 시인으로 등단하신 이래 줄곧 한국 문단의 중심에 계셨습니다. 더 나아가 문화예술계의 큰 별로 살아오셨습니다.

선생님의 문단 활동은 화려했습니다.

선생님께서는 우리 한국문인협회 시분과 회장을 거쳐 두 차례의 부이사장을 지내시고 국제펜클럽한국본부 회장을 역임하셨습니다.

그런 연유로 두 단체에서는 선생님을 끝까지 고문으로 모셨습니다.

선생님께서는 1973년 시 전문지 『시문학』을 인수하고 김규화 선생님과 함께 한 번도 결호 없이 발행해 오셨습니다. 그 세월이 어느덧 50년을 바라보고 있습니다.

『시문학』은 많은 시인들에게 작품 발표 지면을 마련해 주었습니다. 그동안 『시문학』을 통해 등단한 시인들이 우리 문단을 찬란히 빛내 주고 있습니다.

시문학사에서는 격조 높은 시집과 단행본이 끊임없이 쏟아져 나옵니다.

시문학사에서 시행하는 시문학상은 시인이라면 누구나 타고 싶어 하는 문학상으로 자리매김했습니다.

선생님께서는 그것도 모자라 심산문덕수문학상까지 제정하여 후배 시인들을 격려하고 창작 의욕을 북돋아 주셨습니다.

미당未堂 서정주徐廷柱 선생님과 함께 선생님께서 창립하신 한국현대시인협회는 오늘날 우리나라 시단을 이끌어 가는 시인들의 공동체로 장족의 발전을 거듭해 왔습니다.

선생님께서는 또 한국시문학아카데미를 창설하셨습니다. 이 아카데미의 금요포럼은 자타가 공인하는 거대담론의 광장으로 널리 알려져 있습니다.

이 모두가 선생님 내외분께서 쌓아 올린 거대한 공적입니다.

선생님께서는 세계시인대회 조직위원장으로, 한국문화예술진흥원 원장으로, 또 대한민국예술원 회원으로 우리나라 문화 예술 창달에 크게 공헌하셨습니다.

존경하는 문 선생님.

선생님께서는 시인으로, 문학평론가로, 대학교수로 다방면에 걸쳐 명성을 떨치셨습니다.

언제나 1인 2역, 1인 3역 또는 그 이상의 역할을 감당하시며 종횡무진 동분서주하셨습니다. 그리고 그 모든 분야에서 대성하셨습니다.

선생님의 주옥같은 시와 웅숭 깊은 문학 이론은 우리 문단의 자산으로 남았습니다.

선생님의 문단 제자들은 국내외에서 왕성하게 활동하고 있습니다. 대학 제자들은 우리 사회 각계각층의 중추적 역할을 수행하고 있습니다.

이렇듯 선생님께서 이룩하신 업적은 타의 추종을 불허합니다.

그렇습니다. 선생님은 타고난 천재이면서 노력과 근면과 성실의 표상이셨습니다. 항상 만년필을 잡고 원고지 위에 뭔가를 줄기차게 탐구하셨습니다. 단 1분 1초도 낭비하지 않으셨습니다.

책에서 손을 떼지 않으셨습니다. 그 치열한 집념과 열정은 감히 어느 누구도 따를 수가 없었습니다.

그러면서도 아까운 시간을 쪼개어 산행에 나서곤 하셨습니다. 아무리 건강 관리가 필수라 해도 부지런하지 않고서는 실천하기 어려운 일이었습니다.

선생님은 만인의 귀감이었습니다. 누가 뭐래도 분명 우리 시대 성공 신화의 주역이었습니다.

이제 선생님의 삶과 문학은 불멸의 전설이 되어 후대에 길이 전해질 것입니다. 저 또한 선생님의 그 무궁무진한 노력과 근면과 성실을 두고두고 증언하겠습니다.

아, 존경하는 문덕수 선생님.

선생님 살아 계실 때 한 번이라도 더 찾아뵙고 극진히 모셨어야 하는데 그러지 못해 죄송합니다.

이제 무거운 짐 모두 내려 놓으시고 편안히 떠나십시오.
선생님 영전에 삼가 옷깃 여미고, 영원한 안식을 기원합니다.

2020년 3월 15일

심산 문덕수 시인 대한민국문인장 장례위원회 공동위원장
(사)한국문인협회 이사장 이광복 재배

(세브란스병원 신촌본원 장례식장. 2020. 3. 15)

황명黃命 선생님,
대장부의 보스 기질

1.

시인 황명 선생님과의 인연은 멀리 70년대 중반으로 거슬러 올라간다. 그때 필자는 한국문인협회(약칭 문협)에서 발행하는 『월간문학月刊文學』의 최말단 기자로 일하고 있었는데, 어느 날이던가 문협에 들르신 선생님을 처음 뵙고 인사를 드린 것이 인연의 출발이었던 것 같다.

당시 이사장은 조연현趙演鉉 선생님이었다. 그 무렵 황 선생님은 휘문고등학교에 재직하며 후학들을 가르치고 계셨다. 선생님께서는 종종 문협에 들르시곤 했는데, 그 좋으신 인상과 넉넉하고 너그러운 풍모가 사뭇 매력적이었다.

선생님은 훤칠한 풍모도 풍모지만 그 마음 또한 무척 넓으셨다. 더욱이 선생님께서는 한 번 인정한 사람을 오래 인정하는, 그 대신 한 번 미운 털이 박힌 사람에게는 여간해서 마음을 주지 않는 그런 면을 가지고 계시지 않았나 생각된다.

결론부터 말하자면 필자는 지난날 선생님으로부터 분에 넘치는 사랑을 받았다. 물론 필자가 특별히 잘났다거나, 또는 능력이 출중해서가 아니라, 선생님께서 일방적으로 그런 특별한 사랑을 베풀어 주셨다.

선생님께서 필자에게 왜 그렇게 큰 사랑을 베풀어 주셨는지 필자는 알 수가 없다. 속된 말로 그 어른 마음속에 들어가 보지 않았으니까. 그렇건만 선생님은 필자가 『월간문학』을 떠나 다른 직장을 전전하는 동안, 그리고 시쳇말로 전업 작가가 되어 팔리지도 않는 글줄에 목을 매고 어거지로 아등바등 사는 동안 언제 뵈어도 한결같이 따뜻하고 너그러운 웃음으로 대해 주시며 이 아무개의 일이 바로 당신의 일인 양 이것저것 근황을 묻곤 하셨다.

2.

황명 선생님께서는 누가 뭐래도 정통파 '문협 맨'이었다. 선생님은 문협 시분과 회장, 부이사장 등을 거쳐 남들은 한 번도 하기 힘든 이사장을 제19대와 제20대에 걸쳐 중임하셨다. 그러니까 선생님은 차곡차곡 수순과 단계를 밟아 마침내는 문협의 수장이 되어 큰일을 하신 것이다.

문협 선거 때 많은 사람들이 말했다. 황명 후보는 그동안 써 낸 작품이 별로 없다고. 사실 그랬다. 선생님은 오랜 문단 생활에도 불구하고 별로 시집을 내지 않은 채 가뭄에 콩 나듯 '뜨문딱뜨문딱' 시를 발표하실 뿐이었다. 따라서 겉으로 드러난 현상만 놓고 본다면 선생님은 분명 과작寡作의 시인인 셈이었다.

그러나 어찌 시집의 많고 적음으로 한 시인을 평가할 것인가. 필자는 그런 이야기들이 심심찮게 인구에 회자될 때, 그저 밑도 끝도 없는 코웃음으로 일관하였다. 요즘 마구 써갈기거나 괴발개발 그려낸, 되지도 않은 엉

터리 시집이 넘쳐나는 현상을 감안할 때, 선생님께서는 도리어 '말'을 아끼고 시집 출간을 절제함으로써 더 빛나는 참시인의 길을 가려 하시지 않나 짐작되기 때문이었다.

사실 선생님께서는 얼마든지 시집을 양산할 수 있었다. 당신의 연조로 보나, 또 문단에서의 위상으로 보나 마음만 먹으면 언제든지 시집을 내고도 남았다. 하지만 선생님은 남발을 경계했던 것이고, 그럼으로 해서 질質이 아닌 양量만을 추구하는 자들의 눈에는 그렇게 비쳤을지도 모르는 것이다.

그런데 선생님께서 유명을 달리하신 후 필자의 그런 유추는 마침내 현실로 드러났다. 선생님의 유작 시집을 펴내기 위해 그 편찬 작업에 참여했던 분들이 말씀하시기를, 선생님의 서재를 뒤적여 보니 의외로 미발표 작품이 엄청나게 많더라는 것이었다.

그러면 그렇지. 선생님께서 시를 쓸 줄 몰라 못 썼겠나, 아니면 발표할 지면이 없어 발표하지 못 했겠나. 아니었다. 그게 아니었다. 선생님은 뭔가 나름대로 철저한 절제의 미학을 선험적으로 통찰하고 있었던 것이다.

3.

황명 선생님 계신 곳에 늘 강민姜敏 선생님이 계셨다. 그리하여 사람들은 우스갯소리로 황 선생님 존함과 강 선생님 존함을 맞바꾸어 황민黃敏, 강명姜命… 이렇게 부르기도 하였다.

두 분 선생님은 동국대학교 동문으로서 국문과 선후배이기도 하지만, 필자는 그 두 어른을 뵈올 때마다 언제나 푸근함과 든든함을 느끼곤 하였다. 필자가 생각하건대 두 분 선생님께는 공통점이 있으니, 그것은 쉽게 말해서 도량 넓은 대장부의 보스 기질이라고 하겠다.

또, 두 분은 진정한 우정이 무엇인가를, 인간답게 사는 길이 어떤 것인가를 우리에게 보여 주었다. 황 선생님이 유명을 달리하신 지금, 강 선생님은 서울을 떠나 경기도 양평에 내려가 살고 계시지만, 지난날 황 선생님과 강 선생님이 마주 앉아 넉넉하게 대작對酌을 하거나 식사하시는 모습은 그 자체로서 부럽기까지 하였다.

그 자리에, 정의에 살고 정의에 죽는, 의리를 생명처럼 여기는 소설가 김문수金文洙 선생님까지 합석하게 되면 그야말로 금상첨화라고 말할 수밖에 없었다. 그러나 황 선생님께서 뜻하지 않게 너무 일찍 세상을 떠나심으로써 그렇게 잘 어우러지는 세 분의 합석은 다시 볼 수 없게 되었다.

우리는 지금 인정도, 우정도, 사랑도, 정의도 메말라버린 삭막한 시대에 살고 있다. 외양은 멀쩡하면서도 속은 왜소해질 대로 왜소해진, 그리하여 밴댕이보다 별로 나을 것도 없는 졸졸하고 꾀죄죄하고 오종종한 소인들이 도처에 지천으로 널려 있지 않은가.

모든 것이 각박해질 대로 각박해진 이 재미없는 세상. 하지만 한 시대의 보스로 살다 가신 그 어른의 따뜻한 사랑을 받았다는 사실만으로도 필자는 참으로 행복하다. 어디 그뿐인가. 세상 사람들이 잘아지면 잘아질수록 통 컸던 선생님을 더욱 그리워하며 나의 주님께 그의 영원한 안식을 빌 것이다. (황명시인추모위원회 편 『제자리로 돌아가는 길』. 지혜네. 2001)

이호철李浩哲 선생님의
아주 특별한 은혜

필자는 1970년 6월 5일 적수공권으로 고향을 떠났고, 그 후 낯설기 짝이 없는 서울에서 밑바닥을 박박 기며 젊은 시절을 보냈다. 문자 그대로 맨땅에 박치기 하는 삶이었다. 만약 문학을 향한 내 나름의 열정이 없었다면 어쩌면 삶을 포기했을지도 모른다.

절망과 희망 사이에서 숱한 번민의 나날을 보냈다. 뼈마디가 물러나는 듯한, 그리하여 골병이 들고도 남을 만한 중노동에 시달리면서도 문학에의 꿈은 버리지 못했다. 문학, 그것은 내게 유일한 희망이었다.

1973년 문화공보부(약칭 문공부. 문화체육관광부의 전신) 주최 문예작품 현상 모집 장막희곡 부문에서 당선작 없는 가작으로 입상했다. 서울 땅을 밟은 지 3년만이었다. 이는 분명 암흑을 밝혀 주는 한 가닥 빛이었다. 그때부터 밤잠을 설치며 문학 공부에 박차를 가했지만, 그러나 가야 할 길은 너무 멀고 험난했다.

그 이듬해 이번에는 『신동아』 논픽션 현상 모집에 응모해 당선했다. 그때쯤 해서는 뭔가 일이 좀 풀릴 것 같은 좋은 예감이 들었다. 지난해 문공부 문예 작품 현상 모집에서 입상한 데다 이번에는 논픽션까지 당선함으로써 약간 자신감이 생겼다.

그로부터 2년 뒤인 1976년 드디어 문단의 거봉이신 안수길 선생님으로부터 『현대문학』 소설 부문 추천을 받았다. 이로써 필자는 마침내 문단 말석에 끼어들게 되었고, 주위의 여러 사람들이 소설가로 인정해 주었다. 말하자면 등단이라는 공식 관문을 거친 셈이었다.

하지만 삶은 여전히 핍진했다. 그때쯤 해서는 막노동판을 벗어나 두어 군데 잡지사를 전전하고 있었지만, 여전히 앞은 보이지 않았다. 워낙 가진 것이 없었던 터라 자취방 월세를 내기도 버거운 실정이었다. 겨우 굶어 죽지 않을 만큼 근근이 입에 풀칠이나 하는, 그런 절박한 날들이 속절없이 지나가고 있었다.

1977년 바보처럼 순진한 한 여성을 알게 되어 주제넘게 결혼까지 하게 되었다. 참 한심하고 기막힌 일이었다. 먹고살 방책도 없으면서 감히 결혼을 하다니, 그것은 예정에도 없던 운명이라고밖에 달리 표현할 길이 없었다.

그 이듬해 봄 도서출판 고려원에서 전작 장편소설 원고 청탁이 들어왔다. 이게 웬 횡재인가 싶었다. 지금도 그렇지만, 그 시절에도 별로 알려지지 않은 새내기 신인이 이처럼 장편소설 청탁을 받는다는 것은 쉬운 일이 아니었다. 그때 도서출판 고려원은 역량 있는 신인들을 집중적으로 발굴 육성한다는 파격적인 기획 아래 김신운 우선덕 한각수 이외수, 그리고 필자 등 다섯 사람의 신예 작가와 장편소설을 전격 계약했다.

우리 다섯 사람의 신인들은 앞서거니 뒤서거니 차례차례 장편소설 원고를 출판사에 넘겼다. 그리하여 김신운의 『땅 끝에서 며칠을』(고려원신서·11), 필자의 『풍랑의 도시』(고려원신서·12), 우선덕의 『가브리엘의 침대』(고려원신서·13), 이외수의 『꿈꾸는 식물』(고려원신서·14), 한각수의 『기둥을 때리는 빗방울』(고려원신서·15)이 잇따라 출간되었다.

도서출판 고려원은 주요 일간지에 빵, 빵, 대형 광고를 내는 등 종전에 볼 수 없었던 과감한 마케팅 전략으로 세인을 놀라게 했다. 아니나 다를까, 고려원의 이 같은 전략은 그대로 적중했다. 우리 다섯 사람의 장편소설은 전국의 서점가를 강타하며 이내 적지 않은 돌풍을 일으켰다. 그러자 언론에서도 고려원의 파격적인 기획과 신예 작가들이 불러일으킨 일련의 돌풍을 대서특필했다. 이 과정에서 필자도 일약 매스컴을 타게 되었다.

하늘이 무너져도 솟아날 구멍이 있다고 했던가. 예상치도 못했던 첫 장편소설 출간으로 필자는 벼랑 끝에서 간신히 살아날 수 있었다. 하지만 그 후속 작품을 쓰기에는 고공 행진으로 폭등하는 셋방살이 전세 보증금 충당 등 생활고에 너무 지쳐 있었다. 그해 첫 딸이 태어났고, 단돈 백만 원으로 시작했던 전세 보증금은 천정부지로 뛰어 그 인상분을 감당할 길이 없었다. 그리하여 그 이듬해인 1979년에는 한낮에도 전깃불을 켜놓아야 하는 컴컴한 지하실로 밀려났다. 그 누추한 지하실 두 칸의 전세 보증금은 어느덧 2백 30만 원이었다.

딸이 태어남으로써 한 식구가 불어난 데다 아내는 또다시 두 번째 아기를 가져 만삭이 돼가고 있었다. 그 무렵 우리는 홀로 고향을 지키던 양가의 큰어머니를 모셔왔고, 그로부터 얼마 안 돼 지하실 셋방에는 머지않아 군에 입대하게 될 아우까지 합류했다. 아우는 입대 전까지 밥이라도 먹을 수 있는 직장을 알아보고 있었지만 그게 뜻대로 되지 않아 은근히 애를 태우고 있었다.

설상가상으로 나를 낳아 주신 생가의 어머니는 고향에서 극심한 병고에 시달리며 오늘 낼 오늘 낼 하고 계셨다. 벌이는 없고, 식구들은 많고, 어머니는 병석에서 사경을 헤매시고…. 막막하다 못해 참담하기까지 했다. 필자는 그때 막다른 골목에 서 있었다.

쥐도 막다른 골목에 다다라 퇴로를 찾지 못하면 고양이에게 덤빈다고 했던가. 어느 누구라도 사흘 굶으면 남의 집 담장을 뛰어넘지 않는 자가 없다고 했던가. 아무튼 막다른 골목에 내몰린 나는 어떻게 해볼 재간이 없었다. 죽느냐, 사느냐…. 맨 처음 서울에 와서 막노동판을 헤매는 가운데 죽을 고생을 했지만, 사정이 이 지경에 이르고 보니 앞에 보이는 것이라곤 절망뿐이었다.

그때 한 가닥 희미한 불빛이 보이고 있었다. 뒤늦게 발견한 2백만 원 고료 『월간독서』 장편소설 현상 모집, 즉 독서문학상 사고社告가 그것이었다. 당시 『월간독서』에 그 사고가 몇 달 간 계속 게재되었던 모양인데 필자로서는 그걸 뒤늦게 발견한 것이었다. 그 독서문학상 사고를 발견한 순간 우리 집 전세 보증금 전액과 거의 맞먹는 2백만 원이라는 거액의 현상 고료에 사뭇 군침이 고였다.

응모 마감은 꼭 한 달을 남겨 두고 있었다. 사실 한 달 만에 장편소설을 쓴다는 것은 쉬운 일이 아니었다. 그뿐 아니라 이래저래 갈등이 증폭되었다. 필자는 이미 문단에 등단해 있었고, 지난해 고려원에서 나온 장편소설 『풍랑의 도시』에 힘입어 이름이 약간 알려지기 시작한 터였다. 부랴부랴 어렵게 탈고해서 응모한다 해도 꼭 당선된다는 보장이 없었다.

그러나 내가 가진 재주라고는 글 쓰는 일밖에 달리 아무것도 없었다. 더욱이 젖먹이 딸아이의 분유 값조차 마련하기 어려운 이 살인적인 위기로부터 살아남으려면 당락이야 나중 문제일 뿐 가부간 장편소설을 써서 응모하고 볼 일이었다. 그런 독한 결심을 세운 이후 매일 2백 자 원고지

40장 내외의 원고를 써내려갔다.

하루 40장을 쓰지 못하면 밥도 먹지 않았다. 물론 문 밖에 나가지도 않았다. 그해 8월 18일 향토예비군 비상 훈련으로 딱 하루 셋방 대문 밖에 나갔을 뿐 원고지 첫 장 첫 줄을 시작할 때부터 끝장 끝줄을 마무리할 때까지 책상에서 물러나지 않았다. 책상이라야 사실은 꼭 도마처럼 생긴 앉은뱅이 밥상이었다. 무릎이 물러빠질 지경이었다.

하지만 내 고통보다도 가족들의 생계가 막연했다. 오래 전에 생활비가 거덜 난 터라 그해 여름 우리 가족은 겨우 수제비로 연명하고 있었다. 어쩌다 밥상에 밥이 오르면 그야말로 이게 웬 밥이냐 싶었다. 우리 집엔 그 흔한 선풍기도 없었다. 만년필에 잉크를 가득 채워 작품을 써 내려 가노라면 팔꿈치에서 묻어난 땀이 원고지에 스며들곤 했다.

그렇게 정면 대결을 벌여 마감 직전 장편소설 「목신牧神의 마을」을 탈고했고, 군 입대 대기 중이던 아우에게 부탁해 『월간독서』로 응모할 때에는 부득이 젖먹이 딸아이의 이름을 붙였다. 그건 낙방할 경우에 대비한 일종의 잔꾀이자 안전 장치이기도 했다. 지난해 장편소설 『풍랑의 도시』로 제법 호평을 받았던 터라 만약 낙방한다면, 그리하여 심사평에 이름 석 자가 오르내린다면 이래저래 망신살이 뻗칠 것이기 때문이었다.

그날 이후 한 지인이 경영하던 출판사에 나가 단행본 교정을 보아 주며 얼마 간 용돈을 얻어 썼다. 그러던 어느 날이었다. 하루는 시내의 그 출판사에서 일을 보고 집에 도착했을 때 아내가 기쁜 소식을 전해 주었다. 『월간독서』에서 전보로 당선 통지가 왔다는 것이었다. 그런데 아내는 이상하게도 전보를 보여 주지 않았다. 그 당선 통지를 받고 너무 감격한 나머지 어디엔가 전보 쪼가리를 분실한 모양이었다.

그 이튿날 용기백배하여 동네 공중전화에 동전을 넣고 『월간독서』로 전화를 걸었다. 물론 응모 당시의 젖먹이 딸 이름을 댔다. 그러자 담당자는 필자의 독서문학상 당선을 공식 확인해 주었다. 그때 필자는 비로소 본명을 밝히면서 딸 이름으로 응모할 수밖에 없었던, 다소 양심에 켕기는 저간의 전말을 털어놓았다. 그러고 나서 곧장 종로구 서린동에 있던 『월간독서』 편집부로 달려갔다.

당시 이 잡지의 발행인은 여승구 사장님, 주간은 문학평론가 임헌영 선생님, 편집장은 시인 김창완 선생님이었다. 그분들은 필자를 따뜻이 맞이해 주면서 축하의 말씀을 아끼지 않았다. 필자는 그때 어떤 분들이 심사를 했는지 심사위원 선생님부터 여쭤 보았다. 그날 주최 측에서 밝힌 심사위원은 아, 이호철 신상웅 박완서 선생님이었다. 필자에게는 그 세 분 선생님이 구세주처럼 느껴졌다.

그해 가을 10·26 사태가 발생했고, 박정희 대통령 국장이 치러진 뒤 『월간독서』는 사간동 대한출판문화회관에서 대망의 독서문학상 시상식을 개최했다. 이날 필자는 독서문학상 현상 고료로 2백만 원을 받았다. 이 고료는 지긋지긋한 생활고에 시달리다 못해 천 길 절벽 끝까지 내몰렸던 필자의 일가족을 구해 주는 결정적 활력소가 되었다. 그러므로 졸작 「목신의 마을」을 당선작으로 뽑아 주신 세 분 선생님이야말로 은인 중의 은인인 것이다.

그 후 「목신의 마을」은 월간독서출판부가 단행본으로 출간하였다. 이는 필자의 두 번째 장편소설이었고, 이 책은 심사위원이신 이호철 신상웅 박완서 선생님의 후광에 힘입어 문단 안팎에서 과분한 반향을 불러일으켰다. 이렇듯 필자는 이호철 선생님으로부터 아주 특별한 은혜를 입었다.

하지만 천성적으로 게을러터진 필자는 아직도 선생님의 가없는 은혜에 눈곱만큼도 보답하지 못했다. 참으로 예의와 법도에서 크게 벗어난 숙맥

같은 처사가 아닐 수 없다. 깊이 뉘우치는 마음으로 이 남루한 졸문을 쓴다. 아무쪼록 팔순을 맞으시는 선생님께서 더욱 건강하시고, 뜻하시는 일마다 모두 성취하시기를 기원해 마지않는다. (이호철 팔순기념문집 『큰산과 나』. 국학자료원. 2011)

차범석車凡錫 선생님, 사실주의를 완성한 극작가

이광복 : 선생님, 그동안 안녕하셨습니까.

차범석 : 응. 잘 지내고 있어. 여긴 천국이니까.

이광복 : 다행입니다. 지난 2006년 6월 6일 삼성의료원 장례식장에서 고별 인사를 드리고 이제야 문안을 드리는군요. 죄송합니다.

차범석 : 괜찮아. 다른 사람들도 별로 연락이 없었어. 그러고 보니까 내가 이곳에 온 지도 어언 10년이 지났네. 세월 한 번 참 빠르군. 어떻게 지내는가.

이광복 : 저는 아주 건강하고 행복하게 잘 지냅니다. 최근에는 장편소설 『황금의 후예』를 발간했습니다. 선생님께서는 그곳에서 우리 희곡 문학의 태두이신 유치진 함세덕 오영진 선생님을 만나셨겠네요?

차범석 : 물론일세. 그분들도 다 여기 계시지. 이곳에는 우리나라 희곡 작가뿐만 아니라 소포클레스, 셰익스피어, 헨리크 입센, 안톤 체호프, 유진 오닐, 사무엘 베케트, 외젠 이오네스코, 테네시 윌리엄스 등등 동서고

금의 유명 희곡 작가들이 다 모여 있다네.

이광복 : 그렇다면 그곳에서도 열심히 희곡을 써서 무대에 올리시겠네요?

차범석 : 두말하면 잔소리지. 하루도 거르지 않고 각 극장마다 매일 좋은 연극을 공연하고 있어.

이광복 : 선생님께서는 1955년 조선일보 신춘문예에 희곡 「밀주密酒」가 가작 입선, 그 이듬해 「귀향歸鄕」 당선으로 화려하게 등단하셨습니다. 그 후 「불모지不毛地」 「껍질이 째지는 아픔 없이는」 「산불」 「청기와 집」 「열대어」 「대리인代理人」 「왕 교수의 직업」 「환상여행」 등 주옥같은 작품으로 우리나라 희곡 문학에 찬란한 금자탑을 쌓으셨습니다. 선생님께서 현역으로 활동하시는 동안, 특히 1970년대 이후 우리나라에도 이런저런 실험극이 들어와 성행했습니다. 하지만 선생님께서는 끝까지 사실주의 희곡을 고수하셨습니다. 그 이유가 있습니까.

차범석 : 그야 물론이지. 실험이네 뭐네 하는 것도 사실주의를 완성한 뒤에 출발한 것이거든. 탈바가지만 뒤집어썼다고 해서 우리의 전통 연극이라고 말할 수 없는 것처럼 겉포장이나 무늬만 바꾸었다고 해서 그게 소위 전위 연극, 실험극이라고 말할 수는 없는 거지. 박에다 줄을 긋는다고 해서 수박이 되는 것은 아니잖아. 문제는 작가의 사상과 철학이야. 충분히 내공을 쌓은 뒤에 그 나름의 실험을 하면서 새로운 형식을 추구하는 것 아니겠나.

이광복 : 잘 알겠습니다. 2009년 5월 노무현 제16대 대통령이 타계하시고, 뒤이어 8월에는 김대중 제15대 대통령께서 서거하셨습니다. 또 지난해 11월에는 김영삼 제14대 대통령께서 돌아가셨습니다. 혹시 그분들도 만나셨습니까.

차범석 : 그렇고말고. 김대중 대통령과는 자주 만나 식사도 하고 차도 마시지.

이광복 : 그렇군요. 아무쪼록 우리나라의 문학 발전을 위해 계속 성원해 주시기 바랍니다. 고맙습니다. (가상 인터뷰. 『月刊文學』 2016. 8월호)

홍성유洪性裕 대부님,
부디 건강하십시오

1.

1970년대 중반 필자는 한국문인협회(약칭 문협) 기관지 『월간문학月刊文學』 편집부 기자로 일한 적이 있었다. 그 당시 문협 사무국장은 극작가 오학영吳學榮 선생님이었고, 우리 편집부에는 소설가 조정래趙廷來 선생님과 시인이며 영화감독인 이세룡李世龍 형과 필자가 함께 근무하고 있었다.

그때만 해도 문예지가 손에 꼽을 정도였고, 세상인심이 오늘날처럼 삭막하지도 않았다. 문인들의 경우 서로 만날 수 있다는 것 그 자체를 행복하게 여기던 시절이었다.

그러한 시대적 배경 속에 오늘날과 다른 문단 정서가 맞물려 그 무렵 문협에는 많은 문인들이 출입하고 있었다. 이 자리에서 그분들을 일일이 거명할 수는 없지만, 어쨌든 그 당시 문협이야말로 문인들의 '사랑방' 내지는 '대합실'이라 해도 과언이 아니었다.

다소 서두가 길어졌지만, 필자는 그때 『월간문학』에 근무하면서 백파伯坡 홍성유 선생님을 처음으로 뵈었다. 선생님께서는 새까맣게 잊으셨겠지만, 당시 홍 선생님은 소설가 곽학송郭鶴松 선생과 함께 잠시 문협에 들르신 적이 있었다.

그때 선생님께서 처음으로 식도락食道樂과 관련된 원고를 주시지 않았나 생각된다. 아마 오학영 국장께서 청탁했는지 어땠는지 그 확실한 내막은 알 길이 없지만, 어쨌든 가져 오신 원고가 소설이 아니었던 것만은 분명히 기억하고 있다.

그 당시 필자는 선생님께 의례적인 인사만 드렸을 뿐 사담私談 한 말씀 드릴 수가 없었다. 지금도 그렇지만, 그때 역시 대가들이나 까마득한 선배들을 뵐라치면 괜히 고양이 만난 쥐새끼처럼 괜히 오금이 저리고 야코가 죽어 벌벌 떨지 않을 수 없었던 것이다.

선생님을 처음 뵈었을 때도 예외일 수가 없었다. 필자는 아무 죄 지은 것도 없으면서 우물쭈물 인사만 드리고 잠시 쭈뼛거리다가 물러나버렸다.

그러나 속마음까지 반드시 그런 것은 아니었다. 그래도 문협에 근무하다 보니 비록 급료는 적지만 저런 어른도 다 뵐 수 있다는, 말하자면 일종의 긍지와 자부심 같은 것을 느낄 수 있었던 것이다.

더욱이 필자는 문학 수업을 시작한 이래 홍 선생님에 관해 이것저것 많은 정보(?)를 챙기고 있었다. 그렇기 때문에 홍 선생님을 처음 뵙는 순간 아, 저 어른이 바로 홍성유 선생님이시구나, 하고 마음속으로 짤막한 탄성을 자아냈다.

하지만 아무런 연고도 없으면서 홍 선생님께 가까이 다가간다는 것은 언감생심 꿈도 꿀 수 없었다. 나이도 새파랗게 어린 데다 천성적인 수줍음과 부끄러움 때문에 필자로서는 감히 그 어른 근처에 얼씬거리기도 어려운 실정이었다.

그런데 필자가 문협을 떠나 다른 직장으로 전전하게 된 뒤로는 먼발치로나마 선생님을 뵐 기회가 없었다. 더욱이 문협을 떠난 이후 필자는 '먹고사는' 일에만 충실하기로 작정하여 문단 쪽에는 기웃거리지도 않았다.

그러다가 그로부터 얼마 후 필자는 다시 문단 행사에 얼굴을 내밀기 시작하였다. 그동안 신변에 많은 변화들이 있었고, 특히 실업자가 된 이후로는 머리 터지게 바쁜 일도 없기 때문이었다.

말이 나왔으니까 얘기지만, 필자는 아직도 실업자 생활을 하고 있다. 남들은 듣기 좋은 말로 전업 작가니 뭐니 하지만, 인기 작가도 아니면서 글 팔아 생계를 도모한다는 것은, 자기 비하가 아니라 실지로 준準 실업자의 범주에 든다 해도 결코 망발이 아닌 것이다.

화제가 샛길로 빠진 것 같지만, 이렇듯 실업자로 살아가는 동안 필자는 이삿짐에 개 따라나서듯 여기저기 문단 행사에 꼬박꼬박 참여하게 되었고, 그 과정에서 오래 만나지 못했던 문우들을 비롯하여 참으로 많은 분들을 다시 만날 수 있었던 것이다.

그중에는 필자를 각별히 아껴 주는 분들도 많았다. 필자는 그런 분들과 어울리는 재미로 자주 문단 행사에 얼굴을 비쳤다. 특히 한국소설가협회 행사에는 단골손님 정도가 아니라 아예 약방의 감초 격이 돼 가고 있었다. 그러던 어느 해던가, 필자를 귀엽게 보아 준 어느 분이 다리를 놓아 홍 선생님 곁으로 훨씬 가까이 다가갈 수 있었다.

물론 선생님께서는 오래 전 문협에서 인사드렸던 일을 까마득히 잊고 계셨지만, 필자는 해묵은 씨오쟁이 들춰내듯 어쩌구저쩌구 지나간 사연을 생략한 채, 천연덕스럽다 싶을 정도로 시치미 뚝 떼고 처음 뵙는 것처럼 인사드렸던 것이다.

그러고 나서 또다시 상당한 세월이 흘렀다. 세월은 망각의 어머니라고 할까, 세월이 지나면 사랑도 미움도 모든 것이 잊혀지게 마련이지만, 그러나 필자는 그동안에 만났던 모든 분들과의 소중한 인연을 최대한 오래 간직하려고 애써왔다.

2.

1985년 12월, 타이완(臺灣) 타이페이(臺北)에서 제5회 한중작가회의韓中作家會議가 열렸다. 당시 한국소설가협회 측에서 참가한 임원 및 회원은 총 38명으로 일행 중에는 홍 선생님도 계셨다.

필자도 말석에 끼어 난생 처음 남의 나라 땅을 밟을 수 있었는데, 홍 선생님을 모시고 술을 마신 것은 그때가 처음이었다. 선생님께서 조선일보에 연재하던 장편소설 「인생극장人生劇場」(출판할 때에는 『장군將軍의 아들』로 개제)이 한창 폭발적인 인기를 누릴 때였다.

한편 홍 선생님께서는 1987년 한국소설가협회 중앙상무위원에 취임하였다. 선생님께서는 신문에 연재소설 쓰랴, 맛있는 집 취재하랴, 때로는 기업체 사사社史 편찬하랴, 그 바쁜 일상 속에서도 한국소설가협회 중앙상무위원에 취임하신 이후 협회 발전을 위해 헌신적인 노력을 기울였다.

1989년 1월 한국소설가협회 임원 개선이 있었다. 그때 홍 선생님은 다시 중앙상임위원에 연임되었고, 필자는 뜻밖의 사무차장에 임명되었다. 필자가 어떤 경위로 그 자리에 임명되었는지 전혀 알 까닭이 없었고, 지금까지 알려고 하지도 않았지만 어쨌든 전혀 예상치 못한 '감투'를 쓰게 되었던 것이다.

그로부터 며칠 후 청담동 김동리金東里 회장님 댁에서 조촐한 모임이 있었다. 굳이 모임의 성격을 따진다면, 세배를 겸한 집행부 상견례 같은 회동이었다. 참으로 대단한 어른들을 모시고 술을 마시는데, 필자로서는 너무 긴장되어 그 술을 제대로 즐길 수가 없었다.

한편, 그해 여름 한국소설가협회는 충남 부여에서 제11회 정기심포지엄을 열기로 결정하였다. 부여는 바로 필자의 고향인 데다 협회 집행부의 말석에 합류한 이후 처음으로 여는 대규모 행사인지라 여간 신경 쓰이는 것이 아니었다.

이 과정에서 필자는 몇 차례 부여를 오르내렸고, 행사 직전에는 중앙상무위원이신 홍 선생님을 모시고 현지로 내려가 준비 상황을 최종적으로 점검하였다. 지금도 가끔 선생님과 그때 일을 돌아보곤 하지만, 그 과정에서 몇몇 덜 떨어진 지방 벼슬아치가 보여 준 오만과 무례는 상식을 초월하는 수준이었다.

그럼에도 불구하고 한국소설가협회는 그 심포지엄을 잘 치르기 위해 백방으로 노력하였다. 특히 선생님께서는 말없이, 결코 드러내지 않으면서 행사 진행의 주역을 맡아 동분서주하였다. 당시 김종필金鍾泌 신민주공화당新民主共和黨 총재가 한국소설가협회 심포지엄에 비상한 관심을 기울이게 된 것도 우연한 일이 아니었다.

두말할 나위도 없이 그 심포지엄은 매우 성공적이었다. 그 심포지엄에서 논의된 주제도 시의적절한 것이었지만, 물심양면으로 지원을 아끼지 않았던 김종필 총재가 행사장에 참석하여 융숭한 주연酒宴까지 베풀어 주었을 뿐만 아니라 이듬해 심포지엄까지 후원해 줄 것을 흔쾌히 약속하였다.

지금도 홍 선생님을 뵙게 되면 이따금 부여 심포지엄에 관한 대화를 나누곤 하는데, 김종필 총재가 현지에 도착하자 기를 쓰고 엉겨 붙던 그 무렵의, 지방자치제가 실시되기 이전의 현지 벼슬아치들을 생각할라치면 그저 쓴웃음이 나올 뿐인 것이다.

어쨌든 부여 심포지엄의 연장선상에서 그 이듬해 10월 제주도 서귀포 프린스호텔에서 한국소설가협회 제12회 정기심포지엄이 열렸다. 이 심포지엄을 위해 당시 김종필 민주자유당民主自由黨 최고위원이 다시금 후원을 아끼지 않았다. 그는 3당 합당이라는 정계 개편에도 불구하고 지난해 부여에서의 약속을 지켰던 것이다.

그는 멀리 서귀포까지 날아와 우리 회원들과 자유롭게 어울렸다. 그때 홍 선생님께서 그분에게 또 다른 지원을 요청하였다. 한국소설가협회가 번번한 사무실 하나 갖지 못해 남의 출판사에 빌붙어 곁방살이하는 실정을 토로하면서 자그마한 오피스텔이라도 마련해 주었으면 좋겠다고 요청한 것이었다. 그 말을 듣고 김 최고위원은 한 술 더 떠서 “소설가는 역시 ‘작을소小’자를 쓰고 있어서 요청이 그것밖에 안 되는 모양”이라고 호탕하게 웃으면서 대인다운 통 큰 면모를 보여 주었다.

필자는 결코 이 자리에서 특정 정치인을 홍보하려는 것이 아니다. 그리고 물질적인 지원 그 자체를 미화할 마음도 없다. 오직 두 분 사이의 변함없는 인간적 우의와 유대를 강조하려는 것이며, 더 나아가 한국소설가협회의 발전 과정을 잠시 더듬어 보려는 것이다.

어쨌든 서귀포 심포지엄이 있은 뒤 한국소설가협회는 쌍용그룹의 지원으로 일약 2억 원의 기금을 마련하게 되었다. 이에 따라 협회는 여기저기 옮겨 다니던 더부살이 신세를 면하고 마포에 그럴 듯한 사무실을 마련할 수 있었던 것이다.

그러나 작용이 있는 곳에 순기능만 있는 것은 아니었다. 일부 회원들 사이에서 홍 선생님의 공로를 흠집 내기 위해 별로 설득력 없는 잡음을 유포시킨 것도 사실이었다. 이제껏 협회를 위해 눈곱만큼도 관심을 두지 않던 사람들이, 그것도 협회 일에 사사건건 트집만 잡고 고춧가루를 뿌리던 사람들이 근거 없는 낭설을 퍼뜨리는 가운데 소위 집행부 '발목 잡기'랄까 '흠집 내기' 또는 '깎아내리기'에 열을 올리는 것이었다.

한편, 한국소설가협회는 그해 12월 대학로 한국문화예술진흥원(한국문화예술위원회의 전신) 강당에서 정기총회를 개최하였다. 이 총회에서 임원 개선이 있었다. 김동리 회장님의 와병이 장기화됨에 따라 총회의 의결을 거쳐 한무숙 회장 대행을 새 회장으로 선임하고 김동리 회장님을 명예 회장으로 추대하였다.

그때 홍 선생님은 구인환丘仁煥 선생님과 함께 회장단의 대표위원으로 선임되었다. 홍 선생님의 후임 중앙상무위원으로는 염재만廉在萬 사무국장이 선임되었다. 그로부터 얼마 후 필자는 염 선생님의 후임 사무국장으로 임명 받았다. 필자는 '당분간'이라는 전제로 그 직을 맡았다가 일다운 일도 못해 보고 중도에 사임하였다.

그러나 필자에게도 할 말은 있다. 좀 더 세월이 흐른 뒤 모든 보따리를 왕창 털어놓을 날이 있을 것이다.

3.

무작정 상경 이후 모든 것이 뒤틀리고 꼬이기만 하여 필자는 형극荊棘의 길을 걷는 가운데 많은 상처를 받았다. 공동묘지에 가서 물어 봐도 핑계 없는 무덤 없다고 하지만, 사실 필자는 나이에 걸맞지 않게 가혹한 현실과 싸우며 신산고초辛酸苦楚를 헤쳐 나오는 동안 성격이 꽤 전투적으로 변모했다.

그럼에도 불구하고 끝까지 절망하거나 좌절하지 않고 강인하게 버틸

수 있었던 원동력은 '믿음'과 '희망'이었다. 윤동주尹東柱 시인의 시에 나오는 표현처럼, 하늘을 우러러 한 점 부끄럼 없이 살기를 갈망하면서 딴에는 대의와 명분을 소중히 여기며 열심히 살아왔다.

그러나 삶이란 자신이 작성한 시나리오대로 진행될 수 없음을 알게 된 것은 제법 철이 든 뒤의 일이었다. 모진 시련 속에서 피난 보따리 같은 구차스러운 삶을 지탱해 온 그 뒤안길에는 나만이 아는 '눈물'이 있었다.

그러한 우여곡절 속에서도 참으로 범상찮은 일이 있었다. 홍 선생님을 뵙게 되면 이상하다 싶을 정도로 마음이 푸근해지고 편안해졌다. 특히 선생님의 깨끗한, 전혀 욕심이 없는, 그리하여 한 점 색칠도 하지 않는 하얀 도화지 같은 인품 앞에 저절로 고개가 숙여지면서 뭐라고 설명할 수 없는 '위안'이 생겼다.

특히 필자가 가정적으로 감당하기 어려운 파란과 풍파를 겪고 있을 때 선생님께서 베풀어 주신 온정을 잊을 수가 없다. 남들이 어쩌구저쩌구 입방아를 찧으며 손가락질을 하거나 안주거리를 삼을 때에도 선생님께서는 아이들 엄마와 '구순하게' 살라고 따뜻이 타일러 주셨다.

그뿐 아니라 선생님께서는 우리가 그렇게 살 수 있는 여러 가지 여건과 분위기를 만들어 주셨다. 그것을 노골적으로 표현하기는 어렵지만, 선생님께서 그런 조건을 만들어 주심으로써 필자는 모든 갈등을 극복하고 아이들 엄마와 '구순한' 생활을 되찾게 되었으며, 사랑의 증표인 양 1996년 7월 12일 득남得男까지 하게 되었다. 불혹不惑을 훨씬 넘겨 지천명知天命을 바라보는 나이에 극적인 '사건'이 발생한 것이다.

이 늦둥이 아들을 낳고 나서 필자의 인생관은 또 한 차례 급선회하였다. 이제까지의 거친 생활 태도가 후회스러웠고, 앞으로는 뭔가 달라져야 한다는 절실한 자각이 분출했다. 의도적이든, 그렇지 않든 그것은 별로 중요한 것이 아니고 마음속으로부터 저절로 큰 변화가 일어났다.

이러한 맥락에서 필자는 오래 전부터 마음먹고 있던 종교 문제를 생각했다. 즉, 천주교에 입교하리라 결심하고는 천주교 신자이신 선생님께 조용히 상의 말씀을 드렸다. 선생님의 세례명은 토마스 모어, 부인 임설자任雪子 여사님의 세례명은 카타리나. 선생님께 종교 문제를 말씀드릴 때, 필자는 어디까지나 정식으로 교리 공부부터 하고 영세를 받겠노라고 분명히 다짐했다. 하지만 선생님께서는 영세부터 받고 교리 공부를 해도 괜찮다고 말씀하시면서 아주 파격적인 세례성사를 주선해 주셨다.

1996년 12월 31일 심야, 홍 선생님의 부름을 받고 돈암동 선생님 댁으로 달려갔다. 사모님께서 손수 운전하시는 승용차에 올라 평창동 '피정의 집'을 찾아 자정 미사에 참례하였고, 새해 첫 주일인 1997년 1월 5일 역시 같은 장소에서 원로 성직자이신 박귀훈朴貴勳 요한 신부님으로부터 세례를 받았다.

대부는 당연히 홍 선생님이었고, 필자는 '프란치스꼬 카라치올로'라는 세례명과 함께 천주교 신자로 거듭나게 되었다. 나중에 알게 된 일이지만, 홍 선생님께서는 은연중 소설가 안장환安章煥 선생님으로 하여금 필자의 대부가 되기를 생각하셨던 모양인데, 하필이면 그날 안 선생이 허리를 다쳐 거동을 못하게 되자 홍 선생님께서 몸소 대부를 맡아 주셨다. 이로써 홍 선생님과 필자는 떼려야 뗄 수 없는 종교적 부자 관계를 맺게 되었던 것이다.

그 뒤로도 필자는 몇 주 동안 줄곧 '피정의 집'에 가서 주일 미사에 참례하였다. 그곳에 가면 홍 선생님께서 회장직을 맡고 있는 백운회白雲會 회원들이 번갈아 가면서 점심까지 내기 때문에 한 번 갔다 하면, 미사 드리고, 점심 먹고, 약수 마시고, 맑은 공기 마시고, 선배 교우들과 친교의 시간을 갖는 것은 물론이려니와 그곳까지 오르내리는 동안 다리 운동까지 하게 되어 좋은 점 한두 가지가 아니었다.

그런데 본당 레지오 마리애 활동을 하면서부터는 현실적으로 그곳에 가기가 어렵게 되었다. 마음이야 어디로 갈까마는 본당에서도 주일마다 할 일이 많기 때문이었다.

늦게 배운 도둑질이 날 밝는 줄 모른다던가, 필자는 입교 이후 신앙인다운 신앙인이 되기 위해 최선을 다하고 있다. 홍 선생님의 대자라는 사실에 무한한 긍지와 자부심을 느끼면서, 어떤 때는 본당 교우들에게도 그것을 자랑삼아 이야기하면서 딴에는 열심히 신앙생활을 하고 있다.

4.

홍 선생님께서 올해 고희古稀를 맞는다는 것은 진작부터 잘 알고 있었다. 그렇다면 무엇인가 마땅히 기념비적인 사업이 필요하지 않을까 생각하였다. 그러던 차에 한국소설가협회 이기윤李起潤 사무국장이 기념 문집 발간 문제를 정식으로 거론하였다.

필자는 대뜸 매우 훌륭한 기획이라고 찬사를 보냈다. 그런데 시집가는 날 등창 난다고 하필이면 선생님께서 고희를 맞이하시는 이 계절에 필자는 장기간 해외여행을 떠나게 되었다. 공교롭게도 선생님께서 김광식金光植 회장님의 뒤를 이어 1995년부터 회장직을 맡고 계시는 한국소설가협회의 추천으로 해군사관학교 제52기 순항 훈련을 참관하게 된 것이다.

한편, 필자는 한여름의 폭염과 싸우면서 200자 원고지 기준 장장 1만여 장에 이르는 작품을 전작으로 탈고하였다. 새 작품은 청소년을 위한 「삼국지」로서 출국 이전까지 모든 원고를 끝내야 한다는 강박 관념까지 겹쳐 이만저만 애를 먹은 것이 아니었다.

이 작품은 지난해 여름부터 시작하여 출항을 꼭 4일 앞둔 엊그제, 좀 더 정확히 말하자면 8월 31일에야 탈고하였다. 그 글을 쓰는 동안 필자는 세상이 어떻게 돌아가는지도 알 수가 없었으며, 그처럼 분주했기 때문에 이 근래에는 선생님을 자주 뵐 수도 없었다. 다만 이따금 전화로 안부를 여쭙곤 했을 뿐이다.

이제 필자는 9월 4일부터 12월 16일까지 104일 동안 미주 7개국 11개 항구를 돌아오기로 되어 있다. 따라서 필자는 홍 선생님의 고희와 관련하여 어떤 역할도 할 수 없는 처지가 되었으니, 선생님으로부터 일방적인 은혜만 입고 매번 중요한 고비에서 작으나마 보답의 기회를 놓치고 있다.

더욱이 홍 선생님께서 기념 문집을 봉정 받으실 때쯤이면, 우리 해군 함대는 하와이에서 캐나다 밴쿠버 항구로 항해하게 된다. 필자는 그 함상에서 선생님을 위해 간절히 기도를 올리는 일 이외에 달리 무슨 방법이 없을 것이다.

5.

집에서 가족들과, 또는 주위의 문우들과 종종 홍 선생님에 관해 이바구 저바구 객담을 늘어놓을 때가 있다. 홍 선생님이야말로 그 인품과 덕망이 훌륭한 어른이어서 미주알고주알 떠드는 것이 귀신 씻나락 까먹는 소리에 지나지 않을 뿐이로되, 필자가 홍 선생님을 화제에 올릴 때마다 꼭 짚고 넘어가는 대목은 건강문제라 하겠다.

산전수전 다 겪으신 때문일까, 홍 선생님의 건강은 한 해 한 해가 다르게 느껴질 정도로 급속히 주름살의 골이 깊어 걱정이다. 주위의 다른 분들을 보면, 누구누구를 굳이 거명하지 않더라도 그 연세에 꼬장꼬장한 분들이 많은데, 홍 선생님은 불과 몇 해 사이에 주름살이 부쩍 늘었고, 얼마 전에는 병원 출입까지 하셨으니 실로 안타까운 노릇이다.

그러나 필자는 안다. 선생님의 마음이 얼마나 젊고 건강한가를. 겉은 피둥피둥하면서도 마음이 쭈그렁바가지처럼 늙어 조로早老 현상을 나타내는 사람이라든가, 늙기도 전에 노욕老慾으로 눈 먼 사람들이 지천으로 널려 있는 세태 속에 홍 선생님처럼 사심 없는 어른도 드물 것이다.

그런 점에서 홍 선생님은 어느 청년 못지않게 맑고, 밝고, 깨끗하고 미래지향적일 뿐만 아니라, 그렇기 때문에 희수喜壽, 미수米壽, 백수白壽를 뛰어넘으며 주옥같은 작품을 쓰시리라 믿어 의심치 않는다. 아울러 하시는 일이 모두 하느님의 은총으로 누에고치에서 명주실 풀리듯 쏴악쏴악 풀리도록 간절히 기도드리는 바이다.

이제 백파 홍성유 선생님, 제 대부님의 고희를 맞아 온 정성 다하여 감축 드리며, 사모님과 금쪽같은 외동따님, 그리고 서랑壻郞에게도 거듭 축하의 말씀을 드린다. 대부님, 부디 건강하십시오. (伯坡 洪性裕 古稀記念文集『고희 언덕 위에서 내 마음 속의 백파』. 도서출판 삼문. 1997)

함동선咸東鮮 선생님 팔순을 기념하며

이 세상에는 여러 유형의 사람들이 살아가고 있다. 잠깐 주위를 돌아보면 외모, 개성, 직업 등등 사람들의 유형은 그야말로 천태만상이 아닐 수 없다. 뒤집어 말하자면, 이 세상이야말로 그렇게 다양한 사람들이 엉기덩기 모여서 살아가는 공간이라고 하겠다.

그중에는 목소리가 필요 이상으로 큰 사람도 적지 않다. 시도 때도 없이 목소리를 높여 왝왝대는 사람들. 그런가 하면 그것도 모자라 시도 때도 없이 선후배나 동료들을 향해 삿대질 해대는 사람들까지 있는 것이다.

문단이라는 사회도 예외는 아니다. 그 많고 많은 문인들 중에는 별 볼 일도 없으면서 괜히 목소리만 높이는 사람들이 있다. 그런가 하면 어느 날 갑자기 중뿔나게 불거져 나와 갈 데 안 갈 데 가리지 못하고 여기저기 끼어들어 이것저것 참견하거나 쓸데없는 언행으로 남의 눈살을 찌푸리게 하는 인사들도 적지 않다.

목소리 큰 사람 주변에는 언제나 낯 붉힐 일이 생기게 마련이다. 자기

몫만 챙기려 드는 이기적인 사람들. 그런 사람들일수록 다른 사람의 입장을 생각하지 않고 자기 주장만 앞세우는 터라 엉뚱한 마찰과 충돌을 일으킬 수밖에 없다.

그 반면, 오직 할 일만 하면서 늘 조용하게 지내는 분들이 있다. 목소리를 낮출 데까지 낮추고, 말수를 줄이면서도 후배들로부터 존경받는 문인들. 그런 점에서 시인 함동선 선생님이야말로 늘 조용한, 그러면서도 해야 할 일을 다 해내는 문인 중의 문인, 학자 중의 학자, 선비 중의 선비라 상찬한들 크게 어긋남이 없을 것이다.

행여 땅이 꺼질세라 가만가만 발자국을 떼어놓는 행보가 그렇고, 혹여 상대방의 귀가 따가울세라 조용조용 말씀하시는 그 인품에 사뭇 존경을 보내지 않을 수 없다. 빈 수레가 요란하다는 말을 역설적으로 증명해 보이려는 것일까, 아무튼 외유내강의 전형이라 할 함 선생님께서는 도리어 그렇게 조용한 말씀과 몸가짐으로 특유의 기품을 자아내는 것이다.

1930년 황해도 연백에서 출생한 함 선생님께서는 6·25 때 단신 월남, 서라벌예술대학 문예창작과를 졸업하고 1958년 저 유명한 『현대문학』 추천으로 등단한 뒤 시인의 길을 걸어오는 가운데 고교 교사를 거쳐 오랜 세월 대학교수로 봉직하는 동안 숱한 후학들을 가르쳐 냈다. 정년 후에는 종로구 명륜동에 개인 사무실을 마련, 시작詩作에 전념하면서 산행山行과 여행 등으로 자못 편안한, 축복으로 가득한 나날을 보내 왔는데 급기야 팔순을 맞아 이렇듯 기념비적 문집을 발간하게 된 것이다.

누가 뭐래도 함 선생님은 가장 모범적인 삶을 살아왔다. 혈혈단신으로 월남한 뒤 적수공원으로 앞길을 개척하느라 얼마나 험난한 가시밭길을 헤쳤을까. 강화도 북단에만 서면 강 건너로 빤히 바라보이는 지척의 고향집. 그러나 그 고향을 떠나온 뒤 오늘날까지 다시 돌아갈 수 없게 된 그 실향의 아픔은 또 얼마나 컸을까.

하지만 함 선생님은 오늘날까지 온갖 역경을 헤치며 순전히 자력만으로 영광의 성공 신화를 일궈냈다. 그러니까 함 선생님의 입지전적 일대기一代記야말로 그 뒤를 따르는 저 무수한 후배와 후학들에게 좋은 귀감이 되고도 남는다 하겠다.

필자는 그동안 한국문인협회, 국제펜클럽한국본부 등 문학 단체에 깊이 관계하면서 함 선생님을 비교적 자주 뵐 수 있었다. 또, 때로는 함 선생님을 모시고 식사를 하거나 차를 마신 적도 있었다. 그때마다 함 선생님께서는 간결하게 꼭 필요한 말씀만 하시곤 했다. 앞에서 말했다시피 별 볼일도 없으면서 괜히 목소리만 높이는 어설픈 면면들에 비한다면 함 선생님은 언제나 목소리를 낮추고 말수를 극도로 줄임으로써 특유의 기품을 보여 주셨던 것이다.

언제나 조용한 시인 함동선 선생님. 아무쪼록 함 선생님께서 더욱 건강하시고, 우리 문학사에 찬연히 빛나는 시인으로 길이 남으시기를 기원해 마지않는다. (함동선 시인 팔순기념문집『쓸모없는 나무』. 문학공원. 2009)

남정현南廷賢 선생님 조사弔辭

사단법인 한국문인협회 고문이신 원로 소설가 남정현 선생님.

며칠 전 선생님께서 위독하시다는 소식을 들었습니다. 그날 이후 저는 신경이 날카로워져서 다른 일을 하기가 무척 힘들었습니다. 물론 잠도 제대로 이룰 수가 없었습니다. 언제 부음이 날아들지 모르는지라 신경을 바짝 곤두세우고 있었습니다.

동짓날인 어제였습니다. 이른 아침 선생님께서 운명하셨다는 비보를 들었습니다. 이미 예고되어 있던 일이라 해도 그 비보를 듣는 순간 정신이 몽롱해지면서 두 뺨에 경련이 일고 손발이 부들부들 떨렸습니다. 충격이 컸습니다. 가까스로 정신을 추스르고 빈소로 찾아뵈었을 때 선생님께서는 영정 속에서 침묵을 지키고 계셨습니다.

존경하는 선생님.

선생님께서는 1958년 『자유문학』을 통해 문단에 나오셨습니다. 첫 작품은 단편소설 「경고구역」이었고, 그 이듬해 「굴뚝 밑의 유산」으로 우리 문단의 샛별로 떠올랐습니다. 그때 선생님을 문단으로 이끌어 주신 추천위원이 대작가 남석 안수길 선생님이었습니다. 안 선생님의 첫 제자가 되신 것입니다.

선생님은 작품을 발표할 때마다 문단에 신선한 충격을 던지며 세상의 주목을 받았습니다. 동인문학상 수상작인 「너는 뭐냐」를 비롯하여 모두가 문제작이었습니다. 선생님 특유의 풍자는 어느 누구도 모방할 수가 없었습니다.

1965년 『현대문학』에 발표하신 「분지糞地」는 풍자와 해학의 압권이었습니다. 탁월한 명작이었습니다. 그런데 웬걸 선생님께서는 이 작품으로 전대미문의 필화를 겪어야 했습니다. 그 후 선생님께서는 수차에 걸쳐 검속과 옥고를 치렀습니다. 선생님의 고통은 한국 문학의 고통이자 우리 겨레의 고통이었습니다.

대작가이신 남 선생님.

저는 문학청년 시절 선생님의 작품을 거의 다 섭렵했습니다. 선생님의 작품 속에는 배울 점이 참 많았습니다. 그래서 선생님을 꼭 뵙고 싶었습니다.

저는 1976년 『현대문학』을 통해 첫 추천을 거쳐 그 이듬해 완료 추천을 받았습니다. 그때 저를 추천해 주신 어른이 바로 안수길 선생님이었습니다.

추천 완료를 받았던 그해 설날 종암동 안수길 선생님께 세배 올리는 자리에서 남 선생님을 처음 뵙고 인사를 드렸습니다. 어느덧 44년 전입니다. 안 선생님 댁에는 평론가 신동한 선생님, 번역문학가 안인길 선생님, 소설가 최인훈 선생님, 박용숙 선생님, 김국태 선생님이 계셨습니다.

1977년 4월 18일 우리의 스승이신 안수길 선생님께서 서거하셨습니다. 라일락 향기가 진동하던 그때 이 땅의 모든 문인들이 빈소를 찾았고, 영결식은 한국문화예술진흥원 광장에서 문인장으로 엄수되었습니다. 남 선생님의 피맺힌 오열과 최인훈 작가의 애끓는 조사와 여러 사람의 애도를 뒤로 한 채 안 선생님께서는 경춘가도 옆 모란공원 유택에 안장되어 고이 잠드셨습니다. 결국 저는 안 선생님의 막내 제자가 되고 말았습니다.

그렇습니다. 남 선생님은 안수길 선생님의 첫 제자였고, 저는 막내 제자로 살아왔습니다. 그런 인연으로 저는 남 선생님을 극진히 섬겼고, 남 선생님께서는 저를 각별히 아껴 주셨습니다.

안수길 선생님께서 돌아가신 이후 사모님 김현숙 여사님은 가오리로 이사하셨습니다. 우리 제자들은 해마다 사모님 김현숙 여사님을 찾아뵙고 세배를 드렸습니다. 남 선생님은 한 해도 세배를 거른 적이 없습니다. 그 세월이 19년이었습니다. 그러므로 첫째인 남 선생님과 막내인 저는 항상 정월 초하룻날 가장 먼저 만나 덕담을 나누는 사이가 되었습니다. 영원히 잊지 못할 추억들이 참 많습니다.

선생님께서는 본래 병약하셨습니다. 항상 어지럽다고 하소연하셨습니다. 바람이 불면 날아가실 듯 갈장갈장한 몸으로 살아오셨습니다. 늘 자상하고 부드러웠지만 심지가 굳어 외유내강 그 자체였습니다. 선험적으로 통찰하신 예지와 혜안이 번득였습니다. 세상을 멀리 보셨고, 국내외 정세에 정통했습니다. 선생님께서 예언하신 말씀은 얼마 안 가 현실로 나타나곤 했습니다. 참으로 놀라웠습니다.

1996년은 잔혹한 해였습니다. 그해 1월 13일 남 선생님께서는 그토록 사랑했던 부인 신순남 여사님을 잃었습니다. 통한의 사별이었습니다. 11월 27일에는 우리의 사모님이신 김현숙 여사님께서 87세로 일기를 마치신 뒤 모란공원 안 선생님 곁에 나란히 영면하셨습니다.

그 후 김국태 선생님, 신동한 선생님, 박용숙 선생님, 최인훈 선생님이 앞서거니 뒤서거니 차례차례 세상을 떠났습니다. 이제 남 선생님까지 머나먼 길로 떠나시는 이 마당에 북받치는 슬픔과 아픔을 감당하기 어렵습니다. 하지만 선생님께서 가시는 그 세상에는 그 어떤 필화도 없을 것입니다.

아, 선생님.

아마도 지금쯤 신순남 여사님께서 천국 문 활짝 열어 놓고 기다리시리라 믿습니다. 그곳에 가셔서 신 여사님과 영원한 복락을 누리십시오. 남 선생님 가시는 모란공원에서는 먼저 가신 안수길 선생님 내외분께서 따뜻이 맞이해 줄 것입니다.

부디 편안히 가십시오. 여기 이렇게 남은 사람들은 두고두고 선생님의 인품을 기리며, 선생님께서 남기신 불후의 명작을 오래 기억할 것입니다. 선생님의 영원한 안식을 빌고 또 빕니다.

2020년 12월 22일

소설가 남정현 선생 장례위원회 공동위원장

(사)한국문인협회 이사장 이광복 재배

(서울대학교병원장례식장. 2020. 12. 22)

신동엽申東曄 시인과 「금강錦江」

1. 작품의 탄생 과정

신동엽 시인은 1930년 8월 18일 충남 부여군 부여읍 동남리에서 아버지 신연순과 어머니 김영희의 장남으로 출생했다. 1944년 부여국민학교(현 부여초등학교)를 졸업하고 전주사범학교를 거쳐 1953년 3월 충남 대전에서 전시연합대학 중의 하나인 단국대학교 사학과를 졸업했다. 1959년 조선일보 신춘문예에 장시 「이야기하는 쟁기꾼의 대지」가 입선함으로써 문단에 데뷔했다. 1960년 월간 『교육평론』에 근무할 때 4·19가 일어나자 『학생혁명시집』을 편집하여 간행했다. 1963년 첫 시집 『아사녀阿斯女』를 출간했고, 1967년 장편서사시 「금강」(『한국현대신작전집』)을 발표했다. 1968년 11월 『월간문학』 창간호에 「산문시·1」을 발표한 그는 애석하게도 1969년 4월 7일 간암으로 타계했다. 향년 40세, 시인 활동 11년 만이었다.

2. 개황과 배경

신동엽 시인은 일찍이 아나키스트 관련 서적을 탐독했다. 좌익과 우익의 사상 대립이 첨예하던 시절, 그는 외세와 분단 앞에서 조국과 겨레를 먼저 생각했다. 부패한 권력을 질타했고, 알맹이 아닌 껍데기와 모든 쇠붙이들을 향해 물러가라고 호령했다. 그 반면, 내 나라 산천의 선량한 사람들을 따뜻한 가슴으로 부둥켜안고 진실과 정의를 노래했다.

신동엽 시인이 낳고 자란 부여읍 동남리 생가에서 5분 거리에 비단처럼 유장히 흐르는 금강이 있다. 부여는 이 금강을 젖줄 삼아 저 찬란한 문화를 꽃피웠던 백제의 도읍지였다. 부소산과 부여읍을 휘감아 도는, 백제의 옛 영화와 한이 서린 금강을 백마강이라 부른다.

> 우리들의 어렸을 적/ 황토 벗은 고갯마을/ 할머니 등에 업혀/ 누님과 난, 곧잘/ 파랑새 노랠 배웠다.// 울타리마다 담쟁이넌출 익어가고/ 밭머리에 수수모감 보일 때면/ 어디서라 없이 새 보는 소리가 들린다.// 우이여! 훠어이!// ―「금강」의 일부

그렇다. 신동엽 시인과 금강은 불가분의 관계에 있고, 시인은 대서사시 「금강」에 남들이 모방할 수 없는 자신만의 세계와 우주를 담아냈다. (『月刊文學』 2017. 4월호)

강민姜敏 선생님,
우리 시대의 마지막 덕인德人

시인 강민 선생님께서 고희古稀를 맞이하셨다. 먼저 강 선생님께 머리 숙여 축하의 인사부터 드려야겠다. 건강하게 고희를 맞이하신다는 그 자체가 크나큰 축복이 아니고 무엇인가. 그런 점에서 강 선생님이 고희를 맞는 오늘 이만저만 기쁜 것이 아니다.

강 선생님과의 인연은 아주 오래 되었다. 강 선생님을 처음 뵌 것이 1970년대 중반이었던가. 벌써 근 30년의 세월이 흘렀다. 필자가 간신히 문단 말석에 끼어들었던 그때 강 선생님은 이미 문단의 중견이었고, 또 번듯한 직장에서 중책을 맡아 비까번쩍 '잘 나가고' 계셨다.

직장 이야기가 나왔으니까 말이지만, 강 선생님은 남들이, 특히 다른 문인들이 부러워할 정도로 좋은 직장에만 다니셨다. 학원사(주부생활사), 금성출판사 등 이른바 일류 잡지사와 출판사에만 근무한 것이다.

강 선생님은 학원사의 핵심 간행물이었던 여성지 『주부생활』의 편집국장으로 오래 근무하셨다. 그 당시 『주부생활』이라면 타의 추종을 불허

하는 최고의 잡지였다. 강 선생님은 그런 『주부생활』의 편집 책임자로서 그야말로 깃발을 날렸다.

그 과정에서 강 선생님은 숱한 문인들에게 일자리를 마련해 주었다. 직장 마련하기가 하늘의 별따기만큼이나 어렵던 시절, 많은 문인들을 『주부생활』 또는 그 자매지姉妹誌의 기자로 끌어들였다. 문인에 대한, 더 나아가 이웃에 대한 특별한 배려로 그런 은전恩典을 베푼 것이다.

그 후 출판의 명문 금성출판사에서 상무, 전무 등 중역으로 근무할 때도 마찬가지였다. 강 선생님은 숱한 후배 시인·작가들에게 일자리를 챙겨 주었다. 그때 강 선생님 휘하에서 일했던 금성출판사 편집부 직원들은 지금 문단의 중견 이상으로 성장하여 다들 짱짱한 작품을 써내는 가운데 나름대로 큰 몫을 해내고 있는 것이다.

어디 그뿐인가. 강 선생님은 그 좋은, 원고료 듬뿍 주는 지면을 숱한 문인들에게 제공함으로써 그들의 가난을 덜어 주었다. 강 선생님이 주관하던 잡지와 출판물이 모두 일류였던 만큼 그 지면의 고료는 항상 국내 최고 수준이었다. 많고 적음의 차이는 있겠지만, 현재 문단의 중견 이상이면 대개 어떤 형태로든 강 선생님이 주신 후한 원고료를 받은 경험이 있을 것이다.

정확히 말하자면 그것은 사주社主의 금고에서 나온 돈이겠지. 그러나 강 선생님은 회사의 재정이 허락하는 범위 안에서 늘 최고의 고료를 책정하여 예나 지금이나 '딱하기 짝이 없는' 문인들의 주머니를 넉넉히 채워 주시곤 했다.

그뿐 아니라 강 선생님은 문단 경조사慶弔事의 단골손님으로 살아왔다. 선생님은 문인들의 집안 대소사大小事에도 한 점 소홀함이 없었다. 그게 어디 말처럼 쉬운 일인가. 남의 일에 관심을 가지려면 그만한 열성이 뒷받침되어야 하는 것이다.

또 있다. 강 선생님은 많은 문인들에게 밥과 술을 사 주었다. 혹자는 밥 사 주고 술 사 준 것이 뭐 대수냐고 말할 수 있을지도 모른다. 물론 먹고살 만 한 사람의 입장에서는 그 정도야 아무것도 아닌 것처럼 생각할 수도 있겠지.

하지만 정말 배고프고 '술고픈' 사람에게는 그것처럼 고마운 일이 어디 있는가. 지난 시절에는 문인들의 삶이 지금보다 훨씬 더 춥고, 배고프고, 고달프기만 했다. 그렇게 어려웠던 시절, 강 선생님은 언제 어디서나 밥값 술값을 도맡아 냈다.

그렇다고 강 선생님이 뭐 재벌도 아니잖은가. 강 선생님도 적수공권赤手空拳으로 살림을 시작했다지 않은가. 톡 까놓고 말해서 강 선생님 역시 다른 사람과 피장파장인 월급쟁이 아닌가. 다만, 남들보다 좀 좋은 직장에 근무하는 터라 소위 평균 임금보다는 보수를 조금 더 받을 뿐이었다.

그러나 직급이 높아지면 높아질수록 직장 안에서 써야 될 몫도 많아지는 것이 우리 사회의 현실이자 상례 아닌가. 휘하 직원들 경조사에 부조금을 내도 후배보다 많이 내야 하고, 손님 접대를 해도 더 많이 해야 되고, 직원들과 식사를 하거나 대폿집에 가더라도 부하 직원의 눈치만 보고 있을 수는 없지 않은가.

그런데도 강 선생님은 문인들을 만나면 언제 어디서나 당신 주머니를 털었다. 돈이 샘솟듯 솟아나는 것도 아니건만, 강 선생님은 기꺼이 술값 밥값을 당신 몫으로 돌렸다. 그렇다고 무슨 반대급부가 있을 리 만무했지만, 강 선생님은 타고난 천성으로 그렇게 아낌없이 베풀며 살아왔다.

말이 난 김에 잠시 세태를 돌아보기로 하자. 가진 사람이 더 짜게 구는 세상. 막말로 얘기해서 돈깨나 거머쥔 사람치고 '강짠지'처럼 짜지 않은 사람이 어디 있는가. 모두가 제 몫 챙기느라 정신이 없고, 먹을 것이라면 양잿물이라도 가장 큰 덩어리를 차지하려고 피가 팍팍 튀는 세상. 그리하여 인정이란 씨알머리조차 메말라버리지 않았는가.

사람들은 왜 그렇게 좁쌀처럼 잘아지는지. 너도 나도 국민 소득이 어떻고 저떻고 제멋대로 떠들지만, 불어터진 짜장면 한 그릇, 쓴 커피 한 잔 값에도 서로 이 사람 저 사람 눈치 보느라 인색해질 대로 인색해진 세상. 그래서 사람들은 저마다 '앞을 다투어' 쩨쩨해지고 있지 않은가.

그래서 이제는 의리도 나발도 모두 헌신짝처럼 되어버렸다. 자기 한 사람만 잘 살면 그만이지 남이야 죽건 말건 뭐가 대수람. 잘 살면 자기 능력이 특출해서 잘 살고, 못 살면 남이 잘못해서 못 산다고 다른 사람에게 화살을 돌리는 것이 작금의 현실임을 감안할 때 가슴 따뜻한 인정이 사뭇 그리운 것이다.

상황이 이런데도 강 선생님은 인정이든 물질이든 가릴 것 없이 처음부터 끝까지 남에게 펴 주기만 하였다. 그런 점에서 약삭빠른 사람들의 고성능 계산기로 따진다면, 선생님은 철저히 손해만 보는 가운데 시대의 흐름에 역행하면서 살아왔다고나 할까.

그렇지만 필자는 믿는다. 강 선생님께서 살아오신 삶이 가장 옳은 삶이라는 것을. 물론 그 가족들은 이래저래 피곤하고 괴롭겠지만, 사람이 사람답게 사는 길이 무엇인가를 조금이라도 성찰한다면 강 선생님이야말로 인생의 참된 가치를 우리 모두에게 가르쳐 주고 계신 것이다.

따라서 필자는 누구보다도 선생님을 존경해 왔다. 그리고 강 선생님은 우리 시대의 마지막 덕인이자 대인大人이라 믿고 있다. 아마 앞으로는, 최소한 당분간은 선생님처럼 넉넉하고 푸근한, 그러면서도 통 큰 인물을 만나기 어려울 것이다.

누군가가 말했다. 인생은 70부터라고. 필자는 이 말을 강 선생님께 그대로 고스란히 옮겨 드리고 싶다. 선생님과 선생님의 가정에 늘 하느님의 가호가 함께 하시기를 빌어 마지않는다. (강민 시인 고희기념문집 『세월의 언덕에서』. 문학수첩. 2002)

강민姜敏 선생님 조사弔辭

사단법인 한국문인협회 고문이신 원로 시인 강민 선생님.

선생님께서 저희 곁을 떠나시는 이 순간, 가슴이 먹먹하고, 눈물이 앞을 가리고, 목이 메고, 말문이 막히고, 이런저런 상념에 온몸이 떨립니다.

1933년에 탄생하신 선생님께서는 1962년 『자유문학』을 통해 문단에 나오셨습니다.

그 후 주옥같은 작품을 쓰시는 가운데 우리 문단의 한복판에서 좋은 일을 참 많이 하셨습니다.

선생님은 언제나 과묵하셨습니다.

작품도 드문드문 발표하셨습니다.

선생님의 묵직한 시집 『물은 하나 되어 흐르네』와 『기다림에도 색깔이 있나 보다』와 시선집 『백두에 머리를 두고』는 우리 문단이 거둔 기념비적 성과로 우뚝 섰습니다.

지난 2002년 선생님의 고희를 맞아 강민시인고희기념문집 『세월의 언덕에서』를 간행할 때, 저는 선생님의 넉넉한 인품을 기리며 '우리 시대의 마지막 덕인德人'이라는 제목으로 졸문을 올렸습니다.

그렇습니다.
선생님은 어느 누구보다도 그릇이 크신 덕인이셨습니다.
문단의 큰 나무였고, 중후한 언덕이었습니다.
선생님 곁에 가까이 다가서면 언제나 든든했습니다.

선생님께서는 일찍이 문단과 출판계의 요직을 두루 거치셨습니다.

우리 한국문인협회의 이사를 지내셨고, 지난 수년 동안 고문으로 재임하셨습니다.

선생님은 학원사의 『주부생활』 편집국장으로 오래 근무하셨습니다.

그때 선생님께서는 많은 문인들을 『주부생활』 또는 그 자매지의 기자로 끌어들여 일자리를 마련해 주셨습니다.

지면을 대폭 할애하여 시 소설 수필 등 문예 작품을 싣고 원고료도 듬뿍듬뿍 주셨습니다.

금성출판사 상무로 근무하실 때도 마찬가지였습니다. 선생님께서는 숱한 후배 문인들을 직원으로 채용해 주셨습니다. 『한국단편문학전집』 등 방대한 기획 출판을 통해 최고의 원고료와 인세를 책정하여 춥고 배고픈 문인들의 주머니를 골고루 채워 주셨습니다.

특히 그 무렵에는 우리 한국문인협회에서 시행하는 윤동주문학상의 상금까지 마련해 주셨습니다. 선생님, 참 고맙습니다.

금성출판사를 퇴직하신 뒤에는 도서출판 무수막을 차리셨습니다. 그 또한 젊은 후학들에게 일자리를 만들어 주기 위한 방편이었습니다. 그것이 얼마나 힘든 선택이었는지 저는 잘 알고 있습니다.

선생님께서는 문단 경조사의 단골손님으로 살아오셨습니다. 선생님은 몸소 문인들의 대소사를 일일이 챙기시며 정중하신 예의와 함께 인간에 대한 진정한 사랑이 무엇인가를 실증적으로 가르쳐 주셨습니다.

그뿐이 아닙니다.

선생님께서는 가난한 문인들에게 항상 밥과 술을 사 주셨습니다. 선생님께서는 언제 어디에서나 밥값 술값을 도맡아 내셨습니다. 선생님은 정말 힘없고 가난한 사람들의 은인이었습니다. 따라서 선생님은 문단의 존경을 받았습니다.

먼저 가신 사모님 소설가 이국자 선생님이 떠오릅니다.

그 훌륭하신 배필을 잃으신 이후 강 선생님의 병원 출입이 부쩍 잦아졌습니다.

그러더니 결국은 이렇듯 강 선생님마저 이 세상을 떠나시게 되었습니다.

아마도 이국자 선생님께서 천국 문 활짝 열고 나와 강 선생님을 따뜻이 영접하시리라 믿습니다.

존경하는 강 선생님.

어쩔 수 없이 선생님을 보내드려야 하는 이 마당에 몸이 저리도록 슬픕니다. 선생님 살아생전 더 잘 모시지 못해 죄송합니다.

돌이켜보면 선생님과의 소중한 인연이 그저 감사할 따름입니다. 저는 선생님의 그 하해河海 같은 인품과 덕망을 오래 기억하면서 두고두고 만인에게 증언하겠습니다. 이제 무거운 짐 모두 내려놓으시고 영원한 안식을 누리시기를 간절히 기원합니다.

2019년 8월 24일

시인 강민 선생 문인장 장례위원회 공동위원장

(사)한국문인협회 이사장 이광복 재배

(분당서울대학교병원 장례식장. 2019. 8. 24)

신세훈申世薰 이사장님과의 즐거웠던 시절

지난 2004년 연말이었다. 그날 필자는 종로구 사간동 소재 대한출판문화회관에서 있었던 어느 문학 행사에 참석했다가 많은 문인들을 뵙게 되었다. 그 행사장에는 한국문인협회 신세훈 이사장님도 와 계셨다. 행사가 끝나갈 무렵 신 이사장님께서 필자에게 가까이 다가와 따로 조용히 차 한 잔 하자고 말씀하셨다.

그리하여 그날 저녁 신 이사장님, 문협 상임이사이신 아동문학가 이영호李榮浩 선생님과 함께 광화문의 한 전통찻집으로 자리를 옮겼다. 매우 추운 날이었다. 따뜻한 차를 한 모금쯤 마셨을까, 신 이사장님께서 돌연 기상천외한 말씀을 하셨다.

"문협 집행부에 들어와서 일 좀 해 주었으면 하는데…. 혹시 바쁜 일 없습니까."

전혀 예기치 못한 말씀이어서 당혹감을 감출 수 없었다. 필자는 냉큼 가타부타 답변을 드리지 못한 채 버벅거리고 있었다. 그때 신 이사장님께서 재차 말씀하셨다.

"편집국장이 필요합니다. 그 자리를 맡아 주었으면 합니다."

"지금도 편집 책임자가 있잖습니까. 제가 어떻게…."

"그건 말하지 않아도 됩니다. 현재 편집국장은 공석으로 되어 있습니다. 새해부터 나와요."

참으로 놀라운 일이었다. 그동안 신 이사장님과는 특별히 독대 한 번 한 적이 없었다. 달리 말하자면 '개인적인 친분'보다는 다분히 '공적인 접촉'이 있었을 뿐이었다. 신 이사장님은 문협의 최고 책임자로, 필자는 이사의 일원으로 이사회에 참여하고 있었을 뿐 그 이상도 그 이하도 아니었다. 특히 신 이장님은 연세로 보나 문단 연조로 보나 한참 높은 분이어서 뵈올 때마다 이래저래 그저 어려울 따름이었다.

더욱이 신 이사장님과 필자는 본래 가는 길이 달랐다. 신 이사장님은 시인이시고, 필자는 소설을 쓰는 몸인지라 그 뭐랄까 보이지 않는 일종의 작은 간극 같은 것이 있었다. 굳이 말하자면 시인들은 시인들끼리, 소설가들은 소설가들끼리 격의 없이 어울려 지내는 현실에 비추어 신 이사장님과 필자 사이에는 허심탄회하게 지낼 만한 특별한 연결고리가 없었다.

따라서 신 이사장님의 전격적인 '부름'은 전혀 예상 밖이었다. 신 이사장님의 지근에 더 친밀하고 유능한 인재들이 많을 텐데…. 신 이사장님께서 여러 가지로 부족한 나를 이렇게까지 염두에 두고 계셨나…. 필자는 얼마 동안 그런 생각에 사로잡혀 있었다. 필자가 아주 조심스럽게 말씀드렸다.

"제가 뭐 이사장님께 도움이 되겠습니까."

"나도 오래 생각했습니다. 문협에 오는 줄로 알겠습니다."

몇 가지 담론이 더 있었지만, 아무튼 그렇게 해서 필자는 새해 1월 3일부터 문협 편집국장으로 근무하게 되었다. 일찍이 필자는 조연현趙演鉉 선생님께서 문협 이사장이었던 시절인 지난 1975년 봄부터 1977년 봄까지 약 2년 동안 문협 기관지 『월간문학月刊文學』 기자로 일한 적이 있었다. 필자는 그 이전과 이후에도 몇몇 잡지사와 출판사를 전전하며 데스크를 맡았던 경력이 있지만, 그 몇 해 전부터는 소위 전업 작가가 되어 직장을 놓고 있던 터에 이번에는 편집국장이라는 중책을 맡아 다시 문협으로 컴백하게 된 셈이었다. 이는 『월간문학』과 첫 인연을 맺은 지 꼭 30년 만의 일이었다.

그런데 아무런 준비도 없이 덜컥 편집국장 직책을 맡고 보니 주어진 업무에 비해 일손이 크게 부족했다. 문협의 대표 기관지인 『월간문학』 이외에도 계간지 『한국시학韓國詩學』 『소설가』 『한국수필가』 『아동문학가』에다 '월간문학출판부'의 단행본 출판 사업에 이르기까지 처리해야 할 업무가 참 많았다. 하지만 업무가 많으면 많을수록 즐거움의 부피도 그만큼 컸다. 아침부터 저녁까지 일에 매달리다 보면 업무 이외의 다른 잡념 따위는 끼어들 틈바구니가 없기 때문이었다.

필자의 경우 예나 지금이나 맡은 바 업무에 관한 한 두려워하거나 잔꾀를 부려 본 적이 없었다. 일을 손에 잡았다 하면 끝장을 보고야 마는, 이를테면 임전무퇴의 돌격대처럼 살아온 터라 편집국장으로 재임하는 동안 물불 가리지 않고 열심히 일했다. 신 이사장님께서도 우리 편집국에 전폭적인 신뢰를 보내 주셨고, 그럼으로 해서 필자는 더욱 신바람 나게 일할 수 있었다.

그러다가 2007년 1월에 들어와 제24대 임원 선거가 실시되었다. 그때 제22대에 이어 제23대 이사장직을 연임하신 신 이사장님께서 임기 만료와 함께 퇴임하셨고, 필자는 제24대 집행부의 소설분과 회장으로 당선되어 2007년 1월 말 편집국장 직에서 물러났다. 그러니까 신 이사장님을 모시고 편집국장으로 근무한 기간은 정확히 25개월이었다.

이 과정에서 필자는 신 이사장님을 잘 보좌하려고 깜냥껏 노력했다. 하지만 과연 근무를 잘했는지 못했는지 그건 순전히 최고 책임자이신 신 이사장님께서 평가할 몫이지 필자가 따따부따 지껄일 문제는 아니다. 그럼에도 불구하고 필자가 자신 있게 진술할 수 있는 것은 이 기간에 결근은 물론이고 지각이나 조퇴 한 번 한 적이 없었다는 사실이다. 그런데도 업무가 폭주해 평일의 야근과 토요일, 일요일, 법정 공휴일의 특근이 꼬리를 물고 이어졌다.

이렇듯 날이면 날마다 끊임없이 업무에 온몸을 던졌는데도 25개월 동안 몸살 한 번 나지 않고 열심히 일할 수 있었던 그 뒤안길에는 신 이사장님께서 아낌없이 베풀어 주신 신뢰와 문협 회원들의 열화 같은 성원이 있었다. 그래서 신 이사장님 휘하에서 일했던 그 즐거웠던 시절이 더욱 오래 기억될 것 같다.

어느덧 고희를 맞이하신 신 이사장님께 정성스런 축하의 말씀을 올리며, 아무쪼록 신 이사장님의 앞날에 건강과 행운이 충만하시기를 기원해 마지않는다. (신세훈고희기념문집『내가 산이 아니라 나의 산이다』. 도서출판 천산. 2011)

안장환安章煥 선생님,
온유하고 다정다감한 무골호인의 전형

존경하는 안장환 선생님.

계절은 어느덧 여름을 향해 성큼성큼 발걸음을 재촉하고 있습니다. 그동안 어떻게 지내셨는지요? 며칠 전 전화 통화에서 때 아닌 감기몸살로 고생하신다는 말씀을 들었는데 지금쯤엔 완전히 회복되셨겠지요? 드릴 말씀은 한두 가지가 아니지만, 먼저 고희를 훌쩍 넘겨 어언 희수를 맞이하신 선생님께 아낌없는 축하의 말씀을 올립니다. 아울러 더욱 건강하시고 행운이 충만하시기를 기원합니다.

선생님.

1934년 충북 충주에서 빈농의 아들로 태어나신 선생님은 8남매 중의 일곱째라 들었습니다. 선생님의 선고장先考丈께서는 일제 말기 강원도 영월로 솔가하여 무연탄이 거의 무한정으로 생산되던 영월광업소의 광원으로 봉직하셨고, 그 탄광 지대에서 영월중학교를 졸업한 선생님께서는 충북 제천고를 거쳐 서라벌예술대학 문예창작과를 나오셨습니다. 충주에서 영월로, 영월에서 서울까지…. 그것은 바로 선생님 삶의 궤적인 동시에, 탄광촌 광원의 아들에서 한 시대의 소설가로 신분을 바꾸어 살아온 한 원로 작가의 생애이기도 합니다.

선생님께서는 1963년 경향신문 신춘문예를 통해 문단에 나오신 이래 줄기차게 주옥같은 작품을 써오셨습니다. 소설집 『일렁이는 강물』 『안개강』 『서울타령』 『목마와 달빛』을 비롯하여 장편소설 『사계의 안개』 『12인의 하숙생』 『날마다 목요일』 『인형의 도시』 『악의 꽃』 『밤마다 소낙비』 『겨울새』 『배반의 그늘』 『바람의 연인』 『정선 아라리요』 『욕망의 숲』 『바람의 도시』 등 참 많이도 쓰셨습니다. 그중에는 KBS의 〈TV 문학관〉이나 MBC의 〈베스트셀러 극장〉으로 각색 방영된 작품도 적지 않습니다.

이렇듯 왕성한 작품 활동으로 선생님께서는 한국소설문학상, 박영준문학상, 한국평론가협회상, 한국문학상, 서울시문화상 등 굵직굵직한 문학상도 꽤 많이 받았습니다. 선생님의 문학적 성과로 볼 때, 당연히 받을 만한 상을 받았다고 생각합니다.

지금까지 선생님께서 발표하신, 앞에서 열거한 일련의 작품에는 선생님만의 체취가 물씬 묻어납니다. 그래서 예나 지금이나 선생님의 작품들을 읽다 보면 저절로 미소를 머금게 됩니다. 별로 잘나지 못한, 소위 이렇다 할 끗발이 없는, 그러나 마음만은 누구 못지않게 진솔하고 따뜻한 서민들을 만날 수 있기 때문입니다. 그 인물들이 보여 주는 사랑과 배반, 증오와 용서의 편린들은 바로 우리네 삶 그 자체인지라 더욱 잔잔한 감동으로 다가옵니다. 그 인물들은 바로 이 시대 우리 모두의 자화상인 것입니다.

이와 함께 빼놓을 수 없는 것은 선생님께서 꾸준히 노익장의 건필을 과시하고 계신다는 사실입니다. 말이야 바로 하지만, 우리 문단에는 50대나 60대에 창작 활동을 멈추는 안타까운 현상이 없지 않았습니다. 이 같은 현실에 비추어 노년에 이르러서도 줄기차게 작품을 써내는 선생님의 왕성한 창작열은 저 같은 후학들에게 좋은 귀감이 된다 하겠습니다. 저는 최근 각 문예지에 잇따라 발표된 선생님의 작품들을 주의 깊게 읽으면서 내심 탄복을 아끼지 않았습니다.

그렇습니다. 선생님의 근면·성실은 어느 누구도 감히 흉내 낼 수가 없습니다. 일찍 주무시고 일찍 기침하는 규칙적인 일상생활, 주말마다 빼놓지 않는 산행 등등 건강 관리에도 타의 추종을 불허합니다. 약주를 드셔도 과음하는 법이 없고, 백해무익의 담배 따위는 아예 입에 대지도 않습니다.

언젠가 제 동료 소설가 몇몇이 한담을 나누는 자리에서 선생님의 건강이 화제에 올랐습니다. 그때, 이구동성으로 한 말이 있습니다. 안 선생님의 건강은 그 연세를 10년이나 15년쯤 깎아 저희들 60대와 견주어도 뒤지지 않는다는 결론이었습니다. 앞길 창창한 저 자신 언제부턴가 돋보기 신세를 져야 하는 딱한 처지가 되었습니다만, 그 연세의 선생님께서는 맨눈으로 바늘귀에 실을 꿰어 사모님께 넘겨 주실 정도이니 그 '무시무시한' 시력만 보더라도 선생님의 건강은 가히 백수를 누리시고 남을 것이 확실합니다.

선생님.

제가 70년대 중반 문단 말석에 끼어들어 선생님을 처음 뵙고 인사를 올린 지도 어느덧 30년이 훌쩍 지났군요. 그동안 세태가 참 많이도 변했습니다. 문단 인심도 예전 같지 않습니다. 하지만 선생님께서는 여일하셨습니다. 비단결처럼 고운, 그 온유하고 다정다감한 인품으로 다른 사람들을 편케 대해 주셨습니다. 심지어 후학들이 버릇없이 대들거나 또는 지나친 농담을 거침없이 내뱉을지라도 선생님께서는 낯을 붉히거나 언성 한 번 높이신 적이 없습니다. 그런 점에서 선생님이야말로 무골호인의 전형이라 하겠습니다.

무릇 뿌린 대로 거둔다는 말이 있습니다. 소싯적 이래 열심히 근면 성실하게 살아오신 선생님께서는 노년에 이르러 큰 복을 받고 있습니다. 선생님의 건강은 물론이려니와 가정에 행복이 넘쳐나고 있습니다. 사모님과 더불어 잘 키워 낸 슬하의 따님·아드님 모두 남부럽지 않을 만큼 잘 나가고 있습니다. 이 얼마나 복된 일입니까. 농사 중에 자식 농사가 으뜸이라 했거늘, 선생님은 자제 교육에서도 크게 성공하셨습니다.

그런데 저는 선생님과 참으로 묘한 인연을 가지고 있습니다. 선생님은 충북 충주, 저는 충남 부여, 이렇듯 같은 충청도 출신이라는 점 이외에도 그동안에 있었던 이런저런 여러 가지 정황들을 종합할 때 단순한 우연이라고 가벼이 넘기기에는 그 인연들이 자못 범상치 않습니다. 우선 종교 문제만 해도 그렇습니다. 선생님께서는 일찍이 저 고명하신 백파 홍성유 선생님을 대부로 모시고 영세를 받았습니다. 저 역시 천주교에 귀의, 백파 홍성유 선생님을 대부로 모시고 세례를 받아 그 어른의 대자가 되었습니다.

문단 활동도 예외가 아닙니다. 선생님께서는 제20대 한국문인협회 소설분과 회장을 역임하셨고, 그로부터 몇 년이 지난 지금 저는 제24대 소설분과 회장 직분을 맡고 있습니다. 또, 선생님께서는 얼마 전까지 한국소설가협회 부이사장으로 일하셨는데, 지난 1월 임원 선거에서 이번에는 여러모로 부족한 제가 부이사장 3인 가운데 그 일원으로 피선되어 선생님께서 맡았던 그 직무를 계승하고 있습니다. 그러니까 저는 문협과 소협에서 공히 선생님의 뒤를 이어나가게 된 셈입니다.

직장 생활도 유사한 점이 많습니다. 선생님께서 젊은 시절 출판사와 잡지사에 근무하며 창작 활동을 병행했던 것처럼 저도 꽤 오래 출판사와 잡지사를 전전하며 호구지책을 마련하는 가운데 소설을 써왔습니다. 그러다가 이제는 선생님처럼 전업 작가가 되어 작품 활동 이외에 여기저기 열심히 강의를 다니고 있습니다.

선생님.

세월이 참 무상합니다. 백파 선생님께서는 벌써 8년 전인 지난 2002년에 선종하셨고, 작년 연말에는 유재용 선생님까지 타계하셨습니다. 참으로 슬픈 일이 아닐 수 없습니다. 이렇게 한 분 두 분 가까운 원로들이 세상을 떠날지라도 선생님만은 오래오래 강건하시기를 두 손 모아 간절히 기도합니다. (『문학의집 서울』「문학인이 띄우는 편지·64」 2010. 6월호)

‘인간 컴퓨터’라는 별명을 가진 사람

[지은이 주 : 이 책의 지은이가 『문학의집 서울』 2010년 6월호에 「온유하고 다정다감한 무골호인의 전형」이라는 제목으로 안장환安章煥 선생님에게 편지를 띄웠다. 그러자 그 다음 달에 지은이에게 보내오는 안 선생님의 이 답장이 실렸다.]

이광복 선생. 아니, 이 형이라고 부르지요. 보내 주신 편지 고맙게 받았습니다. 편지 봉투에 담겨서 온 친필의 편지가 아니라 『문학의집 서울』 소식지에 인쇄가 되어서 날아온 편지이지만 참으로 오래간 만에 받아 보는 편지였습니다. 사실 나도 편지를 써 본 지가 까마득하게 먼 옛날 같습니다. 기계 속에서 살아가는 세상이고 보니 그 기계를 이용하고 살고 있는 우리도 이제는 기계를 닮아가는 것 같습니다. 그래서 펜으로 쓴 편지보다는 전자를 이용한 소식이 오고 가는 시대입니다. 편지라는 말만 들어도 참 정겹고 따뜻해지는 것 같습니다.

건강한 척, 늙지 않은 척하며 살아가는 나지만, 요즘은 많이 늙었다는 생각을 문득문득 느끼고 있습니다.

이 형도 아시다시피 동업자로서 오랫동안 가깝게 지내오던 유재용 형이 갑자기 세상을 떠난 뒤 나는 정신적인 병과 육체적인 병을 앓았습니다.

그 추운 혹한의 눈 쌓인 어느 겨울, 강원도 철원의 공원묘지로 친구를 묻으러 갔었습니다. 그때의 허무함이 마음을 아프게 했고, 살 속으로 스미는 추위가 감기를 앓게 했습니다. 오랫동안 앓고 난 그 감기가 나를 폭삭 늙게 한 것 같습니다.

나와 오랫동안 친교를 맺어온 이 형은 내 사정을 잘 알고 있겠지요. 이 형의 말대로 벽촌의 가난한 집안에서 태어난 나는 어릴 때부터 가난이 싫었습니다. 그리고 넓은 도시로 나아가려는 야망이 컸습니다. 그래서 바다 같이 넓은 서울에 올라와 뒹굴다 꿈꾸던 소설가가 되었고, 소설을 써서 밥을 먹고살며, 한때는 잘 팔리는 소설로 많이도 썼지요. 그러나 노후에 와서 생각하니 인생을 잘못 살았다는 후회도 많이 합니다.

하지만 그것은 내 운명인데 어쩌겠습니까. 성품대로 나에게 주어진 운명을 거부하지 않으며 부지런히 열심히 살아왔습니다. 하늘의 뜻을 따르는 게 인생이 아니겠습니까.

이 형, 이 형이야말로 부지런하고 올곧은 의리의 사나이입니다. 그래서 내가 좋아하지요. 이 형 역시 가난한 농부의 아들로 태어나 자수성가한 표본적인 사람이 아닙니까. 오랫동안 친교를 맺어 오다 보니 이 형의 여러 가지를 알고 이해하는 사람입니다.

역사의 고장 부여에서 태어난 이 형은 가톨릭 계열의 명문인 논산대건 고등학교를 졸업했습니다. 그리고 지금은 독실한 신앙인으로, 문단과 사회에서 알아주는 소설가로 살고 있지 않습니까. 이 형이 소설가로의 꿈을 언제부터 키워 왔었는지는 모르지만, 이 형은 지금 한국 문단의 중견 작가로 활동하고 있습니다.

안수길 선생님의 추천으로 『현대문학』에 1976년 「불길」과 1977년 「향연香煙」으로 문단에 나온 이후 계속 좋은 작품을 쓰고 있습니다. 끊임없이 많은 작품을 쏟아내고 있어 그 열정과 능력이 부러울 정도입니다.

그동안 나에게 보내온 책들을 보니 저서도 대단합니다. 첫 창작집 『화려한 밀실』을 시작으로 하여, 『겨울여행』 『먼 길』 『동행』 등이 있고, 장편소설 『풍랑의 도시』 『목신의 마을』 『술래잡기』 『겨울무지개』 등, 그리고 8권짜리 대하소설 『삼국지』도 있더군요.

이 형, 소설가 친구나 후배들이 이 형 별명을 뭐라고 그러는지 아십니까. '인간 컴퓨터'라고 그래요. 기억력이 뛰어나고 박식해서 소설가 누구, 하면 그 사람의 이력을 꿰뚫고, 문단이나 사회, 세상에 모르는 것이 없으니 말입니다. 참, 그러고 보니 이 형은 『세계는 없다』라는 시사평론집도 냈더군요. 그러니 다방면으로 박식하다는 말을 들을 만도 합니다.

이 형의 소설을 부여군에서 홍보용으로 많이 샀다는 이야기를 들었습니다. 그 소설이 장편 『불멸의 혼』, 계백 장군의 이야기가 아닙니까. 백제의 땅에서 태어난 이 형은 자기 고장의 역사 소설을 써서 고향을 빛내기도 한 작가입니다.

현재 한국소설가협회의 부이사장으로서, 한국문인협회의 소설분과 회장을 맡고 있는 이 형은 우리 소설가 회원들을 위하여 여러 모로 노력하고 있다는 것을 압니다. 시·수필 등 다른 분과에 비해서 수적으로 열등한 소설가들입니다. 그러나 모든 면으로 강한 이 형 같은 사람이 우리 소설분과를 맡고 있으니 든든합니다.

소설가들은 경험이 많아야 한다고 하지요. 그런 면에서 이 형은 다방면으로 사회 경험도 많습니다. 일찍이 노동청 공보담당관실에서 근무한 경력도 있고, 3개월 반 동안이나 해군 함정을 타고 세계 각국을 돌아본 경험이 있지 않습니까. 아무튼 종횡무진으로 부지런하고 열정적인 사나이입니다.

이 형, 지금도 생각이 납니다. 아들을 낳았다고 광화문에서 술을 사던 일 말입니다. 우리 모두도 놀라지 않았습니까. 40이 훌쩍 넘어서 아들을 낳았다니 놀라운 일입니다. 중고등학교에 다니는 두 딸을 키우다 늦둥이로 아들을 얻었으니 얼마나 기뻤겠습니까.

그 이후로 이 형은 사는 재미를 느끼는 것 같았습니다. 그러면서도 한편으로는 새로운 각오가 필요했겠지요. 그처럼 즐기던 술을 딱 끊었을 때 주위 사람들은 이 형을 보고 대단한 사람이라고 놀랐습니다.

그 소중한 아들 명원이가 지금 중학교 2학년이라니, 세월이 참 빠르다는 것을 느낍니다. 그 늦둥이의 머리가 명석하여 공부도 잘한다는 이야기를 들었습니다. 어쨌든 이 형은 행복한 사람입니다. 두 딸들이 결혼을 해서 외손자 외손녀를 보고 행복한 가정을 이루고, 귀여운 아들이 품안에 있으니 그보다 행복한 일이 어디 있겠습니까.

이 형은 부드러우면서도 대쪽같이 강한 사람입니다. 옳고 그름을 분명히 판단하는 능력의 소유자입니다. 이 형, 우리가 친교를 맺은 지가 꽤 오래 되었지요. 홍성유 선생님을 같은 대부님으로 모시면서 술자리에도 함께 하고, 해외여행을 다니던 일이 어제 일처럼 생각납니다.

언젠가 이 형이 그랬지요. 안 선생님은 시대를 잘 타고나 소설가로서의 호황을 누리던 때가 있었는데, 우리 또래는 그렇지 못하다고…. 그래요. 우리 나이의 작가들이 70~80년 무렵에는 소설도 잘 팔리고, 신문 연재며, 기업에서 발행하는 사보에서 콩트 청탁도 많이 왔었습니다. 그래서 소설가들도 먹고살 만 했었는데, 지금은 그게 아니지요. 시대가 변한 요즘은 문인들에게 기근의 바람이 불고 있습니다.

이 형, 그러나 이것이 요즘 사회의 현실인데 어쩌겠습니까. 우리는 글 쓰라는 팔자를 타고난 사람들입니다. 그러니 자기에게 주어진 일을 힘닿는 데까지 꾸준히 써야지요. 나는 요즘도 글 쓰는 시간만은 행복합니다. 그래서 싫증 내는 일 없이 열심히 쓰는 직업으로 살아가고 있습니다.

요즘은 나도 모르는 사이 하루하루 건강이 달라지는 것 같습니다. 하지만 늙었다는 생각을 하지 않고 젊은 마음으로 일상에 임하고 있습니다. 이 형, 건강은 우리에게 가장 소중한 것입니다. 몸과 마음이 건강해야 좋은 글을 쓸 수가 있을 테니까요. 아무쪼록 몸 관리 잘하며, 부지런하게 열심히 좋은 글 많이 쓰시기 바랍니다. 세월은 참 빠릅니다. 봄인 듯 싶더니 어느새 더위가 기승을 부리고 있습니다. 건강한 여름 보내시기 바랍니다.

(『문학의집 서울』「문학인이 띄우는 편지·65」 2010. 7월호)

염재만廉在萬 선생님,
끈기와 집념의 찰고무 같은 작가

어느 해 봄이었다. 한국소설가협회 임원들이 경기도 이천으로 나들이를 간 적이 있었다. 이 나들이에는 당시 한국소설가협회 회장이셨던 김동리金東里 선생님을 위시하여 소설계의 원로·중진 20여 분이 참여하였다. 이천에 가서 도자기도 굽고, 별미도 즐기면서 현안 관심사들을 의논하자는 것이 그날 나들이의 주된 목적이었다.

이 나들이를 실질적으로 주선한 실무 책임자는 협회 사무국장 염재만 선생이었다. 나는 사무국장을 보좌하는 사무차장으로 외람되게도 까마득한 원로·중진들 틈에 끼여 이 나들이에 동참케 되었다.

일행은 아침 느지막이 약속 장소로 모였다. 약속 장소는 청담동 김동리 선생님 댁 근처에 있는 어느 예식장 앞이었다. 날씨는 화창했다. 모처럼 나들이에 날이라도 궂으면 어쩌나 했었는데, 그건 한갓 기우에 지나지 않았다.

약속 장소에 모인 원로·중진의 표정은 한결같이 밝기만 하였다. 오늘처럼 화창한 날 정다운 사람들끼리 오랜만에 야외로 나가게 되었으니 그럴 수밖에 없었다. 더욱이 원로·중진들은 은연중 이천에서의 프로그램에 큰 기대를 걸고 있는 눈치였다.

일행은 각자 몇 대의 승용차와 한 대의 소형 버스에 분승하였다. 그러고는 곧 청담동을 떠나 '꿈과 희망이 넘치는' 이천으로 출발하였다. 그런데 이게 웬일인가, 청담동 강변도로로 들어서는 순간 심상찮은 조짐이 나타나기 시작했다. 여느 때와는 비교도 할 수 없을 만큼 교통 체증이 심각한지라 이맛살이 찌푸려질 수밖에 없었다.

조금만 가면 뚫리겠지, 설마하니 이천까지 이렇게 막히지는 않을 거야. 일행은 이런 생각을 하면서 짜증을 달래고 있었다.

그러나 차는 가는 듯 마는 듯 자동차는 길바닥 위에 시간을 뿌려 대고 있었다. 참으로 답답했다. 조금 전까지만 해도 환하기 짝이 없던 원로·중진들의 표정은 조금씩 어두워지고 있었다.

승용차에 타신 분들은 어땠는지 모르지만, 소형 버스에 타신 분들의 표정은 걱정 일색이었다. 사태가 이러할진대 승용차에 타신 분들 또한 어디 유쾌할 까닭이 있었겠는가.

자동차가 겨우 강변도로를 벗어나 성남시 방면으로 접어들었으나 이곳의 교통 체증은 오히려 강변도로를 빰치고도 남을 만하였다. 큰일이었다. 날짜를 짚어본즉 그날은 식목일과 한식寒食이 겹친 그 하루 전날이었다. 누가 뭐래도 나들이 날짜를 잘못 잡은 것이었다.

그런 만큼 교외 공원묘지로 성묘를 가는 사람, 나무를 심으러 가는 사람, 공휴일을 맞아 가족들과 함께 나들이를 가는 사람…. 하여간 거의 모든 시민들이 외곽으로 빠져 나간다 해도 과언이 아닐 만큼 도로마다 자동차가 홍수를 이루고 있었던 것이다.

어느덧 해가 중천에 떠오르고 있었다. 도대체 이럴 수가 있나. 미처 서울을 빠져 나가기도 전에 점심시간이 다가오고 있었던 것이다.

초조했다. 사무국 실무자의 한 사람으로서, 일행 가운데 최연소자로서 불안한 마음을 금할 길 없었다. 행여 원로·중진들께서 사무국을 향해 추상같은 불호령을 퍼붓지나 않을까 걱정이 태산 같았다.

이 경우 그 어떤 야단을 맞는다 해도 변명의 여지가 있을 수 없었다. 요컨대 법정 공휴일인 식목일에다 한식 하루 전날인 오늘 같은 날을 행사일로 택했다는 것 자체가 움직일 수 없는 잘못이었다. 말하자면 기획의 패착이었던 것이다.

본래 마음 약한 나는 조바심이 나서 어쩔 줄을 몰랐다. 도무지 원로·중진들을 대할 면목이 없을 뿐더러 목이 자라 모가지처럼 자꾸 움츠러드는 것이었다. 마치 가시방석에 앉은 듯한 기분이었다.

아, 이걸 어찌하면 좋은가. 길은 여전히 막혀 있고, 시간은 자꾸 흐르는 것을…. 더구나 이제는 서울로 되돌아갈 수도 없는 실정이었다. 우리 일행이 탄 자동차들과 다른 자동차들이 뒤죽박죽으로 뒤엉켜 상호 연락을 취할 수도 없었다. 자동차에 카폰이 설치돼 있는 것도 아니었으므로 중론을 모아 비상 대책을 강구할 만한 여지조차 없었다. 속된 표현으로 빼지도 박지도 못할 그런 상황이었다.

일행들 중에서 한두 분이 불만을 터뜨리기 시작했다. 아, 이거 잘못 나섰군, 잘못 나섰어. 엄격히 말해서 그것은 불만이랄 수도 없었고, 어느 누구라도 당연히 할 만한 말씀이었다. 그러나 착 가라앉은 분위기 속에서 짜증 섞인, 그리하여 사무국을 질타하는 듯한 말씀이 나올 때마다 나는 그야말로 도망치고 싶은 심정이었다.

사무차장? 웃기네. 괜히 그런 걸 맡아 가지고 죽을 쑤고 있다 생각하니 정말 미치고 환장할 노릇이었다. 가슴이 벌렁벌렁 뛰는 것을 느끼면서 사무국장인 염재만 선생의 표정을 살폈을 때, 나는 그러나 말문이 막혀 거의 기절할 뻔했다. 속으로야 어떤지 몰라도 그분은 겉으로 보기에 지나칠 정도로 태연했다.

뱃심 한 번 대단하군. 그분의 인내력은 가위 초인적이었다. 역시 인생을 많이 사신 분은 뭐가 달라도 다르단 말이야. 나는 마음속으로 그렇게 생각하며 위안을 삼으려고 애썼다.

일행은 불만과 짜증 속에 오후 두 시가 훨씬 지나서야 겨우 이천의 한 도요지에 도착했다. 해는 벌써 중천을 훨씬 비껴 섰고, 원로·중진들은 점심을 건너 뛴 터라 피곤한 기색을 감추지 못했다.

그러나 이걸 또 어찌하랴. 무한한 인내심을 발휘하여 가까스로 목적지에 도착했건만, 현지에는 아무런 준비도 돼 있지 않았다. 그렇게 늦은 시각에 도착했으면 미리 준비했던 음식이 썰렁하게 식었거나 팅팅 불어터졌어야 마땅하건만 그곳에는 요깃거리조차 없었다. 다만 미친 듯한 바람이 세게 불어 도요지 산기슭의 가랑잎만 훨훨 흩날리고 있었다.

그때 염재만 선생이 이리 뛰고 저리 뛰며 비상수단을 강구했다. 도요지의 주인을 들들 볶아 부랴부랴 음식을 준비하고 쌀로 빚은 막걸리를 구해 원로·중진들의 노여움을 풀게 하였다.

역시 원로·중진들은 너그러웠다. 수십 년씩 소설을 써 오신 분들인지라 그 엄청난 시행착오를 더 이상 나무라지 않으셨다. 약간 취기가 오르자 원로·중진들은 도리어 염재만 선생의 그 노고에 아낌없는 박수를 보내 주는 것이었다.

점심인지 새참인지 대충 시장기를 메운 일행은 애벌구이 도자기에 글씨도 쓰고 그림도 그려 넣었다. 그런 다음 그곳에서의 공식 일정을 모두 마쳤다. 그때 바쁜 분들은 일부 승용차 편으로 먼저 그곳을 떠났고, 다소 시간적 여유가 있는 분들은 떡 본 김에 제사 지낸다고나 할까. 서울과 이천 사이의 국도변, 좀 더 정확히 말하자면 광주군 초월면 쌍동리에 있는 어느 유명 음식점에 들르기로 하였다.

이 음식점은 일찍이 식도락食道樂의 대가로서 한국소설가협회의 중앙 상무위원이신 백파伯坡 홍성유洪性裕 선생님께서 여러 지면에 소개한 업소로, 조금 전에 들렀던 도요지의 주인이 그 집의 주인이기도 하였다. 말하자면 그 도예가가 음식점까지 겸업하고 있었던 것이다.

어쨌든 일행은 그 음식점에서 웃고 떠들며 술을 마셨다. 그러는 사이 아침부터 쌓였던 스트레스도 웬만큼 풀려 나갔다. 모두가 얼큰하게 취해 있었다.

어느덧 해가 저물어 귀경길에 올랐다. 주위가 캄캄했다. 원로·중진들은 또다시 승용차와 소형 버스에 나누어 타고 서울로 향했다.

그런데 이건 또 무슨 변고인가. 나중에 안 일이지만 염재만 선생이 그 국도변에 홀로 떨어진 것이었다. 소형 버스에서는 염 선생이 승용차에 편승한 줄 알았고, 승용차에서는 소형 버스에 탄 줄 알았는데 그분은 양쪽 차편을 모두 놓치고 그 허허로운 길가에 홀로 처진 것이었다.

그분은 엄청난 고생 끝에 이튿날 새벽 서울에 도착했다. 차라리 그곳이 이천이나 광주 읍내였다면 여관에라도 찾아들 수 있었을 텐데, 숙박 시설이라곤 전혀 없는 곳이어서 엄청난 골탕을 먹었던 것이다.

그러나 염재만 선생은 그 후에도 일행을 원망하거나 불만을 토로한 적이 없었다. 웬만한 인물 같으면 자신을 노상에 떨어뜨린 일행을 향하여 냅다 푸념이라도 퍼부을 일이지만, 그분은 그날을 이야기할 때마다 낄낄 웃곤 하였다.

이제 그분은 한국소설가협회 중앙상무위원(상임이사) 되었고, 내가 그분의 뒤를 이어 사무국장이 되었다. 이것도 예사로운 일이 아닌 것 같은데, 나는 항상 그분에게서 찰고무 같은 집념과 끈기를 배우고 있다. (『우리시대의 한국문학전집』 제16권. 계몽사. 1991)

박완서朴婉緖 선생님,
내 생애 아름다운 인연

내 일가친척과 친구들이 다 알고 있다시피, 내가 남들보다 유난히 고생했던 이유는 간단했다. 집안이 워낙 빈한했던 것은 두말할 나위도 없거니와 고등학교를 졸업했는데도 호적 나이마저 만 16세에 머물러 있기 때문이었다. 이렇듯 호적 나이가 실제 나이보다 두 살 줄어 그 어디 번듯한 직장의 임용 시험에도 응시할 수가 없었다. 그러므로 나는 이 치열한 생존경쟁에서 낙오자 아닌 낙오자가 될 수밖에 없었다.

1970년 여름, 이 삭막하고 배고픈 서울에 온 이후 나는 밑바닥을 박박 기었다. 그것은 참으로 살아남기 위한 처절한 몸부림이자 피눈물 나는 투쟁이었다. 그래도 끝까지 좌절하지 않고 버틴 원동력이 있었다면 그것은 소년 시절 이후 가슴 깊이 간직해 온 문학에의 꿈과 열정이었다. 나는 그 내밀한 꿈을 키우는 가운데 굶어 죽지 않으려고 여기저기 기웃거리며 떠돌이 생활을 하다가 1972년 겨울 서울특별시립근로자합숙소까지 흘러가게 되었다.

아시는 분은 아시겠지만, 근로자합숙소란 오갈 데 없는 부평초 같은 뜨내기 인생들을 위한 사회 복지 시설이 아닌가. 그 험악한 곳에서 사는 동안 장막희곡을 써서 1973년 문화공보부(문화관광부의 전신) 문예 작품 현상 모집에 가작으로 입선한 바 있다. 그때 적지 않은 현상 고료를 받아 극빈의 부모님을 구하고, 나 자신 또한 위기를 극복할 수 있었다. 그리고 합숙소에서 만기 퇴소한 직후인 그 이듬해, 그러니까 1974년에는 병든 몸으로 합숙소 체험을 논픽션으로 써서 『신동아新東亞』에 응모해 당선했다. 또다시 현상 고료를 받아 병든 목숨을 건지고 회생할 수 있었다.

그런데 문화공보부 입선 때에는 심사위원이 차범석(극작가) 여석기(고려대 교수) 김경옥(극작가) 선생님이었고, 『신동아』 논픽션 당선 때의 심사위원은 오소백(언론인) 박현서(한양대 교수) 박완서(소설가) 선생님이었다. 두 차례의 입상 이후 그 여세를 몰아 열심히 소설을 썼고, 1976년 한국 문단의 거봉 안수길(소설가) 선생님의 추천을 받아 『현대문학』을 통해 공식적으로 문단에 나왔다.

그러나 살길은 여전히 막막했다. 그때쯤 해서는 결혼하여 식솔까지 줄줄이 딸린 터라 생활이 더욱 힘들었다. 나는 이 절체절명의 생활고를 이겨내기 위해 죽기 아니면 까무러치기라는 식으로 장편소설을 써서 1979년 『월간독서月刊讀書』 현상 모집에 젖먹이 딸 이름으로 응모해 당선했다. 이로써 나는 또다시 삶과 죽음의 갈림길에서 살아날 수 있었다. 심사위원은 이호철(소설가) 신상웅(소설가) 박완서(소설가) 선생님이었다. 그러니까 그 세 분의 심사위원께서 내게 결정적 돌파구를 열어 주신 것이다.

이렇듯 나는 중요한 고비마다 문예 작품 현상 모집을 통해 그 위기를 극복해 나왔다. 그리고 그때마다 받은 현상 고료로 침몰 직전의 내 삶을 지탱할 수 있었다. 이렇게 볼 때, 지난날 내 졸작을 뽑아 주신 심사위원 선생님들이야말로 명실 공히 생명의 은인이라고 말할 수밖에 없다. 그중에서도 박완서 선생님은 두 번씩이나 내 응모작을 뽑아 주셨으니 몽매인들 어찌 잊을 수 있으랴. 하지만 나는 여태껏 박 선생님께 아무런 보답도 하지 못했다. (2007)

윤재천尹在天 교수님 고희에 부쳐

주위 사람들 중에는 만나서 기분 좋은 상대가 있는 반면 만나기 싫은, 아니 평생토록 부딪치고 싶지 않은 그렇고 그런 군상도 있다. 만나서 기분 좋은 상대는, 우선 그를 만남으로써 마음이 편하고 더 나아가 뭔가 배울만한 특장特長을 지닌 데 반해, 만나기 싫은 군상은 만난다는 그 자체가 부담스럽고 만나 본들 별로 이득 될 것도 없을 뿐더러 도리어 정신적으로 피곤해지기만 하는 그런 부류라고 하겠다.

또한 만나면 만날수록 푸근한 정감을 더해 주는 인물이 있는가 하면, 개중에는 처음과 끝이 같지 않은, 말하자면 변덕이 오뉴월 감주 맛 변하듯 하는 얍삽한 사람들도 적지 않다. 더욱이 너 나 할 것 없이 제 몫 챙기기에 바쁜, 인정이나 의리가 헌신짝처럼 추락해버린 이 삭막하고 각박한 시대에서는 더 말할 나위가 없다고 하겠다.

특히 이 근래에는 문단 풍토마저 이상하게 변질되었다. 과거 1970년대만 해도 문인이 문인을 존경했고, 문인과 문인이 만나면 서로 덕담을 주고

받는 가운데 상호 격려를 아끼지 않았으며, 문인의 경조사慶弔事에 문인이 가장 먼저 달려가 기쁨과 슬픔을 함께 나누었다.

그러나 언제부턴가 문학 수업조차 제대로 거치지 않은 어중이떠중이들이 대거 등장하면서 문단의 위계질서와 미풍양속은 서서히 무너지기 시작하였다. 더군다나 그들 가운데 일부는 문학을 돈벌이의 수단으로 착각하여 함량 미달의 광필狂筆을 농하기도 하였고, 비누 거품보다 별로 나을 것 없는 한때의 인기를 앞세워 이리저리 휘젓고 돌아다니다가 급기야 하루살이처럼 속절없이 자멸하기도 하였다.

그런데 최근에 들어와 문단 풍토는 더욱 어지러운 지경에 이르렀다. 이름도 족보도 없는 삼류 문예지들이 우후죽순처럼 생겨나, 공장에서 공산품 찍어 내듯 이른바 신인들을 양산해 내면서 이러한 풍토가 더욱 가속화되고 있는 실정이다. 그들의 출신지出身誌가 삼류인 만큼 그 지면을 통해 나타난 신인이 일류일 수 없건만, 그럼에도 불구하고 삼류 잡지들은 매달 설익은 신인들을 앞다투어 쏟아 내는 것이다.

하지만 이렇듯 우물쭈물 문단에 얼굴을 들이민 사람들이 어찌 문학 수업을 제대로 쌓았을 것인가. 또, 그들이 어찌 문학을 문학답게 꾸려갈 수 있을 것인가. 그런데도 그들은 뭐가 뭔지도 모르는 가운데 설 지진 강아지처럼 여기저기 뻴뻴거리고 돌아다니면서 문단 풍토를 흐려놓고 있다. 이는 마치 악화惡貨가 양화良貨를 구축하는 그레셤의 법칙과 같다고 하겠다. 그 결과 이제는 문단이라는 용어 자체가 상당 부분 빛을 잃게 되었다.

하지만 물밑으로 도도히 흐르는 문단의 정서마저 완전히 소멸된 것은 아니다. 문단이 어지러워지면 어지러워질수록 도리어 진짜 문인들의 교감交感은 더욱 간절해지게 마련이다. 모름지기 문인이 문인을 모르고, 선비가 선비를 모른대서야 이 세상을 어찌 인간 사회라 할 것인가. 따라서 전면에 나서기를 저어하고, 하고 싶은 말이 있어도 굳이 말하지 않는 진짜 문인들일수록 멀리에서, 또는 가까이에서 이심전심으로 서로를 이해하고 위로하며 지면을 통해 그 작품을 접함으로써 인간적 정감과 유대를 돈독히 쌓아 가는 것이다.

다소 객설이 길어졌지만, 필자가 윤재천 교수님을 처음 뵌 것은 20여 년 전이었다. 그 당시 필자는 한국문인협회(약칭 문협) 기관지 『월간문학』의 편집부 기자로 근무하면서 『현대문학』을 통해 새내기 소설가로 문단 말석에 첫발을 내딛고 있었다.

그때까지만 해도 문협 사무실은 문인들의 사랑방 같은 곳이어서 예간다 제간다 하는 원로 대가 중진 중견들이 종종 찾아 주셨고, 또한 문인들의 수가 지금처럼 많지도 않았을 뿐만 아니라 문예지의 수도 손가락으로 꼽을 정도여서 문인들과 문예지 편집부 기자 사이에는 긴밀한 유대 관계가 형성돼 있었다.

더욱이 요즘처럼 전자 우편이니 팩시밀리 같은 것이 있을 리 만무했고, 전화마저 귀했던 시절인지라 문인들은 직접 문협을 방문하여 『월간문학』에서 청탁한 원고를 맡겨 놓곤 하였다. 아무튼 이 과정에서 필자는 윤 교수님을 처음 뵙게 되었다.

그런데 그 무렵 마침 수필가 다섯 분의 수필집 『소부리所夫里의 대화對話들』이 출간되었다. 이 수필집의 표제에 나오는 '소부리'는 바로 필자의 고향으로서 백제의 도읍지였던 충남 부여扶餘의 옛 이름이거니와 이 수필집을 엮은 다섯 분 중에는 윤 교수님, 그리고 고교 시절 필자에게 문학의 자양분을 듬뿍 안겨 주신 김영배金英培 선생님이 계셨다. 작품집을 출간하기가 하늘에 별 따기만큼이나 어려웠던 시대, 윤 교수님과 필자의 은사님이신 김영배 선생님께서 다른 세 분의 수필가와 함께 공동 수필집을 출간했다는 것은 실로 경하할 만한 일이었다.

한편, 윤 교수님 고향은 경기도 안성인데 필자가 그 당시 안성 출신 젊은 문인들과 폭넓게 교류하고 있었던 것도 윤 교수님과 필자의 거리를 좁혀 주는 요인이었다. 어쨌든 이런저런 연고로 필자는 더욱 윤 교수님께 가까이 다가설 수 있었고, 윤 교수님과 필자는 문학이라는 끈으로 맺어진 소중한 인연을 끊임없이 확대 발전시켜 나온 것이다.

이렇듯 좋은 인연 속에 뵈어온 윤 교수님이야말로 문인다운 문인, 선비다운 선비, 학자다운 학자의 전형이 아닌가 싶다. 언제 뵈어도 정감 넘치는 표정, 한 점 흐트러짐 없는 꼿꼿한 자세, 따뜻하고 넉넉한 마음가짐, 조급하지도 느리지도 않은 걸음걸이, 듬직한 무게가 실려 있는 말씀, 언짢은 일이 있어도 수더분하게 받아들이는 너그러움, 20여 년 전이나 지금이나 똑같이 대해 주시는 한결같음…. 정말이지 윤 교수님한테서는 본받아야 할 점이 너무나 많다.

까마득한 후학으로서 이런 언사를 늘어놓는다는 것이 예의에서 크게 벗어난 일일 수도 있겠다. 하지만 달리 마땅한 대안이 없어 그만 이렇게 표현하고 말았다. 어느덧 고희를 맞이하신 윤 교수님께 진심으로 축하의 박수를 보내드리면서 희수喜壽 미수米壽 백수白壽 때 또다시 이런 지면이 마련되기를 간절히 기도할 따름이다. (윤재천 교수 고희기념문집 『수필의 길 40년』. 문학관. 2001)

윤재천문학상의
제정과 운영

윤재천 선생님께서 마침내 미수米壽를 맞이하셨다. 기쁘다. 2001년 선생님의 고희기념문집 『수필의 길 40년』에 축하의 글을 쓴 것이 엊그제 같은데 이렇듯 미수를 기리게 되었으니 이만저만 기쁜 것이 아니다. 선생님께서 건강하신 것은, 그리하여 오늘 이렇게 미수를 맞이하신 것은 우리 모두 다 함께 경하할 일이다.

선생님과의 인연은 70년대 중반으로 거슬러 올라간다. 그 무렵 필자는 한국문인협회(약칭 문협) 기관지 『월간문학』 기자로 근무했고, 선생님께서는 5인 수필집 『소부리所夫里의 대화對話들』을 간행하면서 문단에 신선한 바람을 불러일으켰다. 그때만 해도 책을 내기가 쉽지 않던 시절이었다.

선생님께서는 그 책을 들고 손수 문협을 방문하셨고, 『월간문학』에 광고 게재까지 맡겨 주셨다. 그날 이후 선생님께서는 새파란 필자를 끔찍이도 아껴 주셨다. 따라서 선생님만 뵈면 저절로 존경심이 우러나오게 마련이었다.

선생님은 경기도 안성에서 태어나셨다. 생신날은 4월 28일이다. 이날은 공교롭게도 충무공 이순신李舜臣 장군 탄신일이다. 그러므로 선생님을 생각하면 이순신 장군이 떠오르고, 이순신 장군을 생각하면 어김없이 선생님이 떠오른다. 이순신 장군이 우리 역사에 우뚝 치솟은 영웅인 점을 감안한다면 선생님의 생신날은 길일吉日임이 분명하다. 그런 까닭에 선생님께서는 타고난 건강을 바탕으로 우리 문단에서 큰일을 하시는 것 같다.

잘 알려져 있다시피 선생님께서는 청년 시절 이후 오늘날까지 애오라지 수필을 위해 모든 것을 다 바쳤다. 일찍이 격조 높은 수필로 우리나라 수필의 위상을 높였다. 한국수필학회를 창립하고 학술지 『수필학隨筆學』을 제20호까지 간행하여 수필에 관한 학술적 이론을 정립했다. 수필 전문 문학지 『현대수필』을 꾸준히 간행하면서 수필의 지평을 넓혔다.

그것도 모자라 올해에는 사재를 기울여 윤재천문학상을 제정하고 문협과 업무 협약을 체결했다. 필자는 문협 임원의 한 사람으로 이 업무 협약 체결과 운영에 직접 관여하면서 수필을 향한 선생님의 열정에 거듭 탄복하지 않을 수 없었다. 선생님의 생신날이었던 지난 4월 28일 제1회 윤재천문학상 시상식이 있었다. 수상자는 정목일鄭木日 수필가였다. 필자는 이 상이 지속적으로 잘 운영될 수 있도록 적극 지원할 작정이다.

아무튼 선생님께서 더욱 건강하셔서 백수白壽 때에도 다시금 축하의 글을 쓸 수 있게 되기를 간절히 기원한다. (『운정 윤재천 미수기념문집』, 문학관, 2019)

이정환李貞桓 소설가에 대한 추억

소설가 이정환 선생님을 처음 만난 것은 1975년이었다. 그때 필자는 한국문인협회 기관지 『월간문학』 편집부 말단 기자로 근무하고 있었다. 문학지가 흔치 않던 시절이었다. 그 당시의 문학지로는 50년대에 창간된 『현대문학』을 필두로, 60년대 창간의 『월간문학』과 70년대에 등장한 『문학사상』과 『한국문학』이 있을 뿐이었다. 물론 몇몇 계간지가 있었지만, 그 계간지들은 사실상 동인지 성격을 띠고 있었다. 그러므로 대부분의 시인과 작가들은 앞에서 열거한 4대 문학지를 무대로 작품 활동을 하고 있었다.

이정환 선생님은 1969년 제3회 월간문학신인작품상에 가작으로 입상했다. 입상작은 단편 「영기令旗」였다. 그 당시 신문사의 신춘문예와 문학지의 신인 등용문에는 당선과 가작이 병존하고 있었다. 당선은 문자 그대로 '한 방'에 끝나는 것이지만, 가작은 '준당선'이라고나 할까 하여간 당선보다 한 수 아래에 해당하는 입상 등위라고 말할 수 있었다. 가작은 공식 등단으로 인정하지 않았다. 그러므로 가작 경력으로는 한국문인협회 입회 자격에서도 제외되었다. 매체에 따라 다소 차이는 있었지만, 『월간문학』의 경우 가작을 두 번 하면 등단으로 인정했다.

가작이란 참으로 애매모호했다. 당선이면 당선이고 낙선이면 낙선이지 가작이라는 등위야말로 응모자 입장에서는 씁쓸하고 허전할 수밖에 없었다. 하지만 심사위원 입장에서는 가작의 경우 당선에는 못 미치고, 그렇다고 낙선으로 처리하기에는 아까운 수준이라고 말할 수 있었다. 아무튼 이정환 선생님은 당선이 아닌, 가작으로 문단에 첫 선을 보인 셈이었다. 그러고 나서 그 이듬해 제4회 월간문학신인작품상에 단편 「안인진탈출安仁津脫出」로 또다시 가작에 올랐다. 이렇듯 잇따라 두 차례 가작을 통해 등단한 사례도 사실은 흔치 않은 일이었다.

이런 경력을 가진 이정환 선생님을 처음 뵙게 되었을 때 무척 반가웠다. 그 무렵 이 선생님께서는 전북 동향 출신의 소설가 오찬식吳贊植 선생님, 신석상辛錫祥 선생님과 종종 어울리곤 했다. 이 선생님은 전주, 오 선생님은 남원, 신 선생님은 부안 출신이었다. 오 선생님과 신 선생님은 일찍 문단에 나왔지만, 연세로 따지자면 이 선생님이 그분들보다 훨씬 연장이었다.

이 선생님은 항상 조용했다. 대화를 나눌 때에는 낮은 목소리로 조용조용 말씀하셨다. 걸음을 걸을 때에도 혹여 땅이 꺼질세라 가만가만 걸었다. 필자는 오 선생님과 신 선생님을 통해 이 선생님의 저 파란만장한 인생길을 어느 정도 알고 있었다. 하지만 이 선생님과 필자는 지난날의 '아픈 과거'를 입에 올린 적이 없었다. 필자는 그냥 이 선생님이야말로 지난날 저 쓰라린 형극의 길을 걸어온 분이라 생각하면서 되도록 깍듯이 잘 모시려고 노력했다.

이 선생님은 이따금 필자에게 전화를 걸어 주셨고, 퇴근길에 종암동 '대영서점'에서 만나자고 말씀하셨다. 대영서점은 선생님의 제씨가 경영하고 있었다. 그 당시 필자는 총각의 몸으로 미아4동 누님 댁에 얹혀살고 있었다. 직장인 한국문인협회에서 미아4동으로 퇴근할 때, 종암동은 들르기 쉬운 길목이었다. 시간에 맞추어 대영서점에 들르면 선생님께서는 미리 나와 대기하고 계셨다.

선생님과 필자는 거의 예외 없이 근처 식당으로 옮겨 저녁식사와 함께 이런저런 대화를 나누었다. 화제는 당연히 문학에 관한 담론이었다. 그 무렵, 이 선생님께서는 인기 작가의 반열에 올라 있었다. 아주 뒤늦은 편이었지만, 어쨌든 선생님은 장편소설 『겨울나비』 이후 『샛강』을 발표하면서 독자들의 주목을 받았다. 그리하여 그때쯤 해서는 여기저기 여러 군데 장편소설을 연재하기 시작했다.

과거 이런저런 잡문으로 생계를 꾸려갈 때와는 차원이 달랐다. 이 선생님은 어느 누구보다도 '떡치는' 원고를 많이 썼다. '떡치는' 원고란 본인 명의로 발표하는 순수 작품이 아닌, 남의 명의 또는 무기명으로 나가는 잡문을 의미했다. 예컨대 백과사전에 들어가는 원고라든가, 기업체의 사사社史라든가, 남의 자서전이나 논문 대필 따위를 의미했다.

속필이었다. 선생님은 원고지에 만년필로 글을 썼다. 훗날 돌아가실 무렵에는 볼펜을 사용했지만, 병세가 악화되기 이전에는 주로 만년필을 이용했다. '떡치는' 원고는 종류도 다양했다. 어떤 때에는 방송극 대본을 소설 형식으로 윤문한 원고를 출판사에 넘기기도 했다. 그런 원고들은 거의 대부분 전집 형식으로 출판되곤 하였다.

그러다가 날로 인기가 치솟으면서 '떡치는' 원고가 아니더라도 순수 창작만으로 살아갈 수 있게 되었다. 말하자면 원고료와 인세 수입만으로도 생계를 꾸려갈 단계에 이른 셈이었다. 그런데 이게 웬일일까, 선생님에게 뜻하지 않은 병마가 찾아왔다. 당뇨병이 악화되면서 종당에는 실명까지 하게 되었다. 몇몇 문인들이 치료비 후원 명목으로 성금을 걷었지만 어떻게 달리 손쓸 방도가 없었다.

그랬다. 이 선생님은 '떡치는' 원고를 쓸 때 담배와 설탕물에 절어 있었다. 허구한 날 소나기처럼 몰려드는 밤잠을 쫓으며 '떡'을 '치려면' 줄담배를 피우지 않을 수 없었다. 특히 선생님은 냉수에 설탕을 타서 숟가락으로 휘휘 저은 설탕물 마시기를 즐겼다. 치열한 삶과 문학이었다. 전주에서 서울로 올라온 이후 빈촌 중의 빈촌 난지도 쓰레기 매립장 인근 상암동에 둥지를 틀고는 가족들을 부양하기 위해 목숨 걸고 원고지에 매달렸다. 그때 이미 선생님은 골병이 들어 건강을 망친 것이었다.

이 선생님은 그렇게 죽을 고생을 하다가 그런대로 살 만 해지자 세상을 떠났다. 인생이란 정녕 그토록 허망한 것인가. 조금만 더 사셨더라면 더욱 많은 작품을 남기셨을 텐데 애석하기 짝이 없었다. 격동기의 한복판을 가로질러 고난의 가시밭길을 살다 가신 소설가 이정환 선생님, 부디 저 세상에서나마 사상과 이념과 속박의 굴레로부터 훨훨 벗어나 영원한 자유와 복락을 누리소서. (『문학의집 서울』 2019. 7월호. 『이정환문학전집·8』. 국학자료원. 2020. 2. 4)

강태기姜泰基 형,
우리는 어디에서 다시 만날까

1.

지난 3월 15일 아침 한국소설가협회 인터넷 카페에 들어갔다가 참으로 충격적인 소식을 접했다. 청천벽력이 따로 없었다. 소설가 우선덕禹善德 선생이 올린 글이었다.

[부음] 강태기 회원 3월 9일 타계

악! 이게 무슨 변고인가. 아니지, 아니야. 그럴 리가 있나. 이건 뭔가 잘못 되었어. 며칠 동안 잠결에 헛소리까지 내뱉으며 지독한 몸살을 앓았는데 정녕 내 눈에 허깨비가 쓰인 건 아닐까. 필자는 눈을 비비면서 '강태기'라는 이름 석 자를 두 번 세 번 들여다보았다. 하지만 그 글자는 한 점 한 획도 변하지 않고 그 자리에 떠 있었다. 필자는 거듭 눈을 의심하면서 그 아래에 나와 있는 기사 본문을 들여다보았다.

강태기 소설가의 소식을 들었습니다.
아래와 같은 분이었습니다.
늦었지만 삼가 고인의 명복을 빕니다.

우선덕 선생은 '아래와 같은 분'을 구체적으로 드러내 보이기 위해 한국소설가협회 '작가 정보'란에 소개돼 있던 강태기 작가의 프로필을 그대로 캡처해 옮겨 놓고 있었다. 강태기 작가의 흑백 사진, 그리고 거기에 딸려 있는 약력을 확인할 때 그 기사의 주인공은 분명 내가 아는 작가 강태기 형이었다. 아, '삼가 고인의 명복'이라니…. 그 대목에 이르러서는 목구멍이 울컥하면서 콧날이 시큰했다. 그리고 눈시울까지 화끈해 왔다.

하지만 강 형의 타계 소식은 아무래도 믿어지지 않았다. 우선덕 선생에게는 대단히 죄송한 얘기지만, 내심으로는 그 기사가 오보이기를 바랐다. 두어 시간 동안 숨고르기를 하고 나서 우선덕 선생에게 전화를 걸어 이게 어떻게 된 사연이냐 문의했다. 그러자 우 선생은 강 작가의 장례에 직접 문상 다녀온 후배로부터 뒤늦게 그 소식을 들었노라고 했다. 문상까지 다녀온 후배가 있다고? 그렇다면 강 형의 타계 기사는 오보가 아님이 거의 확실했다.

2.

경남 하동 출신인 강태기 형은 부산공고를 졸업했고, 충남 부여 출신인 필자는 논산대건고등학교를 나왔다. 고3 여름방학 때, 학교 도서실에서 우연히 서라벌예술대학의 '서라벌학보'를 만났다. 그 신문의 하단에 실린 5단통으로 게재된 서라벌예술대학 주최 '제5회 전국 고등학생 문예 콩클 현상 모집' 광고가 번쩍 눈에 띄었다.

그 광고를 발견한 그날부터 부랴부랴 단막희곡 한 편을 썼다. 썼다 지우고, 지웠다가 다시 쓰고…. 그렇게 해서 탈고한 작품을 서라벌예술대학 서라벌학보사로 응모했다. 그로부터 약 한 달쯤 지났을 때 입상 통지와 함께 시상식에 참석해 달라는 공문을 받았다.

1969년 10월 31일 물어물어 돈암동 산 3의 1에 있던 서라벌예술대학을 찾아갔다. 그날 서라벌학보 주간이신 소설가 백인빈白寅斌 선생님을 처음 뵈었고, 부산공고 자동차과 3학년 재학 중이던 강태기 학생을 만났다. 강태기 학생은 시 부문에 당선되어 시상식 참석차 그 자리에 나타난 것이었다. 그렇게 해서 우리 두 사람은 고등학교 때부터 알고 지내는 사이가 되었다.

그 이듬해 정월 우리는 고등학교를 졸업했고, 그해 섣달그믐께 필자는 신문 가판대에서 신춘문예 당선작이 발표된 새해 1월 1일자 각 일간지를 사 모으다가 앗, 하고 탄성을 자아낼 만큼 신선한 충격을 받았다. 대한일보 신춘문예 당선작 발표 '사고社告' 중 희곡 부문에 강태기 형의 이름과 「安樂死」라는 작품 제목이 선명하게 나와 있었다.

아, 그랬구나. 강 형은 시뿐만 아니라 희곡도 쓰고 있었구나. 필자는 그런 생각을 하면서 강 형의 그 조숙한 문단 데뷔에 아낌없는 박수갈채를 보내 주었다. 그로부터 몇 년 뒤, 좀 더 정확하게 말하자면 70년대 중반 필자는 한국문인협회 『월간문학月刊文學』 편집부에 근무했다. 그러던 어느 날 강 형이 '불쑥' 찾아왔다. 이만저만 반가운 것이 아니었다. 그는 그동안 군대에 다녀왔고, 서라벌예술대학에 재학 중이지만 휴학과 복학을 반복한다면서 키들키들 웃었다.

소화기 계통에 이상이 있어 대장을 '왕창' 잘라냈다는 말도 했다. 그 엄청난 시련을 헤치면서도 가지런한 치열을 드러내며 웃는 모습이 순진무구한 어린 아이처럼 착해 보였다. 그는 지난 세월 모진 세파를 헤쳐 나오면서 삶의 아픔들을 초탈한 달인인 듯했다.

한편, 필자는 1973년 문화공보부 장막희곡 입선, 1974년 『신동아新東亞』 논픽션 현상 모집 당선 등 여기저기 기웃거리다가 1976년 정식으로 『현대문학現代文學』 소설 추천을 받았다. 그때 영원히 잊지 못할 전보 한 통이 날아들었다. 짤막한 전보 문안이 걸작이었다. 「소설가 이광복 만세」. 그 전보를 보내 준 사람이 바로 강태기 형이었다.

그 후 강 형과는 불쑥불쑥 만나곤 했다. 지금처럼 전화가 흔한 시절도 아니었고, 피차 입에 풀칠하기 바쁜 형편인지라 어느 달, 어느 날, 몇 시, 어떤 장소에서 만나자는 약속을 하기도 어려웠다.

3.

또다시 몇 년이 흘렀다. 그동안 강 형은 몇몇 출판사를 전전하며 생계를 꾸려 나갔다. 필자 역시 두어 군데 잡지사와 출판사를 떠돌다가 1980년 태평양화학(아모레퍼시픽 전신)에 들어갔다. 그때 강 형은 용산의 본사 홍보실 출판과에 근무했고, 필자는 신대방동에 있던 서울공장 내 태평양박물관에서 일했다. 각기 소속 부서는 다르지만 같은 회사에서 한솥밥을 먹게 된 셈이었다. 그때 필자는 용산 본사에 갈 경우 꼭 홍보실에 들러 강 형을 찾았고, 강 형 역시 신대방동 서울공장에 오면 필자를 만나곤 했다. 그때에도 강 형은 여전히 키들키들 잘 웃었고, 종종 기상천외한 재담으로 뱃살을 움켜쥐게 했다.

1983년 강 형은 삼성도의문화저작상 현상 모집 장막희곡에 당선했다. 그 당시 삼성도의문화저작상은 당선작 고료가 많은 현상 모집으로 널리 알려져 있었다. 강 형은 그 치열한 경쟁 속에 쟁쟁한 역량으로 당선의 영예를 일궈낸 것이었다. 그 후 강 형은 KBS사업단에서 발행하던 여성지 『여성백과女性百科』로 이직했고, 필자 역시 독립기념관건립추진위원회로 직장을 옮겨 나중에는 천안 목천면 공사 현장에 내려가 근무했다.

1987년 독립기념관 개관 이후 필자는 근근이 전업 작가로 살아왔다. 강 형도 『여성백과』에서 퇴직한 뒤 몇 년 동안 소식이 없었다. 필자는 여러 차례 연락을 시도했지만 여의치 않았고, 이 사람 저 사람을 통해 강 형의 근황을 전해 듣고 있었다.

재작년이었다. 누군가에 의하면 몸이 아파 입원했다고도 하고, 누군가에 의하면 변함없이 직장에 잘 다닌다고도 했다. 지난해 어느 날 이번에도 강 형이 먼저 필자에게 불쑥 전화를 걸어왔다.

“광복이가? 나, 태기다. 니 대체 우예 지내노?”

“그래. 반갑군. 태기는 어떻게 지내는가?”

강 형은 그때 기독교방송에서 운영하는 인터넷 신문 ‘노컷뉴스’에서 일한다고 말했다. 저녁에 출근해서 새벽에 퇴근하는 올빼미 생활이라고 했다. 강 형의 목소리에는 특유의 피곤함이 묻어나고 있었다.

“니를 만나고 싶어도 그게 잘 안 되네. 밤새 일하고 새벽에 퇴근하면 녹초가 되는기라. 몸도 말을 안 듣고…. 건강하거래이.”

“아무리 바빠도 한 번 만나야지.”

“그럼. 내가 시간 날 때 연락할게.”

하지만 그 후 토옹 소식이 없었다. 아무래도 이상했다. 하지만 어쩌랴. 무소식이 희소식이라는 말도 있지만, 우리 팔자에 큰 영화를 누릴 처지는 못 되고 그럭저럭 잘 지내겠지, 하는 기대뿐이었다. 그런데 이게 웬일일까, 한국소설가협회 인터넷 카페에서 난데없는 부음을 접하고 보니, 그저

기가 막힐 따름이었다.

예로부터 열두 가지 재주 가진 사람이 밥 굶는다고 했다. 강 형은 참으로 많은 재주를 타고난 사람이었다. 중고등학교 때에는 시를 썼고, 신춘문예에는 희곡으로 입상했지만 소설도 잘 썼다. 그런가 하면 고등학교 시절 자동차과를 나온 데다 군대 시절 수송 부대에서 근무한 이력이 말해 주듯 자동차 분야에 빠삭했고, 출판사와 잡지사에 근무하며 편집 경력도 쌓을 만큼 쌓았다. 누구 못지않게 마음씨가 고왔다. 성당에 다니며 신앙생활도 했다. 하지만 그의 삶은 언제나 고단했다.

그는 이렇듯 힘겨운 생활 속에서도 『저금통』 『청동 빛 이마의 천사』 『빈 둥지의 여인』 『누워서 듣는 아빠의 이야기』 『아프면서 크는 나무』 『시노 메 모로』 등을 남겼다.

4.

피차 노골적으로 까발리면서 말한 적은 없지만, 필자는 강 형이 청소년 시절 밑바닥을 박박 기면서 얼마나 험난한 삶을 살았는지 알고 있다. 필자 역시 비참한 가난 속에서 성장했다. 문학에의 꿈을 안고 적수공권으로 상경한 강 형이나 필자는 이날 이때까지 계속 맨땅에 박치기를 하면서 살아왔다.

동병상련이라고나 할까, 본래 밑바닥 인생은 밑바닥 인생을 알아보고 그 나름의 친근감을 공유하게 마련이다. 강 형과 필자는 그런 사이였다. 하지만 필자는 강 형이 이승에서 떠나가는 마지막 길에 작별 인사조차 나누지 못했다. 어째 이런 일이 있었을까. 바람처럼 왔다가, 또 바람처럼 가는 것이 인생이라지만, 강 형의 부음을 뒤늦게 접한 지금, 이 설움 저 설움이 북받쳐 억장이 무너지는 것만 같다. 지금도 내 귀에는 그의 투박한, 그러나 정감 넘치는 사투리가 맴돈다.

"광복이가? 나, 태기다. 니 대체 우예 지내노?"

강태기 형, 우리는 어디에서 다시 만날까. 두 손 모아 강 형의 명복을 빈다. 주님, 강태기 요한에게 영원한 안식을 주소서. 영원한 빛을 비추소서. (『한국소설』 2012. 4월호)

제2부

대작가 안수길(安壽吉) 선생님의 삶과 문학

나는 안수길安壽吉 선생님의 막내아들

내가 한국 문단의 거봉 안수길 선생님을 처음 뵌 것은 고교 3학년 때인 1969년 가을이었다. 한창 문학에 열병을 앓고 있던 그때, 나는 서라벌예술대학에서 주최한 전국 고등학생 문예 작품 현상 모집에 소설이 아닌 단막희곡을 응모하여 당선작 없는 가작1석으로 입상했다.

그해 10월 31일 밤 성북구 돈암동 산 3의 1번지 서라벌예대 대학극장에서 시상식이 있었다. 그때까지 서울 구경 한 번 못했던 나는 상을 받기 위해 그 자리에 참석함으로써 참으로 소중한 문학적 체험을 하게 되었다.

그날 서라벌예대 대학극장에서는 '문학의 밤' 행사가 열리고 있었다. 그 '문학의 밤'은 1부와 2부로 나뉘어 있었고, 고등학생 문예 작품 현상 모집 입상자에 대한 시상식 순서는 바로 1부와 2부 사이의 막간에 편성돼 있었다.

말로만 듣던 서라벌예대의 '문학의 밤'은 참으로 빽적지근하였다. 머리 빡빡 깎은 시골 고등학생인 나에게는 그 행사가 사뭇 경이롭기만 했다. 물론 우리 고향에서도 가끔 가뭄에 콩 나듯 '문학의 밤'이나 시화전이 열렸지만, 서라벌예대 '문학의 밤'은 시골에서 보았던 '문학의 밤'과는 근본적으로 차원이 달랐다.

나를 더욱 기죽게 한 것은 중간 중간 펼쳐지는 대가들의 문학 강연이었다. 나는 그 자리에서 연사로 나오신 안수길 선생님을 처음 뵈었다. '문학의 밤'에서는 안 선생님 이외에도 시인 박목월 선생님, 소설가 김동리 선생님의 특별 강연이 있었다.

평소 교과서나 문학 서적에서나 작품으로만 뵈었던 어마어마한 대가들을 직접 면전에서 뵙게 되다니 이건 뭐 온몸이 찌릿찌릿할 지경이었다. 사실 시골의 일개 문학 소년이던 나로서는 감히 그 어른들 근처에 얼씬거리지도 못할 입장이었다. 그런데 그날 시상식에서 내로라하는 당대 최고의 대가들을 뵙게 된 것이다.

어쨌든 그 후 나는 국내외 명작들을 더 많이 탐독하는 한편 습작에도 더욱 박차를 가했지만, 고등학교를 졸업한 뒤에는 집안 형편 때문에 몇 년 동안 사회 밑바닥을 박박 기지 않으면 안 되었다. 그러다 어느 잡지사에 첫발을 디딘 이후 몇몇 잡지사를 전전하면서 문학의 꿈을 키워 나갔다.

그 과정에서 나는 1970년대 초반 여성지 『신여원新女苑』 기자로 근무한 적이 있었다. 그때 마침 지면 쇄신에 들어간 우리 편집부에서는 안수길 선생님께 연재소설을 청탁키로 했다.

두말할 나위도 없이 안 선생님께서는 우리의 청탁을 흔쾌히 받아 주셨는데, 그때 그 어른은 「황진이黃眞伊」라는 작품으로 우리의 지면을 빛내 주셨다. 소설 「황진이」는 제목 그대로 명기名妓 황진이의 일생을 그린 작품으로, 여성지의 성격에 아주 잘 어울리는 제재題材이기도 했다.

문학 담당인 나는 매월 종암동 안 선생님 댁을 방문하여 그 원고를 받아다 잡지에 실었다. 물론 연재소설 「황진이」는 독자들의 절찬 속에 성공적으로 완결되었고, 훗날 흥문각興文閣 출판사에서 이 작품을 단행본으로 출간하였다.

그 후 나는 『신여원』을 떠나 한국문인협회 기관지 『월간문학月刊文學』으로 일자리를 옮겼다. 그런데 당시 사무국장이던 극작가 오학영吳學榮 선생님께서 어느 날인가 『월간문학』에 원로 탐방 기사를 싣자고 제안하면서 그 첫 번째 취재 대상으로 안수길 선생님을 지목했다. 그러고는 내게 그 취재 기사 작성을 지시했다.

나는 곧 안 선생님께 전화를 드린 뒤 종암동 자택을 방문하여 공식적으로 인터뷰를 가졌다. 그동안 나는 국내외 작품을 '허벌나게' 읽어 왔으며, 특히 안 선생님의 작품이라면 단편 「제3인간형第三人間型」과 장편 「북간도北間島」를 위시하여 짤막짤막한 수필에 이르기까지 거의 모든 작품을 통독한 터라 기사 작성에는 큰 어려움이 없었다. 나는 그 기사를 당초 예정대로 『월간문학』 1976년 5월호에 전문 게재하였다.

아무튼 그 기사가 나가자 문단의 반응이 아주 좋았다. 당시 문협을 자주 출입하던 원로 중진들께서 한마디씩 칭찬해 주시는 것이었다. 그러나 나는 아직 문학청년으로 남아 있었다. 1973년 문화공보부 주최 문예 작품 현상 모집에서 장막희곡으로 가작 입선한 적이 있고, 1974년에는 동아일보 자매지 『신동아新東亞』 논픽션 현상 모집에 당선한 것이 고작이었다.

나는 차제에 희곡이 아닌 소설을 쓰기로 작정했다. 그리하여 안수길 선생님을 스승으로 모시고 본격적인 소설 공부에 들어갔는데, 안 선생님께서는 나의 졸작 단편 「불길」을 대뜸 『현대문학現代文學』에 초회 추천해 주셨다. 아무튼 그 작품은 『현대문학』 1976년 9월호에 게재되었고, 이로써 나는 공식적으로 문단에 첫 선을 보이게 되었다.

나는 그 여세를 몰아 더욱 열심히 문학 공부에 정진했고, 안 선생님은 역시 졸작에 지나지 않는 「향연香煙」을 완료 추천으로 밀어 주셨다. 그 작품은 『현대문학』 1977년 1월호에 게재되어 꽤 호평을 받았다. 그 이후 주위 사람들은 나를 소설가라 불러 주기 시작했으며, 나 자신 문단 말석에 끼어 어영부영 소설가 행세를 하게 되었다.

내가 추천을 완료한 직후 어느 날이던가, 하루는 안 선생님께서 직장으로 전화를 걸어 퇴근 후에 들러 달라고 하셨다. 나는 무슨 일인지 몹시 궁금해 하면서 퇴근길에 안 선생님 댁을 방문하였다. 그런데 이게 웬일일까, 안 선생님께서는 당신의 서재에 미리 술상을 차려 놓고 기다리다가 내가 문간으로 들어서자 이만저만 반가워하는 것이 아니었다.

물론 사모님도 함께 계셨다. 한국적 모성母性의 표양이던 사모님께서는 조용한 미소를 머금은 채 안 선생님 곁에 나란히 앉아 계셨다.

안 선생님은 곧 나를 술상머리에 앉힌 뒤 문단 데뷔를 축하한다면서 대뜸 술잔부터 권했다. 황송하기 짝이 없었다. 새파란 애송이가 연로하신 스승의 술잔을 받게 되다니…. 그날따라 안 선생님은 시종 기분이 좋아 술잔을 손에 들고 뱅글뱅글 돌리는 것이었다.

안 선생님은 본래 약주를 드실 때 술을 최대한 아끼면서 술잔을 그네태우듯 간당간당 흔들거나 뱅글뱅글 돌리곤 하셨다. 그날도 안 선생님은 그렇게 약주를 즐기는 것이었다. 나는 안 선생님께서 주시는 술잔을 딸꼭딸꼭 받아 마셨다. 어느 정도 취흥이 도도해졌을 때 안 선생님께서 내게 물으셨다.

"이 군, 올해 몇 살인가?"

"스물여섯 살입니다."

"오, 그래…. 아주 좋은 나이로군. 내가 그 나이 때 문단에 나왔지. 그런데 말이야…. 스물여섯 살이면 우리 집 막내아들보다 한 살 적군. 오늘부터 이 군이 우리 집 막내가 돼야겠어. 하하하….”

안 선생님께서는 특유의 호방한 웃음을 터뜨렸고, 아무튼 그렇게 해서 나는 졸지에 안 선생님의 ‘막내’로 통하게 되었다.

그런데 이게 무슨 날벼락일까, 안 선생님은 그로부터 서너 달 후 돌연 병원 신세를 지게 되었고, 『현대문학』에 연재하던 장편소설 「동맥冬麥」과 경향신문에 연재하던 「이화梨花에 월백月白하고」를 완결 짓지 못한 채 1977년 4월 18일 67세를 일기로 세상을 떠나셨다. 이로써 나는 실지로 안 선생님의 마지막 제자가 되어 영원한 ‘막내’로 남게 되었다.

한편, 안 선생님의 영결식은 4월 20일 동숭동 대학로 한국문화예술진흥원(한국문화예술위원회의 전신) 광장에서 유가족은 물론이려니와 숱한 문인들의 애도 속에 문인장文人葬으로 엄수됐다. 그리고 고인의 영구靈柩는 경춘가도京春街道 옆 모란공원에 안장되었다.

이렇듯 안 선생님께서 갑자기 타계하시자 전국의 주요 언론들과 문예지들은 앞다투어 추모 특집을 마련하였다. 그 일련의 특집에 기고한 필자들은 한결같이 안 선생님의 인간적 면모와 그 어른의 작품 세계를 집중적으로 부각했다.

사실 안 선생님은 생전에 우리 시대의 마지막 선비였다고 할까, 학처럼 고고한 고결함과 대쪽같이 꼿꼿한 지사적志士的 인품으로 많은 이의 존경을 받았다. 그뿐 아니라 그 어른은 오직 붓대 하나만으로 청빈하게 사시면서 주옥같은 작품을 남겨 우리 문학사에 찬란한 금자탑金字塔을 쌓았다.

한편, 안 선생님께서 돌아가신 이후 나는 19년 동안 한 해도 거르지 않고 사모님께 세배를 다녔다. 그 자리에는 늘 평론가 신동한申東漢 선생님, 소설가 남정현南廷賢 선생님과 박용숙朴容淑 선생님, 소설가로서 안 선생님의 서랑壻郞이신 김국태金國泰 선생님, 번역문학가로서 안 선생님의 종제從弟이신 안인길安仁吉 선생님이 자리를 함께했다.

그러나 그토록 인자하신 사모님마저 지난 1996년 11월 27일 향년 87세를 일기로 세상을 떠나 모란공원 안 선생님 곁에 나란히 잠드셨다. 어디 그뿐인가. 안 선생님의 장남이신 영화평론가 안병섭安柄燮 교수님까지 벌써 고인이 되었으니 그저 세월이 무상할 뿐이다. (한국문인협회 편『文壇遺事』. 월간문학출판부. 2002. 12)

이별에 대하여

살다 보면 특이한 인연이 있게 마련이다. 내 경우는 고故 안수길安壽吉 선생님과의 만남이 그렇다.

내가 남석南石 안수길 선생님을 처음 뵌 것은 1969년 고등학교 3학년 때였다. 시골의 일개 고등학생으로서 그런 대가大家를 뵙게 된 것은 크나큰 행운이 아닐 수 없었다.

그해에 나는 서라벌예술대학에서 주최한 전국 고등학생 문예 작품 현상 모집에 단막희곡을 응모해 가작1석으로 입상했다. 시상식에 참석하라는 연락을 받고 서라벌예술대학을 찾아갔는데 마침 그 대학의 축제 기간이었다.

시상식은 '문학의 밤'과 곁들여 진행되었다. 안수길 선생님은 '문학의 밤' 순서에서 특별 강연을 했는데, 그분의 강연 내용이 까까머리 나에게는 퍽 인상적으로 다가왔다. 그때 나는 장차 문학을 하리라는 대단한 각오를 다지고 있었지만, 고등학교 졸업 이후 사실은 문학과는 먼 방향을 헤매고 있었다. 그것은 당장 먹고살기 위한 피나는 몸부림이었다.

그러다가 어느 잡지사에 취직하였고, 어떤 관공서로 자리를 옮겼다. 이때 나는 지옥에 가까운 고생을 치르는 가운데 1973년 장막희곡 한 편을 문화공보부 문예 작품 현상 모집에 응모하여 당선작 없는 가작으로 입상했다. 당선을 기대했지만, 유감스럽게도 가작에 머무르고 말았다. 그럼에도 불구하고 나는 동료 공무원들의 부러운 눈길을 받으며 문화공보부의 시상식에 참석하였다.

그 자리에서 나는 안수길 선생님을 수년 만에 다시 뵈었다. 선생님께서는 소설 부문의 심사위원이면서 각 장르를 망라한 심사위원장이기도 하였다. 시상식이 끝나고 조촐한 파티가 열렸을 때 나는 선생님께 조용히 인사를 드렸다.

그러고 나서 해가 바뀌었고, 나는 모 여성지 편집부로 직장을 옮겼다. 그 뒤 나는 신춘문예 희곡 부문에 응모했으나 번번이 미역국을 먹었다. 1974년 『신동아新東亞』 논픽션 현상 모집에 응모해 당선했지만, 순수한 의미에서 문학 부문에 등단했다고 말할 수는 없었다.

그러는 동안 중병重病을 앓아 시골로 요양을 떠나지 않으면 안 되었다. 나는 충남 논산군[주－현재 논산시] 양촌면 명암리 산자수명한 그곳에서 삶에 지친 병든 육신을 얼마간 추스른 뒤 재차 상경하였다. 마침 먼저 다니던 여성지 편집부에 결원缺員이 생겨 상경과 동시에 복직할 수 있었다.

그런데 복직하자자마 편집부장은 안수길 선생님의 연재소설을 나에게 할당하였다. 그 연재소설의 제목은 「황진이黃眞伊」였다. 나는 매월 그 원고를 받기 위해 선생님을 찾아뵙게 되었다. 그것이 선생님과의 세 번째 인연이었다.

내가 선생님 댁을 방문하여 연재소설 담당 기자임을 밝혔을 때 선생님께서는 기억을 더듬어 안면이 있다고 하시면서 혹시 희곡 쓰는 청년이 아닌가 하고 물으셨다. 몹시 부끄러웠지만, 나는 용기를 내어 연전에 서라벌 예대와 문화공보부에서 뵈었던 경위를 말씀 드렸다.

그러자 선생님께서는 여간 반가워하지 않으셨다. 그 어른께서는 손수 물을 끓여 커피를 타 주시면서 좋은 작품 쓰라고 격려해 주셨다. 그러나 나는 그때까지도 문학청년이었을 뿐 아직 정식으로 데뷔한 작가는 아니었다.

몇 달 후 나는 한국문인협회 기관지 『월간문학月刊文學』으로 직장을 옮겼다. 그 당시 잡지 기자들은 한 군데 안주하지 않고 여기저기 직장을 옮겨 다니곤 했다. 그것은 일종의 유행병 같은 것이었다. 내가 직장을 옮긴 사연이야 따로 있지만, 직장을 옮기고 나자 여성지에서 일할 때보다는 한결 마음이 편했다. 어느 정도는 내 자유 시간을 가질 수도 있었다.

나는 그런 자유로움을 충분히 활용해 이번에는 희곡 아닌 단편소설을 썼다. 나는 나름대로 그것을 열심히 다듬고 매만져서 안수길 선생님께 보여 드렸다. 결국 선생님께서는 뜻밖에도 그 작품을 『현대문학現代文學』에 추천해 주셨고, 두 번째 소설 역시 완료 추천으로 밀어 주셨다.

하지만 아둔하기 짝이 없던 나는 그 어른의 인품을 잘 몰랐다. 추천이 완료된 후 선생님께서 내게 베풀어 주신 따뜻한 사랑은 내가 세상에 나와 처음 받아 보는 것이었다. 나는 그 이전까지 부모님 이외의 누군가로부터 그런 사랑을 받아 본 적이 없었다.

낯선 땅 서울에 올라와 헐벗고 굶주리며 거리를 헤맬 때 타인他人들이 내게 준 것이 있다면 멸시와 천대 이상의 그 아무것도 아니었다. 선생님께서는 그런 나에게 참으로 과분한 사랑을 베풀어 주셨다.

나는 그런 선생님을 극진히 섬기지 않을 수 없었다. 기쁜 일이 있을 때나 우울한 일이 있을 때마다 선생님의 서재를 들락거리며 응석 아닌 응석을 부렸다. 하지만 선생님께서는 조금도 싫은 내색을 하지 않으셨고, 술과 담배를 권하며 미래를 축복해 주셨다.

추천 완료 작품이 현대문학사에 넘겨진 직후의 늦가을 어느 날, 나는 선생님을 모시고 대전에 다녀올 일이 있었다. 선생님께서는 그해 가을 대전의 모 대학으로부터 문학 강연을 의뢰 받았던 것인데 건강에 자신이 없었으므로 내게 동행을 요청하셨다.

나는 즐거운 마음으로 선생님을 모시고 대전에 다녀왔다. 선생님께서는 고질인 해소로 말미암아 끊임없이 줄기침을 토했으나, 대전까지 내왕하는 동안 고속버스 안에서 이런저런 말씀을 하시며 무척 즐거워하셨다.

그 늦가을의 여행에서 나는 참으로 많은 것을 읽고 배웠다. 선생님께서 어떻게 살아 왔으며, 문학에 쏟은 정열이 어떤 것이었나를 그전보다 훨씬 더 깊이 기웃거릴 수 있었다. 그런 스승을 모실 수 있었던 것은 나의 가장 큰 보람이요 자랑이었다.

그렇지만 그것도 잠시뿐이었다. 저 길고도 잔인했던 겨울이 가고 봄이 시작되었을 때 선생님께서는 돌연 타계하셨다. 신음하면서 탐구하는 자만을 시인할 수 있다던 선생님께서는 라일락 만개한 1977년 4월 18일 이 세상을 떠나가셨다. 향년 67세였다.

(큰)아버지 제사를 지내기 위해 고향에 가 있던 나는 라디오 방송으로 그 비보를 접했다. (큰)아버지의 제삿날, 그러지 않아도 내 마음은 울컥해 있었건만, 안 선생님의 부음訃音을 접했을 때의 충격은 이만저만 큰 것이 아니었다.

허겁지겁 상경해 허물없이 드나들던 선생님 댁을 다시 찾았을 때, 그 어른은 이미 잠들어 계셨다. 제행諸行이 무상無常하다지만 그때처럼 허망한 적도 없었다. 선생님을 잘 모시기 못한 나의 모든 철없음이 후회되었다.

무엇이 선생님과 나를 만나게 했을까. 무엇이 이처럼 처절한 이별을 만들었는지 나로서는 짐작할 수도 없었다. 다만 영원한 결별의 의미만 되새겨질 뿐이었다. 유명을 달리하는 것, 그것처럼 엄숙하면서도 슬픈 이별은 없다. (『사랑은 生命의 꽃이라기에』. 靑潮社. 1981)

인연과 세월

고등학교 3학년 때였다. 필자는 서라벌예술대학에서 주최한 제5회 전국 고등학생 문예 작품 현상 모집에 단막희곡을 응모해 당선작 없는 가작 1석으로 입상했다.

1969년 10월 31일, 시상식에 참석하기 위해 처음으로 서울 땅을 밟았다. 서울역 플랫폼을 벗어나 광장으로 나섰을 때 서울은 복잡하고 거대하게 다가왔다. 사람도 많고 차도 많고 건물도 많았다. 한적한 시골에서 자란 필자의 눈에는 서울이야말로 새로운 세계일 수밖에 없었다. 물어물어 성북구 돈암동 산3의 1번지 서라벌예술대학을 찾아갔다.

미아리고개 플라타너스 가로수에서 넓적넓적한 낙엽이 후드득후드득 떨어지고 있었다. 개울 건너 꽤 가파른 언덕길을 올라 서라벌학보사로 들어섰을 때 두 손을 번쩍 들며 반겨 주는 멋쟁이 신사가 있었다. 알고 보니 학보 주간이신 소설가 백인빈白寅斌 선생님이었다. 축제 기간을 맞이한 대학 캠퍼스에는 여기저기 현란한 플래카드가 바람에 나부끼고 있었다.

백 선생님의 안내를 받아 대학극장으로 이동했다. 잠시 후 연극 「오이디푸스 왕」의 막이 올랐다. 역시 감동적인 작품이었다. 연극이 끝나고 잠시 휴식에 들어갔다가 이번에는 '문학의 밤' 행사가 이어졌다. 그 무대 단상으로 소설가 안수길 선생님과 김동리 선생님, 시인 서정주 선생님과 박목월 선생님이 나오셨다. 교과서와 작품집과 문학 전집을 통해 사진으로나 우러러 뵙던 어마어마한 대가들을 직접 뵙게 되자 눈이 부셨다. 어안이 벙벙하고 어질어질 현기증이 날 지경이었다.

재학 중인 대학생들의 작품 낭독과 대가들의 문학 특강이 번갈아 이어지다가 제1부 행사가 끝났다. 드디어 제2부 고등학생 문예 작품 입상자에 대한 시상식이 시작되었다. 필자는 임동권 학장님으로부터 상장과 부상을 받았다. 그때 몸소 단하 객석까지 내려와 특별히 필자를 극찬해 주신 어른이 있었다. 문예 작품 현상 모집의 심사위원장이었던 안수길 선생님이었다. 대작가 안 선생님과의 인연은 그렇게 시작되었다. 그 시상식이 끝나고 다시 제3부 작품 낭독과 문학 특강이 속개되었다.

모든 공식 일정을 마치고 대학극장을 나왔을 때, 밖에는 어느 사이엔가 어둑어둑 땅거미가 내려와 있었다. 길음시장 안에 있던 고교 선배의 하숙집에서 하룻밤을 묵었다. 이튿날 서울역에서 열차를 타고 학교로 복귀했을 때, 오경호 교장 선생님을 비롯한 모든 교직원과 학우들이 열렬히 환영해 주었다. 오죽하면 월요일 운동장 조회 때 교장 선생님께서는 특별히 상장 전달식 순서를 마련하여 우리 학교의 경사를 전교생에게 알렸다.

필자는 그때부터 문학 공부에 더욱 박차를 가했다. 학교 수업 따위는 뒷전이었다. 손에는 교과서 대신 언제나 문학 서적이 들려 있었다. 열심히 습작도 했다. 그 결과 필자는 1973년 문화공보부 문예 작품 현상 모집 장막희곡 입선, 그 이듬해 『신동아新東亞』 논픽션 현상 모집 당선, 1976년

『현대문학現代文學』 9월호 소설 초회 추천, 그로부터 4개월 만인 1977년 『현대문학』 1월호 추천 완료로 문단에 들어섰다. 그때 『현대문학』을 통해 필자를 소설가로 추천해 주신 분이 바로 고등학생 때 뵈었던 안수길 선생님이었으니 이 얼마나 놀라운 인연인가.

세월이 흘렀다. 1911년 11월 함흥에서 출생하신 안 선생님께서는 1977년 4월 서울에서 67세를 일기로 서거하셨다. 그때의 충격은 이루 말할 수가 없었다. 억장이 무너졌다. 필자는 지난 50년 동안 단 하루도 선생님과의 인연을 잊은 적이 없었다. 아니, 세월이 흐르면 흐를수록 한평생 학처럼 고고하게 사셨던 선생님을 흠모하며 깨끗하게 살자고 다짐하고 또 다짐했다. 아, 선생님! 부활하소서. (『문학의집 서울』 2019. 11월호)

탐방-안수길

어떻게 사느냐가 문제

주유소를 지나 철물점, 전파사, 식당, 잡화점, 과일가게, 노점 등으로 일종의 간이 시장이 형성돼 있는 종암동 123번지 좁다란 골목 안에 작가 안수길 선생 댁은 있었다. 방문했을 때 가족들은 모두 외출 중이었고, 안수길 선생은 집필 중이었다.

세 평 남짓한 서재에는 책들이 말끔하게 정돈된 채 서가를 메우고 있었으며, 남으로 난 창窓에 나지막한 책상이 놓여 있었다. 안수길 선생은 손수 물을 끓여 커피를 권하였고, 특유의 다정다감하고 온화한 음성으로 많은 이야기들을 들려 주었다.

—건강은 어떠신지요?

"요즘은 많이 좋아진 상태예요."

안수길 선생에게 창작 이외의 큰 고통이 있었다면 그것은 곧 투병에의 역정이었다. 작가 연보年譜를 보아도 얼른 알 수 있듯이 안수길 선생은 문학과의 치열한 대결을 벌여 온 한편으로 끊일 새 없이 병마와 싸워야 했다.

—근황을 소개해 주셨으면 합니다.

"현재 두 군데에 두 편의 연재소설을 쓰고 있어요. 하나는 작년 4월 1일부터 쓰기 시작한 「이화梨花에 월백月白하고」, 또 하나는 금년 1월부터 쓰기 시작한 「동맥冬麥」이지요. 「이화에 월백하고」는 경향신문에 연재 중이고, 「동맥」은 지난 2월호부터 『현대문학現代文學』에 연재 중이지요. 그 외에 이따금 잡문 청탁이 들어오는데 피치 못할 경우엔 써 주기도 하고…."

역시 노익장老益壯의 건필을 과시하고 있다. 고희를 눈앞에 두고도 지칠 줄 모르는 그 정열. 한꺼번에 두 장편소설을 쓰면서도 최근엔 단편 「어떤 연애戀愛」를 발표해 주목을 끌기도 했다.

—하루 집필량은 얼마나 되는지요?

"약 10매 내지 15매씩 쓰고 있어요. 주로 오전 중에 쓰는데 밤엔 전혀 붓을 대지 않아요. 대지 않는 게 아니라 아주 이젠 버릇이 돼버려서…. 항상 일찍 자고 일찍 일어나서 오전 중에 글을 쓰고 오후엔 책을 읽거나 낮잠을 자기도 하지요."

안수길 선생은 문학 이외의 그 어떤 일에도 관심을 갖지 않는 작가로 정평이 나 있다. 꼿꼿한 지사적志士的 작가 정신은 문학 이외의 다른 일엔 전혀 관심이 없었고, 단 한 번도 붓을 놓고 외도한 적이 없었다. 안수길 선생은 최근 어떤 잡지와의 인터뷰에서 다시 태어나더라도 작가가 되었을 것이라고 말한 바 있다. 그 말 한마디만 하더라도 얼마나 뜨겁고 단단한 작가혼作家魂을 지니고 있는지 짐작하고도 남는다.

—요즘 시나 소설을 왜 써야 하는가에 대한 문제가 많이 논의되고 있는 것 같습니다. 선생님의 경우는 어떻습니까?

"처음부터 어떤 목적의식을 가지고 문학을 시작한 것이 아닙니다. 그저 문학이 좋아서 읽고 써 보고 했어요. 그러니까 읽고 싶어서 읽고, 쓰고 싶어서 썼던 거예요. 이제는 떼려야 뗄 수 없는 것이 되고 말았지만 지금까지 써오는 동안 내 자신의 세계가 형성되었지요. 어떻게 사느냐에 대해서, 그 문제를 더듬어 찾는 것이 내 작품을 꿰뚫고 있는 맥脈이라고 할 수 있겠는데 바꾸어 말하면 나에게 있어서 작품이란 곧 어떻게 사느냐를 탐구하는 도정이 되겠지요."

이 분명한 진술을 통해 우리는 안수길 문학이 어떻게 사느냐에 대한 기본 명제 아래에서 이루어져 왔고, 또 그렇게 이루어질 것임을 이해할 수 있을 듯하다.

리얼리즘과 휴머니즘

—공식적으로는 1935년 『조선문단朝鮮文壇』에 단편 「적십자병원장赤十字病院長」이 당선되면서 문단에 데뷔한 것으로 되어 있습니다만 그 이전에도 작품을 쓰셨는지요?

"중학교 때부터 썼지요. 그때 시나 동요, 작문 등을 썼는데 그것을 학교에서 내는 교지에 발표하였고, 동아일보나 조선일보에도 투고하여 학생 문예란에 작품이 게재되기도 했어요. 지금도 그렇지만 그때에도 몸이 약해서 다른 일은 거의 할 수가 없었는데 그 무렵 참 많은 책을 읽었지요."

—그 당시에 어떤 작가의 작품을 많이 읽으셨습니까? 그리고 그 작가들에게서 어떤 영향을 받았다고 생각하시는지요?

"도스토예프스키라든지 톨스토이 같은 작가의 작품을 많이 읽었어요. 플로베르나 스탕달, 모파상 같은 작가의 작품도 많이 읽었고…. 한두 번 읽은 것이 아니라 여러 번 되풀이해서 읽었는데 그 외의 작가들도 많이 읽었습니다. 그들의 소설을 통해 리얼리즘에 탐닉하게 되었고, 작품에 흐르는 휴머니즘에 많은 감동을 받곤 했어요. 아마 그런 것들에 영향을 받았다면 받았다고 할 수 있겠지요."

—초기에 쓰신 작품과 최근에 쓰신 작품, 그리고 현재 쓰시고 있는 소설을 비교 평가해 보신 적이 있는지요?

"역시 어렸을 때 쓴 작품은 미숙하지요. 그때는 인생을 잘 모를 뿐만 아니라 문학 세계도 확립되지 않은 때문일 겁니다. 그러나 그것이 미숙하다 하더라도 미숙한 대로 가치가 있는 거예요. 문학 세계는 어느 한순간에 확립되는 것이 아니고 계속해서 쓰는 사이에 한 방향으로 집중돼 가는 것이라고 봐요. 어렸을 때의 작품은 여러 가지로 미흡해도 거기에 손질을 가하면 그 작품은 버리게 되죠. 어리면 어린 대로 그때의 느낌이 있게 마련이니까…. 어렸을 때에는 인생을 보는 눈도 미숙하지만 점차 성장하면서 문학 세계도 어느 한 방향으로 자리를 잡아가게 되는 거지요. 작품상에서도 길이와 넓이가 더욱 확대되고 표현도 더욱 세련되지요. 그것을 작가적인 발전이라고 보겠는데 경우에 따라선 퇴보가 될 수도 있으나 그것은 어디까지나 문학 활동을 중지한 뒤에 결정되는 결과라고 봐야지요. 예술을 하는 작가는 어디까지나 계속 새로움을 창조해 나가야 하지요."

그간 발표해 온 일련의 작품이 그렇듯 안수길 선생은 잔잔하면서도 친근감 넘치는 어조로 말했다. 항상 곱고 교양적인 언어를 구사해 온 작품들과 그 작품들의 작가인 안수길 선생과는 어딘지 혼연일체가 되어 있음을 느끼게 해준다.

안수길 선생은 초기의 작품에 대해 미흡한 점이 많다고 했지만, 그러나 실상은 그렇지도 않다. 「적십자병원장」 이후 「호가胡哥네 지팡」 「벼」 「사호실四號室」 「한여름 밤」 등 1935년에서 1940년 사이에 발표된 초기 소설들은 세련된 리얼리즘 기법에 의해 만주 지방의 농촌과 거기에 사는 인물들을 생동감 넘치게 그려내고 있다.

대하소설 「북간도北間島」

—자선自選 대표작은 어떤 작품인지요?

"글쎄…. 스스로 대표작이라고 말하는 것은 어딘지 이상해요. 다른 분들이 말하는 대로 「북간도」나 「제3인간형第三人間型」이 되겠지요. 그러나 아직 문학을 다 한 것도 아닌데…. 더 해 봐야 알 수 있겠지요."

문제작으로 높이 평가받고 있는 「북간도」나 「제3인간형」을 써 낸 안수길 선생은 결코 그 작품에만 만족하지 않는다. 그것은 앞으로 얼마든지 훌륭한 작품을 쓸 수 있다는 확신과 그것을 뒷받침하는 의욕이 아닐까.

워낙 유명해서 소개하는 것이 우습지만, 「북간도」는 장편 대하소설로 1959년 『사상계思想界』에 제1부가 발표된 이래 5부가 완성될 때까지 장장 8년간에 걸쳐 발표한 작품이다.

이 문제작은 1870년 조선 왕조 말엽부터 1945년 해방이 될 때까지를 시대적 배경으로 하고 있으며, 4대에 걸쳐 스토리가 전개되는데 남부여대男負女戴로 두만강을 건너 북간도 땅으로 이주해 갔던 겨레 수난의 역사를 그린 대로망이다. '월강越江 금지령'에도 불구하고 두만강을 건너 저 황량하고 광활한 북간도를 개척하는 우리 민족의 쓰라린 역사가 담겨져 있다. 즉, 북간도 이주의 선구자로 황무지를 개척하는 이한복 일가의 고투상苦鬪相이야말로 바로 우리 민족의 고투상이라고 봐야 할 것이다.

이 작품의 스토리를 보면, 이한복 일가가 두만강을 건너 북간도에 들어가 2대 장손에 이르기까지 농토를 개척하며 살아가는 모습이 리얼하게 그려져 있으며, 3대째인 창윤은 청국淸國의 강압을 받던 끝에 청인 지주의 송덕비를 불사르고, 4대인 정수는 독립군이 되어 일본군과 싸우는 등 그야말로 우리 민족의 산 역사이자 증언이 되고 있다. 특히 제3부에서는 1909년 3대째의 인물인 이창윤 일가가 비봉촌에서 용정으로 이주하고 제1차 세계 대전을 맞으며, 4부와 5부에서는 본국에서 일어났던 3·1운동의 여세가 북간도에 번져 항일 투쟁으로 이어지는 과정이 아주 구체적으로 생생하게 전개된다. 요컨대 장편 대하소설 「북간도」는 북간도로 이주했던 우리 민족이 그곳에서 주체성과 자주성을 잃지 않기 위해 어떻게 살아갔느냐 하는 증언의 문학인데, 그런 점에서 우리 민족 문학의 귀중한 초석으로 평가되고 있다.

한편, 단편 「제3인간형」은 1953년에 발표한 작품으로 6·25를 겪은 한 지식인의 고뇌를 절실하게 그려놓은 문제작이다. 한때 작가로서 작품 활동을 하다가 사변 후 상인이 된 조운과 그를 따르던 문학 소녀 미이, 그리고 작가이면서 교원 생활을 하는 석 등 세 인물을 그리고 있는 이 소설은 6·25사변이 빚어낸 각기 다른 인물상을 형상화시키고 있다.

이 작품에는 전편을 통해 도시 소시민의 생활이 철저하게 부각돼 있으며 지식인의 고뇌와 생태가 절실하게 묘파돼 있다. 이 소설에 나오는 인물들이 6·25사변을 겪었듯이, 이 작품은 6·25사변을 통해 한국문학사에 우뚝 솟아난 귀중한 작품으로 평가되고 있다.

—여담입니다만 「북간도」에 나오는 민산해(閔山海, 한국명) 박사 같은 인물은 실존했던 인물로 알고 있으며, 그 유족이 서울에 거주하고 있는데 혹시 만나 보신 일이 있으신지요?

"알고 있어요. 민산해 박사는 외국인 선교사로서 만주 지방에 살던 우리 민족을 많이 도와 주었지요. 제창병원濟昌病院을 운영하면서 의료적인 혜택도 많이 주었지만, 그 지방 독립운동의 숨은 공로자예요. 우리 동포들이 독립운동을 하다가 일경日警에 발각되면 민 박사 집으로 피하곤 했어요. 민 박사는 외국인이기 때문에 그의 집은 치외법권이 있었거든요. 그리고 민 박사가 도와 준 일은 참 많아요. 그때는 언론도 봉쇄돼 있었고, 일제의 감시가 극도로 심했는데 민 박사는 우리 민족이 얼마나 독립을 갈망하고 있는지 상세히 파악하고는 그 사실을 구미歐美 각국으로 알렸어요. 사진도 찍어서 보내고…. 우리는 우리의 역사를 잊어서는 안 되지만 그런 분들의 고마움도 잊어서는 안 되지요. 방금 민 박사의 유족을 만난 일이 있느냐고 물었는데 답변하지요. 「북간도」가 국립극단에 의해 각색 공연되었는데 그때 국립극장에서 민 박사의 따님을 만났어요. 그분도 와서 그 연극을 관람했고, 그 자리에서 만나 만주 얘기를 주고받으니 감회가 새로웠어요. 「북간도」에 출연했던 연기자들도 모두 반가워했지요. 「북간도」가 연극으로 공연된 것이 1968년의 일이니까 벌써 10년 가까이 지난 일이군요."

사족蛇足이지만, 참고로 밝히면 예의 민산해 박사 유족은 기독교 시청각교육국 성극위원회 위원장 마가레트 마틴 무어(한국명 毛眞珠) 여사로 지금도 서울에서 선교 활동을 하고 있으며, 다른 한편으로는 연극 활동에도 참여하고 있다.

농촌·소시민·역사

안수길 선생이 다루어온 주제를 소재라는 측면에서 살펴본다면 대체로 세 가지 유형을 찾아낼 수 있을 것 같다. 「북간도」 「통로通路」 「성천강城川江」에서 「어떤 연애」에 이르기까지 체험을 바탕으로 한 대륙적인 것, 「여수旅愁」 「제3인간형」 등 도시 소시민의 고뇌를 그린 것, 그리고 「황진이黃眞伊」 「을지문덕乙支文德」 등 역사에서 소재를 구한 것 등이 그것이다.

—선생님께서는 초기에 주로 농촌의 모습을 작품에 담으셨고, 6·25사변을 전후해서는 도시 지식인의 고뇌를 파헤쳤으며, 또 최근에는 역사 소설까지 쓰고 계신데 그 전에도 역사 소설을 쓰신 일이 있으신지요?

“역사적인 인물이나 사건을 소재로 택했다고 해서 반드시 역사 소설이라고는 생각하지 않아요. 역사적인 인물을 다룬 첫 작품은 「유성流星」으로, 62년부터 민국일보에 연재했었지요. 그런데 중도에 신문이 폐간되는 바람에 중단하고 말았어요. 그 작품은 이시애李施愛의 난亂을 다룬 것이었지요. 불행하게도 「유성」은 끝을 맺지 못했는데 완결된 것으로 따지면 얼마 전 『신여원新女苑』에 연재했던 「황진이」가 첫 작품이 되겠지요. 「황진이」는 어떤 사실의 기록이나 역사적 사실에 대한 새로운 해석을 하려는 것이 전혀 아니었고 다만 나름대로 동양적인, 한국적인 여성의 이미지로서 황진이를 그렸을 뿐입니다.”

—「을지문덕」은 어떻습니까?

“을지문덕이란 인물은 역사 문헌에 몇 줄의 기록으로 나타나 있을 뿐 그 이외에는 전혀 자료가 없어요. 그것이 소설을 쓰는 데는 오히려 좋았지요. 상상력을 많이 자극하고…. 특히 을지문덕은 수隋의 침입을 막아낸 국난 극복의 영웅이어서 한 번 그려 보고 싶은 인물이었어요. 수의 양제煬帝가 2백만 대군을 거느리고 고구려를 침공했을 때, 을지문덕이 살수대첩薩水大捷에서 우문술宇文述 우중문宇仲文의 군대를 섬멸한 것은 너무 유명하지요. 그러나 그 이상의 문헌상 기록을 볼 수 없어요. 장편소설 「을지문덕」은 상상력을 동원해서 국난 극복의 영웅이며 맹장인 을지문덕을 부각해 본 것이지요.”

「을지문덕」은 지난해 한국문화예술진흥원의 후원으로 쓴 1천 5백여 장의 전작 장편소설이다.

—지금 쓰고 계신 「이화에 월백하고」는 어떻게 전개될는지 궁금하군요. 아직 완성된 작품이 아니고 연재 중인 작품인데 말씀해 주실 수 있는지요?

"「이화에 월백하고」는 기황후奇皇后 얘기지요. 시대 배경은 고려이고…. 고려가 원元의 침입을 받아 임금이 강화에 몽진까지 했던 고려 말엽이자 원의 말엽입니다. 그때 고려에서는 원에 공녀貢女를 보내야 했는데 기황후도 처음엔 공녀로 갔던 거예요. 공녀로 갔던 여성이 어떻게 황후까지 되었는지 퍽 흥미로운 일이지요. 여자로 타고난 팔자가 그랬다고 간단히 넘겨버릴 수는 없지요. 좌우간 처음엔 공녀로 갔다가 순제順帝의 황후까지 되었다는 게 중요해요. 공녀로 갔던 여자가 궁녀가 되고 제2 황후가 되었다가 나중엔 정황후까지 되는데 그 과정이 그리 단순하지만은 않았을 거란 말예요. 비록 공녀로 가기는 했지만 여자로서의 부덕婦德이라든지 인품이 훌륭했으니까 황후까지 되었다고 봐야지요. 또 황후가 되도록 뒤에서 공작도 했는데 그 사람들은 기황후의 오빠들이었지요. 잊지 말아야 할 것은 그 오빠들이 그렇게 해서 황후가 되도록 했으면 그것으로 끝나야 하는데 그렇지 않았어요. 기황후를 깨끗이 빛내 주지 못하고 고국을 배신했어요. 기황후가 높은 지위임을 악용하여 고려를 괴롭힌 일이지요. 이 작품도 역시 「을지문덕」의 경우처럼 문헌상의 기록은 별로 없으나 상상력을 자극해 주는 소재예요. 그러니 자연적으로 소설의 길이도 길어질 것이고…. 결국 고려도 망하고 원도 망하는데 개인이나 국가나 다 같이 흥망성쇠가 무상할 뿐입니다."

크게 기대되는 「동맥」

—「동맥」은 어떻게 전개해 나갈 계획이신지요?

"「성천강」에서는 3·1운동이 일어나던 시기를 시대적 배경으로 잡았었지요. 「동맥」은 그 다음 시대인 6·10만세사건이 일어났던 시기가 배경이 되고 있습니다. 그러니까 1926년 이후 약 5년간이 될 거예요. 주인공이 경수라는 중학 1학년생입니다. 나이가 어리지요. 지금으로 따지면 고등학교 학생쯤 되는 17세 소년입니다. 이렇게 어린 나이의 소년을 주인공으로 한 것은 일제강점기의 사회 물결, 특히 6·10만세사건 등 굵직굵직한 소용돌이 속에서 당시의 청소년이 어떻게 성장했나 하는 것을 천착하기 위한 것입니다. 그렇다고 그들이 직접 항일 운동에 가담하거나 그런 소용돌이 속에 뛰어드는 것이 아니고, 다만 그러한 역사의 흐름이 그들 청소년들의 의식에 어떠한 영향을 미쳤는가 파헤쳐 보고 싶은 거예요. 다시 말하면 외부적 사회 상황이 청소년들의 내면적 성장에 어떤 영향을 주었는가, 그리고 그 영향이 어떻게 이어져 나왔는가 하는 문제가 되겠지요. 또 거기에서 그치는 것이 아니라 한 걸음 더 나아가 우리의 의식 구조를 점검해 보려는 겁니다. 제목이 암시하듯이 겨울 보리는 날씨가 춥고 눈이 덮여도 파릇파릇하게 자라나거든요."

「북간도」가 1870년 조선 왕조 말엽의 어수선한 분위기 속에서 1910년 경술국치를 거쳐 3·1운동 직후까지를 시대적 배경으로 하고, 「성천강」은 1900년대 초기 국권 상실 직전에서 3·1운동을 중심으로 전개되는 데 비해 「동맥」은 그 이후를 시대적 배경으로 하고 있다. 그런 의미에서 볼 때 「동맥」은 「북간도」「성천강」에 이어 또 하나의 귀중한 대하소설이 될 것으로 기대된다.

—앞으로 어떤 소설을 쓰시려는지요? 혹시 구상하고 계신 작품이 있으

시면 소개해 주시기 바랍니다.

"아직 다른 작품은 구상하고 있는 게 없어요. 두 작품을 쓰기에 바빠서…. 두 작품을 쓰는 사이에 다른 주제가 잡히겠지요. 우선 현재 쓰고 있는 작품을 마치고 또 써야지요."

—작품을 쓰시는 데 현실적으로 어려움이나 불편한 점이 있다면 어떤 것입니까?

"우선 고료나 인세가 현실화되었으면 해요. 지금 형편으로서는 그게 가장 큰 어려움이라고 말할 수 있지요. 그리고 단편도 쉽게 책으로 낼 수 있었으면 하고…. 단편은 잡지에 발표하면 좀처럼 단행본으로 출판하기가 어려운데 몇 작품씩 묶어서 쉽게 단편집을 낼 수 있었으면 좋겠습니다."

진지한 문학 정신

—젊은 작가들이나 문학 지망생들에게 하시고 싶은 말씀은 무엇인지요?

"적어도 우리 시대에 문학을 하겠다고 나설 때에는 모럴 의식이 있었습니다. 여기서 말하는 모럴이란 반드시 도덕적이란 뜻은 아니에요. 내면적·정신적으로 문학의 본질에 대한 사명감까지를 포함하는 것이지요. 그러나 근자에는 그런 의식이 많이 약해진 것 같아요. 젊은 작가들의 작품을 보면 문학에 대한 정신적 자세가 약하고 작품에 알맹이가 박혀 있지 않아요. 그러니까 공감도가 낮고…. 그런 경향도 앞에서 말한 모럴 의식이 거의 없는 상태에서 문학의 본질에 접근해 가려는 노력 없이 피상적으로 머물고 말기 때문이에요. 그러니까 작품을 진지하게 쓰지 않고 큰 파탄 없이 끌고 가서 읽히기만 하면 된다는 생각이지요. 그러다 보니 얄팍한 테크닉만 늘고…. 문학이란 기술만 가지고 되는 게 아니란 말이에요. 극장 간판을 보면, 그 영화에 출연하는 배우와 아주 흡사하게 그려져 있지요. 그러나 그것을 가리켜 예술 작품이라고는 말할 수 없어요. 소설도 마찬가집니다. 테크닉만 가지고 되는 게 아니지요. 젊은 작가들에게 하고 싶은 말은 바로 그 점이에요. 그리고 젊은 작가들이 그런 경향을 보일 때 안타깝기만 합니다. 재주 있고 장래가 촉망되는 작가일수록 더 아깝지요. 신춘문예에서 당선을 했다든지 문예지의 추천을 받았다든지 모두 상당한 습작기를 거친 작가들이 그런 방향으로 흘러간다면 참 곤란한 일이에요. 원고료 수입도 없어 배도 곯고 고생도 하면서 좀 진지하게 해 볼 일인데….”

안수길 선생은 못내 안타까운 표정이었다. 그리고 일군一群의 젊은 작가들이 아깝기만 하다고 되풀이했다.

—문학에 대해서 평소 가져 오신 소신은 무엇인지요?

“문학이 인생의 전부는 아니라고 믿어왔어요. 다만 문학을 통해서 인생의 진실을 진지하게 탐구하려고 했던 것이지요. 비단 문학뿐만이 아니라 매사에 있어서 어떤 길을 가더라도 그렇게 살아야 한다고 생각합니다.”

—평생 문학을 위해 살아오신 지금 인생에 대한 감회는 어떠신지요?

“문학을 나의 길로 택한 것에 추호의 후회도 없습니다. 아까도 말했지만 좋아서 읽고 좋아서 써온 것이니까…. 그러나 오늘날까지 오직 외길로 소설만 써왔으나 마음에 드는 작품을 쓰지 못한 게 아쉽습니다. 벌써 70이 가까운 나이인데…. 이 나이 되도록 좋은 소설을 못 쓴 것이….”

그래서 아직도 붓을 멈추지 않는 것일까. 안수길 선생은 착 가라앉은 목소리로 그간의 감회를 술회했다. 근엄하기까지 한 그 음성의 어딘가에는 70년 가까이 살아오는 동안 뼈에 사무친 일들이 배어 있는 듯했다.

작가 생활 40여 년을 헤아리는 동안 중편과 장편을 합쳐 약 20여 편, 단편을 1백여 편이나 발표한 원로 작가 안수길 선생. 1955년에 창작집 『제

3인간형』으로 아시아자유문학상을, 1968년에 서울시문화상을 수상하고 지난해에는 정부로부터 금관문화훈장까지 받았으나 그것만이 보람의 전부는 아니다. 문인이므로 가난하다고 자위하기에는 너무나 어려운 현실이 뒤따르고 있기 때문이다. 고료나 인세가 현실화되어 생활을 걱정하지 않아도 될 날을 머릿속으로만 그리며 안수길 선생 댁을 나설 때 후두둑 빗낱이 떨어지고 있었다. (『月刊文學』 1976. 5월호)

실명 소설 – 안수길

맵짠 날씨였다. 사흘 전부터 계속되는 강추위는 좀처럼 풀릴 기미가 보이지 않았다. 계절로는 아직 가을이 분명하건만, 날씨는 한겨울이나 다름없었다. 간밤에는 눈발까지 펄펄 날렸다. 그뿐이 아니었다. 바람도 드세게 불었다. 지붕 위를 지나는 전선電線이나 마당가의 오동나무 가지는 획획 휘파람 소리를 내며 울어댔다.

노작가老作家 안수길은 밤새 시달렸다. 이제는 고질이 되어버린 천식으로 가슴을 후비는 듯한 기침을 거푸거푸 토했기 때문이었다. 밑자리도 따스운 편이었고, 한켠에는 석유난로가 벌겋게 달아 있었으나 기침은 여간해서 가라앉지 않았다.

아침상을 물리자 그는 다리를 포개고 앉은뱅이책상 앞에 앉았다. 한가로이 이불을 뒤집어쓰고 취한取汗이나 하고 있을 계제가 아니었다. 오늘은 원고 마감 날, 쓰다 남은 뒷부분을 마무리 지어야 했다. 원래 밤에는 붓을 내지 않은 성미였는데 아침이 되자 결말까지 훤히 내다보이는 것이었다.

그는 원고지에 한 자 한 자 글을 써 내려갔다. 팔에 힘이 달리고 호흡마저 가빠 글자의 획이 다소 흔들렸으나 문장은 술술 풀려 나왔다.

드디어 원고지 상단의 풀칠한 자리에서 오족, 오족, 오조족… 하는 소리가 났다. 다 메워진 원고지 한 장을 떼어낸 것이다. 그 원고는 여느 때와 마찬가지로 곁에 앉은 부인에게로 넘겨졌다.

부인 김현숙金現淑 여사는 받아든 원고를 몇 번이고 되풀이해 읽었다. 쉼표 하나까지도 거듭 눈여겨보는 것이었다. 그러고는 또 바깥양반의 집필하는 모습을 지켜보았다. 호흡이 고르지 못해 무척 안타까웠지만 그래도 글을 수월히 이어 나가니 여간 다행스럽지 않았다. 오로지 붓대 하나만으로 살아온 안수길은 그날도 그저 묵묵히 원고지의 빈칸을 메워 나갔다.

안수길은 잠시 붓을 멈추고 부인이 건네주는 수화기를 받아 들었다. 카랑카랑하면서도 앳된 여성의 목소리가 들려왔다. 학교마다 축제가 한창인 때이므로 문학 강연을 의뢰하거나 원고를 청탁할 것이었다. 아니나 다를까, 대전의 한 대학에서 모레 오전 문학 강연을 해 달라는 요청이었다.

난처한 일이었다. 건강이 좋은 때 같으면 선뜻 응하겠지만 불편한 몸으로 대전까지 내왕한다는 것은 아무래도 무리일 수밖에 없었다. 그러나 그쪽의 부탁은 아주 간곡했다. 이미 학생들에게 예고까지 해놓았고, 오늘 중으로 프로그램을 인쇄까지 해야 한다는 것이었다.

"그러나 학생…. 단 도무지 자신이 없는데…. 지금 건강이 안 좋아요. 문 밖에도 못 나갑니다."

그러나 상대방은 막무가내였다. 따분했다. 안수길은 남에게 그 어떤 부탁도 하지 않는 반면 남의 청을 거절하지도 못하는 성품을 지니고 있었다. 긴 통화 끝에 그는 상대방의 요청을 수락하고 말았다. 부인이 염려했다.

"건강치도 못하면서 대전까지 어떻게 가시려고…?"

"하, 실수까지 했으니 어쩌겠소. 목소리만 듣고서 학생인 줄 알았더니 교수래. 목소리가 아주 곱지 않아요? 그래 문예반 간부거나 뭐 그런 학생으로 알았는데 이번 행사의 지도 교수라지 뭐겠소. 하, 참…. L군을 불러 도움을 청해야겠소."

안수길은 대전에 갈 때 제자 L군을 불러 대동하리라 생각하면서 활짝 웃었다. 코 허리께에 살짝 잔주름이 잡히면서 유난히도 많은 두 볼의 주름살이 귀밑으로 밀렸다. 고른 앞니가 하얗게 드러났고, 웃음소리가 뒤미처 따라 나왔다. 웃음의 끄트머리에 클클 잔기침이 묻어났다.

그는 담배에 불을 붙여 두어 모금 연기를 마시고 바로 껐다. 우동 그릇만 한 재떨이 가장자리에는 두어 모금씩 피운 길다란 꽁초가 가지런히 세워져 있었다. 그는 애연가이면서도 그런 식으로 흡연을 절제했다. 책상 위의 시계를 보면서 부인이 말했다.

"약 드실 시간이에요."

"그렇군. 가져와요."

부인이 나갔다. 그는 책상에 등을 기대고 쉬었다. 부엌에서는 달여진 약을 짜느라 향긋하면서도 씁싸름한 냄새가 풍겨나고 있었다.

안수길은 부인이 들어올 때까지 기다리고 있었다. 그 어느 때부터인지 부인이 곁에 붙어 있어야만 글이 나왔다. 부인이 옆에 있는 한 그는 붓을 멈추지 않았고, 그가 글을 쓰는 한 부인은 그 곁을 떠나지 않았다. 잠시 후 부인이 손쟁반에 약그릇을 받쳐 들고 들어왔다.

"자, 드세요."

안수길은 잠깐 약대접을 들여다보았다. 거기, 한 노인의 얼굴이 얼비치고 있었다. 자신이 이렇게 늙었나 생각하니 어느덧 나이는 예순하고도 여섯이었다. 그는 얼른 약을 마셨다.

그가 원고를 마무리 지은 것은 거의 점심때가 되어서였다. 나머지 열한 장을 메우는 데 그렇게나 많은 시간이 걸렸다. 비록 문장이 잘 풀려 나와도 그는 스케이트를 타듯 휙휙 휘갈겨 나가지 않았다.

깎고, 살 붙이고, 다듬으면서 공을 들이다보면 시간은 줄달음질을 쳤고 몸은 지쳤다. 게다가 문장마저 안 풀리는 날에는 죽고 싶은 심정이었다.

꽤 오래 전 일이었지만, 그는 장편 「북간도北間島」를 쓰다가 면도날로 팔목의 혈관을 끊으려 한 적이 있었다. 쓰고 또 써도 파지破紙만 났지 작품은 제자리에서 맴돌고 있었다. 하지만 그는 책상 앞에서 물러나지 않았다. 파지가 나면 날수록 정면 대결을 벌여 글이 잘 풀릴 때까지 끝장을 낼 작정이었다.

그는 온종일 썼다. 담배를 번갈아 불붙여 물며 쓰고 또 썼으나 원고는 어제 써 놓은 대목에서 한 걸음도 더 나아가지 못하고 있었다. 파지가 책상 아래 그득히 쌓여 있었다. 이제는 지칠 대로 지쳐서 더 이상 대결할 수도 없었다. 분통이 터질 지경이었다. 그는 만년필을 놓고 냅다 면도날을 팔목에 들이댔다.

졸지에 놀란 부인이 P씨에게 전화를 걸었다. 모 신문사에 근무하던 P씨는 안수길의 동향인이자 후배 소설가로 안수길을 형님처럼 섬겨온 터였다.

결국 P씨가 득달같이 달려와 사태를 수습했지만, 그 일로 말미암아 문단이나 친지들 사이에서 안수길이 죽었다는 낭설이 퍼졌다. 전화를 받고 허둥지둥 달려 나가는 P씨의 심각한 표정에 그의 직장 동료들은 필경 안수길이 죽은 것으로 오인했던 것이다.

그 일이 떠오를 때마다 안수길은 쓴 입맛을 다셨다. 잠시 소란을 피웠던 쑥스러움 때문이 아니라 풀리지 않던 글 때문이었다. 그때는 왜 그렇게도 글이 안 나오던지 모를 일이었다.

그랬는데 해가 갈수록 글쓰기가 수월했다. 특히 근자에 들어와 부쩍 글이 잘 써졌다. 몸은 더욱 쇠약해졌는데도 만년필만 들었다 하면 신들린 것처럼 글이 줄줄 이어졌다. 별로 지치는 줄도 몰랐고, 쓰면 쓸수록 신명이 났다.

오늘같이 몸이 불편한 날, 원고지를 열한 장이나 메운 것도 그전 같았으면 힘든 일이었다. 원고 뭉치를 추려 송곳으로 구멍을 낸 뒤 철끈을 꿰는 부인에게 그가 말했다.

"요즘은 어쩐 일인지 글이 잘 써진단 말이오. 그렇지. 역시 잘 써질 때 좋은 작품 써야지."

사실 써야 될 것도 많았다. 지금까지 발표한 작품만으로는 만족할 그가 아니었다. 이제야말로 마음에 드는, 그리하여 길이 남을 명작을 써야 할 때라고 그는 생각했다. 부인이 말했다.

"건강도 생각해야지요. 난 그 기침 소리 좀 안 들었으면 좋겠어요."

"날씨가 풀리면 나아질 거요."

잠시 이런저런 이야기를 나누고 있을 때 잡지사에서 원고를 받으러 왔다. 서재로 들어오는 잡지사 직원의 얼굴이 새파랗게 얼어 있었다. 바깥 날씨는 한낮이 되도록 풀리지 않는 모양이었다. 안수길이 잡지사 직원에게 물었다.

"춥지요?"

"네, 쌀쌀하군요. 하지만 저야 아직 젊으니까 괜찮습니다."

"우리가 원고를 갖다 줘야 하는데 집에 심부름할 사람도 없고…. 여기까지 오게 해서 미안해요."

그는 소리 없이 웃으면서 원고가 든 봉투를 건네었다. 그리고 부인에게 말했다.

"여보, 그 차 좀 펄펄 끓여요."

따끈한 차 한 잔을 들자 잡지사 직원의 얼굴이 좀 풀리는 듯했다. 그가 자리에서 일어났다.

"선생님. 그럼 전 이만 돌아가겠습니다."

"수고해요. 어, 추운 날씨에 이거 안 됐는데…."

안수길도 따라 일어섰다. 마음 같아서는 문간까지 나가 보고 싶었지만 그는 영 몸이 좋지 않아 미닫이 안에서 서성였다.

그 대신, 부인이 잡지사 직원을 배웅했다. 잡지사 직원이 신발을 신는 사이 부인은 대문을 열어 놓고 그 옆에 서 있었다. 오늘뿐만이 아니라 항상 집에 찾아온 손님을 그렇게 깍듯이 배웅했다. 물론 나이 어린 제자가 다녀갈 때도 그랬다.

부인이 잡지사 직원을 배웅하고 서재로 들어서자 그 사이 안수길은 누군가와 통화하고 있었다. 전화를 걸어온 사람은 수유리 S여사였다. 날씨가 갑자기 추워졌는데 어떻게 지내시느냐고 안부를 물어온 것이었다.

"잘 지내요. 감기 기운이 있어 약을 먹고 있지요."

"네, 그렇군요. 날씨가 갑자기 추워졌는데 건강에 특별히 신경 쓰세요. 전 며칠 전에 단편 하나 시작했어요."

"잘했어요. 그렇지요. 작가는 역시 글을 써야지요."

"자신은 없지만 선생님께서 용기를 주셔서…."

얼마 전 안수길은 S여사 집을 습격한 적이 있었다. 시내 한 대학에서 문예 작품 심사와 문학 강연을 하던 날이었다.

그날 안수길은 S여사와 함께 학생들의 문예 작품을 심사했다. 응모작의 수준이 예년에 비해 훨씬 향상되어 있었으며, 창작에 임하는 학생들의 자세도 아주 진지해서 안수길은 이만저만 흡족한 것이 아니었다.

강연까지 마치고 저녁식사를 하는 동안 안수길은 주최 측의 두 시인과 S여사에게 문예 작품에 응모한 학생들 칭찬을 아끼지 않았다. 그가 말했다.

"그래야 해요. 문학은 선불리 하는 게 아니란 말이에요. 기술만 가지고는 안 돼요. 어, 문학의 본질에 접근하려는 노력이 있어야지요. 표현은 좀 서툴더라도 그런 자세를 가져야 뻗어 나갈 수 있어요."

그는 힘주어 말했다. 그렇다고 어조語調가 격앙되거나 몸짓이 커지는 것도 아니었다. 다만 차분하면서도 설득력 있게 자신의 지론을 토로할 뿐이었다.

식사하는 동안 안수길은 여러 이야기들을 했다. 뜻 맞는 문학인들과 자유롭게 대화를 나눈다는 것이 사뭇 즐거웠다. 그는 흐뭇한 기분으로 맥주도 몇 잔 곁들였다. 소솔찮이 취기가 올랐다.

식사를 마치고 그들 일행은 해질 무렵 음식점에서 나왔다. 공교롭게도 다들 집이 같은 방향에 있었다. 안수길은 종암동, 나머지 세 사람은 수유리에 살고 있었다. 그들은 택시 한 대에 동승했고, 그 택시가 돈암동에 이르렀을 때 G시인이 이차를 제의했다. 그러자 모두들 찬성했으나 안수길은 그저 빙그레 웃고만 있었다. G시인이 안수길에게 재차 말했다.

"선생님. 요 근처에서 잠깐 내렸다 가시지요."

돈암동에는 G시인의 단골 술집이 있었다. 그 단골 술집은 시내에서 일차 마시고 귀가 길에 들르는 곳이었다. 그는 종전 습관대로 이차를 가고 싶어 안수길을 졸랐다. 망설이던 끝에 안수길이 그에게 말했다.

"어, 그보다는 우리 S여사 집을 기습하는 게 어떻겠소?"

"그게 좋겠군요."

뜻밖의 제안에 모두들 찬동했다. 그렇게 해서 일행은 수유리 S여사 집으로 직행하게 되었다. 일행 중 두 시인은 이따금 S여사 집에 내왕이 있었던 모양이지만 안수길은 처음으로 그 집을 찾아가는 길이었다.

안수길은 그날, S여사의 자녀들이 당초 짐작보다 훨씬 성장한 것을 알고는 내심 놀라움을 금치 못했다. 큰딸은 대학 2학년이고 그 아래가 고3, 막내아들은 국민학교 6학년에 재학 중이었다.

안수길은 문득 S여사에게 고마움 같은 것을 느꼈다. 아이들을 이렇게 잘 키우면서 열심히 소설을 써왔구나 생각하니 그녀가 새삼 장하게 여겨졌다. 그는 그 자리에서도 맥주를 적잖이 마셨다. S여사가 안수길에게 물었다.

"선생님. 그렇게 드셔도 괜찮으시겠어요?"

"뭐 괜찮아요. 이 정도로는 염려 없어요."

그는 또 술잔을 비워냈다. 모두들 유쾌했다. 한창 취기가 무르익고 있을 때 S여사는 살아가는 어려움을 실토했다. 그녀가 맺은 결론은 주부로서도, 작가로서도 별 볼일 없이 실패했다는 것이었다. 안수길이 말했다.

"자녀들 건강하고 글 쓰면 됐지 뭐가 실패예요?"

"많이 못 쓰잖아요?"

"그럼 많이 써서 인기 작가가 되고 싶은 게로군. 어, 많이 못 쓴다고 걱정할 것 하나도 없어요. 꾸준히 쓰면 되지 않아요? 이제부터 원숙한 글을 쓸 때란 말이에요."

S여사는 그날 술자리에서 안수길에게서 받은 자극으로 좋은 글을 쓰기 위해 부심한다는 것이었다.

"훌륭한 생각이에요. 열심히 써요. 좋은 글 나올 겁니다."

안수길은 자녀들 잘 키우며 성실히 살아가는 그녀야말로 언젠가는 좋은 작품을 쓰리라 확신했다. S여사와 통화를 마친 안수길은 제자 L군에게 전화를 걸어 내일 모레 대전에 동행해 줄 것을 요청했다. 그러자 L군은 군말 없이 기쁜 마음으로 기꺼이 수행하겠다고 약속해 주었다. 안수길은 한시름 놓고 대전에 내려가 강연할 내용을 준비하기 위해 다시 책상 앞에 앉았다. 부인이 말했다.

"이제 좀 쉬어요."

"아, 정말 힘드는데…."

그는 서재 한쪽에 놓여 있는 흔들의자에 앉았다. 하나밖에 없는 흔들의자. 여름엔 툇마루에 내놓고 오늘같이 추운 날에는 비좁은 서재에 들여놓고 피로할 때마다 그 위에 올라앉아 휴식을 취하곤 했다.

심심할 때는 거기 앉아 횡적横笛을 불기도 했다. 안수길은 수년 전 Y시인과 종로를 거닐다가 젓대 하나씩을 샀다. 그 젓대가 안수길에게는 유일한 심심풀이 노리개였다. 그는 한가할 때 한 곡씩 구성지게 불어 넘겼다. 악보 없이 불 수 있는 노래도 스무 곡쯤 되어서 그때그때 생각나는 대로 불었지만, 그러나 오늘은 호흡 상태가 안 좋아 그것마저 마음대로 불 수 없는 것이 유감일 따름이었다.

그는 의자에 느슨히 등을 기대고 앉아 서가의 책을 뽑아 읽다가 신문을 들췄다. 여기저기 읽고 난 뒤 마지막으로 혹시 볼 만한 운동 경기가 없나 해서 텔레비전 프로그램을 훑어봤다.

그는 유난히 스포츠 프로를 좋아했다. 등산이다 골프다 뭐다 해서 취미의 종류도 많고 많지만 운동 경기를 보는 일 이외에는 별 흥미가 없었다. 전에는 더러 야구 경기를 보기 위해 동대문운동장에도 드나들었는데 부쩍 병약해진 요즘에는 그것조차 어려웠다. 그저 텔레비전으로 중계방송을 보는 수밖에 없었다. 그중에서도 야구 축구 권투는 그가 즐겨 보는 종목이었다.

그날 저녁, 그는 프로복싱 주니어라이트급 한국 타이틀매치 중계방송을 시청했다. 1회전은 탐색전으로 끝났으나 2회전부터는 난타전이었다. 선수권을 방어하려는 챔피언이나 그것을 쟁취하려는 도전자나 한결같이 집요했다. 치열한 공방전이 거듭됐다. 반칙도 없었고, 미스 블로도 거의 찾아볼 수가 없었다.

두 선수 모두 진지하게 싸웠다. 참으로 모처럼 만에 보는 깨끗한 일전이었다. 결과는 챔피언의 판정승으로 끝났지만 안수길은 도전자에게도 박수를 보냈다. 비록 실력이 모자라도 링 위에서 끝까지 온 정력을 쏟아붓는 그 자세가 마음에 들었던 것이다.

"아, 정말 좋은데…. 훌륭한 선수들이군."

안수길은 그들의 투혼과 스포츠맨십을 높이 평가하면서 일찍 잠자리에 들었다. 감기 기운으로 쉽사리 잠들지 못할 것 같았으나, 특히 모레 있을 대전 강연에 대비하기 위해서는 억지로라도 참을 청할 수밖에 없었다.

그 이튿날 아침 일찍 일어난 안수길은 하루 동안 휴식을 취하면서 강연 내용을 충분히 준비했다. 그 다음날 안수길은 당초 예정대로 시간에 맞춰 제자 L군을 대동하고 대전행 고속버스에 올랐다. 하지만 집에서 나올 때부터 새벽바람을 쐬었으므로 기침이 어제보다 훨씬 심했지만 새파랗게 젊고 재빠른 L군이 곁에 있어 여간 든든한 것이 아니었다.

그는 버스가 터미널을 벗어나 한 시간 이상 달리도록 계속 쿨룩쿨룩 줄기침을 토했다. 차츰 버스 안에 훈기가 돌고 차창 대지 위에 햇살이 퍼진 뒤에야 기침이 조금씩 누그러지기 시작했다.

그는 베레모를 단정히 고쳐 쓰고 창밖으로 눈길을 보냈다. 차는 들녘을 지나고 있었다. 평화로운 농촌 풍경이 시야에 들어왔다. 도로변 언덕엔

억새풀이 뒤엉켜 바람에 흔들리고, 추수가 거의 끝난 들판 너머로 밋밋한 산들이 끊어질 듯 이어지고 있었다.

산 밑 아늑한 자리마다 군데군데 촌락이 보였다. 그런 풍경을 대하자 불현듯 만주에서의 어린 시절과 젊은 시절이 떠올라 그는 참으로 교차하는 만감을 주체할 길이 없었다. 저 드넓은 만주, 젊음을 불태웠던 만주, 제2의 고향 만주, 그곳에서 겪었던 삶의 편린들이 꿈처럼 되살아나는 것이었다. 그는 잠깐 묵상에 잠겨 몽매에도 잊지 못할 만주에서의 삶을 반추했다.

눈을 뜨자 고속버스는 인터체인지를 돌고 있었다. 멀리로부터 대전 시가지가 다가오고 있었다. 그는 버스가 터미널에 도착할 때까지도 지나온 일들을 더듬으며 회상에 잠겼다. 이윽고 버스가 터미널에 도착했다. 안수길과 L군은 마중 나온 학생들의 안내로 학교까지 갔다. 어찌된 일인지 대전은 서울보다도 바람이 더 세게 불었고 기온도 더 낮았다.

좀 가라앉았던 기침이 다시 일었으나 그는 가까스로 강연을 마쳤다. 연단 위에 여러 개의 석유난로를 준비해서 그런 대로 추위를 견딜 수 있었고, 강당에 가득 모인 학생들의 열기가 그날의 냉기를 녹여 주고 있었다.

강연 다음에는 좌담회가 이어졌다. 국문과 학생들만 따로 모아 놓고 자유롭게 대화를 나누는 순서였다. 학생들은 궁금한 것이 많은 듯 이것저것 물었고, 간혹 어설픈 질문도 있었으나 안수길은 학생들의 질문에 하나하나 친절히 답변해 주었다. 좌담회 시간이 거의 끝나갈 무렵이었다. 곁에 앉아 있던 여교수가 물었다.

"문학만으로 일관해 오신 지금 인생에 대한 감회는 어떠세요?"

"어, 간단히 말하지요. 결론부터 말하자면 문학을 천직天職으로 삼은 것에 후회하지는 않습니다. 그렇다고 문학이 인생의 전부라고도 생각하지 않았어요. 다만 어떻게 살아야 하느냐, 어떻게 살아야 과연 진실한 삶이냐…. 어, 문학을 통해 그걸 진지하게 생각해 왔지요. 오늘까지 열심히 썼는데 마음에 드는 작품이 없어 아쉬울 뿐이고…. 아직 더 해 봐야 알겠지요."

안수길은 분명히 대답했다. 본래 음성은 굵지만 아주 낮은 음성으로 말했다. 그의 답변이 얼마나 진지했던지 그런 때는 그의 독특한 웃음도 찾아볼 수가 없었다.

대전을 떠나 서울로 돌아오는 길에도 그는 지나온 일들을 돌이켰다. 집을 나설 때 고속버스 안에서 보려고 문고판 한 권을 주머니에 넣고 떠났었지만 그것은 펼쳐 볼 계제가 아니었다. 부친의 돌연한 병환病患으로 학업을 접고 일본에서 떠나올 때가 엊그제 같았고, 자꾸만 고향인 홍남 앞바다가 눈에 삼삼해지는 것이었다. 그야말로 괴로운 추억이 아닐 수 없었다.

그가 서울에 도착해 종암동 골목에 들어선 것은 해가 설핏 기운 뒤였다. 지난 며칠 동안 감기 기운으로 고생한 데다 짙은 향수에 시달린 터라 몸은 물먹은 솜처럼 천근만근 무겁기만 했다. 그래도 대전까지 무사히 다녀와 여간 다행스런 것이 아니었다.

더욱이 강연을 들어 준 학생들의 태도가 진지한 데다 그들의 반응이 매우 좋았으므로 얼마나 흡족한지 몰랐다. 엊그제 특강을 약속해 놓고는 은근히 걱정했었는데 막상 다녀오고 나니 한결 개운하고 흐뭇했다. 그의 뒤에는 여전히 L군이 따르고 있었다. 안수길의 기침 소리를 듣고 부인이 대문을 열어 주었다. 부인이 말했다.

"이제 오시는군요. 강연은 잘하셨어요?"

"아, 뭐 그냥 했지. 기침이 나와서 혼났어요. 집엔 별일 없었소?"

안수길이 서재로 들어서서 자리에 앉자 부인은 우편물과 함께 책 한 권을 내놓았다. 그 책을 보고 안수길이 기뻐했다.

"아, B군 창작집이군."

"오늘 견본이 나왔다고 가져왔습니다."

"하, B군이 벌써 두 번째 창작집을 냈군. 하긴 벌써가 아니지. 이젠 중견이 됐으니까."

안수길은 목차부터 펴봤다. 대개는 문학 잡지에 발표했을 때 읽은 작품들이었으나 못 읽은 작품도 몇 편 끼어 있었다. 그는 일단 책을 덮으며 부인에게 말했다.

"어, 책이 아주 좋군. 훌륭한데. 여보, 맥주 좀 사와요."

건강으로 봐서는 술을 참는 것이 좋을 것 같았지만 그러나 부인은 두말하지 않았다. 문 밖 좁은 골목길을 달려 나가는 발자국 소리가 쿵쿵 울려왔다. 부인이 맥주를 사러 나간 사이 안수길은 외출복을 벗고, 그 대신 집에서 원고 쓸 때 입는 검소한 한복으로 갈아입었다. 부인이 맥주 두 병을 사 가지고 돌아왔을 때 안수길은 안경을 벗어 책상 위에 올려놓고 조용히 웃었다.

"내 한 잔 안 마실 수 없지. L군이 나를 위해 대전까지 수행해 주었겠다, B군이 창작집을 냈으니 함께 한 잔 해야지."

그는 맥주잔을 들고 뱅글뱅글 돌리기 시작했다. 술잔을 비스듬히 들고 뱅글뱅글 돌리는데 술은 한 방울도 흩어지지 않았다. 그러다가 그는 쉬엄쉬엄 한 모금씩 마셨다. 그가 부인과 L군을 번갈아 보면서 말했다.

"내 B군을 추천할 때 쭉쭉 발전할 줄 알았어요. 틀림없잖아요? 자, L군도 내 잔 한 잔 받지."

안수길은 새파란 제자 L군에게 잔을 건네며 연신 싱글벙글 웃었다. 제자가 두 번째 창작집을 낸 것이 기뻐서 그는 술을 안 마시고는 배길 수가 없었다. 그는 제자들을 각별히 사랑했고, 제자들이 좋은 작품을 써서 발표하거나 창작집을 내면 기뻐서 어쩔 줄 몰랐다. 안수길이 말했다.

"책도 잘 만들었군. 종이도 좋고 인쇄도 좋고…. 이 책이 좀 팔려야 할 텐데…."

L군은 노老스승 앞에 조신하게 앉아 조심스럽게 짤끔짤끔 맥주를 받아 마셨고, 안수길은 연신 한 손으로 B군의 책을 어루만지면서 다른 한 손으로는 술잔을 뱅글뱅글 돌리고 있었다. 안수길이 부인에게 말했다.

"오늘 같은 날 당신도 한 잔 해야 하는데…."

부인도 술을 전혀 못하지는 않았다. 마음먹고 마신다면 맥주 두 잔 정도는 마실 수 있었다. 다만, 오늘날까지 그 티를 내지 않고 살아왔을 따름이었다.

만약 부인이 술을 마시는 줄 알면 안수길은 거의 매일 밤 부인에게 대작對酌을 청했을 것이었다. 그것이 걱정되어 부인은 술을 일절 입에 대지 않았고, 그 어떤 내색조차 하지 않았다. B군의 창작집을 또 한 차례 들춰 보면서 안수길이 혼잣말 비슷이 말했다.

"K군도 창작집 한 권 가질 만한데…."

K군도 안수길이 추천하여 문단에 내보낸 작가였다. 그런 K군 역시 연조로 봐서는 창작집 한 권쯤 내고도 남을 만한데, K군은 각종 문예지에 간헐적으로 작품을 발표하고 있을 뿐 아직 창작집을 내지 못하고 있었다. 안수길은 그것을 몹시 안타깝게 여겼다.

천천히 마셨는데도 맥주 두 병은 곧 바닥이 났다. 솔솔 취기가 올랐다. 마음으로야 얼마든지 마실 수 있을 것 같았으나 안수길은 애써 참았다. 마음대로 움직여 주지 않는 몸 때문에 어쩔 도리가 없었던 것이다.

L군이 돌아간 뒤 안수길은 서재를 벗어나 안방으로 들어갔다. 머리가

하얗게 센 노모는 그때까지도 잠자리에 들지 않았다. 미수米壽를 넘기신 노모에게 안수길은 말했다.

"어머니, 아직 안 주무셨군요. 전 어머니의 건강이 부럽습니다."

밤이 이슥할 때까지 그는 노모와 함께 있었다. 마음은 젊다 못해 자꾸 동심으로 돌아가건만 몸은 왜 자꾸만 쇠약해지는지 알 수가 없었다.

그 이튿날은 더욱 추웠고, 안수길은 신음하면서 글을 썼다. 그의 말대로 인간의 진실을 탐구하는 호된 작업이었다. (『小說文藝』 1977. 7월호)

소설가 남석南石 안수길 선생님의 생애와 문학

[1]

동쪽 창문이 훤했다.
날이 새기 시작하는가 보다.
꼬꾜—
닭이 여러 홰 울었다.

—소설「北間島」첫머리에서

[2]

南石 安壽吉 先生은 1911年 咸南 西湖津에서 나시어 間島 中央學校와 日本 早稻田大學에서 수업, 1935年 동갑인 金現淑 女史와 결혼,『朝鮮文壇』誌에 短篇 當選을 始發로 文學에 專心하셨으며 間島日報·滿鮮日報 등 言論界에 從事, 解放을 맞아 京鄕新聞 文化部長을 歷任, 教育界 投身, 龍山高校를 거쳐 서라벌藝大·梨花女大 등에서 文藝創作을 가르치셨다. 藝術院 會員·國際펜클럽韓國本部 理事 등을 지내셨고, 아시아自由文學賞·서울市文化賞·3·1文化賞 등을 받으셨으며 작품으로는「北間島」「第三人間型」「亡命詩人」「風車」「城川江」「浮橋」「생각하는 갈대」「第二의 青春」「流星」「來日은 風雨」등 많은 勞作을 남기셨다. 1911年 11月

3日에 나시어 1977年 4月 18日 不歸의 길 떠나시다. 遺族으로는 婦人 金現淑 女史와 아드님 柄燮 柄煥 柄燦 따님 荀姬 荀嫄을 남기셨다.

—1979年 4月 18日 세우다 文友를 代表하여 宋志英 씀

이 두 건의 인용문은 경기도 남양주시 화도면 월산리 모란공원에 있는 남석 안수길 선생님의 묘비명墓碑銘이다. [1]은 전면, [2]는 후면에 새겨진 글이다.

안수길 선생님, 그는 1911년 11월 3일 함남 함흥에서 안용호安鎔浩 선생과 김숙경金淑卿 여사의 2남 1녀 중 장남으로 출생했다.

본래 그의 선대는 일찍 개명한 데다 집안 형편도 유족한 편이었다. 부친 안용호 선생은 일찍이 서울 중앙중학(中央中學, 1회)을 나와 서울·함흥·갑산 등지에서 교편생활을 하며 3·1운동에 관여하다가 간도로 건너가 용정龍井 광명고녀光明高女 교감을 지낸 교육자였다. 모친 김숙경 여사의 집안 역시 함흥 일대에서 자타가 공인하는 명문이었다. 김 여사의 부친 김광익金光翊은 함남 지방에 최초로 우두 접종을 시행한 의사이자 지주였다. 안수길은 바로 그런 외가에서 출생했다.

1916년 안용호 일가는 장남 안수길의 나이 여섯 살 때 본래의 고향인 함주군 홍남읍(나중에 시로 승격) 서호리 190번지로 이사했다. 이에 따라 안수길 선생님의 원적은 이곳으로 되어 있다.

안수길 소년은 이곳 홍남에서 소학교 동진학원東振學院에 들어가 4학년까지 수료하고 1924년 부모님이 계신 용정으로 가서 1926년 간도 중앙학교를 졸업한 뒤 다시 함흥으로 나와 함흥고등보통학교咸興高等普通學校에 1등으로 입학했다. 그러나 남달리 정의감이 투철했던 그의 학창 시절은 평탄하지 못했다. 그는 1927년 일제에 항거하는 맹휴盟休 사건을 주도, 2학기 때 이 학교를 자퇴하고, 1928년 3월 서울 경신학교儆新學校 3학년에

편입했다. 그 이듬해인 1929년 광주학생운동이 발생했고, 이 항일 운동은 요원의 불길이 되어 전국적으로 번져 나갔다. 이때, 안수길 학생은 또다시 경신학교의 만세 운동을 주도한 혐의로 일경日警에 체포되어 15일간의 구류를 치르는 한편, 학교 당국으로부터 퇴학 처분을 받았다.

그는 스무 살 때인 1930년 일본으로 건너가 그해 3월 쿄토(京都) 료요중학교(兩洋中學校)에 입학했다. 안수길 학생이 일본에 건너갈 때 그의 부친은 머리 좋고 똑똑한 당신의 장남으로 하여금 중학교를 졸업한 뒤 도쿄(東京)로 가서 의예과醫豫科에 응시하라고 강력히 주문했다. 이는 장차 의사가 되라는 뜻이었다. 그러나 그 이듬해 료요중학교를 졸업한 안수길 학생은 일방적으로 부친의 뜻을 어기고 1931년 와세다대학(早稲田大學) 고등사범부 영어과에 입학했다.

이때 부친은 별로 책망하지 않았다고 한다. 당신 자신이 교직에 종사했던 터라 자연스럽게 장남도 그 뒤를 이어 줄 것으로 기대했기 때문이었다. 그러나 그해 안수길 청년에게는 액운이 겹쳤다. 그 직후 부친의 갑작스런 병환으로 귀국하지 않을 수 없었고, 학비 조달이 어려워진 데다 그 자신의 건강까지 나빠져 다시 도일하지 못했다. 이로써 그의 공식적인 학업도 사실상 중단되었다.

한편, 안수길 청년에게는 유년 시절 이후 줄곧 건강문제가 따라다녔다. 그는 어렸을 때 앓았던 백일해가 만성이 되어 간단없는 호흡기 질환에 시달려야 했다. 말하자면 고질인 셈이었다. 그는 청년 시절 한쪽 폐를 절제하고, 평생 나머지 한쪽 폐만으로 호흡하며 살았다. 안수길 선생님의 수필에는 자신의 건강문제가 자주 언급되어 있는데, 이는 그 자신이 이 같은 지병을 안고 있었기 때문이다.

일본에서 귀국한 그 이듬해, 그러니까 1932년 안수길 청년은 용정에서 서북쪽으로 60여 리 떨어진 팔도구八道溝에 있는 천주교계의 소학교 해성학교海星學校에서 교편을 잡았고, 이때부터 본격적인 문학 공부에 전념했다. 그러나 건강이 또 그를 괴롭혔다. 그는 어쩔 수 없이 1년 만에 직장을 그만두고 간도와 고향 홍남을 오가며 요양 생활에 들어갔다. 이 모진 투병 생활 속에서도 그는 꾸준히 문학 수업을 쌓아 1935년 『조선문단朝鮮文壇』 문예 작품 현상 공모에 단편 「적십자병원장赤十字病院長」과 콩트 「붉은 목도리」를 응모, 두 부문에 걸쳐 당선의 영예를 차지함으로써 문단에 공식 등단했다. 그의 나이 25세 때의 일이었다.

그해 안수길 선생님은 김현숙金現淑 씨와 결혼했다. 소학교 동창이었던 김현숙 여사는 개화기 때 하와이를 세 차례나 왕래한 바 있는 함흥 지주 김성진金成振의 영애로서 평양 정의여고正義女高를 졸업하고 고향인 홍남에 돌아와 소학교 동광학원東光學院 교사로 재직하다가 안수길 선생과 결혼, 평생 병약했던 부군 안수길 소설가를 돕는 최고의 반려자가 되었다. 바로 그해에 안수길 선생님은 단편 「호가胡哥네 지팡」을 썼고, 이주복李周福 박영준朴榮濬 김국진金國鎮 등과 더불어 만주 용정에서 문예 동인지 『북향北鄕』을 창간하여 4호까지 간행했다. 따라서 1935년은 안수길 선생님의 생애와 문학을 이해하는 데 빼놓을 수 없는 시기라고 하겠다.

신예 작가 안수길 선생님은 1936년 용정에 있던 간도일보間島日報 기자로 근무하기 시작했다. 그리고 그 이듬해 용정의 간도일보와 신경新京의 만몽일보滿蒙日報가 병합되어 만선일보滿鮮日報로 발족하자 신경으로 가서 근무했다. 그 당시 만선일보 창간에 관여한 문인들로는 주필 최남선崔南善, 편집국장 염상섭廉相涉, 사회부장 박팔양朴八陽, 학예부장 신영철申瑩徹 등이 있었고, 작가 안수길 손소희孫素熙 김만선金万善 이갑기李甲基 이종환李鍾桓 송지영宋志英 윤금숙尹金淑과 시인 김조규金朝奎 한글학자

전몽수田蒙秀 등이 기자로 활약했다. 그해에 안수길 선생님은 중편 「벼」 단편 「4호실四號室」 「한여름 밤」을 만선일보에 잇따라 발표, 왕성한 창작 의욕을 불태웠다.

한편, 우리 민족 말살에 혈안이 되어 있던 일제는 1938년 조선어(한국어) 교육을 전면 폐지하고 일본어 상용常用을 강요했다. 이와 함께 일제는 1940년 동아일보·조선일보까지 강제 폐간함으로써 우리말·우리글은 사실상 설자리를 잃게 되었다. 따라서 모국어를 근간으로 하는 우리 문학도 암흑기를 맞이할 수밖에 없었다.

이 같은 시대적 배경 아래 만주 신경의 만선일보만이 언론 매체로서는 유일하게 모국어로 발행되고 있었다. 이와 함께 재만 문인들이 이른바 망명 문단을 형성, 모국어로 작품을 써서 우리 문학사의 단절을 극복하며 한국 문학을 꿋꿋이 지켜냈다. 그 중심의 한복판에 바로 안수길 선생님이 있었다.

그 무렵 만선일보는 모국어로 창작된 우리 문인들의 작품집을 발간하는 데 심혈을 기울였다. 예컨대 1939년 만선일보 출판부에서 발간한 『재만조선인수필선在滿朝鮮人隨筆選』, 1941년에 발행한 재만 조선인 소설집 『싹트는 대지大地』는 그 대표적 사례라 하겠다. 이와 함께 박팔양이 편집한 『재만시인집在滿詩人集』이 1942년 제일협화구락부第一協和俱樂部 문화부에서 나왔고, 1943년에는 김조규가 편집한 『재만조선시인집在滿朝鮮詩人集』이 연길延吉에 있던 예문당藝文堂에서 간행되었다.

이 가운데 신영철 편, 이갑기 장정裝幀으로 꾸며진 『싹트는 대지』야말로 우리 소설문학사에서 빼놓을 수 없는, 아주 중요한 위치를 차지하는 작품집이다. 일제에 의해 모국어가 말살된 시대, 단절될 위기에 처했던 우리 소설문학사를 이 작품집이 면면히 이어 주고 있기 때문이다. 총 289면으로, 염상섭의 서문과 신영철의 발문跋文이 들어 있는 이 책에는 김창걸金昌傑 박영준 신서야申曙野 안수길 한찬숙韓贊淑 현경준玄卿駿 황건黃健 등 재만 소설가 7인의 작품이 실려 있다. 당시 만선일보 용정분사장龍井分社長으로 재직하면서 창작 활동에 주력했던 안수길 선생님은 「호가네 지팡」을 개제한 단편 「새벽」을 이 책에 수록했다.

1942년 단편 「목축기牧畜記」 「원각촌圓覺村」을 발표한 선생님은 1943년 단편 「바람」을 발표한 데 이어 제1창작집 『북원北原』을 간행했다. 국내 문단에 모국어가 완전히 말살되었던 암흑의 시대에 한글로 된, 그것도 투철한 민족의식을 앞세운 작품집이 나왔다는 것은 획기적인 '사건'이 아닐 수 없었다.

> 창작집 『北原』에 실린 작품은 모두가 滿洲로 이주해 갔던 겨레의 苦鬪相을 雄大한 自然을 背景으로 하여 속속들이 파헤치고 있다. 當時의 國內 文壇은 이미 朝鮮·東亞 兩大紙가 强制廢刊되고 『文章』 『人文評論』 등의 文藝誌도 없어져 겨우 「國民文學」이라는 이름 아래 附日作品만이 命脈을 維持하던 것에 비긴다면 이것은 너무나 엄청난 對照가 아닐 수 없다.
>
> —신동한, 「안수길의 문학」

그런 점에서 『북원』은 우리 문학사에서 반드시 특기되어야 할 작품집이라고 하겠다. 그뿐 아니라 안수길 선생님은 그 이듬해, 즉 1944년 만선일보에 최초의 장편 「북향보北鄕譜」를 연재하기 시작, 그 이듬해 광복 직전에 완성했다. 그러나 건강이 또다시 악화, 그해 이 연재가 끝나자 만선일보를 사임하고 귀향하여 홍남 후농리厚農里 과수원에서 요양하다가 해방을 맞이했다(안 선생님은 이 과수원에서 내리 3년 동안 요양했다).

해방이 되자 아버님은 어디엔가 감추어 두었던 태극기를 꺼내 펴 보이며 눈물을 글썽거렸다. 그러나 해방의 감격도 잠시, 분단이 기정 사실로 굳어지자 1948년 우리 가족은 사과·복숭아·포도 등을 재배하던 1만여 평의 과수원을 버려 두고 38선을 넘지 않으면 안 되었다.

—장남 안병섭의 증언

고향을 떠나 월남한 안수길 선생님 일가는 서울 성북구 안암동에 정착했다. 이와 함께 선생님은 그해 경향신문 문화부 차장으로 근무했고, 그 이듬해인 1949년에는 조사부장으로 승진했다. 선생님의 연세 39세였던 그해부터 또다시 왕성한 작품 활동에 들어가 단편 「여수旅愁」「밀회密會」「범속凡俗」「초련필담初戀筆談」「상고기商賈記」「취국翠菊」 등 주옥같은 작품을 잇따라 발표했다. 그러다가 1950년 6·25전쟁이 발발하자 대구를 거쳐 1·4후퇴 때 부산으로 피난했다.

이때 선생님은 잠시 해군 정훈감실 문관으로 종군하다가 피난지 부산에서 용산고등학교龍山高等學校 교사로 재직하기도 했다. 특히 선생님은 혼란스럽기 짝이 없는 전란의 와중에서도 창작의 열정을 멈추지 않은 채 「명암明暗」「제비」「쾌청快晴」「염서위문艷書慰問」「나루터의 탈주脫走」「두 개의 발정發程」「고향故鄕 바다」「역逆의 처세철학處世哲學」 등 지식인의 양식과 고뇌를 파헤친 일련의 작품을 줄기차게 발표했다.

1953년에는 저 유명한 문제작 「제3인간형第三人間型」을 발표했고, 1954년 환도 후에는 서라벌예술대학 문예창작과 과장에 취임하는 한편 제2창작집 『제3인간형』을 묶어 냈다. 선생님은 이 창작집으로 1955년 제2회 아시아자유문학상을 수상했다.

1957년에는 저 방대한 대작 「북간도北間島」를 집필, 다음해 1월호부터 연재하기로 되어 있던 『문학예술文學藝術』에 제1회분을 넘겨 조판은 물론 교정까지 다 마쳤으나 이 잡지가 그 직전인 12월호를 끝으로 종간되는 바람에 빛을 보지 못하고 말았다. 그러니까 올해는 한국 문학이 낳은 불후의 명작 「북간도」 집필 개시 50년을 맞이하는 뜻깊은 해인 것이다.

한편, 안수길 선생님은 40대 중반에 접어든 이후 병고에 시달리면서도 더욱 활기찬 작품 활동을 펼쳐 나갔다. 그러던 중 1956년에는 불행하게도 또다시 건강이 악화돼 동아일보에 연재하던 장편 「가장행렬假裝行列」을 중단하고 서라벌예술대학 학과장 자리까지 사임했다.

선생님은 그 이듬해인 1957년 성북구 종암동 123번지 71호로 이사했다. 좁다란 골목길 안쪽에 북향으로 자리 잡은 이 한옥은 '⌐' 모양의 고패집으로 선생님은 그 집에서 더욱 웅대한 작품 세계를 열어 나갔다. 그해 선생님은 이화여대 국문학과에 출강, 소설 창작을 강의하는 한편 영원히 사장될 뻔했던 「북간도」를 꾸준히 집필, 그 제1부 6백 장을 『사상계思想界』 1959년 4월호에 발표함으로써 한국 문단에 큰 충격을 불러일으켰다.

『사상계』에 제2부, 제3부가 잇따라 발표되고, 출판사의 요청에 의해 전작으로 집필된 제4부, 제5부에 이르기까지 이한복(장손 창윤 정수) 일가 4대의 삶이 저 광활한 북간도를 무대로 장강대하長江大河처럼 펼쳐지는 이 웅장한 거작巨作은 한국 문학의 지평을 대폭 확대하면서 1967년 장장 10년에 걸쳐 완성됐다. 이 작품에 대해 '해방 뒤 십여 년의 우리 문학사에 있어서 가장 뛰어난 작품'(문학평론가 白鐵) '한국 현대문학사에서 기념비적인 수작'(문학평론가 崔一秀)이라는 찬사가 빗발쳤다. 이와 함께 이 작품은 1968년 국립극단에 의해 연극으로 제작되어 국립극장 무대에 올랐으며, 급기야 한국 문학을 대표하여 노벨문학상 후보에 오르기까지 했다.

특히 『北原』과 같은 창작집은 1943년이란 시기에 발행되었고, 「北鄕譜」는 광복 직전(1945.7.4)까지 모국어로 우리 농민의 어려운 이주사를 다루고 있다. 이것은 중요한 의미를 지닌다. 『北間島』는 안수길의 이런 문학 맥락에서 마지막 자리에 서는 소설이다. 이 소설은 1870년부터 1945년 우리나라가 광복을 맞이할 때까지 간도 지역을 중심으로 일어났던 민족의 갈등, 곧 한국인 대 중국인, 한국인 대 일본인, 중국인 대 일본인의 대립과, 이주 농민의 뿌리내림, 고난의 현장을 추적하고 있다.

—오양호, 「역사적 삶과 극복」

한편, 안수길 선생님은 평생 '인간이란 무엇인가'를 화두로 '어떻게 사는가' '어떻게 살아야 하는가'를 주제로 삼았다. 그러니까 선생님은 이 '어떻게 사는가' 하는 문제로 끊임없이 고뇌하면서 일관된 작품 세계를 펼쳤다. 그렇기 때문에 선생님은 결코 불의와 타협하지 않았다. 일찍이 학창 시절부터 일제에 맞서 분연히 항거했던 정의감이 말해 주듯, 1965년 남정현南廷賢의 '「분지糞地」 필화 사건'이 발생, 작가 남정현이 중앙정보부에 연행된 뒤 모진 가혹 행위를 받고 검찰에 의해 반공법 위반 혐의로 기소되자 선생님은 정의로운 용사가 되어 특별 변호인 자격으로 법정에 출두, 논리 정연한 변론으로 검찰의 논고를 여지없이 반박하는 한편 재판부의 현명한 판단을 촉구했다.

이렇듯 권력이나 금전 등 세속과 영합하지 않고 올곧은 길을 지켰던 터라 안수길 선생님 자신의 삶은 언제나 고단했다. 체질적으로 병약했던 데다 고정 수입이 보장되는 직장에 연연하기보다는 오로지 붓대 하나에 모든 것을 걸고 청렴하게 살았기 때문에 생활은 항상 빈한할 수밖에 없었다. 그렇건만 선생님은 늘 넉넉한 웃음을 머금었고, 아무리 지갑 사정이 어려워도 전혀 군색한 티를 내지 않았다.

안수길 선생님은 오로지 붓 한 자루에 매달려 평생을 살아오신 전업(專業) 작가라는 점에서도 후학들의 표상이 될 만하다. 습작기에 만주에서 교편생활을 하셨고, 간도일보와 만선일보의 기자 생활을 거쳐 귀국 후 서울에서 경향신문사 문화부 차장으로 잠시 근무하시긴 했다. 또한 횡보 염상섭 선생님이 서라벌예술대학 학장이셨던 무렵인 1954년 이 대학 문예창작과 과장 교수로 임명됐고, 이화여대 등에서 후학의 소설 지도도 하셨으나 '창작에 방해가 된다'는 이유 하나만으로 주저 없이 그런 자리를 버리신 분이기에 나는 자신 있게 '전업 작가'로 분류하는 것이다. 직장을 가졌던 기간이 전부 합산해도 생애의 3분의 1이 안 된다.

—오인문, 「한국문단사, 북간도의 작가 안수길」(『한국소설』 2007. 4월호)

여러 자료들이 입증하고 있지만, 이는 매우 정확한 언급이 아닐 수 없다. 전업 작가로서 고정 수입을 기대할 수 없었던 안수길 선생님은 빈한과 병고에 시달리면서도 '신음하면서 탐구하는 사람만을 시인할 수 있다(파스칼)'는 신조로 오로지 창작에만 전념, 저 대작 「북간도」 발표 이후 노년에 이르러 「통로通路」 「성천강城川江」 등 중량감 넘치는 작품을 더욱 왕성하게 써냈다. 이는 동년배의 다른 작가들이 대부분 조로 현상을 보이고 있던 실정에 비추어 선생님의 작가혼作家魂이 얼마나 단단하고 뜨거웠던가를 입증해 주는 실증적 사례라 하겠다.

비단결 같은 마음, 온화하고 자상하셨습니다. 동네 어른 아이 대할 때마다 친절했고 늘 웃으셨습니다. 또 겸손하시고 자기 몸 괴로워도 참으시고 책임감이 대단하셨습니다. 몸가짐이 단정하시고 흐트러지지 않았습니다. 사람은 몸가짐을 단정히 해야 한다고 하셨고 선배 존경하는 것과 후배 사랑함은 자기 살같이 하셨습니다.

—김현숙, 「이 작가를 말한다」(안수길 소설집 『초련(初戀)』 서문)

그랬다. 이는 안수길 선생님의 반려자였던, 늘 선생님 곁에서 창작 활동을 지성으로 도왔던 사모님의 가장 진솔한 증언이다. 언제나 말씀을 아끼고 꼭 필요한 말씀만 했던, 누구와 어울려도 편안하게 대해 주었던 선생님은 꼿꼿한 성품, 반듯한 몸가짐, 고결한 인품 등 선험적으로 선비 정신을 통찰한 양반 중의 양반이요 신사 중의 신사였다. 그래서 시인 이동주李東柱 소설가 송원희宋媛熙 등 많은 문인들이 선생님을 '학鶴'이라고 표현했다.

이처럼 깨끗하게 살았던 선생님은 1975년부터 경향신문에 「이화梨花에 월백月白하고」, 1976년부터 『현대문학現代文學』에 장편 「동맥冬麥」을 연재했다. 특히 「동맥」은 「통로」 「성천강」의 연장선상에 놓인 작품이었고, 「이화에 월백하고」는 기황후奇皇后를 주인공으로 한 역사 소설이었다.

그러나 1977년 봄 선생님은 별로 대수롭지 않은 감기 증상이 나타나 가벼운 마음으로 서울 S병원에 입원했다. 이때, 선생님은 원고지와 만년필을 챙겨 가지고 병실에 입원, 작품을 쓰면서 치료를 받다가 돌연 병세가 악화돼 「동맥」과 「이화에 월백하고」를 미완으로 남긴 채 4월 18일 오전 7시 애석하게도 유명을 달리했다. 향년 67세였다.

이렇듯 선생님께서는 이승을 떠나는 최후의 순간까지 순교자처럼 소설 창작에 신명을 다 바쳤고, 우리 모두는 약 25편의 장편, 10여 편의 중편, 100여 편의 단편과 일련의 수필 등을 줄기차게 써냈던 대가 중의 대가, 민족 문학의 큰 별을 잃게 되었다. 주인 잃은 서재에 빈소가 마련되었고, 선생님 댁의 정원에는 오동나무와 파초 사이에서 무심한 라일락이 만개해 그윽한 향기를 내뿜고 있었다.

장례는 4월 20일 경향 각지의 문인들이 대거 참석한 가운데 한국문화예술진흥원(한국문화예술위원회의 전신) 광장에서 문인장文人葬으로 엄수된 뒤 선생님은 경기도 남양주시 화도면 월산리 모란공원 유택幽宅에 안장됐다. 이때, 신문과 방송 등 주요 언론이 선생님의 타계他界를 일제히 보도하였고, 여러 문예지들이 앞다투어 안수길 특집을 마련, 살아생전 선생님이 쌓아 올린 문학적 업적을 기렸다.

그뿐 아니라 안수길 선생님은 돌아올 수 없는 먼길을 떠났을지라도 선생님이 남기신 역작들이 각종 전집물 속에 편집되거나 단행본으로 속속 발간되었다. 선생님 타계 이후 단행본으로 발간된 작품은 장편소설 『이화에 월백하고(미완성 작품)』 『북향보』 『통로』를 비롯하여 창작집 『초련』 수필집 『명아주 한 포기』 등이다.

그동안 뜻 있는 학자들에 의해 안수길 문학 연구도 활발히 전개돼 나왔다. 김윤식(金允植, 서울대)의 저서 『안수길 연구』와 최경호(계명대)의 박사학위 논문 『안수길 연구』가 간행되었고, 박창순(인하대) 박은숙(성균관대) 계곤(경남대)의 박사학위 논문이 잇따라 나왔다. 특히 최경호는 박사학위 논문을 쓰기 위해 선생님의 묘소까지 직접 답사하기도 했다.

> 안수길은 월망산 중턱 길가 서향 봉우리에서 한 마리 고고(孤高)한 학(鶴)으로 지는 노을을 응시하고 있다. 생시의 선생의 모습처럼 교언영색(巧言令色)하지 않는 그의 성격을 고려하여 찾기 어려운 위치에 유택을 마련한 것인가. 선생의 추도사에서 선생을 가리켜 한 마리 학이라 한 사람은 소설가 이범선 유현종이고 곽학송은 문학적 순교자로, 최인훈은 우리가 사랑한 용사, 백철은 문학에는 엄격하고 생활에는 청빈한 작가라 한 바 있다. …(중략)… 허명과 문단 파벌 등 조직화된 싸움에 개입함이 없는 작가를, 오늘 24년만에 월망산 묘지에서 확인하고 가는 것이다.
>
> —최경호, 「안수길—간도 이주민사와 민족문학」

특히 「소설가 남석 안수길 선생」이라는 장시長詩로 지난 2004년 5월 『문학저널』 신인문학상에 당선되기도 했던 최경호는 최근 중국의 동북공정과 『북간도』를 연계시켜 연구한 평론 「안수길 문학과 동북공정—다시 쓰는 안수길론」(『月刊文學』 2007.2월호)을 발표했다. 대작 『북간도』는 중국의 동북공정과 맞물려 다시 한 번 우리의 역사의식, 민족의식을 일깨워 주고 있는 것이다.

한편, 늘 한복을 입고 유난히 폭이 좁고 길쭉한 서재의 교자상에 앉아 원고지에 만년필로 글을 썼던 선생님은 집안에서 흰 고무신을 즐겨 신었다. 하지만 대문 밖을 벗어나 외출할 때에는 반드시 양복 정장 차림이었고, 날씨가 추운 겨울에는 멋진 베레모를 쓰기도 했다.

좋은 문우나 아끼는 제자들을 만나 약주를 드실 때에도 선생님은 폭음을 하거나 흐트러지는 법이 없었다. 마치 술을 희롱이라도 하듯, 아니면 술이 아깝기라도 한 듯 한 손으로 술잔을 뱅글뱅글 돌리면서 절도 있게 드시곤 했다. 그러다가 취흥이 도도해지면 「이별의 부산 정거장」을 불렀지만, 그 끄트머리쯤에 이를라치면 곡조가 맞지 않아 노랫말을 옛날 얘기책 읽듯 하여 좌중을 더욱 즐겁게 해주었다. 그런가 하면 선생님은 작품을 쓰다가 쉴 때나 무료할 때 종종 퉁소를 불기도 했고, 오로지 문학 외길을 걸어온 당신의 고독한 처지를 노래하듯 롱펠로우의 시 「활과 나비」를 애송했다.

> 활을 쏘았네, 허공을 향해 / 살은 땅에 떨어졌네, 그곳이 어딘지 모르네 / 너무 빨라 살이 가는 곳을 볼 수 없었네 / (중략) / 길고 긴 세월이 흐른 뒤 / 살은 떡갈나무에 꽂혀 있었네 / 부러지지 않고 / 노래도 고스란히 친구의 심장 속에 살아 있음을 발견했네.
>
> —롱펠로우, 「활과 나비」

사실 우리 한국문학사에서 선생님의 문학은 떡갈나무에 꽂힌 화살, 우리 모두의 심장 속에 살아 있는 불후의 노래라 할 수 있겠다.

올해는 선생님께서 타계한 지 꼭 30년 되는 해다. 사모님 김현숙 여사마저 1996년 11월 27일 향년 87세로 별세했다. 그러나 아직까지 선생님 살아생전 최대의 숙원이었던 안수길 문학 전집이 출간되지 못했고, 그 흔한 문학비나 기념관도 세우지 못했을 뿐만 아니라, 『북간도』 등 명작의 산실이었던 종암동의 유서 깊은 한옥마저 남의 손에 넘어가 옛 모습을 찾을 수 없게 된 데다 선생님의 업적을 기리는 문학상 하나 제정하지 못한 오늘 우리가 가야 할 길은 참으로 멀기만 하다. (한국소설가협회 심포지엄 주제발표. 전북 김제 모악산유스호스텔. 2007. 10. 12. 『한국소설』 2007. 11월호. 『문학저널』 11월호)

한국문학사에 우뚝 솟은 불후의 대작
-안수길의 「북간도北間島」

한국소설가협회는 지난해 가을 '안수길 선생 「북간도」 집필 50주년 기념 심포지엄'을 중국과 한국에서 잇따라 개최했다. 중국 심포지엄은 9월 4일 연변 세기호텔에서, 한국 심포지엄은 10월 13일 전북 김제 모악산유스호스텔에서 각각 개최됐다. 그런가 하면 문학의집·서울은 10월 19일 '그립습니다 안수길 소설가(음악이 있는 문학마당·83)' 행사를 가졌다.

그뿐 아니라 한국소설가협회는 오랜 준비를 거쳐 지난 연말 안수길 선생 추모 문집 『안수길문학, 그 삶의 향기』를 간행했다. 국판 350여 쪽에 이르는 이 책에는 안수길 선생의 유족과 국내외 문인·제자 등 40여 명이 집필한 추모의 글과 한·중 양국 심포지엄에서 발표된 논문이 수록되었다.

이렇듯 한 해에 특정 작가를 국내외에서 다각적으로 성대하게 집중 조명한 것은 한국문단사상 보기 드문 일로서, 이는 곧 소설가 안수길 선생의 위상과 그 업적을 실증적으로 재확인한 대표적 사례라 하겠다. 사실 안수길 선생이야말로 일찍이 한국문학사에 찬란한 금자탑을 세운, 우리 문학이 나아가야 할 이정표를 제시한 대가 중의 대가임에 틀림없다.

한편, 한·중 양국에서 개최된 심포지엄, '그립습니다 안수길 소설가', 『안수길문학, 그 삶의 향기』에서는 선생의 대표작으로 꼽히는 장편소설 「북간도」가 거의 예외 없이 공통적인 거대 담론으로 떠올랐다. 필자의 경우 문학청년 시절부터 안수길 선생의 많은 작품을 읽어 나왔다. 예컨대 1930년대에 발표된 초기 작품들, 1944년에 간행된 첫 창작집 『북원北原』은 물론이려니와 1977년 선생께서 돌연 타계하심으로써 영원히 미완성으로 남게 된 장편소설 「동맥冬麥」 「이화梨花에 월백月白하고」에 이르기까지 거의 모든 작품을 섭렵했다.

그중에서도 한창 '문학병'이 열병으로 치닫던 고등학생 시절에 읽은 「북간도」 전5부작은 큰 충격으로 다가왔다. 나는 그때 우선 「북간도」의 그 웅장한 스케일에 압도되었다. 그 무렵에 읽었던 일련의 다른 소설들에 비추어 「북간도」의 중량감은 참으로 대단했다. 특유의 간결하면서도 명료한 문장, 민족의 얼과 역사를 깊이 아우르는 작가혼, 유장히 흐르면서 용솟음치는 산문정신 등등 「북간도」는 그야말로 장편소설의 백미가 아닐 수 없었다.

한국 문학이 낳은 불후의 명작 「북간도」는, 함경도 지방에 대흉년이 들자 두만강을 건너 북간도로 이주해 비옥한 땅을 일구는 우리 민족의 강인한 삶과 개척 정신이 담긴 작품이다. 즉, 이한복 일가 4대(한복·장손·창윤·정수)에 걸친 끈질긴 삶이 1870년부터 1945년까지의 시대적 상황과 맞물려 파란만장하게 전개된다. 이 과정에서 저 광활한 북간도를 둘러싸고 한국과 중국, 한국과 일본, 중국과 일본의 이해관계가 복잡하게 뒤얽히는 가운데 행간마다 민족 문제, 영토 문제, 역사 문제가 조목조목 제시된다. 그러니까 한국 문단의 거봉 안수길 선생은 이 작품에 등장하는 여러 인물과 사건들을 통해 일찍이 우리 강토였던 북간도의 근현대사가 한·중·일의 틈바구니에서 어떻게 진행돼 나왔는가를 극명하게 파헤치고 있는 것이다.

나중에 알게 된 일이지만, 안수길 선생은 1957년 이 대작 「북간도」 집필에 착수, 다음해 1월호부터 연재하기로 되어 있던 『문학예술文學藝術』에 제1회분 원고를 넘겨 교정까지 다 마쳤으나 이 잡지가 그 직전인 12월호를 끝으로 종간되는 바람에 빛을 보지 못했다. 하지만 안수길 선생은 어쩌면 끝내 사장될지도 모를 뻔했던 「북간도」를 꾸준히 집필, 1959년 『사상계思想界』 4월호에 그 제1부를 발표하고, 이를 시작으로 같은 잡지에 제2부, 제3부를 잇따라 발표한 데 이어 제4부와 제5부를 전작으로 완성하여 1967년 마침내 전5부작으로 간행했다. 그러니까 『문학예술』의 청탁으로 집필에 착수한 시점으로부터 따지면 안수길 선생은 장장 10년에 걸쳐 이 대작을 완성한 것이다.

그동안 필자는 「북간도」를 두고두고 숙독했다. 그때마다 필자는 이 작품이야말로 걸작 중의 걸작임을 거듭 확인했다. 이와 함께 「북간도」의 연장선상에 있는 안수길 선생의 또 다른 장편소설 「통로通路」 「성천강城川江」 등을 수차 읽었는데, 지난해 국내외에서 대작가 안수길 선생을 기리는 각종 사업이 줄줄이 시행된 것은 결코 우연한 일이 아니었다. 특히 올해 4월 18일은 선생의 30주기週忌가 되는 날이다. 그래서 필자는 요 며칠 전부터 다시금 「북간도」를 꺼내 차근차근 읽고 있다. (『문학의집·서울』 2008. 4월호)

한국문학사의 금자탑,
대작가 안수길의 문학 유산

1. 안수길 탄생 100주년 기념 『안수길전집』 출간

반갑습니다. 이광복입니다. 저는 현재 문협 부이사장으로 상임이사를 겸임하고 있습니다. 이런 연유로 문협에서 주최하는 작품 토론회에 나서는 것을 무척 망설였어요. 하지만 누군가는 반드시 소설가 남석 안수길 선생님의 문학 세계를 재조명하지 않을 수 없다는 대승적 차원에서 더 이상 뒤로 미룰 수가 없었습니다.

이 달에 특별히 안수길 선생님의 작품 세계를 재점검하는 데에도 그럴 만한 사연이 있어요. 지난해는 안수길 선생님 탄생 100주년 되는 해였습니다. 이를 기념하여 유족들이 방대한 『안수길전집』을 간행하였습니다. 올해 1월 13일에는 안수길전집간행위원회가 문학의집 서울에서 『안수길전집』 출판기념회를 열었습니다.

또, 지난 4월 18일은 안수길 선생님 35주기 되는 날이었습니다. 먼저 선생님의 명복을 빕니다. 안 선생님의 부인, 제게는 사모님이신 김현숙金

現淑 여사님 영전에도 머리 숙여 영원한 안식을 기원합니다.

먼저 양해를 구합니다. 정해진 짧은 시간에 안수길 선생님의 작품 전체를 토론한다는 것은 사실상 불가능합니다. 안 선생님은 평생 붓대 하나에 모든 것을 걸고 문학만을 천착한 대작가였습니다. 안 선생님은 세인이 놀랄 만큼 엄청난 작품을 썼습니다. 그 많은 작품을 전부 토론의 대상으로 삼는다면 한도 없고 끝도 없죠. 한두 시간에 안 선생님의 작품 세계를 토론한다는 것은 그 어른에 대한 예의도 아닙니다. 따라서 오늘은 부득이 안 선생님의 생애와 작품 세계를 개괄적으로 살펴볼 수밖에 없습니다.

2. 열네 살 소년의 만주 체험

안수길 선생님의 작품 세계를 정확히 이해하기 위해서는 먼저 시대적 배경과 그분의 가계家系를 면밀히 살펴볼 필요가 있습니다. 안 선생님의 대작 중에는 만주와 관북 지방을 무대로 전개되는 작품이 많거든요. 그런 무대 위에서, 등장인물들을 통해 구현하는 시대정신이 탁월합니다. 작품의 무대는 시대정신의 토양이며 역사의 현장입니다. 그것은 안 선생님의 작품 세계를 관통하는 작가 정신의 원천이자 핵심이기도 합니다.

잘 아시다시피 1910년 우리 겨레는 나라를 잃었죠. 안수길 선생님께서는 그 이듬해, 1911년 음력 11월 3일 함경남도 함흥에서 출생하였습니다. 신해생辛亥生이시죠. 그러니까 안 선생님께서 살아 계시면 올해 102세가 되십니다. 부친은 안용호安鎔浩 선생, 모친은 김숙경金淑卿 여사입니다. 안 선생님은 2남 1녀 중 장남이었습니다. 안 선생님의 선대는 일찍 개명한 데다 집안 형편도 유족했습니다.

부친 안용호 선생은 서울 중앙중학을 나왔습니다. 제1회 졸업생이죠. 조선 왕조 말기 대한제국 시절 함경도에서 서울까지 유학 왔다는 것은 놀라운 일입니다. 부유층이 아니면 어림도 없는 일이었죠. 어쨌든 중앙중학을 나온 안용호 선생은 서울·함흥·갑산 등지에서 교편생활을 하며 일제강점기 3·1운동에 관여하다가 간도間島로 건너가 용정龍井 광명고녀光明高女 교감을 지낸 교육자였습니다.

모친 김숙경 여사의 집안 역시 함흥은 물론 함경도 일대에서 자타가 공인하는 명문이었습니다. 김 여사의 부친 김광익金光翊 선생은 함남 지방에 최초로 우두 접종을 시행한 의사이자 지주였죠. 안수길 선생님은 그런 외가에서 출생하였습니다.

안용호 선생 일가는 1916년 함흥을 떠나 본래의 고향인 함주군 홍남읍 서호리 190번지로 이사했습니다. 이때 안수길 소년의 나이는 여섯 살이었고, 홍남읍은 훗날 홍남시로 승격되었죠. 안수길 소년은 이곳 홍남에서 소학교 동진학원東振學院에 들어가 4학년까지 수료하고, 1924년 부모님이 계신 만주 용정으로 가서 간도중앙학교間島中央學校에 편입했습니다. 안수길 학생의 나이 열네 살 때였습니다. 안 선생님과 만주의 인연은 그렇게 시작되었습니다.

1926년 중앙학교를 졸업한 안수길 학생은 다시 함흥으로 나와 함흥고등보통학교咸興高等普通學校에 1등으로 입학했습니다. 하지만 남달리 정의감이 투철했던 그분의 학창 시절은 순탄치 못했죠. 1927년 2학년 2학기 때 일제에 항거하는 동맹 휴학을 주도했습니다. 이 사건으로 안수길 학생은 함흥고보를 자퇴하고, 1928년 3월 서울 경신학교儆新學校 3학년에 편입했죠. 그 이듬해인 1929년 광주학생의거가 발생했고, 이 의거는 전국으로 번졌습니다. 이때 안수길 학생은 또다시 만세 운동에 뛰어들었죠. 안수길 학생은 이 운동을 주도한 혐의로 일제 경찰에 체포되어 15일 간 구류를 살았어요. 학교에서는 퇴학 처분을 내렸습니다. 반골 기질이 강했다고나 할까, 아무튼 그분의 민족의식과 애국심에 대해서는 고개를 끄덕이지 않을 수 없습니다.

안수길 학생은 부모님의 배려로 1930년 일본 유학길에 올라 그해 3월 교토(京都) 료요중학교(兩洋中學校)에 입학했습니다. 부친께서는 수재였던 장남이 일본으로 건너갈 때 중학교 졸업 후 도쿄(東京)로 가서 의예과醫豫科에 응시하라고 당부했답니다.

그러나 안수길 학생은 중학교 졸업 후 1931년 도쿄 와세다대학(早稻田大學) 고등사범부 영어과에 입학했죠. 하지만 이때 부친은 크게 책망하지 않았다고 합니다. 부친께서 교직에 몸담고 계셨기 때문에 머리 좋은 장남도 그 뒤를 이어줄 것으로 기대했던 것 같습니다.

그러나 대학생 안수길 청년에게는 뜻하지 않은 액운이 찾아왔습니다. 부친의 갑작스런 병환으로 귀국하지 않을 수 없었죠. 그분은 부랴부랴 고국에 돌아왔습니다. 부친의 병세 악화, 경제적인 문제 등으로 학비 조달이 어려워진 데다 자신의 건강까지 나빠졌습니다. 그래서 안수길 청년은 학교로 돌아가지 못했습니다. 여기까지가 안수길 선생님의 공식적인 학력입니다. 그 이듬해인 1932년 안수길 청년은 용정에서 서북쪽으로 80여 리 떨어진 팔도구八道溝에서 천주교 계통의 소학교 해성학교海星學校에 근무했습니다.

자, 그러면 이쯤에서 안수길 선생님의 출생부터 학창 시절과 청년 시절의 동선動線을 정리해 보겠습니다. 그분의 행적은 함흥→흥남→만주(간도, 용정)→함흥→서울→교토→도쿄→만주(용정, 팔도구)로 이어집니다. 이 행적을 잘 들여다보면 안 선생님의 작품 무대를 얼른 알 수 있습니다. 선생님의 작품 세계는 이미 어린 시절부터 내면 깊숙이 배태되고 있었던 것입니다.

3. 평생 병고에 시달렸던 작가

안수길 선생님은 간도중앙학교 재학 시절부터 시와 산문 등을 써서 종종 동아일보東亞日報와 조선일보朝鮮日報에 투고했습니다. 그 작품이 신문에 게재되었어요. 안 선생님은 그렇게 습작기를 거쳤고, 습작품이 선자選者의 호평과 함께 신문에 활자화되는 것을 보면서 문학에의 가능성 확인과 자신감을 얻었다고 말할 수 있습니다.

그런데 안 선생님을 논의하는 자리에서 빼놓을 수 없는 것이 있습니다. 건강문제입니다. 안 선생님은 갓난아기 때부터 극심한 백일해를 앓았다고 합니다. 이 호흡기 질환은 두고두고 선생님을 괴롭혔지요. 1933년 안 선생님은 건강 회복을 위해 해성학교를 사직하고 홍남으로 돌아와 인근 석왕사釋王寺에서 전지 요양한 뒤 용정으로 복귀했습니다.

1935년은 안 선생님에게 인생을 결정짓는 일대 분수령이었습니다. 그 해 안 선생님은 일생일대의 내조자 김현숙 규수와 결혼했죠. 김현숙 여사님은 평생 안 선생님을 도운 주역이었습니다. 안 선생님의 건강을 챙기고, 작품을 쓸 수 있도록 헌신하신 분이 바로 김 여사님이었습니다. 만일 김 여사님이 아니었으면 안 선생님은 그 많은 작품을 써내지 못했을 것입니다.

그럼 김현숙 여사님을 잠깐 소개해 볼까요. 그분은 개화기 때 갓 쓰고 도포 입고 하와이를 세 차례나 왕래한 바 있는 함흥 지주 김성진金成振 선생의 영애로서, 안 선생님과는 소학교 동기 동창이었습니다. 일찍이 평양의 명문 정의고녀正義高女를 나온 김현숙 여사님은 당시 동광학원 교사로 재직하고 있었습니다.

정말 인연이란 오묘합니다. 문득 천생연분이란 말이 떠오르는군요. 안수길 선생님은 김현숙 동창생을 만나 '나는 문예에 재주가 있는 것 같은데 건강이 문제다. 도와 주면 고맙겠다'고 토로했답니다. 청혼이었던 셈이죠. 김현숙 동창생은 안수길 청년이 생래적으로 병약한 것을 알면서도, 그래서 신랑이 언제 요절할지 모르는 위험 부담을 안고서도 흔쾌히 결혼했던 것입니다. 파격이었습니다.

역시 김 여사님은 내조자 중의 내조자였습니다. 김 여사님은 병약하기 짝이 없는 안 선생님을 지성으로 도왔고, 안 선생님은 더욱 열심히 문장을 갈고 닦았습니다. 바로 그해, 안 선생님은 문예지 『조선문단朝鮮文壇』에 단편소설 「적십자병원장赤十字病院長」과 콩트 「붉은 목도리」를 응모해 당선했습니다. 한꺼번에 두 부문을 석권한 겁니다. 이것이 안수길 문학의 본격적인 출발점이라고 말할 수 있죠. 안 선생님의 연세 스물다섯 살 때의 일이었습니다.

그런데 당선작 「적십자병원장」은 구할 길이 없습니다. 일제의 검열로 활자화되지 못했기 때문입니다. 그나마 콩트 「붉은 목도리」가 남아 있어 다행입니다. 등단하던 그해에는 단편 「호가胡哥네 지팡」을 썼고, 만주에서 이주복李周福 박영준朴榮濬 김국진金國鎭 등과 더불어 문예 동인지 『북향北鄕』을 창간하여 4호까지 간행했습니다. 안 선생님은 『북향』 창간호에 단편 「장」 「함지쟁이 영감」을 발표했습니다.

신예 작가 안수길 선생님은 그 이듬해, 그러니까 1936년 용정에 있던 한글 신문 간도일보間島日報 기자로 근무했습니다. 그러다가 그 이듬해 신경新京의 만몽일보滿蒙日報와 용정의 간도일보와 합병되어 만선일보滿鮮日報로 발족하자 신경으로 가서 근무했습니다. 이로써 안 선생님의 생활 무대는 신경까지 확대되죠. 신경은 오늘날의 길림성吉林省 장춘長春입니다.

그 당시 만선일보에 관여한 인물로는 주필 최남선崔南善, 편집국장 염상섭廉想涉, 사회부장 박팔양朴八陽, 학예부장 신영철申瑩澈 등이 있었고, 기자로는 안수길 선생님을 비롯하여 신서야申曙野 이석훈李石薰 김만선金万善 이갑기李甲基 손소희孫素熙 이종환李鍾桓 송지영宋志英 윤금숙尹金淑과 시인 김조규金朝奎 한글학자 전몽수田蒙秀 등이 있었죠.

그런데 1938년 일제는 조선어 교육을 전면 폐지하고 일본어 상용常用을 강요했습니다. 이것이 소위 국어 상용화 정책입니다. 여기에서 말하는 국어란, 당연히 일본어를 의미하죠. 일제는 내선일체內鮮一體를 주장했고, 우리나라가 일제의 식민지로 전락한 터라 그렇게 된 것입니다.

4. 암흑을 밝혀 준 재만(在滿) 망명 문단

일제는 1930년대 이후 우리 민족을 말살하기 위해 더욱 기승을 부렸습니다. 1938년 일제가 소위 국어 상용화 정책을 들고 나와 우리말·우리글 사용을 금지한 것은 그들의 야욕이 어떠했는가를 웅변으로 입증해 줍니다.

일제는 1940년 동아일보와 조선일보까지 강제 폐간했습니다. 이로써 국내의 경우 우리말·우리글은 사실상 숨을 거두었죠. 이때 신경의 만선일보만이 언론 매체로서는 유일하게 한글로 발행되었습니다. 그 당시 재만 문인들은 자연스럽게 망명 문단을 형성, 꾸준히 우리글로 문학 작품을 창작하여 발표했습니다.

재만 문인들은 건재했습니다. 1939년 만선일보 출판부에서 『재만조선인수필선在滿朝鮮人隨筆選』을, 1941년에는 재만조선인소설집 『싹트는 대지大地』를 발간했습니다. 1942년 제일협화구락부第一協和俱樂部 문화부에서 『만주시인집滿洲詩人集』을, 1943년 연길延吉의 예문당藝文堂에서 『재만조선인시집在滿朝鮮人詩集』을 펴냈습니다.

안수길 선생님은 1939년 봄 간장염으로 만철병원滿鐵病院에서 두 달 간

치료를 받고 퇴원한 뒤 휴가를 얻어 또다시 고향의 석왕사 등지에서 전지 요양하다가 그해 가을 만선일보로 복귀했죠. 안 선생님은 1940년 중편 「벼」와 단편 「4호실四號室」 「한여름 밤」을 만선일보에, 단편 「새벽」을 재만조선인소설집 『싹트는 대지』에 발표했습니다. 그리고 곧 용정 특파원이 되어 해방되기 2개월 전까지 만선일보 용정 분사分社를 운영하면서 꾸준히 작품을 썼습니다.

1942년 단편 「목축기牧畜記」 「원각촌圓覺村」을 발표한 안수길 선생님은 1943년 단편 「바람」을 발표한 데 이어 첫 창작집 『북원北原』을 간행했습니다. 연길의 예문당에서 간행한 이 창작집에는 안 선생님께서 등단 이후 발표한 중·단편 12편이 수록돼 있습니다.

> 『北原』이 나올 當時의 세상 형편은 個人 創作集이 到底히 만들어질 수 없는 어려운 時期였고 더구나 國內에서는 엄두조차 낼 수 없을 때였다. …(중략)… 창작집 『北原』에 실린 작품은 모두가 滿洲로 이주해 갔던 겨레의 苦鬪相을 雄大한 自然을 背景으로 하여 속속들이 파헤치고 있다. 當時의 國內 文壇은 이미 朝鮮·東亞 兩大紙가 强制廢刊되고 『文章』 『人文評論』 등의 文藝誌도 없어져 겨우 「國民文學」이라는 이름 아래 附日作品만이 命脈을 維持하던 것에 비긴다면 이것은 너무나 엄청난 對照가 아닐 수 없다.
>
> —申東漢, 「安壽吉의 文學」

그 당시 개인 창작집을 낸다는 것은 언감생심 꿈도 꾸기 어려운 실정이었습니다. 출판 사정도 말이 아니었지만, 특히 그때는 모국어가 숨을 거둔 시대였습니다. 그런 시대에 한글판 개인 창작집을 냈다는 것은 '일대 사건'이었습니다. 역설적으로 말해서, 만주가 아니었다면 그 창작집을 내지 못했을 것입니다.

안수길 선생님의 창작집 『북원』은 이 시기 국내외를 통틀어 한글판으로 간행된 유일한 개인 창작집입니다. 일제하 한국 문학이 거둔 자랑스러운 수확입니다. 그래서 더욱 의미심장한 창작집이죠. 어디 그뿐인가요. 안 선생님께서는 1944년 12월 1일부터 1945년 4월까지 만선일보에 139회에 걸쳐 첫 장편소설 「북향보北鄕譜」를 연재했죠. 제가 날짜까지 밝힌 데에는 특별한 이유가 있어요. 안 선생님의 첫 장편 「북향보」가 발표된 시기를 정확히 짚어 봐야 하기 때문입니다. 이 작품이 연재된 시기는 일제 말기 해방 직전이었죠.

> 그해 가을 나는 만선일보에 장편을 연재하기 시작했다.
>
> 「북향보(北鄕譜)」였다.
>
> 나의 첫 장편이다. 현지 작가고, 사원이었었고, 개인 창작집도 낸 작가라고 일인(日人) 국장을 사내(社內)의 문우들이 잘 구슬러 쓰도록 한 모양이었다. 원하던 일이라 1회에 10매씩 되는 원고를 충실히 써서 열차편으로 기사 원고와 함께 열심히 보냈다. …(중략)…
>
> 그 무렵의 연재 장편은 대개 150회 정도로 끝나게 되는데, 내 작품도 그 정도로 끝을 보았다. '만주에 우리의 또 하나의 고향을 만들자, 농민의 손으로…' 이것이 이 작품의 주제였다.
>
> —安壽吉, 「〈北鄕譜〉를 쓸 무렵」

한때 일부 연구자들이 1941년부터 1945년까지 약 5년 동안을 한국문학사의 '공백기' '단절기' 또는 '암흑기'라고 했어요. 1939년 2월에 창간되었던 『문장文章』이 1941년 4월 폐간되었습니다. 말썽 많던 『인문평론人文評論』마저 1941년 4월 폐간되었다가, 그해 11월 『국민문학國民文學』으로 제호를 바꾸어 아예 일문판으로 둔갑했죠. 그러므로 국내 사정만 본다면 한국 문학의 '공백기' '단절기' 또는 '암흑기'라고 말할 수도 있겠습니다.

그러나 이 시기 만주에 우리 문단, 우리 문학이 있었습니다. 국내에는 한글 신문이 없었지만, 만주에는 만선일보가 있었죠. 국내에서는 일문판 서적이 나왔지만, 만주에서는 한글판 작품집이 나왔죠. 바로 그 중심에 안수길 선생님이 계셨다고 해도 과언이 아닙니다. 훗날 재만 망명 문단의 실체가 연구되고, 그곳에서 우리 문학의 굳건한 역사가 면면히 이어지고 있었다는 사실이 입증되면서 만주에서의 한국 문학이 재조명되었습니다. 이제 일제 말기 약 5년간을 '공백기' '단절기'라고 말하는 사람은 없습니다.

사실 한국 문학의 '공백기' '단절기'라는 표현은 적절치 않습니다. 두말할 나위도 없이 일제강점기는 우리 민족사의 '암흑기'였죠. 이렇게 볼 때, 재만 문학인들의 활약은 한국문학사의 공백과 단절을 뛰어넘어 암흑을 밝혀 주는 등불이었습니다.

「북향보」를 쓰느라 무리했던 탓이었을까, 안 선생님은 그해 6월 만선일보를 사직하고 부모님이 먼저 와 계시던 고향 홍남으로 돌아와 대수술을 받았습니다. 목에 난 혹을 절제하는 대수술이었죠. 다행히 수술은 대성공이었습니다. 가까스로 목숨을 건진 안 선생님은 부친께서 경영하던 후농리厚農里 과수원에서 3년간 요양하다가 가족과 함께 해방을 맞이했어요. 안 선생님 일가가 향리를 떠나 월남한 것은 1948년 7월이었습니다.

> 해방이 되자 아버님은 어디엔가 감추어 두었던 태극기를 꺼내 펴 보이며 눈물을 글썽거렸다. 그러나 해방의 감격도 잠시, 분단이 기정사실로 굳어지자 1948년 우리 가족은 사과·복숭아·포도 등을 재배하던 1만여 평의 과수원을 버려두고 38선을 넘지 않으면 안 되었다.
>
> —장남 安柄燮의 증언

5. 신음하면서 탐구한 일생

안수길 선생님 일가는 서울 안암동에 정착했습니다. 그해, 안 선생님은 소설가 박계주朴啓周 선생의 주선으로 경향신문京鄕新聞 문화부 차장으로 입사했고, 그 이듬해에는 조사부장으로 승진했죠. 그 무렵 안 선생님은 단편 「여수旅愁」 「밀회密會」 「초련필담初戀筆談」 「상고기商賈記」 「취국翠菊」 등 주옥같은 작품을 잇따라 발표했습니다. 우리는 그때부터 안 선생님의 작품 경향이 바뀌는 것을 알 수 있습니다. 그 이전의 작품에서는 만주를 중심으로 한 부조父祖 개척민들의 강인한 삶이 주조主潮를 이루었던 반면, 해방 후 작품에서는 작가의 화두가 지식인의 양식에 기초한 고뇌와 번민으로 확산됩니다.

잘 아시다시피 1950년 6·25전쟁이 발발했고, 안 선생님 일가는 1·4후퇴 때 부산으로 피난을 떠났어요. 이때 안 선생님은 해군 정훈감실 문관으로 활동하다가 피난 수도 부산에서 용산고등학교 교사로 근무했습니다. 안 선생님은 그런 피난 생활 속에서도 창작 열정을 불태워 단편 「명암明暗」 「제비」 「쾌청快晴」 「염서위문艶書慰問」 「나루터의 탈주脫走」 「두 개의 발정發程」 「고향故鄕 바다」 「역逆의 처세철학處世哲學」 등을 발표했습니다.

1953년에는 저 유명한 단편 「제3인간형第三人間型」을 발표했고, 환도 후인 1954년에는 서라벌예술대학 문예창작학과 과장에 취임했습니다. 그해 장편 「먼 후일後日」을 대구일보大邱日報에 연재했고, 첫 창작집 『북원』 이후 제2창작집 『제3인간형』을 묶어 냈습니다. 선생님께서는 이 창작집으로 1955년 제2회 아시아자유문학상을 수상했죠. 선생님은 그해 제3창작집 『초련필담』을 간행했고, 장편 『화환花環』(「먼 후일」 改題) 『소년 수호지水湖志』를 출간했습니다.

그러나 병마는 여전히 안 선생님을 괴롭혔습니다. 1956년 장편 「유화과有花果」를 『여성계女性界』에 연재했던 선생님께서는 「가장행렬假裝行列」을 동아일보에 연재하다가 건강 악화로 중단했고, 서라벌예술대학 문예창작학과장까지 사임하였습니다. 불운했죠. 그런 병고 속에서도 안 선생님은 건강이 조금 나아진다 싶으면 곧 필봉을 들었습니다. 단편 「도청도설道聽塗說」 「배신背信」을 발표한 것도 그해였습니다.

> 신음(呻吟)하면서 탐구하는 자(者)만을 시인(是認)할 수 있다.
>
> —파스칼 「팡세」

안 선생님께서는 평소 이 명구를 좌우명처럼 여겼습니다. 선생님 서재에는 당신께서 묵필로 직접 쓰신 이 휘호 족자가 걸려 있었죠. 누가 뭐래도 안 선생님의 일생은 신음하면서 문학과 인생을 탐구하는 삶이었습니다.

1957년 성북구 종암동으로 이사한 안 선생님은 1959년 『사상계思想界』 4월호에 「북간도北間島」 제1부 600매를 발표했습니다. 이 작품은 당시 신선한 충격으로 우리 문단을 강타했죠. 그 후 안 선생님은 『사상계』에 제2부(1961), 제3부(1963)를 잇따라 발표하고, 1967년 출판사의 요청에 따라 제4부, 제5부를 전작으로 완성하였습니다. 장편소설 『북간도』는 남부여대男負女戴로 압록강 두만강 건너 만주로 이주한 우리 겨레의 피눈물 나는 생명력을 천착하고 있습니다. 이한복 일가 4대(한복→장손→창윤→정수)의 삶이 저 광활한 북간도를 무대로 장강대하처럼 펼쳐지는 웅장한 거작巨作입니다.

이 작품에 대해 문학평론가 백철白鐵 선생은 '해방 뒤 십여 년의 우리 문학사에 있어서 가장 뛰어난 작품'이라 평가했고, 최일수崔一秀 선생은 '한국 현대문학사에 기념비적인 수작'이라고 논평했죠. 다른 분들도 「북간도」에 대해 극찬을 아끼지 않았습니다. 그 이후 안 선생님의 작품 세계를 거론할 때 꼭 「북간도」가 언급되었습니다. 그런가 하면 국제펜클럽한국본부는 이 작품을 노벨문학상 후보로 추천하기도 했습니다.

저는 앞에서 안 선생님의 만주 생활을 강조했죠. 안 선생님은 첫 창작집 『북원』 이후 첫 장편소설 「북향보」를 거쳐 대작 「북간도」에 이르러 마침내 거봉巨峰을 우뚝 일으켜 세웠습니다. 이 소설들은 안 선생님이 아니면 어느 누구도 쓸 수 없는 작품이었습니다. 우리 문인들 중에서 안 선생님만큼 만주를 잘 아는 분이 없기 때문이죠. 안 선생님은 그곳에서 몸소 20년 동안 살았던 분입니다.

그 이전까지 작품의 무대로 만주를 담아낸 사람이 없었습니다. 물론 시 소설 수필 등 몇몇 작품에 만주의 편린들이 나타나긴 하지만, 그저 스쳐 지나가는 인상기 또는 피상적인 상황 묘사에 그칠 뿐입니다. 그러나 안 선생님의 작품은 만주에 직접 뛰어들어 그 땅을 개척한 우리 겨레의 삶을 본격적으로 천착함으로써 우리 문학의 지평을 대폭 확장했죠. 그뿐 아니라 만주 땅이 역사적으로 우리 겨레의 강역임을 극명하게 입증해 주었습니다.

특히 한·중 수교 전까지만 해도 중국은 닫혀 있었죠. 문득 '죽竹의 장막'이란 말이 생각나는군요. 소비에트연방을 '철鐵의 장막'이라 했고, 중국을 '죽의 장막'이라 했습니다. 어느 누구도 중국에서 일어나는 일을 알지 못했어요. 그때 안 선생님은 「북간도」를 발표하여 만주 개척민, 즉 재만 동포들의 강인한 생명력을 세상에 알렸습니다. 재미 동포, 재일 동포의 삶은 비교적 잘 알려져 있었어요. 하지만 그때만 하더라도 재만 동포에 관심을 두는 사람이 거의 없었죠. 그런 점에서 안 선생님의 만주 체험은 우리 문단의 소중한 자산이었습니다.

안 선생님의 투철한 작가 정신은 거기에서 그친 것이 아닙니다. 선생님께서는 「북간도」 이후 「통로通路」 「성천강城川江」 「동맥冬麥」을 발표했습니다. 지금까지 안 선생님의 작품 세계를 연구하는 분들이 주로 「북간도」에 초점을 맞추었죠. 「북간도」가 불후의 명작임에는 틀림없습니다. 그러나 「북간도」의 작품 세계를 제대로 파악하려면 그 이전의 「북원」 「북향보」와 그 이후의 「통로」 「성천강」 「동맥」을 정확히 꿰뚫어야 합니다. 달리 말씀드리자면 「북원」 「북향보」 「북간도」 「통로」 「성천강」 「동맥」이 동일한 연장선상에서 한 축軸을 이루고 있습니다.

6. 동북아 전체를 아우르는 웅장한 작품 세계

안수길 선생님의 문학 세계는 참으로 헤아리기 어렵습니다. 당연한 말이지만, 「북간도」는 안수길 문학의 일부일 뿐이죠. 안 선생님의 작품 세계는 그보다 훨씬 더 광활합니다. 안 선생님은 날이 갈수록 완숙한 경지에 이르면서 작품 세계를 계속 광범위하게 확대했어요. 대부분의 작가들이 조로早老했던 시대, 그래서 일찍 붓을 놓던 시대, 그러나 안 선생님께서는 노년에 이를수록 더 왕성한 폭발력을 과시했습니다.

> "처음부터 어떤 목적의식을 가지고 문학은 시작한 것이 아닙니다. 그저 문학이 좋아서 읽고 써보고 했어요. 그러니까 읽고 싶어서 읽고, 쓰고 싶어서 썼던 거예요. 이제는 떼려야 뗄 수 없는 것이 되고 말았지만 지금까지 써오는 동안 자신의 세계가 형성되었지요. 어떻게 사느냐에 대해서 그 문제를 더듬어 찾는 것이 내 작품을 뚫고 있는 맥(脈)이라고 할 수 있겠는데 바꾸어 말하면 나에게 있어서 작품이란 곧 어떻게 사느냐를 탐구하는 도정이 되겠지요."
>
> —安壽吉, 「나의 인생 나의 문학」(『月刊文學』 1976. 5월호 인터뷰)

어떻게 사느냐…. 그것은 안수길 문학의 일관된 화두였습니다. 안 선생님께서는 한 시대의 작가로서 이 문제를 끊임없이 고뇌했습니다. 안수길 선생님의 이미지는 '학鶴'이었습니다. 남녀노소 가릴 것 없이 그 어른을 그렇게 표현했습니다.

참 깨끗하셨죠. 인품이 고매했습니다. 정직했습니다. 탐욕이 없었습니다. 말씀 한마디 허투루 하시는 법이 없었습니다. 매사에 자상하시고 몸가짐이 반듯했습니다. 흐트러짐이 없었죠. 비록 가난했지만, 결코 궁색하지 않았습니다. 문인 중의 문인, 선비 중 선비, 양반 중의 양반이었죠. 항상 넉넉한 웃음을 잃지 않으셨습니다. 다른 사람들을 당신의 살점같이 아끼고 사랑하여 지인과 후학들로부터 존경을 받았습니다.

그렇다고 불의와 타협하면서 어물어물 넘어간 것은 아닙니다. 길이 아니면 가지를 않았습니다. 불의 앞에서는 단호했습니다. 생활에는 청빈했고, 작품에는 엄격했습니다. 그러한 인품이 작품 속에 그대로 배어나옵니다. 선생님의 작품은 중후합니다. 주제가 진지하고 강건합니다. 문장에 군더더기가 없습니다. 탐미네 뭐네 하면서 달착지근한 미사여구로 맥질한 값싼 소설들과는 차원이 다릅니다. 그런 점에서 안 선생님의 작품들은 산문정신의 정수精髓라고 말할 수 있습니다.

분단 이후 대부분의 남한 출신 작가들이 쓴 소설은 당연히 남한을 무대로 설정하고 있습니다. 그 반면, 안 선생님께서는 남한뿐만 아니라, 고향인 관북 지방은 물론 특유의 간도 체험에다 일본 체험까지를 총체적으로 아우르면서 숱한 소설을 썼지요. 안 선생님은 이렇듯 동북아 전체를 자유자재로 넘나들었습니다. 안수길 문학의 무대를 유심히 살펴보는 것도 무척 흥미로운 일이죠. 무대가 무변광대하기 때문에 소설의 서사 구조도 웅장합니다.

안 선생님께서는 1954년 대구일보에 연재했던 「먼 후일」을 필두로 「가장행렬」 「제2의 청춘靑春」 「사루비아 핀 정원庭園」 「부교浮橋」 「감정색

채感情色彩」「생각하는 갈대」「백야白夜」「자라는 전나무」「내일은 풍우風雨」「연부戀賦」「창을 남南으로」「구름의 다리들」「귀심歸心」「인간운하人間運河」 등 신문 소설에서도 독보적인 위치를 차지했죠. 어디 그뿐인가요. 선생님께서는 1962년 민국일보民國日報에 연재한 장편소설 「유성流星」을 시작으로, 「황진이黃眞伊」「을지문덕乙支文德」「이화梨花에 월백月白하고」 등 역사 소설도 많이 썼습니다.

그런데도 지난 세월 우리 문단은 안 선생님의 작품을 평가하는 데 인색했습니다. 문단 사회가 동시대의 다른 작가들에게 휘황찬란한 집중 조명을 투사했던 반면, 안 선생님의 작품 세계에는 별로 관심을 기울이지 않았죠. 물론 「북간도」에 대해서는 많은 사람들이 높이 평가했지만, 그밖의 다른 작품에 대해서는 별로 언급하지 않았습니다. 이는 형평의 원칙에도 크게 어긋나는 일이 아닐 수 없죠. 그런 점에서 다른 작가들이 문학적 성과 그 이상의 평가를 받았던 데 비해 안 선생님의 경우 그만큼 상대적 불이익을 봤다고 말할 수 있습니다.

왜 그랬을까요. 남한 출신의 다른 작가들은 똘똘 뭉쳐 기득권을 누리는 가운데 대학 강단에서 제자들을 많이 양성했습니다. 그 제자들은 앞다투어 스승의 문학에 요란뻑적지근한 박수갈채를 보냈죠. 그러나 북한에서 월남한 안 선생님에게는 추임새를 넣어 줄 고수鼓手조차 없었습니다. 남한에 특별한 연고도 없었을 뿐더러, 한때 대학 강단에 서긴 했지만 그건 잠시뿐이었고, 평생 전업 작가로 살았던 터라 제자도 별반 양성하지 못했습니다. 이런 여러 가지 사정과 악조건이 맞물려 안 선생님은 살아생전 문학적 업적에 값할 만한 조명을 받지 못했던 것이 사실입니다.

「북간도」「성천강」 두 대작을 쓰시고는 '내 문학을 누가 알아 주겠는가'고 푸념을 하시고, '그래도 써야지' 하시며 롱펠로우의 시구를 애송하셨습니다.

—金現淑,「이 작가를 말한다」

부인 김현숙 여사님의 증언입니다. 안수길 선생님께서 얼마나 힘들고 고독했으면 이렇게 자탄하셨겠습니까. 안 선생님께서는 병마 이외에 가난과도 싸워야 했죠. 지금도 그렇지만 전업 작가의 삶이란 고달플 수밖에 없었습니다. 다른 장르와 달리 소설 창작은 중노동입니다. 하지만 노력에 비해 그 대가는 형편없죠. 이것이 우리의 현실입니다.

안 선생님께서는 그야말로 지긋지긋한 병마와 모진 가난과 남모르는 고독을 부여안은 채 '신음하면서' 엄청난 작품을 썼죠. 안 선생님은 "펜촉을 통해 내 피가 흘러나간다"고 되뇌면서 한평생 소설과 정면 대결을 벌였습니다. 참고로 안 선생님 당신께서 몸소 번역하여 애송했던 롱펠로우의 시「화살과 노래」를 살펴보겠습니다.

> 활을 쏘았네, 허공을 향해 / 화살은 땅에 떨어졌네, 그곳이 어디인지 모르네 / 너무 빨라 화살이 가는 곳을 볼 수 없었네 / 노래를 불렀네, 허공을 향해 / 노래는 땅에 떨어졌네 / 빠른 노래의 향방을 / 좇을 시력이 없었네 / 길고 긴 세월이 흐른 뒤 / 화살은 떡갈나무에 꽂혀 있었네 / 부러지지 않고 / 노래도 고스란히 / 친구의 심장 속에 살아 있음을 발견했네.
>
> —롱펠로우「화살과 노래」전문

안 선생님께서는『현대문학現代文學』에 장편소설「동맥」을, 경향신문에「이화에 월백하고」를 연재하던 중 1977년 봄 별로 대수롭지 않은 감기 증상이 나타나 가벼운 마음으로 입원했습니다. 종암동 자택을 나설 때 안 선생님은 원고지와 만년필과 잉크를 가지고 가셨죠. 그런데 웬걸 병세가 돌연 급전직하로 악화돼 안 선생님은 영영 우리 곁을 떠나셨습니다. 4월 18일 오전 7시, 향년 67세였습니다.

종암동 안 선생님 자택에 빈소가 마련되었고, 장례는 4월 20일 종로구 동숭동 한국문화예술진흥원(한국문화예술위원회의 전신) 광장에서 문인장으로 엄수되었습니다. 이날 영결식에는 수많은 문인들이 운집하여 고인의 마지막 가는 길을 애도했습니다. 선생님은 경기도 남양주시 화도면 월산리 모란공원 유택幽宅에 영면하셨습니다.

> 작가 安壽吉씨가 生死의 갈림길을 헤매던 지난 11일 밤 순천향병원 중환자실.
>
> 安씨는 혼수 상태 속에서 무어라 알아들을 수 없이 안타깝게 입을 움직이며 오른손을 자꾸만 휘저었다.
>
> 미망인 金現淑 여사가 병상으로 달려가 손을 붙잡고 "왜 그러세요"라고 물었다.
>
> "내게 「梨花에 月白하고」의 자료와 원고지를 갖다 주오"
>
> 安씨는 혼신의 힘을 다해 가까스로 이 말을 하고는 의식을 잃었다. 그리고 安씨는 끝내 건강을 회복하지 못하고 유명을 달리했다.
>
> ―경향신문, 1977년 4월 20일자

이 기사가 보도된 경향신문 4월 20일자에 연재소설 「이화에 월백하고」 제629회가 마지막으로 게재되었습니다. 그날은 마침 안 선생님의 영결식이 있던 날이었죠. 문학을 천직으로 삼아 마지막 순간까지 붓을 놓지 않았던 안수길 선생님. 그런 점에서 안 선생님이야말로 문학적 순직자라고 말할 수 있습니다.

7. 후세로 이어지는 진귀한 문학 유산

저 60년대와 70년대에는 출판계가 꽤 호황을 누렸습니다. 문학 작품을 찾는 독자도 많았어요. 그때 여러 현역 시인 소설가 수필가들이 앞서거니 뒤서거니 전집을 간행했죠. 안수길 선생님보다 훨씬 젊은 후배들도 속속 전집을 출간하는 현실에 비추어 안 선생님은 전집을 내지 못했습니다.

안 선생님께서는 전집 간행을 고대하셨습니다. 그러나 선생님은 살아생전 그 뜻을 이루지 못했죠. 그래서 결국 '전집'은 안 선생님을 지극정성으로 내조하셨던 김현숙 여사님의 철천지한으로 남아 있었습니다. 그러나 사모님 역시 그 뜻을 이루지 못한 채 1996년 11월 27일 유명을 달리하셨죠. 결국 전집 간행은 여한으로 남아 3남 2녀 유족에게로 대물림되었습니다.

세월은 어느 누구에게도 비켜가지 않습니다. 몇 해 전 안 선생님의 장남 안병섭 교수가 타계했습니다. 다른 분들도 어언 노년에 접어들었죠. 그러는 사이 지난해 안 선생님 탄생 100주년을 맞이하였고, 이제는 더 이상 늦출 수 없는 상황에 이르러 유족이 천추에 사무칠 여한을 풀었습니다. 대망의 전집을 간행한 겁니다. 그리고 알찬 출판기념회까지 열었습니다.

『안수길전집』은 총 16권입니다. 제1권 단편집(「북원」「제3인간형」「초련필담」 외), 제2권 중·단편집(「풍차」「망명시인」 외), 제3권「북향보」「화환」, 제4권「유화과」「가장행렬」「제2의 청춘」「사루비아 핀 정원」「이토지역」「자라는 전나무」, 제5권「북간도」, 제6권「부교」「감정색채」, 제7권「생각하는 갈대」「산을 바라보는 사람들」, 제8권「유성」「통로」, 제9권「백야」「초가삼간」, 제10권「내일은 풍우」「구름의 다리들」, 제11권「연부」「창을 남으로」, 제12권「인간운하」「귀심」「오동나무 있는 마을」, 제13권「성천강」, 제14권「황진이」「을지문덕」, 제15권「이화에 월백하고」

「동맥」, 제16권 수필집(「명아주 한 포기」 「북간도에 부는 바람」)으로 구성돼 있습니다. 마침내 이처럼 거대한 전집이 나옴으로써 안 선생님 내외분, 장남 안병섭 교수가 저승에서나마 흡족해 하시며 영원한 안식을 누릴 수 있을 것 같습니다.

안수길 선생님의 작품이 총망라된 이 전집에는 중·단편 89편, 장편 28편, 수필 91편이 실려 있습니다. 국판 양장본, 가로쓰기로 편집한 이 전집의 지면은 최소 532쪽에서 최대 1,172쪽에 이릅니다. 16권 전체의 분량은 총 1만 2천 864쪽으로 권당 평균 면수는 804쪽입니다. 과거에 나온 전집 형태로 환산하면 30권이 훨씬 넘는 방대한 분량입니다. 생각해 보십시오. 병약한 몸으로 이 많은 작품을 썼다는 사실이 사뭇 놀랍지 않습니까.

그동안 「북간도」 「통로」 「제3인간형」 등이 외국어로 번역되었습니다. 안수길 문학을 연구하여 학사·석사·박사학위를 받은 분들도 한둘이 아닙니다. 하지만 안 선생님의 경우 아직까지도 문학적 성과에 비해 제대로 된 평가가 턱없이 빈약한 실정이죠. 편집위원 일동이 작성한 『안수길전집』의 간행사 중 그 일부를 옮겨 보면 다음과 같습니다.

> 안수길 선생은 간도 체험을 소설로 형상화하여 한국문학사에 굳건한 위치를 점하고 있는 작가이다. 특히 1950년대 후반 『사상계』에 연재될 당시부터 주목을 끌었던 「북간도」는 작가의 구체적 경험을 바탕으로 우리 사회에서 그 동안 망각되었던 간도 이주민들의 삶과 문화를 생동감 있는 모습으로 복원하였다. 해방 전에 발표된 「북향보」부터 「북간도」 「통로」 「성천강」 등을 거쳐 영면 직전까지 집필하였던 마지막 장편 「동맥」에 이르기까지 장편소설이라는 형식을 통해 간도의 삶을 총체적으로 형상화하려는 기획은 선생의 일생에 걸친 과업이었다.
>
> 그러나 안수길 선생의 작품을 '간도문학'으로 한정하는 것은 옳지 않다. 선생은 스물여덟 편의 장편과 일곱 권으로 묶을 수 있을 정도의 중·

단편소설을 발표한 다작의 작가였다. 특히 해방 후 남한에 정착하여 당대의 삶과 일상을 세심한 필치로 묘사한 장편들은 선생의 빼놓을 수 없는 업적이다. 전후와 분단 사회를 살아가는 다양한 군상들을 특유의 세심한 심리묘사를 통해 형상화한 장편들은 당시 한국 사회의 심층을 관통하는 교양과 문화를 이해할 수 있는 중요한 문학 유산이다.

—강진호 김준현 이광복 이남호 채호석 일동

안수길 선생님의 작품 총량은 참으로 방대합니다. 그중에는 간도 체험 이외의 작품이 훨씬 더 많죠. 따라서 안 선생님의 작품 세계를 '간도문학'으로 한정하는 것은 옳지 않습니다. 그건 나무만 보고 숲을 보지 못하는 것과 다를 바 없습니다. 안수길 문학을 제대로 이해하려면 간도를 무대로 한 작품 이외의 다른 대작들까지 총체적으로 주목해야 합니다.

그렇습니다. 안 선생님께서는 살아생전 열심히 활을 쏘았습니다. 화살이 너무 빨라 가는 곳을 볼 수 없었습니다. 안 선생님은 노래를 불렀습니다. 노래의 향방을 알 수가 없었습니다. 선생님께서 세상을 떠난 지도 어언 35년. 선생님의 화살과 노래는 방대한 전집으로 묶여 우리에게 다가왔습니다.

이 『안수길전집』은 분명 한국문학사에 길이 빛날 금자탑입니다. 대작가 안수길 선생님께서 이룩한 진귀한 문학 유산입니다. 이제 이 전집에 담긴 작품 세계가 후세까지 이어지면서 안수길 문학이 보다 더 활발하게 연구될 것으로 확신합니다. 감사합니다. (한국문인협회 제34회 작품토론회. 대한민국예술인센터 세미나실. 2012. 4. 27. 『月刊文學』 2012. 6월호. 한국문인협회 편 『그리운 작가 영원한 명작·2』. 월간문학출판부. 2013)

경건한 담론
—안수길安壽吉의 수필 세계

1.

외국의 경우 통칭 작가라고 하면 시 소설 희곡 수필 등 여러 분야의 문학 작품 창작에 종사하는 사람들을 일컫는다. 우리나라 작가들 중에도 간혹 여러 분야의 문학 작품을 쓰는 사례가 있다. 하지만 우리나라의 경우 대개는 여러 분야에 손대는 것이 아니라 각기 자기가 전공한 장르의 작품을 집중적으로 발표한다. 이것도 한국 문단의 특징이라면 특징일 수 있다.

특히 등단할 때 어느 장르의 관문을 통과했느냐에 따라 그 작가의 앞길이 정해지게 마련이다. 예컨대 시로 등단한 문인은 시를, 소설로 등단한 문인은 소설을, 희곡으로 등단한 문인은 희곡을, 수필로 등단한 문인은 수필을 쓰면서 평생 자기 분야의 길을 간다. 말하자면 우리나라 문인들의 경우 대체로 창작 활동 분야가 전문화·분업화·세분화되어 있는 셈이다.

이렇게 볼 때, 남석南石 안수길 선생을 수필가라고 말할 사람은 없다. 흔히 수필가라면 수필을 전문으로 쓰는 문인을 뜻한다. 물론 수필이 수필가만의 전유물이 아닌 이상 수필가가 아니라도 수필을 쓸 수 있지만, 우리 문단에는 수필만을 전문으로 쓰는 수필가들이 적지 않다. 이러한 현실에 비추어 안수길 선생을 일컬어 수필가라고 말할 수는 없다.

선생은 일찍이 소설 부문으로 등단한 이래 끊임없이 소설을 써냈고, 당대 최고의 소설가로서 우리 문학사에 찬란한 금자탑을 쌓았다. 따라서 선생이야말로 수필가가 아닌, 누가 뭐래도 움직일 수 없는 소설가인 것이다.

특히 선생은 이 나라 소설 문단의 거봉이었다. 오직 '붓 한 자루'에 인생을 걸고, 소설 창작을 천직으로 삼아 주옥같은 작품을 줄기차게 써낸 안수길 선생. 아마 선생만큼 많은, 그러면서도 질적으로 결코 뒤처지지 않는 문제작을 써낸 소설가도 흔치 않을 것이다.

통상 작품의 분량이 많으면, 즉 다작이면 본의든 본의가 아니든 그 수준이 저하되는 현상을 발견할 수 있다. 그렇다고 작품 수가 적을수록 반드시 문학적으로 뛰어나다는 말은 아니다. 당연한 말이지만 작품의 질적 수준을 다작이냐, 과작이냐로 단순 평가할 수는 없다. 그런 점에서 양과 질은 별개의 개념이라고 말할 수 있다. 달리 말하자면 작품의 분량, 그리고 작품의 질적 수준이 상호 비례하는 것은 아니다. 작가들의 성향을 분류해 본다면 대략 몇 가지 유형을 꼽을 수 있다.

작가A : 작품의 분량이 많고 내용도 높이 평가된다.

작가B : 많은 작품 중에 더러 평가할 만한 문제작이 있다.

작가C : 작품의 분량은 많지만 성공작이 드물다.

작가D : 작품의 분량이 적지만 그 질적 수준이 높다.

작가E : 작품의 분량도 적고 수준도 그저 그렇다.

안수길 선생의 경우 작품의 분량이 많고, 그 수준 또한 문학사적으로 높이 평가받고 있다. 그런 점에서 선생이야말로 질량 양면에서 두루 성공한 대표적 작가라고 말할 수 있다. 특히 우리 소설문학사에서 선생의 위상은 가위 독보적이다. 소설이 궁극적으로 서사 문학인 점을 감안한다면, 장강대하처럼 전개되는 선생의 통 큰 작품이야말로 소설 문학의 전범典範이라고 말할 수 있다.

예나 지금이나 작가에게는 각자 저마다의 독특한 목소리가 있다. 안수길 선생은 살아생전 늘 산문정신을 강조했다. 이를 뒷받침이라도 하듯 선생의 소설 작품에서는 얄팍한 기교, 현란한 탐미, 알쏭달쏭한 심리 묘사, 간질간질하면서도 달착지근한 언어의 유희와 희롱 같은 것을 찾아보기 어렵다.

그 대신 그분의 소설 작품에는 너절한 군더더기가 전혀 없고, 깔끔하게 다듬어진 정갈한 언어와 굵직한 문장이 주류를 이룬다. 이는 바로 선생이 평소에 강조하던 산문정신의 발현이며 선생 특유의 목소리라고 말할 수 있다.

안수길 선생의 수필 역시 예외가 아니다. 그분의 수필은 바로 소설에서의 산문정신과 맞닿아 있다. 그만큼 문장의 선이 굵다. 비록 짤막한 글이라도 주제를 담아내는 깊이와 넓이를 헤아리기 어렵다. 오늘날 대부분의 수필들이 신변잡기 수준에서 겉도는 현실에 비추어 선생의 수필은 그 이상의 의미를 갖는다.

안수길 선생의 수필에는 대작가 안수길 특유의 사상과 철학이 농축돼 있다. 예컨대 신변에서 취한 소재라 할지라도 그의 수필에는 최소한 넋두리, 엄살, 잡담, 한담, 농담 따위 같은 것을 찾아볼 수 없다. 오직 진지하면서도 경건한 담론이 있다.

2.

언제부턴가 우리 문단에서는 '전업 작가'라는 말을 쓰고 있다. 전업 작가란 직장과 사업 등 별도의 생계 수단을 갖지 않은 채 오로지 창작에만 전념하는 작가를 뜻한다. 이런 작가는 당연히 불규칙한 원고료와 인세印稅만으로 살아갈 수밖에 없다. 그러니까 전업 작가에게는 원고료와 인세가 거의 유일한 수입원인 셈이다. 따라서 그 생활이란 항상 불안정하게 마련이다.

안수길 선생은 한국 문단의 대표적 전업 작가 제1호라고 해도 과언이 아니다. 동시대의 다른 작가들이 교수, 교사로 재직하거나 출판업 등에 종사한 반면, 선생은 월남 후 6·25전쟁 직전까지 경향신문사, 피난 수도 부산의 용산고등학교, 환도 후 잠시 서라벌예술대학에 근무하면서 이화여대에 출강한 것을 제외하곤 줄곧 '붓 한 자루'에 의지하여 가정을 이끌었다.

'붓 한 자루'란 바로 안수길 선생이 즐겨 쓰던 표현이었다. 물론 붓으로 글을 쓰는 시대가 아닌, 만년필로 글 쓰는 시대였으므로 선생이 말하던 '붓'이란 필기구를 일컫는 상징적 표현이었다. 실지로 그분은 오직 한평생 만년필 한 자루에 인생을 걸고 살았다. 그런 점에서 안수길 선생이야말로 전업 작가 제1호라고 말할 수 있는 것이다.

생활이 불안정했다. 원고료와 인세 이외에는 다른 수입이 없었다. 직장인들이 누리는 상여금이며 퇴직금 따위는 언감생심 생각할 수조차 없었다. 애오라지 원고를 써서 원고료만으로 생계를 이어가야 했다. 하지만 그 원고료라는 것이 얼마 되지 않았다. 따라서 그는 항상 경제적으로 빠듯하게 쪼들릴 수밖에 없었다. 그런데도 선생은 언제 어디에서든 전혀 궁색한 티를 내지 않으면서 소설 창작에 몰입했다.

안수길 선생이 남긴 소설 작품 전량을 보면 그분이 얼마나 창작에 주력했던가를 쉽게 알 수 있다. 쉴 때 쉬고, 쓸 때 쓰면서 적당히 창작 활동을 했다면 이 엄청난 분량의 소설 작품을 써 내지 못했을 것이다.

안수길 선생은 이처럼 어마어마한 소설 작품을 집필하면서 틈틈이 수필도 발표했다. 그분의 수필 집필은 대부분 신문이나 잡지의 청탁에 의한 것이었다. 수필가가 수필 창작에 주력하는 데 반해 선생은 소설 창작에 역점을 두면서 이래저래 꽤 많은 수필을 세상에 내놓았다.

안수길 선생은 언젠가 수필 창작에 관해 언급한 적이 있다. 신문이나 잡지에서 수필 청탁이 오면 일단 거절할 수가 없지만, 수필은 수필대로 그 묘미가 있다는 것이었다. 주로 호흡 긴 장편소설을 쓰는 소설가 입장에서 본다면 수필을 쓰는 데 잠깐 망설여질 수 있다. 소설과 수필은 그 특성이 다르기 때문이다.

소설을 잘 쓰는 작가의 경우 수필도 잘 쓸 것 같으나 반드시 그렇지만은 않다. 소설과 수필은 다 같이 산문이라는 공통점이 있지만, 그럼에도 불구하고 소설에는 소설적 구성과 기법이 있고, 수필에는 당연히 수필로서의 전개 방식이 있다. 그러므로 소설가 중에는 수필 쓰기를 머뭇거리는 사람도 적지 않은 것이다.

소설이 궁극적으로 허구의 서사 구조인 데 반하여 수필은 사실에서 소재를 취한 관조觀照의 문학이다. 관조란 마음으로 보는 것을 의미한다. 수필가가 아니라 해도 우리는 눈만 떴다 하면 어떤 사물이든 바라볼 수 있다. 하지만 한 편의 수필을 써내기 위해서는 그 어떤 사물이든 눈이 아닌 마음으로 바라볼 수 있는 자세가 갖추어져야 한다. 여기에 수필 창작의 어려움이 있고, 생래적으로 서사 구조 구성에 익숙해진 소설가에게는 이 점이 큰 부담으로 다가오는 것이다.

그러나 안수길 선생은 오래 기억할 만한 좋은 수필을 적잖이 발표했다. 수필가가 아니면서도 이런 수필들을 썼다는 사실이 놀랍다. 달리 말하자면 안수길 선생은 내면에 쌓아 두었던 인생에 대한 깊은 성찰을 이러한 수필로 엮어 냈다고 볼 수 있다. 그런 점에서 안수길 선생의 수필은 그분의 삶을 엿볼 수 있는 편린片鱗이라고 말할 수 있을 것이다.

많은 사람들이 증언하고 있다시피 안수길 선생은 살아생전 많은 사람들로부터 '학鶴'이라는 칭송을 받았다. 필자가 생각하기에도 그보다 더 잘 어울리는 표현은 없다. 그만큼 선생은 한평생 고고하게 살았다.

천생연분이어서 그랬을까, 그의 부인 김현숙 여사 역시 마찬가지였다. 일찍이 당대 최고의 명문가에서 출생하여 평양 정의고녀를 졸업한 김 여사는 가난을 숙명으로 받아들이며 소설가인 부군을 지성으로 내조하는 가운데 슬하의 3남 2녀를 잘 뒷바라지했다. 그리하여 안수길 선생과 김현숙 여사 사이의 3남 2녀는 모두 최고학부를 나와 훗날 크게 성공했다. 진흙 속에서도 연꽃이 피어나듯 안수길 선생과 김현숙 여사는 청빈 속에서도 이처럼 훌륭한 일을 해냈다.

예로부터 글을 보면 그 사람을 알 수 있다고 했다. 사실 이 말은 명언 중의 명언이요 진리 중의 진리가 아닐 수 없다. 글을 읽어 보면 그 글을 쓴 이의 은밀한 내면세계까지 들여다보이기 때문이다. 특히 안수길 선생의 글, 그중에서도 수필을 읽다 보면 그분이 평소 무슨 생각을 하며 어떻게 살아왔고, 인생과 문학에 대해 얼마나 진지하게 고민했는가를 능히 이해할 수 있다.

3.

안수길 선생은 생전에 수필집을 낸 적이 없다. 사후死後에야 두 권의 수필집이 나왔다. 『명아주 한 포기』(1977)와 『북간도에 부는 바람』(1987)이 그것이다.

여기에 수록된 수필들은 방대한 소설 작품에 묻혀 자칫 일실될 수도 있었다. 그러나 이렇듯 단행본으로 묶여짐으로써 일단 그 위기를 모면한 셈이 되었다. 이 두 권의 단행본에 수록된 수필들은 여러 측면에서 깊은 의미가 있다.

무엇보다도 이들 수필 작품에는 안수길 선생의 삶과 문학 세계를 이해할 수 있는 결정적 단서들이 있다. 선생은 평생 어떻게 살아야 하느냐, 하는 문제를 화두로 잡고 문학 외길을 천착했다. 선생은 바로 일련의 수필들을 통해서 그런 내면세계를 솔직담백하게 진술하고 있는 것이다.

『명아주 한 포기』에는 한때 중학교 국어 교과서에 실렸던 「일하는 행복」을 비롯하여 총 70여 편의 수필 작품이 수록돼 있다. 「신음하며 탐구하는 자세」는 파스칼의 『팡세』에 나오는, 즉 '…신음하면서 더듬어 찾는 사람만을 시인是認할 수 있다'는 명구名句와 당신의 좌우명을 연계시킨 작품이다.

「자유自由에로의 길」은 안수길 선생 일가가 고향인 함경북도 함흥을 떠나 38선을 넘어 월남하기까지의 과정을 담은 작품이고, 「망향기望鄕記」는 월남 이후 고향을 그리워하며 쓴 글이다. 특히 선생은 어린 시절에 고향을 떠나 북간도에서 청소년기를 보냈고, 해방 직전 고향으로 돌아와 요양하던 중 월남을 결행했다. 고향에 대한 그리움, 제2의 고향이라 할 만주에 대한 그리움이 절절이 묻어나는 작품이다.

더욱이 「망향기」 후반부에는 재만在滿 동포들에 대한 애틋한 연민을 담아 내면서 관계 당국의 관심과 대책을 촉구하고 있다. 한·중 수교 이후 지금이야 어느 누구라도 중국을 자유로이 내왕할 수 있지만, 안수길 선생이 이 작품을 써서 발표할 때만 하더라도 북간도, 즉 연변 일대는 '죽의 장막'에 갇혀 있던 금단의 땅이었다.

표제작 「명아주 한 포기」는 안수길 선생이 타계할 때까지 거주했던 서울 성북구 종암동 단독주택의 풍경을 시사해 주는 작품으로, 서재의 창 밖 뒷집 축대 블록 벽에 매달린 명아주의 강인한 생명력을 상찬하고 있다. 뒷집 축대 공사로 말미암아 남창南窓으로 들어오던 햇빛을 송두리째 빼앗겨 버렸으면서도 안수길 선생은 그곳에 아슬아슬 뿌리를 내리고 뻗어 나온 명아주 한 포기를 통해 대자연의 생명력을 예찬하고 있는 것이다.

「박사님」 「떡국과 국떡」 「아폴로14와 허생許生」 등은 일상의 단면들을 소재로 쓴 작품이다. 안수길 선생은 이들 수필 작품을 통해 삶의 소중함을 일깨워 주고 있다. 청년 시절에 큰 병을 앓았고, 장기간 요양 끝에 극적으로 소생한 선생은 한평생 병약한 몸으로 살아야 했다. 그러므로 그분은 어느 누구보다도 생명의 소중함을 깊이 인식하고 있었다. 선생의 수필에서 생명에 대한 외경심이 뭉클뭉클 묻어나는 까닭인즉 결코 우연이 아닌 것이다.

「쑥스러운 회고」 「나의 처녀작 시절」 「내가 창조한 여인상」 「창작 여담」 「파지를 많이 내야」 등은 소설가로서 작품 창작에 얽힌, 즉 작품을 탄생시키기까지의 이런저런 산고産苦와 비화들을 담아낸 수필이다. 특히 「나의 처녀작 시절」은 안수길 선생이 1935년 『조선문단朝鮮文壇』을 통해 데뷔할 때의 일화, 일제의 한글 말살 정책 이후 만주에서 모국어로 작품을 써낸 생생한 증언이 담겨 있다.

잘 알려진 바와 같이 일제는 1938년 소위 '조선교육령 개정령'이라는 것을 앞세워 학교 교육 과정에서 '조선어' 과목을 아예 없애버렸고, 1940년에는 '조선인 씨명에 관한 건'을 공포함으로써 전통적인 가족 제도를 파괴하고 우리 민족의 성씨까지 일본식으로 개명토록 강요했다.

이와 함께 일제는 우리말로 발행되던 모든 매체를 탄압했다. 1940년에는 동아일보와 조선일보까지 폐간 조치했다. 이로써 우리말·우리글은 사실상 이 땅에서 숨을 거두었다. 이러한 현실 속에서 우리말·우리글로 문학을 한다는 것은 불가능했고, 따라서 1940년부터 1945년 일제가 패망할 때까지 우리 한국 문학은 암흑기를 맞이했다.

이때 우리글로 문학을 하던 사람들이 있었다. 만주에서 활약하던 문인들이었다. 안수길 선생은 신경新京에서 발행되던 만선일보滿鮮日報와 현지 문인들에 의한 단행본에 여러 편의 소설을 발표하였다. 특히 선생은 1943년 4월 첫 개인 창작집 『북원北原』을 출간했다. 이 창작집에는 그분의 초기 작품 12편이 수록되었다. 우리말·우리글이 일제의 탄압으로 질식하고 일본말·일본글이 세상을 뒤덮고 있던 그때 이런 개인 창작집이 나왔다는 것은 참으로 경탄할 만한 일이었다.

과거 1940년부터 1945년까지를 한국문학사의 암흑기·공백기 또는 단절기라고 말하는 사람들이 있었다. 하지만 일제의 탄압이 극에 달했던 그 시기 모국어로 열심히 작품을 써낸 재만 문학인이 있음으로 해서 한국문학사가 공백과 단절을 뛰어넘을 수 있었다. 바로 그 시기에 안수길 선생은 저 소중한 개인 창작집을 상재했다. 훗날 많은 연구자들이 재만 문학인들의 작품 발굴을 통해 한국문학사의 공백과 단절을 복원할 수 있었던 것은 큰 다행이라 하겠다.

그런 점에서 수필 「나의 처녀작 시절」은 일제 암흑기 재만 문학인들의 활약을 엿볼 수 있는 아주 중요한 단서가 아닐 수 없다. 특히 안수길 선생의 수필은 한국문학사 연구 자료로서도 큰 가치를 지닌다고 하겠다.

「간도서 뵌 채만식 선생」「횡보橫步 선생」「양극의 조화」「박계주 형을 조弔함」 등은 동시대 문인들과 문단 안팎의 이야기 등을 그 소재로 하고 있다. 안수길 선생은 본래 꼿꼿한 지사적 풍모를 지니고 있었다. 어떤 경우에라도 불의와 타협하지 않고 지조를 지켰던 대작가. 이른바 문단 정치니 뭐니 해서 감투 아닌 감투를 쓰기 위해 선후배 문인들이 무리를 이루어 몰려다닐 때에도 안수길 선생은 항상 초연했다. 선생이야말로 선비 중의 선비, 양반 중의 양반이었다. 여기 수록된 수필의 행간에서 우리는 한평생 고결하게 살았던 선생의 편모를 읽어낼 수 있는 것이다.

「단순한 진실」「추천 제도에 대하여」「은어의 교훈」「나를 변화시킨 한 권의 책」「문학과 인생」「문학 산책」 등은 문학적 단상을 표현한 수필들이다. 일부 문인들 중에는 항용 이런 종류의 글을 쓸 때 은연중 자신의 작품을 선전 또는 과대 포장하는 경우가 있으나 안수길 선생은 오히려 담담한 필치로 당신의 내면을 드러내 보이고 있다.

4.

두 번째 수필집 『북간도에 부는 바람』은 20여 편의 수필에다 '명작순례'를 덧붙인 것이 특징이다. 이 수필집은 첫 번째 수필집 『명아주 한 포기』 이후 꼭 10년 만에 간행되었다. 전반부에 수록된 20여 편의 수필은 이미 절판된 『명아주 한 포기』에서 발췌하여 재수록하였고, 후반부에다 '명작순례'를 추가했다. 이 '명작순례'에는 「안나 까레니나/레프 톨스토이」「동 키호테/미규엘 드 세르반테스」「보바리 부인(夫人)/귀스타프 플로베르」「카라마조프의 형제(兄弟)/피요돌 도스토예프스키」「율리시즈/제임스 조이스」「25시(時)/C.V. 게오르규」「페스트/알베르 카뮈」「무기武器

여 잘 있거라·노인老人과 바다/어네스트 헤밍웨이」「아들과 연인戀人들/D.H. 로렌스」)「마魔의 산山/토마스 만」「잃어버린 시간時間을 찾아서/마르셀 프루스트」「분노憤怒의 포도/존 스타인벡」 등이 실려 있다. 이 글들은 문자 그대로 세계 명작을 소개하고 감상하는 데 중점을 두고 있다. 이 '명작순례'의 머리말 일부를 옮겨 보면 다음과 같다.

> 좋은 영화를 많이 보면 자연히 눈이 높아져서 나쁜 것은 재미가 없고 좋은 영화의 좋은 점이 점점 더 알려져서 감명이 많아지는 것입니다.
>
> 이와 마찬가지로 소설도 역시 좋은 작품을 많이 읽음으로써 소설 읽는 안목이 높아지는 것이요, 따라서 거기에서 얻는 감명이 우리 정신의 양분이 되는 것입니다.
>
> 이렇게 좋은 작품의 좋은 점을 발견하여 그것을 좋게 느끼고 즐기며 나아가서는 마음의 양식을 잡는 것을 예술품의 감상이라고 하는 것입니다.
>
> 소설의 감상도 마찬가지입니다.
>
> (중략)
>
> 이번 이 명작 순례에서 나는 힘든 이론을 써서 여러분에게 소설 작법을 공식적으로 전수해 드리자는 것이 목적이 아닙니다.
>
> 여러분 대신으로 필자가 명작을 읽고 작자와 함께 그 줄거리를 소개해 드리고 명작인 까닭을 해설해 드리려는 것입니다.

따라서 이 명작 순례는 보편적 개념의 수필이라기보다 명작을 해설한 글이다. 굳이 말하자면 명작을 심도 있게 분석한 글로서 문학 작품 애독자들에게 친절한 가이드 역할을 해주고 있다.

아무튼 우리는 두 권의 수필집을 통해 안수길 선생의 작가혼作家魂이 얼마나 단단하고 뜨거웠던가를 재확인할 수 있다. 특히 수필에 나타난 시대적 배경과 여러 정황들은 우리 한국문학사 연구에 없어서는 안 될 소중한 자원이자 자산이다. 북간도로 상징되는 일제강점기 만주에서의 우리 문학, 더 나아가 한국문학사에 반드시 기록되어야 할 중요한 증언이 담겨 있기 때문이다. 그러므로 우리는 한국이 낳은 대작가 안수길 선생의 작품을 통해 한국문학사의 광활한 지평을 더욱 장대하게 열어갈 수 있을 것이다. (『안수길문학전집 16』 글누림출판사. 2011)

아, 안수길 선생님

1.

2012년 1월 13일 금요일 오후 5시 30분.

이날 문학의집·서울에서는 남석 안수길 탄생 100주년 기념 『안수길전집』(전16권) 출판기념회가 열렸다. 이 출판기념회는 우리 문단사에 길이 남을 뜻깊은 행사였다. 이 자리에는 정종명 한국문인협회 이사장, 이길원 국제펜클럽한국본부 이사장, 김후란 문학의집·서울 이사장, 김시철 전 국제펜클럽한국본부 회장, 성춘복 전 한국문인협회 이사장, 남정현 소설가, 박조열 희곡작가, 안인길 중앙대 명예교수, 조병무 문학평론가, 김홍업 한국언론인포럼 부회장 등 문단의 중진과 원로들을 비롯하여 안수길 선생님의 유가족과 지인들, 그리고 이 전집의 편집위원과 출판사 관계자들이 참석했다.

이 출판기념회는 요란하지 않게, 그러나 살아생전 안수길 선생님께서 보여 주셨던 고결한 인품처럼 격조 있게 기획되었다. 아니나 다를까, 그 기획은 적중했다. 꼭 참석하셔야 할 분들이 참석해 주셨고, 단상에 오르신 연사들 또한 경건하고도 진지한 '말씀'으로 안수길 선생님을 추모해 주셨다.

특히 이날 안수길 선생님의 유가족, 외국에 살고 있는 가족들까지 모두 한자리에 모였다. 이는 참으로 오랜만의 일이었다. 그분들은 마침내 안수길 선생님의 명품 전집이 간행되고, 유가족 전원이 한자리에 모여 출판기념회까지 열게 된 것을 크나큰 감격으로 받아들였다.

그랬다. 이날 출판기념회에 참석한 인사들은 『안수길전집』을 보고 놀라움을 금치 못했다. 우선 전집의 규모에 놀랐고, 안수길 선생님께서 그만큼 많은 작품을 남겼다는 사실에 놀랐으며, 세계 어디에 내놓아도 손색이 없을 만큼 명품으로 제작된 책의 체재에 놀란 데다 총 16권 한 질의 정가가 2백 50만 원이라는 사실에 놀랐다.

2.

안수길 선생님은 1911년 11월 3일 함경남도 함흥에서 출생했다. 그러니까 지난해가 선생님 탄생 100주년이었다. 이 100주년을 기해 전집 출간이 구체화되었고, 그 연장선상에서 마침내 대망의 『안수길전집』이 완간되었다.

유아기부터 백일해를 앓았던 선생님께서는 청년 시절 한쪽 폐를 절제하는 대수술을 받았다. 의술이 오늘날처럼 발달하지 못했던 저 1930년대 선생님께서는 목숨 건 대수술을 받았고, 수년간의 요양 생활을 거쳐 가까스로 목숨을 건진 이후 평생 한쪽 폐만으로 호흡하지 않으면 안 되었다. 그러므로 안 선생님의 생애는 투병의 연속이었다 해도 과언이 아니다.

안 선생님은 1935년 『조선문단朝鮮文壇』에 단편 「적십자병원장」과 콩트 「붉은 목도리」가 당선되어 문단에 데뷔했다. 그 후 병약한 몸으로 건강한 사람을 뺨치고도 남을 만큼 그 엄청난 작품을 썼다는 것은 가위 기적이었다. 초인적인 의지와 열정이 아니었다면 선생님께서는 그 많은 작품을 쓰지 못했을 것이다.

이와 함께 우리는 안수길 선생님의 부인이신 김현숙 여사님의 헌신적인 내조를 꼽지 않을 수 없다. 일찍이 평양 정의고녀를 나와 동광학원 교사를 역임한 김현숙 여사님은 명문 대가의 규수였다. 김 여사님의 부친은 개화기 때 도포 입고 갓 쓰고 하와이를 세 차례나 왕래한 바 있는 함흥 지주 김성진 선생이었다.

안수길 선생님께서는 문단에 데뷔하던 그해 1월 그런 김현숙 여사님과 결혼했다. 안수길 선생님과 김 여사님은 소학교 동기 동창이었다. 김 여사님은 부군 안수길 선생님을 도운 배필 중의 배필이었고, 반려 중의 반려였으며, 내조자 중의 내조자였고, 후원자 중의 후원자였다. 안 선생님께서는 그런 부인의 눈물겨운 도움으로 병고에 시달리면서도 작품 창작에 전념할 수 있었다.

안수길 선생님은 필자의 스승이시다. 따라서 선생님의 부인이신 김현숙 여사님은 필자의 사모님이시다. 필자는 어언 이순耳順이 지난 오늘날까지 숱한 사람들을 만났지만, 아직까지는 선생님 내외분처럼 훌륭한 어른을 보지 못했다.

선생님께서는 1977년 4월 18일 서거하셨다. 향년 67세. 사모님께서는 1996년 11월 27일 별세하셨다. 향년 86세. 선생님 내외분은 경기도 남양주시 화도면 월산리 모란공원에 나란히 잠드셨다.

3.

안수길 선생님께서는 장편소설 「북간도北間島」 「통로通路」 「성천강城川江」 등을 비롯하여 단편소설 「제3인간형第三人間型」 「망명시인亡命詩人」 등으로 한국문학사에 우뚝 치솟은 거봉이다.

특히 선생님께서는 일제강점기 우리말·우리글 사용이 전면 금지되었던 1943년 만주에서 첫 창작집 『북원北原』을 간행했다. 일제에 의해 모국어가 숨을 거두었던 시대 안수길 선생님은 이 한글판 창작집으로 한국문학사의 단절을 막아냈다. 이 시기 한글판 문학 작품으로는 만주에서 간행된 재만조선인작품집 『싹트는 대지大地』(1941) 『재만조선인시집在滿朝鮮人詩集』(1942)이 있었으나 문학인의 개인 창작집은 『북원』이 유일하다.

선생님께서 1959년부터 『사상계思想界』에 발표하기 시작한 장편소설 「북간도」는 한국 최초의 5부작 대하소설로서, 광복 후 한국 문단이 거둔 큰 수확으로 평가된다. 일찍이 국제펜클럽한국본부는 이 작품을 노벨문학상 후보로 추천한 적도 있다. 아무튼 안 선생님은 단편·중편·장편 등 1백여 편의 소설 이외에도 수십 편의 주옥같은 수필을 발표했다.

그동안 안수길 선생님의 작품 연구로 숱한 학사·석사·박사가 배출되었지만, 그러나 안 선생님의 문학 세계에 대하여 일각에서는 「북간도」로 대변되는 '간도문학'으로 한정하는 경향이 없지 않다. 우리는 그런 시각에 동의하지 않는다. 안 선생님의 작품은 그보다 훨씬 더 넓은 세계를 천착하고 있다. 특히 군더더기 없고 힘찬 산문정신의 정수를 보여 주는 안 선생님의 역사의식이야말로 더 깊이 연구되어야 할 대목이 아닐 수 없다.

그럼에도 불구하고 선생님의 작품에 대하여 '간도문학' 위주로 회자되는 까닭인즉, 연구자들의 시각이 편향되어서 그렇다기보다는 선생님의 작품 세계를 광범위하게 보여 주는 전집으로 정리되지 못한 탓이었다. 이

제 이 전집의 출간을 계기로 선생님에 대한 연구가 더욱 활발해지고, 더 나아가 한국 문학의 지평이 한층 확대될 것으로 기대된다.

한편, 한평생 전업 작가로 활동했던 안수길 선생님께서는 『현대문학現代文學』에 장편소설 「동맥冬麥」을, 경향신문에 「이화梨花에 월백月白하고」를 연재하던 중 작고하셨다. 더욱이 선생님께서는 건강이 악화로 병원에 입원하여 눈을 감기 직전까지도 작품을 집필하였다. 그런 점에서 안수길 선생님의 서거는 '문학적 순절'이라고 말할 수 있다.

안 선생님은 남달리 인품이 고매하여 평소 문단 사회에서 '학鶴'이라는 별칭으로 통했다. 생활에는 청빈했고, 작품에는 엄격했던 대작가 안수길 선생님. 선생님께서 돌아가신 후 사모님께서는 당신의 바깥어른에 대해 이렇게 증언했다.

> 비단결 같은 마음, 온화하고 자상하셨습니다. 동네 어른 아이 대할 때마다 친절했고 늘 웃으셨습니다. 또 겸손하시고 자기 몸 괴로워도 참으시고 책임감이 대단하셨습니다. 몸가짐이 단정하시고 흐트러지지 않았습니다. 사람은 몸가짐을 단정히 해야 한다고 하셨고 선배 존경하는 것과 후배 사랑함은 자기 살같이 하셨습니다.
>
> —김현숙, 「이 작가를 말한다」(『초련(初戀)』 서문)

4.

안수길 선생님은 사모님과의 사이에 3남 2녀를 두었다. 출생 순으로 따지면 장남 안병섭 교수, 차남 안병환 박사, 장녀 안순희 여사, 차녀 안순원 여사, 3남 안병찬 박사로 이어진다. 이분들은 모두 국내 최고의 명문 대학을 나와 한 시대를 보기 드문 성공으로 장식했다. 왕대밭에 왕대 난다는 말이 있지만, 특출했던 부모님의 유전자를 받은 이분들 모두 뛰어난 수재라는 데는 이의가 있을 수 없다.

왕년의 『사상계』 기자 시절부터 영화평론가로 명성을 드날렸던 안병섭 선생은 동아일보 기자, 서울예술대학 교수, 단국대 연극영화과 교수로 언론계와 학계에서 활약했다. 한국영화평론가협회 회장까지 역임한 그분은 수년 전 유명을 달리했다. 미국으로 이민 간 차남 안병환 박사는 볼티모어에서 정신과 의사로 대성했다. 안병환 박사의 부인은 1968년 『여성동아』 장편소설 현상 모집에 「꽃과 제물」로 당선한 정영현 소설가이다.

장녀 안순희 여사는 결혼 후 부군 마서준 선생과 함께 미국으로 이민 가서 로스앤젤레스에 정착했다. 안병환 박사와 안순희 여사는 다 같이 미국에 살면서도 한 분은 동부에, 한 분은 서부에 멀리 떨어져 사는지라 서로 만나기 어려운 형편이다. 그런데 이번 출판기념회를 통해 국내외 동기간들이 모두 모이게 되었으니 얼마나 감회가 새로웠을 것인가.

차녀 안순원 여사는 바로 소설가 김국태 선생의 부인인데 부군 김국태 선생은 수년 전 작고했고, 그의 제씨로서 민주화 운동의 대부로 널리 알려진 김근태 전 보건복지부 장관까지 최근 타계하여 우리를 안타깝게 했다.

안수길 선생님의 막내 자제이신 3남 안병찬 박사는 기업체 중역이다. 필자는 안 박사와 흉금을 터놓고 '절친'하게 살아간다. 나이로 따지면 안 박사가 필자보다 한 살 더 많다. 안수길 선생님의 제자 중 남정현 선생이 제1호 수제자이고, 필자는 안 선생님의 추천을 받은 막내 문하생이다. 안병찬 박사가 안 선생님 슬하의 막내이고, 필자는 안 선생님의 문하생 가운데 막내인 것이다.

안수길 선생님께서는 1976년 별 볼일 없는 필자의 작품을 『현대문학』에 추천해 주셨다. 그러고는 아, 그 이듬해 봄 돌연 돌아가셨다. 필자는 그때의 충격을 잊을 길이 없다. 평소 안 선생님께 세배를 다녔던 필자는 사모님께서 돌아가실 때까지 한 해도 거르지 않고 19년 동안 꼬박꼬박 정초 인사를 다녔다. 물론 정초가 아니더라도 종종 사모님을 찾아뵈었다.

5.

출판계가 호황을 누렸던 1970년대에는 얼마 동안 전집 출판이 붐을 이루었다. 웬만한 원로 시인과 소설가들이 앞을 다투어 전집을 간행했다. 그런데 안수길 선생님은 전집을 내지 못했다. 안 선생님께서는 전집을 내고 싶어 하셨지만, 출판을 하겠다고 선뜻 나서는 출판사가 없었다.

안 선생님께서 돌아가신 이후 사모님께서는 어떻게 해서라도 전집을 내고자 절치부심하셨다. 사모님께서는 선생님의 작품들을 알뜰살뜰 모아 놓고 계셨다. 단행본으로 출판된 책은 물론이려니와 신문 연재소설까지 지성으로 스크랩 해놓고 전집 출판을 학수고대했다.

필자는 사모님께서 챙겨 주신 작품들을 토대로 전집 목록을 만들었다. 이 과정에서 필자는 참으로 놀라운 자료를 발견하였다. 안 선생님 당신께서 손수 짜놓으신 전집 목록이 그것이었다. 안 선생님께서는 전집에 수록할 작품 배열을 정해 놓으신 것이었다. 그것만 보더라도 안 선생님께서 전집 간행을 얼마나 갈망했는지 직감할 수 있었다.

필자는 안 선생님께서 작성해 놓으신 작품 배열 순서를 참고하면서 그 이후에 발표된 작품까지 정리하였다. 각 작품의 원고 분량을 측정하면서 15권으로도 구성해 보고, 20권으로도 기획해 보면서 나름대로 전집 목차도 꾸며 보았다. 그 목차를 만들 때에는 사모님과 안병섭 교수님께서 일일이 작품을 챙겨 주었다.

어느 정도 전집의 윤곽이 잡혔을 때 필자는 몇몇 출판사를 찾아가 『안수길전집』 발간을 교섭하였다. 하지만 이 방대한 프로젝트는 그러나 '될

듯 될 듯' 하면서도 끝내는 불발로 끝나곤 하였다. 문제는 자금이었다. 워낙 막대한 제작비가 소요되는 사업인지라 어느 출판사도 선뜻 덤비지 못하는 것이었다.

사람이 살다 보면 이런저런 '한恨'이 생기게 마련이다. 안 선생님께서는 전집을 내지 못한 채 서거하셨고, 사모님 또한 자나 깨나 영면하신 당신의 부군께 전집을 내드리지 못해 늘 안타까워 하셨다. 유가족 역시 그 어른들의 한을 이어받아 애간장을 태웠다. 안 선생님 내외분으로부터 각별한 은혜를 입은 필자의 내면에도 『안수길전집』 발간이 한으로 남아 있었다.

지성이면 감천이라고 했던가, 유가족의 극진한 노력과 글누림출판사의 과감한 결단이 맞물려 드디어 이 전집이 태어나게 되었다. 이는 안수길 선생님께서 서거하신 지 35년만의 일이다. 이로써 안 선생님의 유가족과 필자는 오랜 한을 풀었다.

6.

대저 『안수길전집』은 한국문학사에 금자탑을 쌓아 올린 대작가 안수길 선생님께서 우리에게 주신 문학 유산이다. 강진호(성신여대 교수) 김준현(고려대 강사) 이남호(고려대 교수·문학평론가) 채호석(한국외대 교수·문학평론가) 제씨와 필자가 편집위원으로 참여한 이 전집이 간행되기까지 학계에 계신 분들의 노고가 지대했고, 글누림출판사 임직원들의 헌신적인 희생이 있었다.

한편, 지난 1월 13일 출판기념회 때에는 안수길전집간행위원회 대표 남정현 선생의 인사말씀에 이어 정종명 문협 이사장과 이길원 한국펜 이사장의 축사, 김홍업 한국언론인포럼 부회장의 저자 약력 보고, 김준현 편집위원의 경과보고에 이어 김시철 전 한국펜 회장이 안 선생님의 생애를 회고하였다. 그런가 하면 안수길 연구로 오래 전에 박사학위를 취득한 최경호 문학평론가가 안 선생님의 문학 세계를 조명하였고, 안 선생님의 종제從弟이신 안인길 중앙대 명예교수는 외국어로 번역된 선생님의 작품을 소개하였다. 안 선생님의 차남으로 이 출판기념회 참석을 위해 일시 귀국한 안병환 박사는 유가족을 대표하여 감동 어린 인사말씀을 해주었다.

필자는 이 출판기념회에서 사회를 맡았다. 필자가 이렇듯 거창한 행사에서 사회를 맡게 된 까닭인즉, 선생님의 마지막 문하생이라는 점과 『안수길전집』의 편집위원 중 한 사람이기 때문이었다.

아무튼 이 훌륭한 전집이 출간됨으로써 하늘나라에 계신 선생님과 사모님, 그리고 장남 안병섭 교수님과 서랑 김국태 선생님께서도 여한을 풀고 기뻐하시리라 믿는다. (『동리목월』 2012. 봄호)

인품과 작품

인심이 사납다. 누구라 할 것 없이 공공의 이익을 도모하기보다는 개인의 사사로운 이익을 좇기에 바쁘다. 개인주의가 판치는 세상이다. 자신의 내면을 돌아보기보다는 누군가를 헐뜯고 공격하는 사회. 사정이 이렇다 보니 도처에서 의견 대립과 충돌이 빚어질 수밖에 없다.

세상이 어지럽다고 느껴질 때마다 어김없이 떠오르는 사표師表가 있다. 대작가 남석南石 안수길安壽吉 선생님이다. 인품이 참 개결했다. 정직했고, 탐욕이 없었다. 육신은 가녀렸지만, 정신은 늘 대쪽처럼 꼿꼿했다. 길이 아니면 가지를 않았고, 말씀 한마디 허투루 하는 법이 없었다. 따라서 그 어른에게는 항상 무게와 위엄이 있었다. 생활에는 청렴했고, 작품에는 치열했다. 당신 자신에게는 엄격했지만, 가족들을 비롯한 다른 사람들에게는 관대했다. 이웃들을 당신의 살점같이 아꼈다. 신사 중의 신사, 양반 중의 양반이었다. 선생님은 살아생전 문단 안팎에서 '학鶴'으로 통하는 가운데 빈부귀천 남녀노소 가릴 것 없이 만인의 존경을 받았다.

1911년 함흥에서 출생한 선생님께서는 1935년 약관 24세의 나이로 『조선문단』을 통해 문단에 나오신 이래 1977년 4월 타계하실 때까지 한평생 '붓대 한 자루'에 인생을 걸고 애오라지 창작에만 전념했다. 청년 시절 한쪽 폐를 절제한 터라 병약하기 짝이 없었다. 그런 몸으로 지긋지긋한 가난 속에 목숨 걸고 창작 외길을 걸어 어마어마한 작품을 생산했다.

2011년 선생님 탄생 100주년을 맞아 대망의 『안수길전집』 총 16권이 나왔다. 선생님의 작품이 총망라된 이 전집에는 중·단편 89편, 장편 28편, 수필 91편이 실려 있다. 국판 양장본, 가로쓰기로 편집한 이 전집의 지면은 최소 532쪽에서 최대 1,172쪽에 이른다. 16권 전체의 분량은 총 1만 2천 864쪽으로 권당 평균 면수는 804쪽이다. 종래에 나온 여타 전집 형태로 환산하면 30권이 훨씬 넘는 방대한 분량이다.

생각해 보라. 병약한 몸으로 이 많은 작품을 썼다는 사실이 얼마나 놀라운가. 이는 건강한 사람도 달성하기 어려운 어마어마한 성과가 아닐 수 없다. 특히 「북원北原」 「북향보北鄕譜」 「제3인간형第三人間型」 「북간도北間島」 「통로通路」 「성천강城川江」 「동맥冬麥」 등은 우리 문학사에 길이 남을 불후의 명작으로 꼽힌다.

글은 사람에게서 나온다. 글을 보면 그 사람을 알 수 있고, 사람을 보면 그의 글을 알 수가 있다. 이는 진리 중의 진리, 불변의 진리로 통한다. 과연 어떻게 살 것인가. 그것은 안수길 문학의 일관된 화두였다. 따라서 선생님의 작품마다에는 인생에 대한 깊은 애정과 선험적 통찰이 관통하고 있다.

요컨대 선생님의 경우 고매한 인품이 곧 탁월한 작품으로 승화되었다. 인품이 곧 작품이었고, 작품이 곧 인품이었다. 한마디로 대인이었다. 필자는 그런 어른의 추천을 받아 문단에 들어서는 축복을 누렸고, 그처럼 훌륭한 선생님을 가까이에서 모실 수 있어서 행복했다.

선생님은 빈한했다. 하지만 어떤 경우에도 전혀 궁색한 티를 내지 않았다. 비록 주머니가 텅텅 비었을망정 항상 넉넉하고 온유한 미소를 잃지 않았다. 북한에 계실 때 선생님 집안은 짱짱한 알부자로 방대한 과수원까지 소유하고 있었지만, 모든 것을 다 포기하고 월남한 터라 남한 땅에는 아무것도 없었다.

그런 선생님께서는 일찍이 한국문인협회 이사, 국제펜클럽한국본부 부회장 등을 역임하는 가운데 문인들의 권익 옹호와 친목 도모는 물론 문학단체의 발전을 위해 헌신했다. 단체로부터 회비 납부 통지를 받으면 돈을 꾸어서라도 가장 먼저 회비를 납부했다. 솔선수범의 전형이었다.

한편, 선생님은 언제나 조용하고 꼭 필요한 말씀만 하셨다. 따라서 말씀 한마디 한마디에는 더 보태고 뺄 것이 없었다. 장부 일언은 중천금이라, 선생님의 경우 말 많고 시끄러운 사람들보다 훨씬 우위에 있으면서 근엄했다. 어느 누구라도 선생님 앞에서는 감히 따따부따 쓸데없는 객설을 늘어 놓지 못했다.

선생님은 외로웠다. 본래 북한 태생이어서 남한에는 혈연이나 지연이나 학연이 있을 리 만무했다. 한때 대학 강단에 선 적이 있긴 하지만, 그 기간이 워낙 일천했던지라 제자다운 제자도 없었다. 이렇듯 견디기 어려운 고독을 감내하며 오직 창작 외길을 걸었고, 『자유문학自由文學』과 『현대문학現代文學』 추천위원은 물론이려니와 국내 굴지의 일간지 신춘문예 심사위원을 거의 도맡다시피 하였다.

선생님은 결코 문학상에 연연하지 않았다. 문학상 심사는 많이 했어도 당신께서 수상을 탐내지는 않았다. 말하자면 문학상을 초월한 셈이었다. 그런데도 아시아자유문학상과 서울시문화상 등 굵직굵직한 상을 받았고,

장편소설 「북간도」를 발표했을 때는 일약 노벨문학상 후보에 오르기도 했다. 그런가 하면 금관문화훈장을 받았고, 대한민국예술원 회원으로 선출되었다. 이는 한평생 문학 천착에만 몰입하여 얻어낸, 자타가 공인하는 소중한 결실이자 인간 승리의 기록이었다.

예로부터 소탐대실小貪大失이란 말이 있다. 작은 것을 탐내다가 큰 것을 잃는다는 뜻이다. 하지만 우리 사회에는 작은 것을 탐내느라 큰 것을 잃는 사람들이 너무 많다. 문단이라고 해서 예외가 아니다. 사소한 이익에 눈이 멀어 불신을 자초하는, 그뿐 아니라 다른 문인들까지 괴롭히는 피곤한 사람들이 적지 않다. 이는 우리 문단까지 그만큼 세태에 오염되었다는 반증이라고 말할 수 있을 것이다.

그렇다. 문인이라면 뭐가 달라도 달라야 한다. 일단은 정직하고 깨끗하게 살아야 한다. 정직한 사람이 교만할 리 없고, 깨끗한 사람이 탐욕스러울 리 없다. 문학이 진정 인간을 위한 담론이라면, 문인은 마땅히 내면부터 청정하게 갈고 닦아야 한다. 마음이 올곧지 못하면 글 또한 올곧을 수가 없다. 따라서 내려놓을 것은 내려놓고 비울 것은 비우고 버릴 것은 과감히 버릴 줄 알아야 한다.

개인의 이익부터 챙기는 사람이 어떻게 다른 사람이나 공공의 이익을 생각할 것인가. 소인이 어찌 대인의 반열에 들 것인가. 그것은 어림도 없는 말이다. 필자는 문학을 통하여 인간미 넘치는 참다운 세상을 만들 수 있다고 믿는다. 하지만 문학이 점점 대중으로부터 외면당하는 현실 속에 인정이 메마르고 세상 또한 날로 험악해지는 오늘날 학처럼 고고하게 살다 가신 안수길 선생님이 더욱 애절하게 그리워진다. 선생님은 누가 뭐래도 모든 문인의 거대한 표상이었다. (『한국소설』 2018. 3월호)

학처럼 고고하게 사셨던
대작가 안수길 선생님

나의 고등학교 시절은 암울하기 짝이 없었다. 소위 공부깨나 한다는 다른 학우들은 대학 진학을 겨냥하고 있었지만 필자는 그럴 처지가 못 되었다. 가난이 원수였다. 대학에 들어가 공부를 더 하고 싶어도 어떻게 해볼 방도가 없었다. 앞이 캄캄했다. 그 대신 나에게는 간절한 꿈이 있었다. 장차 작가가 되려는 소망이 그것이었다. 작가의 길은 세속적인 졸업장과는 관계없이 혼자만의 노력만으로도 충분히 이룰 수 있으리라 판단했다.

그랬다. 필자는 중학교 때부터 이미 문학이 뭔지도 모르면서 작품이랍시고 뭔가를 끼적이고 있었다. 그뿐이 아니었다. 일찍부터 시와 소설과 희곡에 심취해 있었다. 어떤 때는 국내외 명작에 흠뻑 빠져 시간 가는 줄도 몰랐다. 하지만 가난과의 전쟁은 혹독했다. 문학 서적을 마음껏 사 보고 싶어도 돈이 없었다. 학교 도서실을 들락거릴 수밖에 없었다. 문학 작품을 읽고, 뭔가를 끼적이는 습관은 고등학교에 들어가면서 한층 더 심화되었다.

고3 때였다. 대학 진학을 앞둔 동료 학우들은 여름방학 내내 보충 수업을 받고 있었다. 말하자면 학내 과외인 셈이었다. 하지만 필자는 일찌감치 진학에의 꿈을 접었다. 하기야 부모님께서 죽도록 고생하시고, 누님들이 초등학교 문턱도 넘지 못한 현실을 감안한다면 중학교를 나와 고등학교에 다니는 것만으로도 과분한 사치라고 말할 수 있었다. 내 밑의 아우도, 또 그 밑의 누이동생도 초등학교를 졸업하고는 중학교 입학원서조차 써 보지 못했다. 그 아래의 더 어린 아우들의 장래 또한 어떻게 될지 모르는 답답한 실정이었다.

그러던 어느 날이었다. 그날도 필자는 도서실에서 이런저런 책을 읽다가 우연히 각 대학에서 보내온 신문들, 좀 더 정확히 말하자면 나무를 덧대어 철끈으로 묶은 신문철을 뒤적이게 되었다. 그 신문철 중에서 언뜻 눈에 띄는 광고가 있었다. 서라벌학보 1면 하단에 5단통으로 나와 있는 '제5회 전국 고등학생 문예 콩클 현상 모집' 광고였다. 그 광고를 보는 순간 입에 군침이 돌았다.

그날부터 비장한 각오로 단막희곡을 쓰기 시작했다. 제목은 「가출」이었고, 원고 길이는 200자 원고지 70장 가량 되었다. 날마다 술만 퍼마시는 아버지, 그런 아버지와 갈등을 겪던 고등학생이 집을 뛰쳐나가려다가 아버지의 비밀을 알고는 그냥 회개하는 내용이었다. 아버지는 사형 선고나 다름없는 암 진단을 받고 어쩔 방도가 없어 남몰래 모든 것을 포기한 채 폭음을 했던 것이다.

여름 방학이 끝나갈 무렵, 그 작품을 서라벌예술대학으로 우송했다. 그러고 나서 좋은 소식이 날아들기를 기다렸다. 아니나 다를까, 한 달 가량 지나 누런 봉투의 입상 통지가 날아왔다. 그로부터 며칠 뒤 서라벌학보에 당선작 발표가 나왔다. 결과는 당선작 없는 가작1석이었다. 당선이 아니어서 못내 서운했지만, 어쨌거나 응모작 중에서는 1등을 한 셈이었다.

그해 10월 31일, 시상식에 참석하기 위해 난생 처음 서울 땅을 밟았다. 물어물어 서울 성북구 돈암동 산3의 1번지 서라벌예술대학 학보사를 찾아갔을 때 두 손을 번쩍 들며 반겨주는 멋쟁이 신사가 있었다. 학보 주간이신 소설가 백인빈 선생님이었다. 축제 기간을 맞이한 대학 캠퍼스에는 여기저기 현란한 플래카드가 나부끼고 있었다.

백 선생님의 안내를 받아 대학극장으로 이동했다. 이윽고 연극 「오이디푸스 왕」의 막이 올랐다. 역시 감동적인 작품이었다. 연극이 끝나고 잠시 휴식에 들어갔다가 이번에는 '문학의 밤' 행사가 이어졌다. 그 무대 단상으로 소설가 안수길 선생님과 김동리 선생님, 시인 서정주 선생님과 박목월 선생님이 나오셨다. 교과서와 작품집과 문학 전집을 통해 사진으로나 우러러 뵙던 어마어마한 대가들을 직접 뵙게 되자 눈이 부셨다. 어안이 벙벙하고 어질어질 현기증이 날 지경이었다.

재학 중인 대학생들의 작품 낭독과 대가들의 문학 특강이 번갈아 이어지다가 제1부 행사가 끝났다. 드디어 제2부 고등학생 문예 작품 입상자에 대한 시상식이 시작되었다. 필자는 임동권 학장님으로부터 상장과 부상을 받았다. 그때 몸소 단하 객석까지 내려와 특별히 필자를 극찬해 주신 어른이 있었다. 문예 작품 현상 모집의 심사위원장이었던 안수길 선생님이었다.

"고등학생이 희곡을 쓰다니…. 참 어려운 일이야. 심사위원들끼리 칭찬을 많이 했어. 앞으로 열심히 노력해서 훌륭한 작가가 되게."

대작가 안 선생님과의 인연은 그렇게 시작되었다. 그 시상식이 끝나고 다시 제3부 작품 낭독과 문학 특강이 속개되었다. 그날 처음 뵈었던 안 선생님의 그 고결한 인상은 그대로 뇌리에 각인되었다.

아무튼 그날 이후 필자는 국내외 명작들을 더 많이 탐독하는 한편 습작에도 더욱 박차를 가했다. 하지만 고등학교를 졸업한 뒤에는 당장 입에 풀칠할 일이 시급했다. 고향에는 일자리가 없었던 터라 1970년 6월 5일 무작정 상경에 나섰다. 그러고는 낯설고 물설고 서슬까지 시퍼런 영등포로 뛰어들었다.

자본주의는 가혹했다. 이 세상에는 정말 피도 눈물도 없었다. 사느냐, 죽느냐, 그 두 가지 선택 이외에는 달리 대안이 없었다. 사돈의 팔촌도 살지 않는 이 서울에서 살아남기 위해서는 죽기를 각오하지 않으면 안 되었다. 그야말로 목숨 걸고 사지가 물러나는 중노동에 뛰어들었던 그때 영등포 바닥에 흘린 땀과 눈물과 피는 그 어떤 됫박으로도 측정할 수가 없었다. 어떻게 보면 죽지 않고 하루하루를 견뎌내며 목숨을 이어나가는 것이 기적일 따름이었다.

왜 그랬을까. 문제는 호적 나이 때문이었다. 호적상 내 나이는 실제보다 두 살이 줄어 고등학교를 졸업했을 때 겨우 만 16세에 지나지 않았다. 그러므로 그 어디 취직을 할 수가 없었다. 얼마나 힘든 나날이었던지 죽고 싶었다. 하지만 죽을 수가 없었다. 문학에의 꿈이 있기 때문이었다. 그 꿈을 이루지도 못하고 죽는다는 것은 말도 안 되는 소리였다. 작가가 되기 위해 그 무시무시한 중노동을 '악으로' '깡으로' 버텨냈다. 이 쓰라린 시련이 언젠가는 문학적 자산이 될 수도 있겠지. 그런 다짐을 거듭하며 살인적인 중노동에 시달리면서도 문학 서적만은 손에서 놓지 않았다.

그러다가 1972년 어느 잡지사의 기자로 첫발을 들여놓게 되었다. 그때부터 내 직업은 육체노동에서 정신노동으로 바뀌었다. 매일 원고지에 기사를 썼다. 선배 기자들이 놀랄 정도로 숱한 기사를 써냈다. 대졸이 아닌 고졸 학력으로는 한계가 있을 수밖에 없었지만, 그럼에도 불구하고 주위의 도움으로 좀 더 나은 직장으로 조금씩 전진했다.

그 과정에서 나는 1974년 여성지 『신여원新女苑』 기자로 근무한 적이 있었다. 그때 마침 지면 쇄신에 들어간 우리 편집부에서는 안수길 선생님께 연재소설을 청탁키로 했다. 그때 안 선생님께서는 「황진이黃眞伊」라는 작품으로 우리의 지면을 빛내 주셨다. 소설 「황진이」는 제목 그대로 명기名妓 황진이의 일생을 그린 작품으로, 여성지의 성격에 아주 잘 어울리는 제재이기도 했다.

문학 담당인 나는 매월 종암동 안 선생님 댁을 방문하여 그 원고를 받아다 잡지에 실었다. 물론 연재소설 「황진이」는 독자들의 절찬 속에 성공적으로 완결되었고, 훗날 홍문각興文閣 출판사에서 이 작품을 단행본으로 출간하였다.

그 후 나는 『신여원』을 떠나 한국문인협회 기관지 『월간문학月刊文學』으로 자리를 옮겼다. 그런데 당시 사무국장이던 극작가 오학영 선생님이 어느 날인가 『월간문학』에 원로 탐방 기사를 싣자고 제안하면서 그 첫 번째 취재 대상으로 안수길 선생님을 지목했다. 그러고는 내게 그 취재 기사 작성을 지시했다.

나는 곧 안 선생님께 전화를 드린 뒤 종암동 자택을 방문하여 공식적으로 인터뷰를 가졌다. 그동안 나는 국내외 작품을 '허벌나게' 읽어 왔으며, 특히 안 선생님의 작품이라면 단편 「제3인간형第三人間型」과 장편 「북간도北間島」를 위시하여 짤막짤막한 수필에 이르기까지 거의 모든 작품을 통독한 터라 기사 작성에는 큰 어려움이 없었다. 나는 그 기사를 당초 예정대로 『월간문학』 1976년 5월호에 전문 게재했다.

아무튼 그 기사가 나가자 문단의 반응이 아주 좋았다. 당시 문협을 자주 출입하던 원로 중진들께서 한마디씩 칭찬해 주셨다. 그러나 나는 아직 문학청년으로 남아 있었다. 1973년 문화공보부 주최 문예 작품 현상 모집에서 장막희곡으로 가작 입선했고, 1974년에는 동아일보 자매지 『신동아新東亞』 논픽션 현상 모집에 당선한 것이 고작이었다.

나는 차제에 희곡이 아닌 소설을 쓰기로 작정했다. 그리하여 안수길 선생님을 스승으로 모시고 본격적인 소설 공부에 들어갔는데, 안 선생님께서는 나의 단편 「불길」을 대뜸 『현대문학現代文學』에 추천해 주셨다. 그 작품은 『현대문학』 1976년 9월호에 게재되었고, 이로써 내 소설이 공식적으로 문단에 첫 선을 보이게 되었다.

나는 그 여세를 몰아 더욱 열심히 문학 공부에 정진했는데, 안 선생님은 역시 졸작에 지나지 않는 「향연香煙」을 완료 추천으로 밀어 주셨다. 그 작품은 『현대문학』 1977년 1월호에 게재되어 꽤 호평을 받았다. 이는 초회 추천을 받은 지 4개월 만의 일로 초고속 등단이었다. 그 이후 주위 사람들은 나를 소설가라 불러 주기 시작했으며, 나 자신 문단 말석에 끼어 어영부영 소설가 행세를 하게 되었다.

내가 추천을 완료한 직후 어느 날이던가, 하루는 안 선생님께서 직장으로 전화를 걸어 퇴근 후에 들러 달라고 하셨다. 나는 무슨 일인지 몹시 궁금해 하면서 퇴근길에 안 선생님 댁을 방문하였다. 그런데 이게 웬일일까, 안 선생님께서는 당신의 서재에 미리 술상을 차려 놓고 기다리다가 내가 문간으로 들어서자 이만저만 반가워하는 것이 아니었다.

물론 사모님도 함께 계셨다. 한국적 모성의 표양이시던 김현숙 사모님은 조용한 미소를 머금은 채 안 선생님 곁에 나란히 앉아 계셨다.

안 선생님은 곧 나를 술상머리에 앉힌 뒤 문단 데뷔를 축하한다면서 대뜸 술잔부터 권했다. 황송하기 짝이 없었다. 새파란 애송이가 연로하신 스승의 술잔을 받게 되다니…. 그날따라 안 선생님은 시종 기분이 좋아 술잔을 손에 들고 뱅글뱅글 돌리는 것이었다.

안 선생님은 본래 약주를 드실 때 술을 최대한 아끼면서 술잔을 그네 태우듯 간당간당 흔들거나 뱅글뱅글 돌리곤 하셨다. 그날도 안 선생님은 그렇게 약주를 즐기는 것이었다. 나는 안 선생님께서 주시는 술잔을 딸꼭 딸꼭 받아 마셨다. 어느 정도 취흥이 도도해졌을 때 안 선생님께서 내게 물으셨다.

"이 군, 올해 몇 살인가?"

"스물여섯 살입니다."

"오, 그래…. 아주 좋은 나이로군. 내가 그 나이 때 문단에 나왔지. 그런데 말이야…, 스물여섯 살이면 우리 집 막내아들보다 한 살 적군. 오늘부터 이 군이 우리 집 막내가 돼야겠어. 하하하…."

안 선생님께서는 특유의 호방한 웃음을 터뜨렸고, 아무튼 그렇게 해서 나는 졸지에 안 선생님의 '막내'로 통하게 되었다.

그런데 이게 무슨 날벼락일까, 안 선생님은 그로부터 서너 달 후 돌연 병원 신세를 지게 되었고, 『현대문학』에 연재하던 장편소설 「동맥冬麥」과 경향신문에 연재하던 「이화梨花에 월백月白하고」를 완결 짓지 못한 채 1977년 4월 18일 67세를 일기로 세상을 떠나셨다. 이로써 나는 실지로 안 선생님의 마지막 제자가 되어 영원한 '막내'로 남게 되었다. 돌이켜보면 안 선생님으로부터 받은 은혜가 하해河海와 같다.

한편, 안 선생님의 영결식은 4월 20일 동숭동 대학로 한국문화예술진흥원(한국문화예술위원회의 전신) 광장에서 유가족은 물론이려니와 숱한 문인들의 애도 속에 문인장文人葬으로 엄수됐다. 고인의 영구는 경춘가도 옆 모란공원에 안장되었다.

이렇듯 안 선생님께서 갑자기 타계하시자 전국의 주요 언론들과 문예지들은 앞다투어 추모 특집을 마련하였다. 그 일련의 특집에 기고한 필자들은 한결같이 안 선생님의 인간적 면모와 그 어른의 작품 세계를 집중적으로 부각했다.

사실 안 선생님은 생전에 우리 시대의 마지막 선비였다고 할까, 학처럼 고고한 고결함과 대쪽같이 꼿꼿한 지사적 인품으로 많은 이의 존경을 받았다. 그뿐 아니라 그 어른은 오직 붓대 하나만으로 청빈하게 사시면서 주옥같은 작품을 남겨 우리 문학사에 찬란한 금자탑을 쌓았다.

나는 안 선생님께서 돌아가신 이후 19년 동안 한 해도 거르지 않고 사모님께 세배를 다녔다. 그 자리에는 늘 평론가 신동한 선생님, 소설가 남정현 선생님과 박용숙 선생님, 소설가로서 안 선생님의 서랑壻郎이신 김국태 선생님, 번역문학가로서 안 선생님의 종제從弟이신 안인길 선생님이 자리를 함께했다. 사모님으로부터 받은 사랑 또한 그 무게와 분량을 가늠하기 어렵다.

그러나 그토록 인자하신 사모님마저 지난 1996년 11월 27일 향년 87세를 일기로 세상을 떠나 모란공원 안 선생님 곁에 나란히 잠드셨다. 어디 그뿐인가. 안 선생님의 장남이신 영화평론가 안병섭 교수님, 서랑 김국태 선생님까지 고인이 되셨고, 뒤이어 신동한 선생님, 박용숙 선생님도 앞서거니 뒤서거니 어느덧 유명을 달리했으니 그저 세월이 무상할 뿐이다.

아, 정말 뼈에 사무치도록 그립고 또 그리운 안수길 선생님. 필자는 고3 때인 1969년 안 선생님을 처음 뵌 이래 지난 50년 동안 단 하루도 그 어른을 잊은 적이 없었다. 아니, 세월이 흐르면 흐를수록 한평생 학처럼 고고하게 사셨던 선생님을 흠모하며 깨끗하게 살자고 다짐하고 또 다짐했다.

(『동리목월』 2019. 겨울호)

제3부

착한 마음, 바른 행동, 참된 성공

한글과 현대 문학
-소설 문학을 중심으로

1.

조선 전기의 인물인 매월당梅月堂 김시습(金時習, 1435~1493)은 소설집『금오신화金鰲新話』를 남겼다. 이 소설집에는「만복사저포기萬福寺樗蒲記」「이생규장전李生窺牆傳」「취유부벽정기醉遊浮碧亭記」「용궁부연록龍宮赴宴錄」「남염부주지南炎浮洲志」등 5편이 수록되어 있다.

학교 다닐 때 필자는 이 작품집이 우리나라 전기체 소설傳奇體小說의 효시로서 중국의『전등신화剪燈新話』를 모방한 작품이라고 배웠다. 이 작품이『전등신화』를 모방한 근거로는 소설의 주인공들이 상식을 뛰어넘는 인물들이고, 사물을 미화시켜 표현했을 뿐만 아니라, 현실적인 내용과는 거리가 먼 신비로운 내용을 담고 있기 때문이라는 것이었다.

『전등신화』와『금오신화』의 공통점은 한문 소설이라는 사실이다.『전등신화』는 중국의 작품이니까 당연히 한문이게 마련이지만,『금오신화』의 경우는 작자가 우리나라 사람임에도 불구하고 한문으로 썼다. 하기야 한글이 창제되기 이전에는 모든 전적典籍이 한문으로 기술되었지만, 소설까지 한문으로 썼다는 사실 또한 범상한 일은 아니다.

예나 지금이나 문학은 언어 예술이다. 따라서 언어, 즉 한문에 통달하지 않고서는 그런 소설을 쓸 수가 없다. 그렇다. 매월당 김시습은 단연 뛰어난 인물이었다. 그는 어린 시절부터 자타가 공인한 천재로서, 특히 1456년 단종 복위 운동을 둘러싸고 살육의 피바람이 불었을 때 거열형車裂刑에 처해진 사육신의 시신을 몰래 수습해 한강변 노량진 언덕에 장사 지낸 분으로 널리 알려져 있다. 사육신이란 남효온南孝溫의 『육신전六臣傳』에 기록된 이개李塏 박팽년朴彭年 성삼문成三問 하위지河緯地 유성원柳誠源 유응부兪應孚 등 6명의 충신을 가리킨다.

한편, 이 난세에 비록 평생 벼슬길에 나아가지 않고 초야 묻힌 채 단종을 추모하면서 지조를 지킨 사람들이 있었다. 그 가운데 대표적 인물 여섯 사람, 즉 김시습 남효온 원호元昊 이맹전李孟專 조려趙旅 성담수成聃壽를 생육신이라 한다.

예로부터 충신은 불사이군不事二君이라 했다. 두 임금을 섬기지 않는다는 뜻이다. 사육신이 단종을 섬기려다 발각돼 목숨을 바친 충신들이라면, 생육신은 비록 죽지는 않았을지라도 한평생 한 임금을 숭앙하며 몸과 마음을 다 바친 인물들이다. 그들은 부귀영화와 담을 쌓은 채 관직에 오르지 않으려고 은둔을 하거나, 일부러 미치광이 노릇을 하거나, 단종의 비극에 대성통곡하면서 살았다.

그중에서도 매월당은 숱한 일화를 남겼다. 그는 세속을 등지고 구름인 듯 바람인 듯 정처 없이 떠돌았다. 전국 여러 곳에 그의 기행奇行에 얽힌 전설이 전해져 온다. 특히 충남 부여 무량사無量寺에는 그의 영정과 부도가 남아 있다. 한 시대를 선험적으로 통찰했던 도인이 어찌하여 세상만사다 버리고 무량사의 작은 부도로 남게 되었는지 참으로 희한한 일이다. 어쩌면 매월당에게는 무량사가 가장 살기 좋았던 길지吉地 중의 길지였는지도 모른다.

소설가 이문구(李文求, 1941~2003)는 장편소설 『매월당 김시습』을 통해 그를 되살려 냈다. 매월당의 면모가 잘 부각된 이 작품은 한때 베스트셀러가 되어 폭발적인 인기를 불러 모으는 가운데 문단의 주목을 받았다. 매월당의 생애 전체를 형상화하는 데에는 한계가 있었지만, 그럼에도 불구하고 『매월당 김시습』은 우리에게 많은 시사점을 제공해 주었다.

어쨌든 매월당은 어느 모로 보나 연구 대상이 되고도 남을 신비로운 인물이었다. 『금오신화』의 등장인물들이 그렇듯 그 자신 여느 범부凡夫들과는 거리가 멀었다. 대부분의 다른 사람들이 알량한 재주로 입신양명을 위해 동분서주할 때 그는 비상한 두뇌와 역량을 가지고 있으면서도 세상을 등진 채 남들이 생각하지도 못한 소설을 썼다는 자체가 자못 놀라운 일이다. 당대 최고의 천재였던 그가 한글로 소설을 썼더라면 더 좋았을 텐데 『금오신화』가 한글 소설이 아닌 한문 소설이어서 못내 아쉽다. 국문학을 전공하는 학자라면 몰라도 오늘날 그의 한문 소설을 찾아 읽을 독자는 거의 없다.

2.

조선 중기의 인물인 교산蛟山 허균(許筠, 1569~1618))은 진보적 사상을 가진 한 시대의 혁명가였다. 그의 생애는 파란만장했다. 그는 명가의 후예로 태어나 자기 나름의 꿈과 이상을 펼치려고 안간힘을 썼다. 하지만 자유분방하고 파격적이었던 그의 사상과 철학은 번번이 기득권 세력으로부터 배척을 받았다.

선조 27년(1594) 과거에 급제한 이후 교산은 관직에 올라 수차 파직과 복직을 반복했다. 그는 항상 화제를 몰고 다녔다. 스님들과 친교를 나누는가 하면 기생들과도 자주 어울려 놀았다. 그는 분명 보편적 사고를 뛰어넘는 인물이었다. 따라서 봉건적 관념에 사로잡힌 세력들이 그를 좋아할 리 만무했다.

많은 사람들이 교산을 중상 모략했다. 하지만 그는 구태의연한 가치관을 뒤엎고 인간이 보다 더 인간답게 사는 세상을 열어야 한다고 생각했다. 모난 돌이 정 맞는다고 했던가, 그는 결국 광해군 10년(1618) 역모 혐의와 관련돼 국문을 받고 목숨을 잃었다. 비참한 죽음이었다.

필자는 학교 다닐 때 허균의 『홍길동전洪吉童傳』을 우리나라 최초의 한글 소설이라고 배웠다. 그런데 이 근래 새로운 학설이 제기되었다. 『홍길동전』은 허균의 작품이 아닌, 다른 사람의 작품이라는 주장이 나왔다. 이 문제를 놓고 필자가 가타부타 결론을 내릴 수는 없지만, 어쨌든 교산이 일반인의 상식을 뛰어넘어 파란만장하게 살았던 것만은 분명하다.

그는 평소 '세상에서 두려워할 것은 오로지 백성뿐이다. 백성은 물이나 불, 호랑이나 표범보다 훨씬 두려운 것인데 윗자리에 있는 자들은 백성을 업신여기면서 모질게 부려 먹는다'고 주장했다. 그뿐 아니라 기생과의 관계에 관해서도 '남녀 간의 정욕은 하늘이 준 것이며, 남녀유별의 윤리는 성인의 가르침이다. 성인은 하늘보다 훨씬 하위 개념이다. 따라서 성인을 따르느라 하늘을 어길 수는 없다'는 이론을 펼치기도 했다.

누구나 알다시피 조선 사회는 엄격한 신분 사회였다. 반상班常의 구분이 뚜렷했다. 양반은 어디까지나 양반이고, 상놈은 어디까지나 상놈이었다. 허균은 양반 가문의 후예로 여러 관직을 두루 역임했다. 그런 인물이 한글로 소설을 썼다는 것은 해가 서쪽에서 뜰 만큼 경천동지할 사건이었다. 그 당시는 한문이 아니면 문장으로 인정하지도 않던 시절이었다. 한글을 아녀자들이나 '아랫것'들이 쓰는 하찮은 '암글' '언문' 정도로 취급하던 시대에 양반 출신이 한글로 소설을 썼으니 상식적으로 납득하기 어려운 일이었다. 달리 말하자면 한글로 소설을 쓴다는 것은 자기 스스로 신분과 체면을 깎는 행위였다. 하지만 교산은 일거에 세상의 고정 관념을 뒤엎었다. 기상천외한 코페르니쿠스적 발상의 전환이었다.

소설 『홍길동전』은 문장뿐만 아니라 서사 구조 역시 종래의 인습과 사고 체계에 정면으로 반기를 들었다. 적서嫡庶와 반상의 차별, 빈부 격차, 지배 세력과 억압 받는 민중의 억울함 등이 종합적으로 형상화되었다. 특히 도술과 둔갑술로 신출귀몰하는 홍길동의 눈부신 활약상은 부패 세력에 대한 응징과 맞물려 만인의 공감을 자아냈다. 따라서 소설 속의 주인공 홍길동은 정의의 화신이자 민중의 영웅으로 부각되었다.

필자는 일찍이 예닐곱 살 때 우리 집으로 '마실' 오시는 동네 어른들에게 『홍길동전』을 읽어드렸다. 흥미진진했다. 동에 번쩍, 서에 번쩍 홍길동이 종횡무진하면서 탐관오리들을 징치하는 대목에서는 저절로 신바람이 났다. 통쾌했다. 어른들도 어깨를 으쓱으쓱하면서 즐거워했다.

허균은 『홍길동전』을 통해 가난하고 억눌린 사람들의 말 못할 속내를 잘 대변했다. 그래서 민초들의 사랑을 듬뿍 받았다. 부정과 부패가 없고 누구나가 공정하고 행복하게 잘 살자는 담론이야말로 민초들이 꿈꾸는 세상이었다. 작자는 혁명적인 발상으로 우리 모두의 이상향인 율도국을 제시했다.

그랬다. 『홍길동전』은 주제와 구성 등 모든 면에서 크게 성공했다. 누가 뭐래도 명작 중의 명작인 이 작품은 서포西浦 김만중金萬重의 『구운몽九雲夢』과 『사씨남정기謝氏南征記』 등 후대 소설 창작에 큰 영향을 미쳤다. 무엇보다도 '어려운 한문'이 아닌 '읽기 쉽고 쓰기 편한 한글'로 써서 우리 문학사를 길이 빛냈다.

앞에서 잠깐 언급했다시피 필자는 어린 나이에도 『홍길동전』을 자유롭게 읽을 수 있었다. 물론 『춘향전春香傳』 『심청전沈淸傳』 『홍부전興夫傳』 『삼국지三國志』 『유충열전劉忠烈傳』 『장국진전張國振傳』 등도 거의 달달 외우다시피 했다. 한글판이어서 거칠 것이 없었다. 『삼국지』의 경우 중국 소설이지만 한글로 번역되었기에 자유자재로 능수능란하게 읽을 수 있었다.

필자가 자라나던 시절에는 육전소설六錢小說, 즉 장場에서 파는 그런 '얘기책'이 꽤 많았다. 그중에서도 『홍길동전』을 비롯하여 『춘향전』 『심청전』 『홍부전』 『삼국지』 『유충열전』 『장국진전』 등은 오랜 세월 베스트셀러로 명성을 떨쳤다. 지금도 그렇지만 그 무렵 우리 민족으로서 홍길동과 성춘향과 심청과 홍부와 놀부를 모르는 사람이 없다 해도 과언이 아니었다.

그런가 하면 다른 나라의 명작들도 계속 번역 또는 번안되어 마음만 먹으면 언제든지 읽을 수 있었다. 명망 있는 출판사들은 앞다투어 세계 명작을 쏟아 냈다. 이 모두가 한글 덕택이었다. 이렇게 편리한 한글이 있는데도 옛 어른들은 오직 한문만을 최고로 여겼으니 그저 안타까울 뿐이다.

3.

훈민정음은 세종 25년(1443)에 창제되고, 그로부터 3년 뒤인 세종 28년(1446)에 반포되었다. 이는 인류 역사에 금자탑을 쌓은, 문자 그대로 전대미문의 기념비적인 사건이었다. 인류 최초로 어느 누구라도 쉽게 배워 널리 사용할 수 있는 글자가 나왔다. 그런 글자를 제정하여 반포한 세종대왕 특유의 사상과 철학은 감히 어느 누구도 모방할 수가 없었다.

상형 문자는 본래 사물의 생김생김을 표현한 것이지만, 훈민정음의 경우 표음 문자로서 '소리'가 나오는 입과 입술과 혀의 모양으로 글자를 만든다는 그 발상 자체가 놀라웠다. 그 결과 세종대왕은 마침내 인류 역사에서 가장 알기 쉽고, 가장 쓰기 쉽고, 가장 과학적이고, 그래서 가장 신비로운 문자를 만들어 세상에 내놓았다.

하지만 오랜 관습의 벽은 견고했다. 사회를 이끌어 가는 지도층부터 훈민정음을 하찮게 여겼다. 그들은 어려운 한문을 써야만 식자층으로 행세할 수 있다고 믿었다. 만약 쉬운 훈민정음을 쓸 경우 함량 미달의 천학비재가 되는 것으로 간주했다. 따라서 훈민정음이 뿌리를 내려 백성들 사이로 널리 확산되기까지에는 상당한 세월이 필요했다.

물론 고대로부터 시가詩歌와 가사歌辭와 소설 등이 없었던 것은 아니지만, 그래도 우리말·우리글에 대한 인식이 새롭게 대두된 것은 뭐니 뭐니 해도 갑오경장(1894~1896) 무렵이었다. 특히 독립협회가 1896년 4월 7일 창간한 독립신문은 획기적인 전환점을 마련했다. 이 신문은 국문판과 영문판으로 발행되었다. 무엇보다도 모든 기사를 국문, 즉 우리글로 내보냄으로써 가위 혁명적 분수령을 마련했다.

창간 당시 격일간으로 출범한 이 신문은 일간으로 발전했다가 1899년 12월 4일 종간호를 내고 자진 폐간했다. 발행 기간은 3년 남짓이었지만, 이 신문이 우리나라 언론 창달 및 출판문화 발전, 더 나아가 우리글의 확대 발전에 기여한 영향은 무척 컸다. 그 무렵, 저 유명한 주시경(周時經, 1876~1914) 선생이 있었다. 그는 독립운동가이자 실천적 국어학자로서 우리말과 우리글의 창달에 신명을 바쳤다.

주시경 선생을 비롯한 국문학자들은 1910년대부터 우리글을 '한글'이라는 명칭으로 사용하기 시작했다. 이로써 훈민정음으로 시작한 우리글은 수백 년 동안 '암글' '언문' 등 탐탁치 못한 명칭으로 통용되다가 새로운 이름을 갖게 되었다. 참고로 말하자면 국보 제50호인 『훈민정음해례본訓民正音解例本』은 유네스코 세계기록유산으로도 등재되었고, 한국 최초의 민영 일간지 독립신문은 2012년 10월 17일 등록문화재 제506호로 지정되었다.

한편, 육당六堂 최남선(崔南善, 1890~1957)은 1908년 11월 『소년少年』 창간호에 신체시 「해에게서 소년에게」를 발표했다. 일부 이론異論이 없는 것은 아니지만, 대부분의 연구자들은 이를 신문학의 출발점으로 꼽는다. 사실 이 작품은 종래의 격식을 깨고 새로운 형식으로 나타나 우리 사회에 신선한 충격을 안겨 주었다.

이를 계기로 우리 문학은 새로운 사조를 가져왔다. 종래에는 많은 사람들이 한문 투의 문장을 써야만 유식한 줄 알았으나 그때부터 인식이 달라졌다. 이와 함께 표현도 한글 위주로 급물살을 타기 시작했다. 시든 소설이든 어떤 작품을 막론하고 한글로 쓰게 되었다. 말하자면 그 이전까지는 몸에 맞지 않는 옷을 입고 있다가 이제야 비로소 우리 몸에 맞는 옷다운 맞춤형 새 옷을 입게 된 셈이었다.

우리나라 문인이 우리 한글로 작품을 쓰는 것은 아주 당연하다. 그런데도 이렇게 되기까지 몇 백 년이 걸렸다. 특히 정부 당국은 오랜 세월 엉거주춤한 태도를 보였던 것이 사실이다. 필자가 중고등학교에 재학 중일 때만 해도 국어 교과서가 국한문 혼용으로 되어 있었다. 공문서 또한 예외가 아니었다. 관공서에서 발행하는 고지서와 영수증 따위가 대부분 한자와 한문 투로 작성되었다. 물론 그때는 그때대로의 논리와 사정이 있었겠지만, 국민의 처지에서 본다면 왜 그랬었는지 참으로 이해하기 어렵다.

하지만 문학은 다른 분야보다 훨씬 앞서 나갔다. 소설의 경우 국초菊初 이인직(李仁稙, 1862~1916)과 동농東濃 이해조(李海朝, 1869~1927)의 신소설新小說을 거쳐 춘원春園 이광수(李光洙, 1892~1950)에 이르면 문학 작품이 얼마나 '한글화' 되었는지 알 수 있다. 문학과 한글은 동전의 양면처럼 불가분의 관계 속에 계속 발전을 거듭했다.

예컨대 김유정(金裕貞, 1908~1937)의 작품에서는 아예 한자나 한문 투를 찾아볼 수가 없다. 특히 김유정은 일제강점기에 교육을 받은 인물임에도 불구하고 한글 전용으로 작품을 썼을 뿐만 아니라, 더 나아가 한글만으로 표현할 수 있는 향토색 짙은 언어들을 소설 속으로 불러들여 우리 문학의 새로운 지평을 열었다. 1930년대의 일이었다.

그 이후에는 더 말할 나위가 없었다. 우리 한국 문학은 한글과 함께 한글과 더불어 한글로 말미암아 눈부시게 번영했다. 현대 문학의 전개 과정에서 우리 문인들은 우리말을 아름답게 갈고 닦으며 한글 번영을 이끌었다. 이제 우리 문단에서 한문을 고집할 사람은 없다.

급기야 천지가 개벽했다. 한자를 한글로, 한문을 국문으로! 이제 한글과 현대 문학은 일심동체가 되었고, 우리는 지금 한글이 아니면 한국 문학을 생각할 수 없는 시대에 살고 있다. 한글로 쓴 글이 아니면 한국 문학이 아니고, 한국의 문인이라면 마땅히 한글로 문학 작품을 써야 하는 것이다.
(第6회 세계한글작가대회 특강. 서울 프레지던트호텔. 2020. 10. 22)

영혼으로 빚은 문학,
표절은 범죄다

최근 충격적인 표절 사건이 발생했다. 어느 부질없는 청년이 다른 사람의 작품을 베껴 무려 다섯 군데의 문학상을 받아낸 어처구니없는 사건이었다. 본인의 양심과 심사위원의 눈을 속였다. 결론부터 말하자면 있을 수 없는, 있어서는 안 되는, 도저히 용서할 수 없는 파렴치한 역대급 범죄 행각이다. 저작권을 침해하고, 저작권법 자체를 몰각했다.

표절의 당사자는 정식으로 등단한 기성 문인이 아니다. 문학 단체의 회원도 아니다. 그는 본격적인 문학 작품 창작과는 관계없이 문학상 상금을 노리고 그런 해악을 저질렀다. 문학이 뭔가를 조금이라도 안다면 그런 범죄를 자행할 수가 없다. 문학은 본래 고뇌와 성찰의 산물이다. 뼈를 깎고 피를 말리는 고통 없이는 좋은 작품을 창작할 수가 없다. 그래서 흔히 문예 창작 과정을 일컬어 형극의 길이라고도 한다.

기절초풍할 이번 표절 사건이 언론에 보도되자 국내외 많은 문인들이 혀를 내두르며 땅이 꺼져라 장탄식을 자아냈다. 필자 역시 얼마 동안 억장이 무너지는 실의와 허탈에 사로잡혔다. 분노를 금할 길 없었다. 이 사건은 신성한 문학을 욕되게 했고, 하 많은 문인들의 명예와 자존심에 찬물을 끼얹었다.

하기야 표절 시비는 오래 전부터 종종 불거졌다. 학술논문·음악·미술·사진 등 광범위한 분야에서 이른바 '베껴먹기'가 들통 나곤 했다. 그동안 국무총리와 장관 등 고위 공직 후보자들이 국회 청문회에서 논문 표절로 줄줄이 낙마했다. 특히 문학 부문에서 표절 문제가 발생하면 사회적 파장이 더욱 크다. 문학이야말로 다른 분야와는 달리 창작을 생명으로 하고 있기 때문이다. 이번 표절 사건도 일파만파로 번지면서 심각한 우려를 자아냈다.

그럼에도 불구하고 다행인 것은 우리 기성 문단의 경우 표절이 거의 없다는 사실이다. 단언컨대 대부분의 정통 문인들은 문자 그대로 명예와 자존심을 걸고 주옥같은 작품을 창작하고자 혼신의 힘을 기울인다. 예로부터 문인들의 사전에는 아예 표절 자체가 존재하지 않는다는 게 우리의 자부심이다. 그 반면 극소수 사이비 문학청년과 좀벌레나 독버섯 같은 철부지들이 문학상 현상 공모와 작은 공명심에 눈이 멀어 문단과 세상을 어지럽힐 뿐이다. 이는 마치 미꾸라지 한두 마리가 온 강물을 다 흐려놓는 경우와 같다.

그들의 표절 방법은 다양하다. 남의 작품을 통째로 베끼는가 하면 뭉텅뭉텅 떼어다가 짜깁기처럼 집어넣기도 하고, 시의 경우 기존의 작품을 도용하여 슬쩍슬쩍 낱말을 갈아 끼우는 수법도 있다. 시를 대중가요 가사나 그밖의 다른 용도로 둔갑시키기도 한다. 심지어는 표절한 글을 표절해 먹은 글인 줄도 모르고 다시 표절하는 경우까지 있다. 최소한의 문학적 소양조차 갖추지 못한 그들에게는 오직 문학상의 현상 고료, 즉 얼마간의 돈만

이 '먹잇감'으로 보일 뿐이다.

우리 사회가 어쩌다 이처럼 혼탁해졌을까. 양심 따위는 안중에도 없는 사회. 인문학의 중심인 문학을 도외시하고 '돈이면 그만'이라는 황금만능주의가 판을 치다 보니 양심까지 송두리째 팔아먹는 이런 풍조가 나타났다. 우리는 지금 이렇듯 가치관이 전도된, 문학의 본질조차 훼손되는 우스꽝스런 시대에 살고 있다. 참으로 개탄할 일이다.

그렇다면 표절 문제를 어떻게 해결할 것인가. 혹자는 하기 쉬운 말로 심사위원의 책임론을 제시한다. 하지만 그것은 설득력이 없다. 신이 아닌 이상 심사위원이라고 해서 표절을 족집게처럼 집어낼 수는 없다. 표절은 남몰래 일어나는 행위여서 근원적으로 예방하기도 어렵다. 이는 경찰이나 검찰이 있어도 범죄를 근절하지 못하는 이치와 같다.

일각에서는 문학상 공모 폐지론을 주장하지만 이 또한 옳은 처방이 아니다. 빈대를 잡으려고 초가삼간을 태울 수는 없다. 인간성 회복을 위해서라도 문학상 공모는 더욱 확대할 필요가 있다고 하겠다.

이 시점에서 우리가 생각할 수 있는 대책은 딱 한 가지밖에 없다. 저작권법을 개정하든 새로운 입법을 통해서든 제재와 처벌을 강화하는 방안이 그것이다. 지금까지는 표절이 적발되어도 유야무야 넘어가곤 했다. 도둑을 잡아 놓고서도 단죄하지 않으면 재발을 막기 어렵다. 악행에는 엄벌이 묘약이다. 표절이 발각될 경우 패가망신할 수 있다는 확실한 경종을 울리는 것이 상책이다.

법적으로 죄과를 따져 물을 때에는 반드시 죄질을 살펴보게 마련이다. 또, 단순한 절도죄 중에는 생계형이라는 것도 있다. 하지만 표절은 어떤 경우에라도 정상을 참작할 여지가 없다. 남의 영혼이 빚어낸 소중한 문학작품을 훔쳐서 '자기 것'으로 가로채는 표절. 그 행위가 얼마나 중대한 범죄인가를 인식한다면 마땅히 강력한 사법적 응징으로 그 뿌리를 뽑아야 할 것이다. (서울신문. 2021. 2. 23)

소설 창작과 감상

1. 문학이란 무엇인가

사전적 풀이로 볼 때, 문학이란 '사상이나 감정을 언어로 표현한 예술' 또는 '그런 작품'을 말한다. 좀 더 쉽게 말하자면 인간의 생각과 말과 행위를 언어의 실체, 즉 글로 표현한 예술이라고 하겠다. 예컨대 시 소설 희곡 수필 평론 따위가 여기에 해당된다. 그러나 문학의 내면을 보다 더 깊이 들여다보면 여간 복잡하고 어려운 것이 아니다.

꽤 오래 전 일이지만, 언젠가 '문학이란 무엇인가'라는 주제의 심포지엄에 참가한 적이 있었다. 그 자리에는 내로라하는 당대 최고의 문인들과 학자들이 나와 있었다. 그들은 진지한 주제 발표 또는 질문과 토론을 통해 문학에 대한 의견을 폭넓게 개진했다.

그러나 문학에 대해 어느 누구도 똑 부러지게 정의를 내리지 못했다. 광의의 문학, 즉 언어 예술 전반을 아우를 경우 그 범주가 너무 넓기 때문에 한두 마디 문장으로 쉽게 정의할 수 있는 것이 아니다. 물론 협의의 문학, 즉 시 소설 희곡 수필 평론 등 각 장르별 특성을 이야기하자면 그런 대로 쉽게 정리할 수 있겠지만, 언어 예술 전반을 포괄할 경우 그에 대한 정의를 내리기가 쉽지 않은 것이다.

오죽하면 서양의 한 학자는 문학이 무엇인가를 구명究明하려다가 '잘 모르겠다'라는 결론을 내렸다고 한다. 문학이라는 것이 실지로 존재하기는 하는데, 그걸 한마디로 설명하는 데 한계를 느꼈다는 뜻이다. 그만큼 문학은 독특한 특성을 가지고 있다. 나 자신 이른바 전업 작가로서 지난 30여 년 간 오직 문학에 종사해 나왔다. 그러나 누군가가 문학이 무엇이냐고 묻는다면 선뜻 답변하기가 어렵다. 그저 앞에서 살펴본 사전적 풀이처럼 '사상이나 감정을 언어로 표현한 예술' 정도로 답할 수 있을까. 물론 질문자의 수준에 따라 그들의 이해를 돕기 위해 약간의 표현을 달리 할 수는 있겠지만, 그것을 꼭 집어서 '이것이다'라고 답변하기가 어려운 것이 사실이다.

그럼에도 불구하고 문학이 언어를 통한 인생의 표현이라는 데에는 이의가 없다. 음악이 소리로, 미술이 그림으로 표현하는 예술이라고 한다면 문학은 언어를 그 기본으로 한다. 그런데 이 '언어'라는 것도 다시 한 번 깊이 생각해 볼 필요가 있다. 오늘날 일반적으로 문학이라고 하면 활자화된 글을 연상할 수 있지만, 그렇다면 문자 이전의 시대에는 문학이 없었는가. 천만의 말씀이다. 문자가 창제되기 이전에도 문학이 있었다. 가령 설화 전설 야담 실화 등을 비롯한 일련의 구비 문학口碑文學을 연상하면 얼른 이해가 될 것이다.

이와 관련해서 간과할 수 없는 것이 있다. 언어로 표현했다고 해서 다 문학이 되지는 않는다는 사실이다. 언어로 표현한 것 중에는 각종 문서·기별(신문 기사) 등을 비롯하여 여러 가지가 있을 수 있다. 우리는 그런 것까지를 문학이라고 하지는 않는다. 그런 언어는 그 어떤 사실의 표현이나 전달에 목적이 있고, 사상이나 감정을 예술적으로 표현한 것이 아니기 때문이다. 이런 사례만 보더라도 문학에 대해 선뜻 정의하기가 얼마나 지난한가를 얼른 이해할 수 있을 것이다. 그 반면, 그 어떤 사실에 중점을 둔 편지(서간문) 일기 기행문 따위가 뛰어난 문학 작품으로 우뚝 솟은 경우를 얼마든지 볼 수 있다. 그런 글의 경우 외양은 편지(서간문) 일기 기행문 형식을 취하고 있을지라도 그 안에 담긴 사상이나 감정이 예술적으로 녹아 있기 때문에 문학 작품으로 평가되는 것이다.

이렇듯 문학의 내면은 깊고, 넓고, 복잡하다. 따라서 문학을 이해하려면 다각적인 연구와 분석이 필요하다. 그러나 창작에 종사하는 사람들, 즉 통칭 작가들의 경우 그런 이론보다는 어떻게 하면 좋은 작품을 쓸 수 있을 것인가 하는 문제로 더 고민하게 마련이다.

2. 소설이란 무엇인가

소설의 사전적 풀이는 '작자가 자기의 눈을 통해 본 현실적 인생을 구성적構成的으로 서술한 창조적 이야기'로 되어 있다. 그런데 우리나라의 경우 소설이란 말에는 대체로 두 가지 뜻이 내포돼 있다. 즉, 조상 전래로 쓰여 오던 소설의 의미와 개화기 이후 서양의 근대 문학을 받아들인 이후의 소설의 의미에는 약간 뉘앙스의 차이가 있다.

예컨대 「춘향전春香傳」「심청전沈清傳」「홍길동전洪吉童傳」 등 우리 조상들이 써내고 읽어온 고대 소설과 이광수李光洙의 「무정無情」, 김동인의 「감자」「배따라기」「붉은 산」, 이효석의 「메밀꽃 필 무렵」, 염상섭의 「삼대三代」, 안수길의 「북간도北間島」, 황순원의 「소나기」, 김동리의 「등신불等身佛」 등 현대 소설이 그것이다. 일찍이 이규보의 문집에 '백운소설白雲

小說'이란 말이 나오고 있지만, 고대 소설의 경우 당대에는 흔히 '얘기(이야기)' 또는 이른바 얘기가 담긴 책을 '얘기책'이라 했고, 서양의 근대 문학이 들어온 이후에는 영어의 'novel'이나 불어(또는 독어)의 'roman'을 소설이라 옮겨 부르게 되었다.

『한서漢書』「예문지藝文志」에 의하면, 소설가란 패관稗官에서 나왔는데, 소설이란 항간에 떠도는 이야기를 길에서 듣고 이야기하는 대로 지어낸 것이라고 한다. 즉, 한漢 나라 때 왕이 세상 민심을 살피기 위해 패관이라는 관리를 두고 세상에 떠돌아다니는 이야기들을 채록하게 했는데, 그 후 패관이라는 벼슬과는 관계없이 민간에서도 누구나 자기가 좋아하는 이야기를 들은 대로 꾸며내거나 기록해 놓은 것을 소설이라 부르게 되었다는 것이다.

한편, 고대 소설의 경우 전설·사화史話·민담民談·실화實話 등에서 상상으로 꾸며낸 이야기에 이르기까지 다양한 스토리가 망라돼 있다. 또, 항간에 떠도는 전설이나 민담일수록 지방에 따라 내용상 약간의 차이가 나는 것도 특징을 엿볼 수 있다. 이와 함께 작자가 제대로 전해지지 않는 것도 고대 소설의 특징이라면 특징일 수 있겠다. 그 반면, 근대 문학 이후의 소설에는 항간에 떠도는 전설이나 실화보다는 작가의 상상력에 의해 창작된 경우가 훨씬 많다. 여기서 말하는 창작이란, 실지로 있었던 일보다는 작가의 상상력으로 창조한 작품임을 뜻한다. 즉, 오늘날의 소설가들은 작가가 현실적 인생을 창조적으로 구성해 문학 작품으로 승화시키는 것이다.

이렇게 볼 때, 근대 문학 이후 현대 소설은 전적으로 작가의 창작이라고 말할 수 있겠다. 고대 소설이 사실이든 허구이든 '얘기(이야기)'를 골간으로 한 것이라면, 현대 소설의 경우 사실보다는 허구에 더 중점을 두어 작가가 자기 나름의 기법으로 온전히 창작해 낸 작품을 의미하게 된다. 예컨대 '얘기'가 곧 소설이라고 한다면, 재담꾼이 곧 소설가일 수도 있다. 그러나 우리는 재담꾼 그 자체를 소설가라고 말하지는 않는다. 재담꾼은 재담꾼일 뿐 문학을 전문으로 하는, 소설을 전문으로 쓰는 소설가와는 별개라고 하겠다.

이에 대한 논의를 다른 각도에서 해석하면 언어 예술에 대한 오해 내지 곡해가 파생될 수 있다. 문학의 본질이 언어 예술이라면 언어 구사를 잘하는 사람이 문학도 잘할까. 아니다. 물론 언어 구사를 잘하는 사람은 문학적으로 그만큼 유리할 수는 있겠지만 그 자체로서 좋은 문학인이 될 수 있는 것은 아니다. 예컨대 언어 구사를 잘하는 계층으로 말하자면 방송인을 비롯하여 연설 전문가나 약장수 등 이루 헤아릴 수 없이 많다. 그러나 언어 구사만 잘한다고 해서 문학인이라고 말할 사람은 없다. 문학이 언어 예술이라는 점에는 이의가 있을 수 없지만, 언어 구사와 언어 예술은 유사한 듯하면서도 사실상 별개의 개념인 것이다.

결론적으로 말하자면 작가의 창작을 거치지 않은, 즉 단순한 '얘기(이야기)'만으로는 소설이 될 수 없다. 요컨대 작가가 주제 구성 독창성 등 소설에 필요한 요건을 잘 갖추어 예술적으로 창작해 낸 것이라야만 문학 작품의 반열에 들 수 있는 것이다.

이 근래 사회 일각에서 '그건 소설에 지나지 않는다' '소설 쓰지 마라'는 말을 부쩍 많이 한다. 특히 정치권에서는 소위 무슨무슨 게이트 등 특정인의 비리 따위가 불거져 논쟁이 벌어질 때마다 종종 그런 표현이 나온다. 그 표현은, 추악한 스캔들에 휘말린 사람이, 그 스캔들을 폭로하는 쪽을 향해 방어 기제로 쓰는 말이다. 이를테면 꾸며낸, 즉 조작한 거짓으로 다른 사람을 현혹하지 말라는 뜻이 내포돼 있다고 하겠다.

소설 창작에만 전념해 온 필자의 경우 그런 언사를 접할 때마다 이만저만 불쾌한 것이 아니다. 물론 현대 소설이 허구로 꾸며지는 것은 틀림없는 사실이지만, 그 허구야말로 인생의 진실을 보다 더 효과적으로 그려 내기 위한 일종의 수단이다. 그럼에도 불구하고 소설의 특성인 허구 그 자체를 강조한 나머지 소설이 모두 거짓이라는 듯한 뉘앙스를 풍기는 듯해서 몹시 불쾌한 것이다.

만일 세상에 있는 이야기를 그대로 기록한다면 그것은 논픽션이 될 것이다. 그리고 그것은 소중한 자료로 남게 될 것이지만, 그 자체로서 문학성을 획득하기는 어렵다. 물론 논픽션 중에도 창작물보다 훨씬 더 감동적인 문예물이 없는 것은 아니다. 그러나 현대 소설의 본질은 거의 예외 없이 허구를 통해서 창작된다는 사실을 잊지 말아야 할 것이다.

3. 주제란 무엇인가

우리는 일상생활을 통해 '그의 이야기에는 주제가 없다' '그는 주제 파악을 못한다'라는 는 말을 종종 쓴다. 소설의 주제란 바로 한 작품을 일직선으로 관통하는 작가 정신이라고 말할 수 있다. 작가가 작품을 통해 독자에게 전달코자 하는 핵심 메시지, 그것이 바로 주제라고 말할 수 있겠다. 만약 일상적인 대화에서도 주제가 없다면 그것은 횡설수설에 지나지 않을 것이다.

예컨대 만취한 상태로 이성을 잃은 사람들의 대화를 상상해 보자. 뭐라 열심히 중얼중얼 게걸거리기는 하지만 그 말에 핵심이 없다. 설령 술에 만취했다 하더라도 말을 할 때에는 그 핵심이 있어야 할진대 만취한 사람들에게서는 통상 말의 핵심이나 줄거리를 찾아보기 어렵다.

사실 만취한 사람이 아니더라도 우리는 일상생활을 통해 핵심 없는 말을 지껄이는 사람을 얼마든지 볼 수 있다. 글도 예외가 아니다. 뭔가 미사

여구를 잔뜩 늘어놓기는 했는데, 갈피를 잡지 못한 채 이리 갔다 저리 갔다 헤매는 글이 얼마나 많은가. 그것은 주제가 명확하지 못하기 때문에 나타나는 현상이다. 말하자면 줏대가 없다고나 할까, 아무튼 말하고자 하는 핵심이 빠져서 뭐가 뭔지 분간키 어려운 글도 흔한 것이다.

이정표가 없으면 길을 잃기 쉽다. 길을 잃고 헤매는, 그리하여 동서남북조차 못 가리는 난삽한 글들을 접할 때마다 여간 안타까운 것이 아니다. 모름지기 문학 작품이라면 다 읽고 났을 때 가슴 뻐근해 오는 감동의 메아리가 있어야 하건만 이것도 저것도 아닌 얼치기들이 너무 많은 것이다. 하기야 일부 실험적인 작품 등 무주제 작품이 전혀 없는 것은 아니다. 작가가 일부러 주제를 설정하지 않고 마구잡이로 써 내려간 작품도 있을 수는 있다. 그러나 그런 무주제 작품이라고 해서 작품이 지녀야 할 문학성마저 일탈할 수는 없다. 모름지기 문학 작품이라면 분명히 그 안에 작가의 생생한 목소리, 즉 그 무슨 확실한 메시지가 담겨 있어야 하는 것이다.

가령 「춘향전」의 경우를 보자. 이 작품은 이몽룡과 성춘향의 사랑, 특히 성춘향의 정절을 그 핵심 주제로 하고 있다. 이와 함께 변학도로 대변되는 탐관오리를 응징하는 것도 작가 정신의 발현이라고 말할 수 있겠다. 요컨대 이 작품은 고대 소설인 만큼 권선징악과 해피엔딩이 양대 축을 이루고 있다.

「홍길동전」의 경우에는 부정과 비리로 얼룩진 사회 혁파 사상과 함께 율도국이라는 이상향을 제시하고 있다. 이 소설은 특히 작가의 사상과 감정이 잘 드러난 작품으로 꼽힌다. 논의의 대상에서 다소 빗나가는 얘기지만, 참고로 말하자면 「홍길동전」은 우리나라 최초의 한글 소설이면서 작가가 알려진 보기 드문 사례라 할 것이다.

이렇듯 작품에는 주제, 즉 독자에게 전달코자 하는 분명한 메시지가 있어야 한다. 한때 작품의 주제 문제를 놓고 '참여'와 '순수' 논쟁이 활발히 전개된 적이 있었다. 오늘날에는 이에 대한 논의가 주춤한 상태이지만, '참여'와 '순수'는 60년대 이후 한국 문단의 최대 담론이었다 해도 과언이 아니다. '참여'와 '순수' 논쟁이란 쉽게 말해서 작가가 작품을 통해 정치적·사회적 부조리 등 현실 문제에 참여해야 한다는 주장과, 문학이야말로 정치적·사회적 현실과는 일정한 거리를 두고 인간 본연의 문제만 다루어야 한다는 주장 사이의 논리적 대결 양상이었다.

필자의 경우 사실은 '참여'와 '순수'라는 용어부터 달갑지 않게 생각하는 편이다. 문학을 놓고 '참여 문학'이니 '순수 문학'이니 이분법적二分法的 잣대로 재단하는 것 자체가 마땅치 않다고 인식하기 때문이다. 그것은 어쩌면 학자들이나 평론가들이 할 일이지 창작하는 사람은 '참여'니 '순수'니 하는 분류에 얽매여 어느 한쪽으로 경도되거나 끌려 다닐 일이 아니라고 믿는 것이다.

필자가 볼 때 동서고금의 명작에는 논자들이 말하는 소위 '참여'의 요소와 '순수'의 요소가 적절히 녹아 있다. 예컨대 「춘향전」만 하더라도 암행어사 이몽룡이 탐관오리 변학도를 단죄하는 대목이야말로 '참여' 중의 '참여'요, 해석하기에 따라서는 일종의 '계급 혁명'으로 볼 수도 있다. 그런가 하면 이몽룡과 성춘향의 변치 않는 애정만을 떼어놓고 본다면 '순수' 중의 '순수'요 가장 이상적인 인간의 사랑이라고 말할 수 있을 것이다.

저 유명한 도스토예프스키의 「죄와 벌」만 해도 예외는 아니다. 청년 라스코리니코프가 수전노에 지나지 않는 고리대금 노파를 살해하는 대목이야말로 '참여' 그 자체이며, 라스코리니코프와 소오냐의 사랑이야말로 '순수' 그 자체라고 말할 수 있겠다. 그밖에도 그 안에 '참여'와 '순수'가 공존하는 동서고금의 명작을 열거하자면 한이 없다. 이렇듯 불멸의 명작은 어느 한쪽에만 치우치지 않고 인생에서 있을 수 있는 모든 면을 총체적으로 아우르면서 감동의 드라마를 연출하고 있는 것이다.

그야 어찌 됐든 문학 작품은 그 어떤 사상을 담고 있어야 한다. 만약 사상이 담겨 있지 않다면 그것은 그저 단순한 의미의 '글' 정도에 지나지 않는다. '글'이야 문맹자만 아니라면 누구라도 쓸 수 있다. 그러나 아무렇게나 쓴 글을 통틀어 문학 작품이라고 하지 않는 것은 그 안에 작자의 사상이 결여돼 있기 때문이다. 바꾸어 말하자면 문학은 글로 표현되지만, 그러나 모든 글이 문학 작품이 되는 것은 아니라는 뜻이다.

이렇게 볼 때 글과 문학 작품은 절대로 동의어가 될 수 없다. 우리는 일상생활에서 '글 쓴다'는 말을 종종 쓴다. 이 경우 일반인이 '글 쓴다'고 말할 때에는 뭔가 글로 표현한다는 뜻이겠고, 기자가 '글 쓴다'고 할 때에는 기사를 쓴다는 뜻으로 통할 수 있겠다. 학자가 '글 쓴다'고 할 때는 논문을 쓴다는 의미로 받아들일 수 있겠는데, 전문적인 문인들이 '글 쓴다'고 하면 작품을 쓴다는 의미로 받아들여야 마땅할 것이다.

다소 논리를 비약하자면 문학은 아무나 할 수 있다. 그렇다고 아무나 쓴 글이 문학 작품으로 인정받는 것은 아니다. 문학 작품에는 문학 작품만이 갖는 특성이 있기 때문이다. 그 특성 가운데 가장 중요한 것이 주제라고 하겠다. 우리는 종종 앞뒤가 안 맞는, 글쓴이가 무슨 말을 하려고 그 글을 썼는지 알 수 없는 해괴한 경우를 보게 된다. 이는 곧 주제, 다시 말하면 작가 정신이 결여돼 있기 때문이다.

구슬이 서 말이라도 꿰어야 보배라는 말이 있다. 아무리 좋은 소재라 해도 그것을 하나로 꿰어 내지 못하면 그저 헝클어진 구슬 알갱이에 지나지 않는다. 또, 보기 좋게 꿰어 내지 못하면 그것은 보배라기보다 뒤엉킨 구슬 뭉치에 지나지 않을 것이다. 그러므로 작가라면 구슬을 멋지게 꿰어

내는 주제 의식이 있어야 하는 것이다.

이렇듯 문학은 그 안에 담아내는 주제 의식, 즉 작가의 사상을 중요시한다. 불후의 명작을 보면 그 안에 작가 특유의 사상이 자연스럽게 무르녹아 있음을 볼 수 있다. 그 사상은 독자로 하여금 감동을 자아내게 하고, 그 연장선상에서 다방면에 걸쳐 그 어떤 잠언 이상의 교시적教示的 효과를 가져오게 된다. 이러한 특성 때문에 문학을 일컬어 모든 예술의 뿌리라고 한다. 이는 작가의 독특한 사상, 목소리가 담겨서 다른 예술에 직접적으로 영향을 주기 때문이다.

무릇 혼이 없는 예술은 장난에 지나지 않는다. 문학의 주제가 곧 다른 분야의 예술가들에게 혼을 불어넣어 준다. 그런 점에서 주제의 중요성과 작가 정신은 아무리 강조해도 지나침이 없다고 하겠다.

4. 소재란 무엇인가

우리는 일상적인 대화 중에 '내가 살아온 이야기를 책으로 엮어 내면 아마 수십 권은 될 것'이라는 말을 듣는다. 그런가 하면 '내가 살아온 이야기를 영화나 드라마로 엮어 내면 크게 히트할 것', 소위 '대박을 터뜨릴 것'이라고 말하는 사람도 만나게 된다.

그렇다. 사람들은 저마다 구구한 사연들을 간직하며 살아간다. 어디 그뿐인가. 대부분의 사람들은 자기가 살아온 삶이야말로 가장 '소설적'이라고 생각한다. 또, 자기가 살아온 삶이 가장 '드라마틱'하다고 여기는 것이다. 그러나 그들의 말을 잘 음미해 보면 자기의 삶이 아주 기똥찬 '소설거리' 또는 '드라마 감'이라는 뜻이 함축돼 있다. 자기의 삶이 곧 '소설 작품' 또는 '드라마 작품'이라는 의미보다는 그 기막힌, 또는 파란만장한 이야기를 잘 옮기면 작품이 되거나 그 이상도 될 수 있다는 뜻이라 하겠다.

그러니까 사람들은 저마다 '소설거리' 또는 '드라마 감', 즉 작품의 재료를 가지고 있다. 소재란 바로 작품이 되는 재료 그것이다. 말하자면 그것은 꿰기 이전의 구슬에 해당된다 하겠다. 그 소재에 주제를 불어넣어 예술적으로 형상화하면 한 편의 작품으로 엮어지는 것이다.

일상생활에서 보더라도 좋은 음식을 만들려면 우선 일정한 재료가 있어야 한다. 소설 창작도 이와 같다. 소설을 쓰려면 반드시 소재가 있어야 한다. 즉, 소설을 쓰기 위해서는 그 바탕이 되는 재료가 있어야 하는데, 주위를 돌아보면 인간의 생각·말·행위 등 소재가 지천으로 널려 있다. 삶과 죽음, 만남과 헤어짐, 사랑·투병·환경 문제 등등 소재는 얼마든지 있다.

그러나 소재만으로는 작품이 될 수 없기 때문에 작가는 거기에 주제를 불어넣고, 빈틈없는 구성과 독특한 목소리로 작품을 형상화한다. 경우에 따라서는 주제를 먼저 설정하고 거기에 어울리는 소재를 찾아 스토리를 전개해 나가기도 한다. 그런가 하면 주제와 소재를 동시에 포착하여 작품을 써내기도 한다.

한편, 너무 흔한 소재는 진부함을 면할 길 없다. 때문에 작가는 보다 신선한 소재를 찾기 위해 늘 깨어 있어야 한다. 남들도 다 아는 이야기는 독자로부터 외면 받을 수밖에 없다. 따라서 작가는 항상 새로움을 추구하지 않으면 안 된다.

5. 구성이란 무엇인가

소설은 지문과 대화로 전개된다. 작가는 지문과 등장인물의 대화로 사건을 담아내면서 작품을 형상화한다. 이 과정에서 우리는 문장의 중요성을 인식하게 된다. 문장이 서툴면 지문이나 대화를 제대로 써나갈 수가 없다. 그런 점에서 문장이야말로 소설 창작의 기본이라고 말할 수 있다. 서튼 문장, 설익은 문장으로는 도저히 작품을 쓸 수가 없다.

때문에 좋은 소설을 쓰려면 문장 수업부터 쌓아야 하고, 그 막힘없는 문장력의 바탕 위에 치밀한 구성력을 갖추어야 한다. 특히 장편소설 등 분량이 많은 소설을 쓸 때에는 튼튼한 구성력이 뒷받침되어야 한다. 구성력이 허약하면 작품의 성공을 기약할 수 없다.

한편, 소설은 인간성 옹호와 탐구를 생명으로 한다. 따라서 소설에는 반드시 인물이 등장하게 마련이다. 작가는 그 인물을 통해 인생을 표현하면서 메시지를 전한다. 작가는 인물을 설정할 때 반드시 성격을 먼저 생각한다. 사람에게는 저마다 성격이 있고, 그 성격을 얼마나 절묘하게 묘사하느냐에 따라 성패가 좌우되기 때문이다.

훌륭한 작가는 인물을 창조하지만, 시원찮은 작가는 이야기를 만든다는 말이 있다. 동서고금을 막론하고 명작에는 반드시 인물이 살아 있다. 저 유명한 「삼국지三國志」에는 조조 유비 손권 제갈량 관우 장비 방통 등등 숱한 인물이 살아 움직이고 「춘향전」에는 성춘향 이몽룡 월매 방자 향단이가 각기 제 몫을 한다. 「심청전」에는 심청 심학규 뺑덕어멈이 있고, 「홍길동전」에는 홍길동이 신출귀몰하면서 시공을 넘나든다.

현대 소설에서는 인물 창조를 더욱 중요시한다. 따라서 작가는 등장인물의 성격을 잘 그려내야 한다. 그러자면 작가는 인간의 심리 파악에 항상 촉각을 곤두세워야 하고 작품 속에 등장시킨 인물들에게 각기 독특한 성격을 부여하지 않으면 안 되는 것이다. 그밖에도 소설을 창작하는 과정에서 우리가 유의해야 할 사항은 너무나 많다. 적절한 어휘의 선택, 풍부한 체험 등 작가가 갖추어야 할 역량은 아무리 강조해도 지나침이 없을 것이다.

한편, 독자의 입장에서는 작가가 말하고자 하는 주제를 잘 파악해야 한다. 그것이 소설 감상의 요체라 할 수 있다. 또, 소설을 감상할 때에는 신문학 초창기의 작품부터 차례차례 통독하는 것도 좋은 방법이 될 수 있다. 필자의 경우 문학청년 시절 창작 수업을 쌓을 때 국내외 고대 소설, 근대 소설, 현대 소설을 손에 잡히는 대로 모조리 읽었다.

그중에서도 문학사에 언급되는 명작들은 두세 차례씩 반복해서 숙독했다. 어디 그뿐인가. 문예지 추천을 겨냥, 등단을 목표로 본격적인 습작에 들어갔을 때에는 선배들의 데뷔작을 거의 모두 섭렵했다. 이 과정에서 수천 장의 원고지를 소모하는 가운데 비로소 내 문체를 갖게 되었다. 그리고 마침내 지난 1976년『현대문학現代文學』추천의 관문을 뚫었다. (경북교육연수원 초청 특별 강연. 2007. 8. 17)

문학으로 보는
인생의 행복과 아름다운 삶

1. 문학이란 무엇인가

태초에 말이 있었다. 그리고 문자가 생겨났다. 언어와 문자의 발달은 인류 발전의 원동력으로 작용했다. 만약 말과 문자가 없었다면 인류는 어떻게 되었을까. 인류는 다른 동물과 다를 바 없었을 것이다. 인류는 말을 통해 서로 소통하고, 문자를 통해 시공을 초월하며 찬란한 역사를 개척해 나왔다. 그 중심에 바로 문학이 있었다. 그리고 문학은 철학, 역사 등 여러 갈래로 발전했다. 오늘날 문학은 좁은 의미로 해석되어 문학예술 또는 문학 작품을 의미하게 되었지만 본래 문학이 있음으로 해서 모든 학문이 광범위한 가지를 뻗치게 되었다.

문학은 작가의 사상과 감정을 언어로 표현한 예술이다. 시인 소설가 극작가 등 문학인들은 그 자신의 내면에서 무르익은 사상과 감정을 잘 정제된 언어로 작품을 창작해 낸다. 그뿐 아니라 온갖 상상력까지 동원해서 독자의 감동을 극대화하기 위해 각고의 노력을 기울인다. 따라서 문학 작품에는 인생을 살찌우는 자양분이 듬뿍 담겨 있다.

2. 인생이란 무엇인가

이 물음에 대한 답변은 결코 간단하지 않다. 역사적으로 동서고금의 숱한 철학자들이 인생에 대해 진지하게 탐구했다. 하지만 인생이라는 것을 한마디 말로 딱 잘라 정의하기란 참으로 어려운 일이다. 하지만 우리는 인간으로 태어났고, 그럼으로 해서 인간답게 살지 않으면 안 된다.

본래 인간은 가치를 추구하는 동물이다. 다른 동물들은 주어진 여건 속에서 먹고, 자고, 번식하면서 살아가지만, 인간은 그것만으로 만족하지 않는다. 만물의 영장인 인간은 머리를 써서 감히 다른 동물들은 흉내조차 낼 수 없는 찬란한 문명과 문화를 발전시켜 나왔다.

어디 그뿐인가. 인간에게는 고귀한 정신세계가 있다. 다른 동물들은 배부르고 등 따시면 만족해 한다. 하지만 인간은 그것만으로 만족할 수가 없다. 육신의 편안함도 편안함이지만, 정신적으로 뭔가를 끊임없이 갈구하면서 살아간다. 따라서 인간은 특별한 가치를 소중하게 여기는 것이다.

예컨대 훌륭한 예술 작품에 감동하고 멋진 운동 경기에 열광하는 것은 그 대표적 사례라 하겠다. 어디 그뿐인가. 우리는 역사를 소중하게 생각하고, 학문과 기술의 발전을 위해 각고의 노력을 기울이는 것이다.

3. 문학과 인생은 어떤 관계인가

문학은 궁극적으로 작가가 발견한 인생의 진면목을 보여 주는 예술이다. 작가는 전자현미경 같은 정교한 시각으로 인생을 성찰, 그것을 다각적으로 해석하고 의미를 부여하여 다시금 독자들에게 제시한다. 따라서 문학을 인생의 거울이라 정의하기도 한다. 즉, 문학의 영원한 주제는 인생일 수밖에 없다. 가령 전설이나 우화라 할지라도 그것은 인생의 또 다른 표현이다.

그렇기 때문에 문학 작품 속에는 반드시 인생이 존재한다. 우리는 문학 작품을 통해 많은 인간들을 만날 수 있고, 그들의 삶을 통해 독자들이 자신의 삶을 투영해 볼 수 있다. 셰익스피어의 작품은 말할 나위도 없거니와 「홍길동전」을 통해 홍길동과 탐관오리들을 만날 수 있고, 「춘향전」을 통해 성춘향과 이몽룡을 만날 수 있으며, 「죄와 벌」을 통해 라스코리니코프와 소오냐를 만날 수 있다.

특히 문학 작품 속에 나오는 인물들은 대개 인생의 원형이라 해도 과언이 아니다. 그들에게는 각자 성격이 있고, 파란만장한 삶을 통해 인생이 무엇인가를 드러내 준다. 문학 작품 이외의 다른 학문에서는 인생이 무엇인가를 알려 주는 이론은 접할 수 있어도 생동감 넘치는 인생 그 자체를 접하기 어려울 것이다.

4. 문학은 체험의 지름길이다

백문百聞이 불여일견不如一見이란 말이 있다. 백 번 들어도 한 번 본 것만 못하다는 뜻이다. 사실 인생에서 많이 듣고, 많이 보고, 많이 체험한다는 것처럼 좋은 일이 없다. 많이 듣고, 많이 보고, 많이 체험한 사람은 그만큼 인생 그 자체를 풍요롭게 가꿔 나갈 수 있다.

견문이 넓은 사람은 그만큼 세상을 보는 안목이 넓다. 그 반면, 그렇지 못한 사람은 우물 안 개구리로 머물 수밖에 없다. 따라서 많은 사람들이 견문을 넓히고자 노력하고 있다. 예컨대 여행도 그 범주에 속할 것이다. 실지로 여행을 많이 한 사람은 견문이 풍부하다. 그러나 한곳에만 머물러 있던 사람은 여행을 많이 한 사람보다 견문이 좁을 수밖에 없다.

우리네 인생살이에서 견문이 넓다는 것은 참으로 소중한 일이다. 견문이 넓은 사람은 그만큼 체험이 많기 때문이다. 사실 우리는 일상생활을 통해 체험이 많은, 그리하여 사회 각 분야에 통달한 사람을 존경한다. 견문이 넓고 체험이 많은 사람이야말로 남들보다 훨씬 우위에 서 있기 때문이다. 그들은 실질적으로 사회를 이끌어 왔다.

그렇다면 체험을 극대화하기 위해 어떻게 해야 할 것인가. 그에 대한 답변은 의외로 간단하다. 책을 많이 읽어야 한다. 바로 책 속에 길이 있다. 책을 많이 읽은 사람은 모든 분야에 걸쳐 해박한 지식을 갖게 된다. 하지만 책을 읽지 않는 사람은 항상 제자리걸음만 되풀이할 뿐이다.

당연한 말이지만, 반드시 달나라에 가 봐야 달의 전모를 알 수 있는 것은 아니다. 나무가 되어야만 나무를 이해할 수 있는 것도 아니다. 우리는 달나라에 가 보지 않았어도 달에 대해 이야기할 수 있고, 나무가 될 수 없으면서도 나무에 대해 알 만큼 알고 있다. 그것을 어떻게 알았을까. 바로 책을 통해서 달과 나무에 대한 지식을 얻을 수 있었기에 가능한 일이다.

인생의 체험도 예외가 아니다. 문학 작품 속에 인생의 길이 있다. 우리는 문학 작품을 통해 얼마든지 체험의 폭을 넓힐 수 있다. 문학 작품을 통해 얻는 체험을 우리는 흔히 간접 체험이라고 한다.

문학 작품 속에는 나 자신이 직접 체험할 수는 없는 세계가 있다. 특히 문학 작품 속에는 인생의 이야기가 있다. 우리는 그 이야기를 통해 남들이 알지 못한 인생의 열쇠를 얻을 수 있다. 그뿐 아니라 그런 문학 작품을 통해 나 자신을 투영해 볼 수 있다.

5. 문학은 '삶의 질'을 높여 주는 원동력이다

우리나라는 정부 수립 이후 경제 개발에 박차를 가해 왔다. 이는 어쩌면 당연한 선택이 아니었을까. 해방 당시 우리나라는 너무 가난했고, 그럼으로 해서 경제 개발을 최우선 과제로 삼지 않을 수 없었다. 말하자면 발등에 떨어진 불부터 꺼야 할 실정이었던 것이다.

이렇듯 가난했던 우리나라는 정부와 국민이 똘똘 뭉쳐 세계가 놀랄 만한 고도의 경제 성장을 이룩했다. 우리나라의 이 같은 경제 발전을 놓고 세계의 주요 언론들은 '한강의 기적'이라는 극찬까지 아끼지 않았다. 우리나라의 경제 발전은 참으로 자타가 공인하고도 남을 만큼 놀라운 성공이었다.

국제 교역량만 해도 우리나라는 10위권에 육박했다. 특히 반도체, 철강, 조선 등 세계 1위를 기록하는 산업도 있다. 우리나라는 이미 오래 전 OECD, 즉 경제개발협력기구에도 가입했다. 실로 입이 떡 벌어질 만큼 엄청난 발전이 아닐 수 없다. 세계의 개발 도상국 중에는 우리나라를 모델로 삼아 경제 성장을 촉진하는 나라도 적지 않다.

물론 이 같은 압축 성장의 신화를 이룩하는 가운데 일부 부작용도 없지 않았다. 산이 높으면 골이 깊고, 빛이 강하면 어둠이 짙은 이치와 같다고나 할까, 언제부턴가 우리나라에는 바람직하지 못한 부작용이 나타나 큰 사회 문제로 대두되기 시작했다.

예컨대 이혼율 세계 1위, 자살률 세계 1위, 산재 사고 세계 1위에다 교통사고 순위도 상위권에 속한다. 이는 분명 불명예일 수밖에 없다. 세계인이 놀랄 정도로 경제 성장을 이룩했으면 그에 걸맞은 '삶의 질'을 향유할 수 있어야 할 텐데 그렇지 못해 사뭇 안타깝기만 하다.

세계인은 우리나라를 어떻게 볼까. 세계 여러 나라들은, 특히 개발 도상국들은 우리나라의 경제 발전을 경이의 눈길로 바라보는 것이 사실이다. 하지만 그렇다고 해서 세계인이 우리나라를 선진국의 반열에 올려놓는 것은 아니다. 최근의 한 자료에 의하면, 우리나라의 국가 브랜드는 유감스럽게도 32위라고 한다. 국제 교역량 10위권을 다투는 나라의 국가 이미지가 이 정도라니 섭섭해도 이만저만 섭섭한 것이 아니다.

우리는 여기에 주목할 필요가 있다. 단적으로 말하자면 경제 규모와 어울리는 문화의 힘이 뒷받침되지 못하고 있기 때문이다. 그만큼 문화의 육성과 발전에 소홀했기 때문이다. 일류 선진국에는 빛나는 문화와 예술이 있다. 생활 속에 문화가 있다. 문화는 경제와 동떨어진 개념이 아니라 경제 그 자체이고, 달리 말하자면 삶 그 자체라고 말할 수 있다. 따라서 선진국 국민들의 경우 높은 문화 의식과 맞물려 생활 수준에서 선두를 달리는 것이다.

6. 문학 작품 속에 행복이 있다

그럼 여기에서 잠깐 주위를 돌아보기로 하자. 아니, 우리 자신을 돌아보기로 하자. 문학을 비롯한 모든 예술과 인문학이 단군 이래 최대의 위기를 맞고 있다. 물질만능주의·배금주의, 즉 '돈이면 다'라는 어쭙잖은 생각이 사회 모든 분야에 걸쳐 퇴치 불능의 전염병처럼 걷잡을 수 없이 창궐하면서 문화 예술과 인문학이 비참하리만큼 벼랑 끝으로 내몰리고 있기 때문이다.

특히 최근에는 실용이니 효율이니 뭐니 해서 인간 본연의 정신세계를 도외시한 세기말적 구호들이 난무하는 실정이다. 그러므로 오늘날 문학을 비롯한 모든 문화 예술과 인문학은 전대미문의 총체적 위기 국면을 맞고 있다.

대저 인간은 물질만으로 살 수가 없다. 인간의 삶에서 물질이 필요조건일 수는 있어도 절대조건일 수는 없다. 그렇건만 우리 사회에는 인간의 가치를 왜곡하는 풍조가 와글와글 들끓고 있다. 입 달린 사람이라면 개나 걸이나 정치가 어떻고, 경제가 어떻고 잘도 떠들지만 인간의 삶, 즉 인생에 대한 격조 높은 담론은 거의 자취를 감추었다.

참으로 슬프고 한심한 세상이다. 인간이 인간답게 살아야 한다는 명제야말로 영원불변의 진리일진대 우리 사회에는 그 본질을 망각한 권력과 자본의 폭력이 전방위적으로 만연돼 있다. 더욱이 독서 인구의 감소와 문화 예술의 위기에 시장 경제 논리의 뒤틀린 잣대를 들이대는 부류까지 나타난 현실이고 보면 우리 사회가 과연 어디로 가고 있는지 실로 개탄을 금할 길 없다.

무시무시한 권력을 가진 고관대작이 가장 인간답게 사는가. 반드시 그렇지 않다. 주체할 수 없을 정도로 재물을 많이 가진 재벌이 과연 인간답게 사는가. 역시 그렇다고 단정할 수는 없다. 권력을 가진 사람은 더 갖지 못해 안달을 하고, 재물을 많이 가진 사람 역시 더 갖기 위해 눈에 핏발을 세우는 세상이다. 그래서 그들은 늘 허기와 갈증을 느낄 수밖에 없다.

하지만 인생이 무엇인가를 올바로 성찰한 사람, 인생의 가치를 똑바로 인식한 지혜로운 사람은 결코 그 따위 권력이나 재물에 연연하지 않는다. 그보다는 도리어 인간다운 삶을 소중히 여긴다. 그리고 그 인간다운 삶에서 행복을 느낀다. 사람들은 대부분 권력·재물·명예를 좇아 허둥댄다. 그러나 그것이 인생의 전부라고 말할 수는 없다. 내면세계가 꽉 찬 사람은 그런 허영과 허세를 훨씬 초월한다.

그렇다면 우리는 어떻게 행복해질 수 있을까. 가장 먼저 문학 작품을 많이 읽어야 한다. 문학 작품 속에는 바로 거울로 삼고도 남을 만한 인생이 있기 때문이다. 특히 국내외 명작 속에는 인간의 태어남과 삶, 성장과 죽음, 성공과 몰락, 행복과 불행, 상봉과 이별 등등 인생의 모든 것이 골고루 담겨 있다. 곧 나 자신이 어떻게 살아야 할 것인가 하는 원초적 질문에 대한 정답이 들어 있는 것이다.

우리 모두 문학 작품을 많이 읽자. 그리하여 우리의 정신세계를 더욱 살찌워 개개인이 진정으로 행복해지는 것은 물론, 더 나아가 우리나라를 세계인이 존경하는 문화 국가로 우뚝 일으켜 세우자. (경남 김해시 초청 시민교양강좌 특별 강연. 2009. 3. 19)

계백階伯 장군과 『불멸의 혼』

2004년 8월 장편소설 『불멸의 혼』을 간행했다. 이 작품은 백제의 계백 장군을 주인공으로 한 역사 소설이다. 결론부터 말하자면 『불멸의 혼』이야말로 계백 장군을 본격적으로 형상화한 국내 최초의 장편소설이라 자부하고 싶다.

그동안 몇몇 작가들이 계백 장군을 단편적으로 묘사한 글을 내놓았다. 하지만 나는 계백 장군을 피상적으로 그려낸 기존의 그 작품들에 결코 동의할 수가 없었다. 그 생각은 지금도 마찬가지다. 예컨대 백제 말기의 동북아 정세를 무시한 채 아무런 분별없이 의자왕義慈王을 사정없이 매도하는 가운데 백제의 멸망을 당연시한 일련의 글에 대하여 나는 도저히 수긍할 수가 없다.

무릇 역사는 승자의 기록이다. 때문에 『삼국사기三國史記』를 비롯한 여러 문헌에는 의자왕이 주지육림에 빠져 홍청망청 황음만 일삼는, 그리하여 나를 망쳐 먹을 수밖에 없는 나쁜 통치자로 기록돼 있다. 이는 백제를 공격한 자들의 자기 합리화를 위한 아전인수격 기록이 아닐 수 없는 것이다.

그 반면, 의자왕은 입이 열 개라도 할 말이 없게 되어 있다. 패전지장은 유구무언이라는 말이 있지만, 의자왕이야말로 그 자신의 입장을 기록으로 남길 만한 그 어떤 수단과 방법이 있을 리 만무했다. 나는 항간에 떠도는, 의자왕에 대한 무분별한 매도를 결코 받아들일 수 없다.

물론 의자왕의 실정도 간과할 수는 없겠다. 하지만 한 인물을 평가할 때에는 그 시대적 배경과 공과는 물론, 그럴 수밖에 없었던 저간의 사정을 다각적으로 검토하고 엄밀히 분석할 필요가 있다. 그런 점에서 일찍이 해동증자海東曾子로 통했던, 그리고 즉위 직후 널리 선정을 펼쳤던 의자왕의 경우 역사를 잘 알지 못하는 일부 인사들에 의해 너무 억울하게 폄하되어 왔다.

역사에 대한 인식은 어영부영 기분 내키는 대로 접근할 수가 없다. 그럼에도 불구하고 종래의 일부 문학 작품들은 의자왕의 방탕에 초점을 맞추는 한편, 은연중 백제 패망이 당연한 것처럼 묘사한 측면이 없지 않았다. 천만의 말씀이다. 백제는 남들이 피상적으로 알고 있는 것처럼 그렇게 허약한 나라가 아니었다. 백제야말로 정치적으로나 문화적으로 아주 강성한 왕국이었다.

그럼에도 불구하고 『삼국사기』 등 일련의 역사서는 신라 중심으로 기록돼 있다. 가령 『삼국사기』 열전에 나오는 인물 또한 예외가 아니다. 신라의 인물들이 대거 기록된 반면, 백제의 인물들은 도미부인都彌夫人, 계백, 흑치상지黑齒常之 정도에 지나지 않는다. 백제라는 나라에 위대한 인물이 과연 이 정도밖에 없었단 말인가. 그렇지 않다. 백제에도 훌륭한 인물이 많았지만, 『삼국사기』를 편찬한 김부식金富軾은 신라의 인물들만 집중적으로 기록했다.

우리는 이 가운데 특별히 계백 장군을 주목할 필요가 있다. 신라 쪽에서 보았을 때 자기들에게 큰 타격을 안겨 준 적장 계백이야말로 몹시 괴로운, 기억하기조차 싫은 존재일 수밖에 없었다. 하지만 백제의 인물 부각에 그토록 인색했던 김부식은 『삼국사기』 열전에 기꺼이 계백 장군을 끼워 넣었다. 비록 몇 줄에 지나지 않는 기록이지만, 신라의 혈통을 이어받은, 특히 신라 쪽의 화랑 관창을 극도로 미화한 김부식이 백제 쪽의 계백 장군을 빠뜨리지 않은 것은 참으로 시사하는 바 크다고 하겠다.

나는 평소 이 점을 매우 중요하게 생각했다. 그것은 바로 계백 장군이 인품으로나 덕망으로나 그만큼 위대한 인물이었음을 반증하는 결정적 근거라고 하겠다. 나는 계백 장군의 전인적 풍모에 초점을 맞추고 남들이 모방할 수 없는 독보적인 작품을 쓰기 위해 오랜 세월 탄탄한 준비 작업을 해왔다.

계백 장군을 소설로 작품화한다는 것은 내 책무와도 같았다. 부여 땅에서 태어나고 자란 내가 소설가로 살아가면서 계백 장군을 작품화하지 않는대서야 말이 되겠는가. 나는 이러한 신념과 각오와 사명감으로 장편 『불멸의 혼』에 혼신의 힘을 기울였다. 그리고 마침내 이 작품을 간행하게 되었다.

이 작품이 세상에 나왔을 때, 많은 분들이 과분할 정도로 비상한 관심을 보여 주었다. 특히 문단의 여러 소설가들이 극찬을 아끼지 않았다. 하지만 나는 결코 만족할 수가 없었다. 계백 장군의 영령 앞에 해야 할 일이 더 남았다고 생각하기 때문이었다. 계백 장군을 제대로 부각하려면 나는 앞으로도 더 많은 노력을 쏟아야 할 것이다.

그렇다. 계백 장군은 백제가 낳은 최고의 영웅이다. 아니, 우리 민족이 낳은 거인 중의 거인이다. 나는 이 거인을 소설로 형상화하는 과정에서 정말 많은 자료들을 섭렵했다. 그중에서도 계백 장군에 대한 안정복(安鼎福, 1712~1791)의 평가는 큰 공감을 안겨 주었다.

험지에 삼영(三營)을 설치한 것은 '지(智)'요, 전투를 앞두고 결사대와 더불어 죽기를 맹세한 것은 신'(信)'이요, 관창을 사로잡았다가 살려 준 것은 '인(仁)'이며, 두 번째 사로잡았을 때 그의 목을 베어 신라에 돌려준 것은 '의(義)'요, 중과부적(衆寡不敵)으로 전사한 것은 '충(忠)'이다.

어떤가. 계백 장군은 이렇듯 문무를 겸전한 지장智將이자 덕장德將이며 맹장猛將인 동시에 세계적으로도 유례를 찾아볼 수 없는 대장부 중의 대장부, 충신 중의 충신, 위인 중의 위인이다. 그러므로 나는 계백 장군이야말로 인간 승리의 신화를 창조한 영원불멸의 위대한 영웅이라 확신하면서 가슴 깊이 흠모하는 것이다.

한편, 나는 이 작품을 쓰는 동안 부여 일원은 물론 황산벌 등 역사의 현장을 여러 차례 답사했다. 나 자신 부여 출신이면서 보다 더 정확성을 기하고 현장감을 극대화하기 위해 고향의 아우들과 함께 수차 그 현장을 돌아보았다. 그렇게 치밀한 과정을 거쳐 마침내 『불멸의 혼』을 탈고할 수 있었다. 끝으로 독자들의 이해를 돕기 위해 여기 『불멸의 혼』 서문(「작가의 말」)을 덧붙이고자 한다.

■ 작가의 말

나는 백제고도(百濟古都) 부여 땅에서 태어나 그곳에서 성장하였다. 그 과정에서 나는 백제의 숨결을 호흡하며 저절로 역사의 준엄함, 그리고 저 위대한 계백 장군의 그 충혼(忠魂)을 가슴 깊이 되새겼다. 그뿐 아니라 구만리 장천 어딘가에 계백 장군의 원혼(冤魂)이 떠도는 것만 같아

소리 없이 눈물을 흘린 적도 한두 번이 아니었다.

그리고 소설가가 된 이후로는 언젠가 반드시 계백 장군의 장엄하고 거룩한 삶을 작품화하리라 별러왔다. 잘 알려진 바와 같이 계백 장군은 백제의 국운(國運)이 기울었을 때 자신의 처자(妻子)부터 목벤 뒤 황산벌에 나아가 오천 명의 결사대를 이끌고 무려 오만 명에 이르는 신라의 대군과 최후의 일전을 벌인 천하 명장(名將)이었다.

결코 승리한다는 보장이 없는 전쟁, 아니 누가 보더라도 패배할 것이 확실한 전투에 나아가면서 계백 장군이 보여 준 대의멸친(大義滅親)은 세계 역사상 유례를 찾아볼 수 없는 애국애족과 충절의 귀감(龜鑑)이라고 하겠다.

계백 장군은 절대적으로 불리한 여건 속에서도 신라군을 맞아 네 번 싸워 모두 승리했고, 결국 중과부적으로 오천 결사대와 더불어 장렬히 산화(散花)하고 말았지만, 그러나 계백 장군이 몸소 보여 준 충절과 용맹은 영원불멸의 신화(神話)로 남아 만고청사(萬古靑史)에 길이 빛날 찬란한 금자탑(金字塔)으로 세계 속에 우뚝 섰다. 그리고 계백 장군의 충혼은 바로 후세를 살아가는 우리에게 참된 삶의 이정표(里程標)를 마련해 주었다.

무릇 역사는 승자(勝者)의 기록이다. 때문에 승자가 한없이 미화되는 반면, 패자(敗者)는 남들이 아무리 깔아뭉개도 항변할 길이 없다. 그럼에도 불구하고 패자였던 계백 장군이 적대관계의 승자에 의해 역사에 기록된 것을 보면, 그분이 얼마나 위대한 인물이었던가에 대해서는 새삼 언급할 필요가 없다고 하겠다.

가족을, 이웃을, 겨레를, 조국을, 아니 더 나아가 적장(敵將)까지도 아낌없이 인애(仁愛)로써 끌어안았던 대장부 중의 대장부, 장군 중의 장군, 충신 중의 충신이었던 계백 장군. 나는 지조와 절개의 화신인 계백 장군이야말로 이 혼탁한 시대에 우리의 영혼을 맑게 일깨워 줄, 그리고 겨레와 조국의 제단에 기꺼이 신명(身命)을 바침으로써 영원히 사는 삶의 지혜까지 결정지어 줄 민족의 사표가 되고도 남는다는 사실을 거듭 확인하면서 이 작품에 더욱 심혈을 기울였다.

끝으로, 이 작품이 빛을 볼 수 있도록 성원해 주신 모든 분들께 감사의 말씀을 드린다. 아울러 지난겨울 현장 답사 때 살을 에는 듯한 강추위 속에 발목까지 푹푹 빠지는 눈밭을 헤치며 동행해 준 고향의 아우들에게도 고마운 뜻을 전한다. (한국문인협회 부여지부 특강. 2009. 9. 5)

시행착오의 극소화,
사업 성공의 극대화

지금 4대강 살리기 사업이 한창이다. 이에 따라 한강·낙동강·금강·영산강 등 4대강에서 거대한 공사가 전개되고 있다. 그런데 이 문제를 놓고 그동안 각양각색의 여러 논란들이 끊이지 않았다. 민주주의 사회에서 이 같은 논란이 발생하는 것은 자연스런 현상이라고 말할 수 있겠지만, 그럼에도 불구하고 찬성하는 쪽이나 반대하는 쪽이나 서로가 서로를 설득하고 양보하는 미덕은 다소 부족했던 것으로 보인다.

거시적 안목으로 큰 틀에서 보자면 어떤 형태로든 전국의 강에 손을 대기는 대야 했다. 특히 환경 오염으로 썩어가는 강, 장마철마다 범람하는 강, 갈수기마다 밑바닥까지 알몸을 드러내는 강을 언제까지 그대로 방치할 것인가. 더군다나 물 부족 현상이 눈에 훤히 보이는데도 이에 대한 대책을 마련하지 않는다는 것은 우리 시대의 태만이랄까 직무유기일 수도 있다. 이렇게 볼 때, 우리 후손들을 위해서라도 앞으로 점점 더 심각해질 물 부족 사태에 대비하는 것은 아주 시급한 과제라 할 수 있을 것이다.

하지만 대통령의 선거 공약이었던 이른바 한반도 대운하 사업이 돌연 4대강 살리기 사업으로 대체되는 과정에서 설명과 홍보가 부족했다. 이와 함께 현 대통령 임기 내에 모든 사업을 마무리하겠다는 정부의 계획 자체도 논란의 대상이 되어왔다. 여기에는 선거를 의식한 각 정치 집단의 손익계산이 깔려 있다는 것을 모르는 바 아니지만, 그러나 정부가 공사 속도를 좀 더 늦추는 한이 있더라도 반대하는 쪽을 충분히 설득하고 그들의 의견을 골고루 수렴하는 데 더 많은 시간을 할애했더라면 하는 아쉬움이 남는다.

공사의 추진만 해도 매끄럽지 못한 측면이 있다. 환경 오염 등 시급한 강부터 먼저 말끔히 정비한 뒤 거기에서 얻어진 모든 단점·장점 등을 총체적으로 취합하여 수정할 것은 수정하고 보완할 것은 더욱 보완하여 순차적으로 다른 강들에 적용한다는 방침을 세웠더라면 더 좋지 않았을까. 그러나 정부는 4대강 전역에서 동시다발적으로 일제히 방대한 토목 공사에 착수함으로써 반대 여론에 기름을 부은 꼴이 되었다.

한편, 정부는 현재 4대강으로 흘러드는 지천과 그 언저리의 저류지를 대폭 정비하고 있다. 한강 상류만 하더라도 강원도 영월 평창강 등 여러 곳에서 지천·저류지 공사가 활발하게 진행되고 있다. 이는 매우 다행스런 일이지만, 이 사업 역시 홍보 부족으로 도심에 사는 국민들의 대부분은 4대강 살리기 사업이 4대강의 본류에만 국한되는 줄 오해하고 있다.

두말할 나위도 없이 샛강이 살아야 큰 강이 산다. 작은 지천에서 각종 쓰레기, 산업 폐기물 등이 큰 강으로 끊임없이 흘러들 경우 결과적으로는 4대강이 더 죽을 수밖에 없다. 따라서 지천과 저류지 정비의 중요성은 새삼 강조할 필요조차 없다고 하겠다.

본래 민주주의 사회에서는 어떤 사안을 놓고 찬성과 반대 등 다양한 견해들이 나오게 되어 있다. 그렇다면 정부와 관계 당국은 이 국책 사업을 진행하면서 반대 여론에도 충분히 귀를 기울일 필요가 있다. 특히 학계·종교계 등 양심적인 인사들 사이에서는 생태·환경 문제에 대한 우려의 목소리가 높다. 정부는 이러한 우려 또한 애국 충정에서 우러나오는, 국가와 민족과 모든 생명의 미래를 걱정하는 진지하고도 소중한 의사 표현임을 알아야 한다.

반대를 위한 반대는 참으로 곤란하지만, 우리나라가 민주주의 국가라는 사실을 부인하지 않는다면 어느 누구도 반대 의견을 도외시할 권리가 없다. 그 반대 의견 중에도 금과옥조 같은, 어떻게 보면 찬성 의견보다 훨씬 더 값진 가치가 있을 수 있다는 사실을 인정하지 않으면 안 된다. 그리하여 이번 4대강 살리기 사업이 수자원 확보, 홍수 예방, 수질 개선, 준설, 생태·환경 보전 등 모든 부문에서 시행착오를 극소화하는 가운데 사업 성공을 극대화할 수 있도록 총력을 기울여야 할 것이다. (국토교통부 원주지방국토관리청 홈페이지, 2010. 7. 24)

문학과 철도의 상생

1. 프롤로그

기찻길 옆 오막살이 아기아기 잘도 잔다
칙 폭 칙 폭 칙칙폭폭 칙칙폭폭
기차 소리 요란해도 아기아기 잘도 잔다

기찻길 옆 옥수수 밭 옥수수는 잘도 큰다
칙 폭 칙 폭 칙칙폭폭 칙칙폭폭
기차 소리 요란해도 옥수수는 잘도 큰다

이 동요는 아동문학가 윤석중尹石重 선생의 글에 윤극영尹克榮 선생이 곡을 붙인 작품이다. 세월이 흘렀다. 세상도 변했다. 이 동요를 부르며 자라난 세대는 어느덧 장년의 한복판을 가로질러 노년의 반열에 들었다. 이 동요를 작곡한 윤극영 선생에 이어 노랫말을 지은 윤석중 선생도 세상을 떠났다.

이 동요가 널리 불릴 무렵 기찻길은 추억의 길이었다. 흙과 자갈로 다져진 신작로를 걷던 시절, 기찻길을 따라 걸어 다니던 사람들도 적지 않았다. 위험한 일이었다. 예나 지금이나 철길로 걷는 것은 불법 행위가 아니고 무엇인가. 하지만 숱한 사람들이 그런 법령과는 아랑곳없이 철길을 따라 침목을 밟으며 이 마을에서 저 마을로 걸어 다니곤 했다. 특별히 단속하는 사람도 없었다. 기차가 달려오면 일단 갓길로 피했다가 다시 철길을 따라 걷던 사람들은 대부분 별 볼일 없는 우리의 이웃 서민들이었다.

철길 연변은 아이들의 놀이터라 해도 과언이 아니었다. 심지어 철길에서 장난치며 즐겁게 노는 아이들도 있었다. 필자의 또래들 중에는 레일 위에 못을 올려 놓고 기차가 나타나기를 기다리는 아이들도 있었다. 기차가 지나가고 나면 못은 납작하게 짜부러져 있었다. 그걸 자랑하던 아이들. 이제 철길 위를 걷는 사람은 찾아볼 수 없다. 철길 연변을 놀이터 삼아 노는 아이들도 없다.

서두의 동요에 나오는 기찻길 옆 오막살이는 당연히 초가집이었다. 하지만 이제 민속촌이나 드라마 세트장이 아니고서는 초가집을 찾아볼 수 없게 되었다. 따라서 기찻길 옆에는 오막살이가 없다. 대도시의 경우 기찻길 옆에는 오막살이 대신 대규모 아파트 단지가 들어섰고, 농어촌에도 번듯번듯한 현대식 주택들이 들어서 있다. 오다가다 가뭄에 콩 나듯 퇴락한 불량 가옥들이 시야에 들어올 뿐이다.

칙 폭 칙칙폭폭, 칙 폭 칙칙폭폭…. 이 의성어는 두말할 나위도 없이 증기 기관차에서 나오는 음향을 묘사했다. 하지만 이제 증기 기관차는 역사의 뒤안길로 사라졌다. 그 대신 전국의 철길에는 디젤 기관차와 전기 열차가 달리고 있다. 그야말로 격세지감을 갖지 않을 수 없다.

이 동요는 기차 소리 요란해도 아기아기 잘도 잔다고 표현했다. 이 또한 어림도 없는 옛말이 되었다. 기차 소리가 요란하면 어떻게 될까. 연변의 주민들이 가만있을 까닭이 없다. 소음을 견디지 못해 끊임없이 민원을 제기하는 것은 물론 손해 배상 청구 등 법적 투쟁도 불사할 것이다. 따라서 주거 지역을 지나는 철길에는 어김없이 방음벽이 설치돼 있다.

한편, 이 동요의 기찻길 옆 오막살이는 도시의 변두리 또는 농어촌 지역 어딘가의 살림집이라고 말할 수 있다. 도회지의 한복판에 있는 주거 시설이 아니다. 특히 2절의 노랫말 옥수수 밭은 이 동요의 무대가 어디인가를 극명하게 제시해 주고 있다.

시대의 변화에 따라 저출산·고령화 현상은 언제부턴가 심각한 국가적 문제로 등장했다. 농어촌에는 오래 전부터 인구가 감소하고 있다. 그곳에서는 아기 울음소리가 그친 지 오래 되었다. 지금 기찻길 옆 오막살이에서 잠자는 아기가 어디 있는가. 시대의 변화 속에 기찻길 옆 오막살이는 흑백영화의 한 장면처럼 지난 시절의 전설이 돼가고 있다.

하지만 이 동요 속에 철도의 역사, 곧 우리의 역사와 문화가 있다. 기찻길 옆 오막살이를 모르는 사람이 어찌 우리의 근현대사를 이해할 것인가. 단적으로 말해서 기찻길 옆 오막살이를 모르는 사람은 철도의 역사를 모르고, 더 나아가 우리의 역사와 사회 변천사를 모를 수밖에 없다.

그 반면, 이 동요를 부르며 자란 세대는 몸 전체로 격변의 시대를 살아왔다. 그들이 있었기에 지난 50여 년 동안 우리는 세계 역사에서 유례를 찾아볼 수 없는 고도성장을 이룩했다. 그들은 바로 산업화·민주화를 성공으로 이끈 역사의 주역이었다.

그뿐이 아니다. 이 동요를 부르며 자란 세대의 내면에는 무엇과도 바꿀 수 없는 서정이 깃들어 있다. 그것이 문학의 힘이다. 산업화 이후 세대에게는 서정이 고갈돼 있다. 세상인심이 싸늘하게 각박해진 이유는 무엇인

가. 거기에는 여러 가지 원인이 있지만, 그 첫 번째로 서정의 상실을 꼽지 않을 수 없다. 우리는 지금 감정이 메마를 대로 메마른 서정 고갈의 시대에 살고 있다.

2. 철도는 삶의 현장

필자는 초등학교 4학년 때던가 5학년 때 처음으로 기차를 탈 수 있었다. 기차를 탔던 구간은 논산역에서 두계역까지로서 외갓집에 가던 길이었다. 그 이전에는 기차를 탈 기회가 없었다. 난생 처음 기차를 탔을 때의 그 감격을 잊을 길이 없다.

그 후 논산역에서 기차를 타고 서울에 왔다. 처음 정착한 곳은 영등포였다. 지금도 종종 영등포역을 이용하고 있지만, 영등포에 가면 저 가난했던 시절의 쓰라린 회한 같은 것이 몰려온다. 영등포 일대에서 고생하던 시절, 추석이며 설 같은 명절에는 차표 한 장을 구하기 위하여 길게 줄을 서서 온종일, 또는 거의 밤을 지새우며 차례를 기다리곤 했다.

그렇듯 어렵사리 차표 한 장을 구해 귀향 당일 열차에 오르면 밀고 짜고 비지를 짜듯 비틀어 짜면서 이만저만 고생한 것이 아니었다. 어떤 승객은 아예 객차 선반에 올라가 실려 가기도 했다. 그래도 귀성은 너 나 할 것 없이 즐거운 추억으로 남아 있다. 이러한 체험은 필자만의 추억이 아닌, 모든 기성세대의 공통된 추억일 것이다.

철도에는 서민들의 애환뿐만 아니라 각양각색의 수많은 사연들이 있었다. 특히 열차 안에서 일어난 일들은 그야말로 인생의 드라마 그 자체라 해도 과언이 아니었다. 지난 세월 열차를 타고 서울에서 부산이나 광주 등 장거리 여행을 하다 보면 그 안에서 새로운 만남이 이루어지곤 했다. 옆 좌석에 앉은 승객과 수인사를 한 다음 흉금을 터놓고 진지한 대화를 나누었다. 어떤 사람은 열차 안에서 만난 소중한 인연으로 결혼까지 했고, 또 어떤 사람은 동업자가 되어 사업을 크게 일으킴으로써 성공의 발판을 마련하기도 했다. 바로 열차 안에는 따뜻한 대화와 소통과 교류의 통로가 마련돼 있었다.

하지만 이제는 사정이 달라졌다. 열차의 속도가 엄청나게 빨라진 만큼 장거리 여행을 하더라도 옆 좌석의 다른 승객과 대화를 나누는 사례를 거의 찾아볼 수 없게 되었다. 피차 너는 너, 나는 나, 이런 식의 무관심과 외면으로 일관할 뿐이다. 이렇듯 우리는 지금 대화와 소통이 단절된 시대에 살고 있다. 그러므로 철도는 이제 승객과 화물을 실어 나르는, 그 어떤 느낌이나 감정조차 찾아볼 수 없는 무미건조한 교통수단에 지나지 않을 뿐 그 이상 그 이하도 아니다. 그만큼 철도 문화가 변질되었다.

승객 사이에 격조 높은 대화가 오가는 철도, 추억을 만드는 철도가 아니라면 최소한 책을 읽거나 조용히 사색할 수 있는 공간으로 거듭날 수 있어야 한다. 이는 필자만의 소회가 아니라 뜻있는, 특히 철도를 사랑하는 모든 지성인들의 공통된 희망일 것이다.

더구나 전국의 주요 역에는 서리서리 얽힌 사연들이 있다. 그 사연은 철도가 우리에게 던져 준 화두일 수도 있고, 우리 민족의 역사일 수도 있지만 그런 사연들이 속절없이 사라져 가고 있으니 이 또한 참으로 안타까운 일이 아닐 수 없다. 필자는 이와 관련한 몇 가지 사례를 짤막하게 제시해 볼까 한다.

[사례·1] 나주역의 경우

1929년 10월 30일 전남 나주역에서 한국 학생과 일본 학생 사이에 충돌이 있었다. 이날 통학 열차가 나주역에 도착할 무렵 일본인 학교인 광주중학에 재학 중이던 후쿠다 오사미(福田修三)가 광주여자고보 한국인 여학생 박기옥(朴己玉)의 댕기머리를 잡아당기며 희롱했다.

이때 일본인 경찰이 한국인 학생만 처벌하자 광주고보 학생들이 분연히 일어나 일제에 항거했다. 나주역 여학생 희롱 사건은 결국 일제하 광주학생항일운동의 도화선이 되었다. 이 학생 운동은 항일 독립 정신의 발현이었다.

이 운동은 전국의 학생들, 더 나아가 우리 국민들에게 항일 정신을 일깨워 주는 기폭제가 되었다. 나주역에는 이런 사연이 있다. 이 스토리를 문학적으로 보다 더 상세하게 그려낸다면 민족 정기 구현에 크게 이바지하는 것은 물론 나주역을 지금보다 훨씬 더 유명한 명소로 부각시킬 수 있을 것이다.

[사례·2] 정읍역의 경우

1956년 5월 15일 제3대 대통령 선거가 실시되었다. 이 선거를 앞두고 자유당의 이승만(李承晩) 후보와 민주당의 신익희(申翼熙) 후보가 격돌했다. 이 선거는 자유당과 민주당의 한판 대결로 압축돼 있었다. 특히 민주당은 '못 살겠다 갈아보자'는 구호를 외치며 약진했다.

일찍이 사사오입(四捨五入) 개헌으로 3선 장기 집권의 토대를 마련한 이승만 후보. 그에 맞선 신익희 후보는 시간이 흐를수록 국민들의 높은 지지를 끌어내고 있었다. 그해 5월 3일 서울 한강 유세장에는 무려 30만 명의 인파가 모여 인산인해를 이루었다.

서울 인구가 300만 명밖에 안 되던 시절 30만 인파라면 어마어마한 군중이 아닐 수 없었다. 그러나 이틀 뒤인 5월 5일 호남 지방 유세에 나섰던 신 후보는 정읍역 인근의 열차 안에서 돌연 뇌일혈로 사망했다.

선거를 불과 열흘 앞두고, 특히 투표지까지 다 제작된 상황에서 대통령 후보가 사망한 놀라운 사건이었다. 그 결과 민주당은 대통령 후보를 잃었고, 신 후보를 지지했던 국민들은 실의에 젖었다. 국민들은 그때 백만 표 이상의 추모 표를 던졌다. 이를 계기로 국민들의 심금을 울리는 대중가요 「비 내리는 호남선」이 크게 히트하였다.

[사례·3] 이리역의 경우

1977년 11월 11일 오후 전북 이리역(현재의 익산역)에서 화약 폭발 사고가 일어났다. 화약 제조업체 한국화약 화물 열차가 다이너마이트용 화약과 뇌관, 초안 폭약 등 30여 톤을 싣고 이리역 구내에서 대기하던 중이 같은 사고가 일어났다. 만취한 화약 호송원이 화약 상자 위에 촛불을 켜놓은 채 잠이 들었고, 이 촛불이 화약 상자에 옮겨 붙음으로써 엄청난 대형 사고가 발생했다.

이 사고로 이리역에는 거대한 웅덩이가 파였고, 그 일대의 건물들이 폭탄을 맞은 듯 무참히 파괴되었다. 역에 근무하던 철도 공무원 16명을 포함하여 59명이 사망하였고, 부상자만 해도 천 백여 명에 달했다. 이리역 일대의 천 6백여 세대 7천 8백여 명의 이재민이 발생하였다. 끔찍한 참사였다.

이날 이리역 근처의 한 극장에서는 어느 유명 여가수의 공연(쇼, 리사이틀)이 진행되고 있었다. 이 공연의 사회자는 무명 코미디언이었다. 공연이 한창 절정을 향해 치닫고 있을 때 지축을 흔드는 폭음과 함께 극장 지붕이 날아갔다. 극장 안은 순식간에 아수라장으로 변했다. 그때 무명 코미디언은 유명 여가수를 들쳐 업고 병원으로 내달았다.

너도 나도 자기 목숨 건지기에 급급했던 그 긴박한 상황에서 예의 무명 코미디언은 유명 여가수를 그렇게 구출했다. 지방 공연 일정을 마치고 상경한 유명 여가수는 그 무명 코미디언을 방송 프로그램에 천거했다. 말하자면 이리에서의 고마움에 보답코자 좀 더 나은 기회를 주선한 셈이었다. 아니나 다를까, 그 무명 코미디언은 텔레비전 방송에 출연, 전파를 타자마자 일약 유명 스타로 떠올라 한 시대를 주름잡았다.

인간적으로 얼마나 훈훈한 이야기인가. 이런 스토리가 문학 작품으로 엮어져서 세상에 더 널리 알려진다면 얼마나 좋을까. 하지만 세월이 흐르면서 이리역 화약 폭발 사고 자체가 세인의 뇌리에서 잊어져 가고 있다. 따라서 이런 역사적 사실과 함께 이리역에서 피어난 감동의 드라마를 문학 작품으로 승화시킬 수 있는 기회가 마련될 수 있다면 더 바랄 나위가 없겠다.

[사례·4] 논산역의 경우

1951년 11월 5일 충남 논산에 저 유명한 제2훈련소(현재의 육군훈련소)가 들어섰다. 이를 계기로 전국의 입영 장정들이 논산역을 이용했다. 대한민국의 청년이라면, 그리하여 군대를 다녀온 사람이라면 논산을 모르는 사람이 없다.

지금이야 전국 각지의 여러 부대에 신병교육대가 생겨났지만, 1960년대까지만 해도 거의 모든 장정들이 논산 연무대에서 신병 훈련을 받았다. 논산역과 강경역 사이에 채운역이 있다. 이 채운역은 연무대로 드나드는 관문이다. 입영 장정들은 수용연대로 들어가서 신병 교육을 받은 뒤 배출대로 나온다. 따라서 이곳 철도에 얽힌 사연은 이루 헤아릴 수가 없을 만큼 많다.

과거 훈련소로 입대하는 장정들의 부모와 가족이 논산역까지 동행하기도 했다. 그런가 하면 신병 면회를 위해 날이면 날마다 외지인들이 논산역으로 꾸역꾸역 몰려들었다. 그래서 논산역 일대에는 숙박업소가 성업을 이루었고, 외지인들에 의한 소비가 지역 경제에 지대한 영향을 미침으로써 논산은 한때 '돈산'으로 불린 적도 있었다.

왕년에 군대 생활을 한 사람이라면 당연히 논산역에 얽힌 아련한 감회와 추억이 있다. 그러나 이런 이야기가 점점 세월 속으로 묻혀 가고 있다. 이런 스토리들을 문학 작품으로 재생산할 수 있다면 얼마나 좋을까.

3. 에필로그

이상의 몇 가지 사례는 극히 일부분에 지나지 않는다. 전국의 각 역에는 삶과 죽음, 이별과 상봉, 환희와 절망, 성공과 좌절의 스토리가 넘쳐난다. 이런 스토리들을 묶어 문학 작품으로 승화시킬 수 있다면 각기 그 역마다의 독특한 브랜드가 되고도 남는다.

「이별의 부산 정거장」「비 내리는 호남선」「대전 블루스」「고향역」「남행열차」「차표 한 장」 등 철도와 역을 소재로 한 대중가요가 우리 국민들 사이에 널리 애창되고 있다. 이러한 현실에 비추어 역이나 철도를 소재로 한 문학 작품은 흔치 않다. 물론 문학 작품 속에서 역과 철도와 열차가 종종 작품의 무대로 설정되기는 하지만 그것이 역 자체의 스토리라고 말하기는 어렵다.

이제 철도는 우리 일상생활 그 자체가 되었다. 숱한 사람들이 거의 매일 철도를 이용하고 있다. 철도 인프라가 갖춰지지 않은 도서 지방과 산간벽지가 아니라면 철도는 문자 그대로 시민의 발이 되었고, 날이면 날마다 각종 물자를 끊임없이 실어 나름으로써 유통의 주역이 되었다. 달리 말하자면 우리의 일상생활과 철도는 불가분의 관계에 있다.

그렇다면 역을, 철도를, 열차를 소재로 한 문학 작품이 본격적으로 창작되어야 한다. 그뿐 아니라 이 같은 소재의 작품들 중에서 길이 남아 두고두고 오래오래 읽힐 수 있는 명작이 나와야 한다. 이처럼 역을, 철도를, 열차를 명작의 주역으로 등장시키지는 못할망정 각 역에 얽힌 스토리마저 역사의 뒤안길로 속절없이 스러져 가고 있으니 참으로 안타까운 일이다.

그 반면, 역이 문학과 만나면 기대 이상의 명소로 재탄생할 수 있다. 예컨대 경춘선의 옛 신남역은 김유정역金裕貞譯으로 명칭을 바꾸면서 위상이 달라졌다. 종전에는 전국의 다른 역과 다를 바 없는 작은 역에 지나지 않았지만, 오늘날 김유정역은 김유정문학촌과 연계되어 그 의미가 크게 달라졌다. 신남역은 그냥 무심코 지나치는 역이었지만 이제 김유정역을 그냥 지나칠 사람은 없다. 김유정역을 지나는 사람이라면 최소한 김유정이라는 작가와 김유정문학촌을 생각하지 않을 수 없을 것이다.

마침 한국문인협회와 한국철도공사는 지난 5월 27일 녹색 성장, 상생 발전을 위한 업무 협약을 체결했다. 이런 우호적 관계를 더욱 확대 발전시킬 경우 전국의 각 역과 철도와 열차는 단순한 수송 수단에 머무르지 않고 그 이상의 높은 가치를 획득할 수 있다. 즉, 삶의 현장인 역과 철도와 열차가 우리의 내면과 정신세계를 더욱 살찌울 수 있을 것이다.

우리 한국문인협회 회원들은 시 시조 소설 희곡 수필 등 감명 깊은 문학 작품을 써내는 이 시대 최고의 문학가들이다. 한국철도공사 측에서 조금만 더 관심을 기울인다면 철도는 얼마든지 새로운 조명을 받을 수 있다. 가령 한국철도공사 지원 아래 한국문인협회가 한 역에 한 문인을 파견한다면, 그 문인은 그 역에서 속절없이 사라져 가는 스토리와 새로운 소재를 발굴해 빛나는 문학 작품을 탄생시킬 수 있으리라 확신한다. 그렇게 되면 전국의 각 역이 오래오래 감동의 무대, 역사 발전의 현장으로 거듭남으로써 우리의 가슴 깊이 각인되어 문학과 철도가 상호 시너지 효과를 극대화할 수 있을 것이다. (먹거리사랑시민연합 주최 『철도와 문학』 학술포럼 주제발표. 한국프레스센터 19층 기자회견장. 2011. 9. 7)

올바른 가치관 정립
—진정한 성공의 길

1.

생물학적으로 볼 때 인간은 어쩔 수 없이 동물이다. 그럼에도 불구하고 인간은 저 헤아릴 수 없는 수백 종種의 동물들보다 훨씬 우위에 있다. 고도의 지능을 가진 인간은 다른 동물들과 달리 독특한 삶을 영위하고 있기 때문이다. 인간은 다른 동물들을 다스릴 수 있지만, 다른 동물들은 인간을 지배할 수 없다. 그래서 인간을 만물의 영장이라고 한다. 다른 동물들의 입장에서 본다면 인간은 어쩌면 위대한 신神일 수도 있다. 그러므로 우리 인간을 지구상의 다른 동물들과 단순 비교한다는 것은 인간에 대한 예의가 아니다.

생물학이 아닌, 보편적 개념으로 접근할 경우 인간이야말로 동물의 범주를 훨씬 뛰어넘는 초월적 지위에 있다. 그런 점에서 인간은 인간이고, 동물은 어디까지나 동물일 수박에 없다. 우리가 평소 동물이라고 하면, 인간 이외의 여러 짐승들을 일컫는 뜻으로 통한다. 그런 짐승들 중에는 길짐승·날짐승·물짐승 따위가 있다.

대저 인간과 동물의 차이점을 열거하자면 한이 없다. 하늘과 땅 차이라고나 할까, 우선 지능에서 비교가 안 된다. 동물의 지능은 도저히 인간의 지능을 따를 수가 없다. 지능과 지혜가 비례하는 것이라고 볼 때, 동물은 죽었다 깨어나도 감히 인간의 지혜를 넘볼 수 없는 것이다.

동물은 그저 먹고, 자고, 사냥하고, 배설하고, 번식하면서 살아간다. 하지만 인간의 경우 그것만으로는 만족하지 않는다. 동물에게 태어날 때부터의 본능이 있다면, 인간의 경우 그런 본능은 물론이려니와 더 높은 이상理想이 있다. 인간으로 태어나 인간답게 살다가 인간답게 죽고 싶은 높은 이상. 만약 인간에게 그런 높은 이상이 없었다면 인간 사회의 진화와 발전은 오늘날에 이르지 못했을 것이다.

2.

인간은 그런 이상과 더불어 인간 특유의 가치價値를 추구한다. 인간의 가치 추구는 탁월하다 못해 신묘神妙한 경지라 해도 과언이 아니다. 귀한 것을 귀하게 여기고, 흔한 것을 흔하게 여기며, 천한 것을 천하게 여기는 인간의 가치 판단이야말로 놀라운 철학이 아닐 수 없다.

금에는 금값, 은에는 은값, 동에는 동값이 있듯 인간은 모든 유형무형의 대상에 가치를 부여한다. 의·식·주와 직접 관계가 없는 대상에도 그런 가치를 매긴다. 그 가치의 밑변에는 그 나름의 특별한 의미와 상징성이 자리 잡고 있다. 같은 사물이라 할지라도 무엇을 의미하느냐, 무엇을 상징하느냐에 따라 그 가치가 확연히 달라지는 것이다.

가령 세계 각국의 국기·국가·국화 등은 그 대표적 사례라 말할 수 있다. 과학적 눈길로만 보면 국기의 경우 헝겊 또는 종이라는 재질에 일정한 문양을 넣은 하 많은 염색물 또는 인쇄물과 다를 바 없다. 하지만 그건 국가의 상징이다. 그런 점에서 다른 헝겊 조각 또는 종이 쪼가리 따위와는 그 가치를 비교할 수 없다. 다른 헝겊이나 종이 쪼가리야 쓸 만큼 쓰다가 낡으면 아무렇게나 버릴 수 있지만 국기까지 그렇게 할 수는 없다. 국기는 그 자체로서 높은 의미와 상징성을 내포하고 있기 때문이다. 국가 또한 예외가 아니다. 국가는 노래의 형식을 취하고 있지만, 우리는 그것을 단순한 노래라기보다는 한 국가의 상징적 가치로 인식한다. 국가는 결코 흔해빠진 유행가 또는 대중가요가 아니다. 국화도 그렇다. 국화도 꽃의 일종임에 틀림없지만, 국화로 지정된 꽃이라면 꽃은 꽃이로되 단순한 꽃이 아니라 그 이상의 국가적 상징성을 지닌다. 그러므로 국화 앞에서는 어느 누구라도 한 번쯤은 자기 조국을 생각하게 마련이다.

사실 국기·국가·국화 그 자체가 우리 인간 사회에 직접적인 도움을 주거나 인간의 삶 자체를 좌지우지하는 것은 아니다. 물론 '국가 브랜드'라는 말을 잘 알고 있지만, 국기·국가·국화가 시중의 등록 상표는 아니다. 국기·국가·국화는 그런 실용과는 관계없이 문양과 노래와 꽃에 국가적 상징이라는 차원 높은 의미를 부여했을 뿐이다.

인간은 이렇듯 의미와 상징성을 소중한 가치로 여긴다. 그 반면, 동물에게는 애당초 그런 가치 기준이 있을 수 없다.

3.

역시 인간은 위대하다. 인간이 더욱 위대한 것은 물질적 가치 못지않게 정신적 가치를 더욱 소중히 여기기 때문이다. 사실 우리 인간이 물질적 풍요를 누린다고 해서 모두가 만족할 만큼 행복한 것은 아니다. 물질 자체가 인생의 최종 목표일 수도 없다. 물질은 인간이 살아가기 위해 필요한 수단일 뿐 행복을 보장하는 절대조건이 아니다.

하지만 우리 사회에는 언제부턴가 잘못된 풍조가 만연되기 시작해서 지금은 아예 불감증 단계에 와 있다. 정신적 가치보다 물질적 가치를 우선시하는 경향이 그것이다. '돈이면 다'라는 썩어빠진 풍조. 뭐니 뭐니 해도 '머니(money)'가 좋다는 데는 할 말이 없다. 일찍이 배금주의·황금제일주의·물질만능주의에 대해 많은 사람들이 경종을 울려 왔지만, 그럼에도 불구하고 우리 주변에는 정신적 가치보다 물질적 가치를 앞세우는 사람들이 훨씬 더 많다.

그건 분명 비극이다. 물질은 인간이 자유자재로 다루어야 할 대상이지 섬겨야 할 대상은 아니다. 그런데도 물질을 신처럼, 혹은 우상처럼 섬기는 사람들이 지천으로 널려 있다. 사정이 이렇다 보니 돈 좀 가졌다고 목에 힘주며 거들먹거리는 사람은 많아도 고매한 인품을 가진 인물을 찾아보기 어렵다. 이 시대에 우리 모두가 사표師表로 삼아 존경할 만한 인물은 과연 몇이나 될까. 우견愚見일지는 몰라도 이러한 생각은 필자만의 견해가 아닐 것이다.

우리 사회가 어쩌다 이 지경에 이르렀을까. 과거 수십 년 동안 우리나라 경제는 세계 역사상 유례가 없을 만큼 고도성장을 이룩했다. 이 과정에서 대부분의 국민들이 입만 열었다 하면 경제를 외쳤다. 특히 정부와 정치권은 경제에 목을 매달다시피 하였다. 그 결과 우리나라는 세계가 놀라고도 남을 만한 대성공을 일궈냈다.

하지만 이 같은 경제 발전의 뒤안길에서 우리는 너무 많은 것을 잃었다. 무엇과도 바꿀 수 없는 저 고귀한 인간성을 상실했다. 인간의 존엄성이 실종됐다. 인간이 정신적 가치를 상실한 사회는 건전한 사회가 아니다. 유감스럽게도 우리나라는 경제협력개발기구(OECD) 회원국 중 자살

률 랭킹 1위를 기록하고 있다. 참으로 충격적인 상황이 아닐 수 없다.

너도 나도 경제에 몰두한 사이 심각하게 고장 난 가치 판단의 척도. 조상 전래의 전통과 미풍양속이 무너졌고, 예의와 범절이 곤두박질치다가 사라졌다. 어른 공경, 이웃 사랑이 자취를 감추었다. 감성 또한 메말라질 대로 메말라져서 이 세상은 사막이 무색할 만큼 황막해졌다.

인정이 넘치던 타인과의 관계에서는 서로가 시퍼런 경쟁의 칼날을 겨누고 있다. 학교에서, 직장에서, 사업장에서 동업자끼리 불꽃 튀는 경쟁을 벌이지 않으면 안 되는 사회. 정부와 정치권은 무한 경쟁이니 뭐니 요란뻑적지근한 구호를 외쳐대면서 불난 집에 부채질하듯 이런 과열 경쟁을 부추겨 왔다. 따라서 인간 대 인간의 의리는 일찌감치 헌신짝이 되었다. 그리하여 남을 짓밟아 이겨야 내가 산다는 해괴한 풍조까지 생겨났다. 극단적으로 말하자면 우리는 지금 가치 상실의 시대에 살고 있는 것이다.

4.

우리는 분명 패러다임을 바꾸어야 할 전환점에 와 있다. 경제도 좋고 실용도 좋지만 인간 본연의 정신적 가치 실현을 위해 깊은 자각이 요구되는 시대. 특히 정부와 정치권은 크게 각성해야 한다. 그들은 사회 전 분야에 걸쳐 인간 중심의 참다운 가치관이 정립될 수 있도록 정신문화 계발을 위한 인프라 구축 등 각고의 노력을 기울이지 않으면 안 된다.

우리나라의 경제 규모는 가위 세계 10위권에 육박했다. 그런데도 세계에서는 우리나라를 선진국으로 꼽아 주지 않는다. 이는 무엇을 의미하는가. 비록 경제 규모는 제법 커졌을지라도 정부와 정치권의 행태, 국민의 의식 수준, 사회 각 부문이 아직 선진국에 미치지 못했다는 반증이다. 인간 중심의 가치라는 잣대로 우리 사회를 측정할 때 아직 선진국과는 상당한 거리가 있다는 뜻이다.

올바른 가치관 정립의 중심에 바로 문학이 있다. 문학을 알아야 인생을 알고, 인생을 알아야 인간 중심의 가치관을 터득할 수 있다. 무릇 정신적으로 수준 높은 국민이 일등 국민이다. 그런 일등 국민이 넘쳐날 때 '삶의 질'을 높일 수 있고, 우리나라가 세계무대에서도 당당히 선진국으로 행세할 수 있다.

그렇다면 정부와 정치권은 경제 이론을 앞세운 무한 경쟁의 고리부터 끊어야 한다. 과열 경쟁은 인간성 상실을 재촉함으로써 결국 공멸을 초래할 수밖에 없다. 장기적 안목으로 볼 때, 정부와 정치권은 모든 국민으로 하여금 문학 작품 탐독 등 인생을 진지하게 성찰할 수 있게끔 그런 여건을 잘 조성해 주어야 한다. 그것이 성숙한 인간 사회, 즉 인간이 인간답게 살다가 인간답게 죽을 수 있는 위대한 선진 국가 건설의 지름길인 것이다.
(진성고 특강. 2011. 12. 6)

불편한 관계와 편안한 관계

1.

그동안 오래 거래해 온 출판사가 있다. 그 출판사에서만 총 2종 9권의 책을 출판했다. 이 가운데 1종은 1권짜리 단행본이고, 또 다른 1종은 8권짜리 장편소설이다. 지난 10여 년 동안 이 책들은 꽤 판매되었다. 출판사에서 인세를 꼬박꼬박 잘 보내 주었다. 특히 1권짜리 단행본은 한 해에도 2판, 3판씩 찍었다.

그러나 어느 해부턴가 인세가 뚝 끊겼다. 8권짜리야 처음부터 판매 속도가 느렸으니까 그렇다 치고, 해마다 2판 또는 3판씩 찍던 1권짜리 단행본 인세까지 끊어졌다. 여러 가지로 궁금한 것이 사실이다.

왕년에는 인지 제도가 있었다. 그 시절에는 출판물마다 저작자의 인지를 붙였다. 하지만 지금은 인지 생략이 보편화되어 있다. 출판사의 양심을 믿고 인지를 부착하지 않는다. 달리 말하자면 저작자는 출판사의 재량에 맡기는 형국이라고 하겠다. 출판물에 인지를 붙이지 않음으로써 여러 가지로 간편화된 것은 사실이지만, 여기에 어쩌면 발생할지도 모르는 분쟁의 불씨가 도사리고 있는 것이다.

2.

글만 전문으로 쓰는 이른바 전업 작가의 입장에서는 인세와 원고료가 거의 유일한 생계 수단이다. 그러나 상대방 출판사의 판매 실적을 일일이 확인하기란 사실상 불가능한 일이다. 내심으로는 책이 제법 나갔을 것 같지만, 현실적으로 볼 때 그걸 확인하기가 쉽지 않다.

우선 상대방에 대한 예의와 체면 문제를 생각하지 않을 수 없다. 출판사에 전화를 걸어 책이 얼마나 팔렸느냐고 묻는 것은 무척 쑥스러운 일이다. 설령 두둑한 뱃심으로 용기백배하여 문의한다 하더라도, 상대방에서 팔린 것이 없다고 딱 잡아떼면 그만인 바에야 어찌 판매량을 확인할 수 있을 것인가.

상대방 출판사의 답변은 사실일 수도 있고, 사실이 아닐 수도 있다. 실지로 판매가 부진하여 책이 팔리지 않았다고 해도 찝찝한 일이고, 책이 팔렸는데도 팔리지 않았다고 둘러댔다면 그건 용서할 수 없는 죄악이다. 그러나 그보다 더 괴로운 것은, 전화를 걸어 판매량을 확인하려면 그보다 먼저 일단 상대방을 의심부터 하고 들어가야 한다는 사실이다.

그건 도저히 있을 수 없는 일이다. 상대방을 의심한다는 것, 그것 또한 일종의 죄악이다. 따라서 어느 날 갑자기 인세가 끊겼다 해도 출판사로 연락을 취해 판매 현황을 파악할 수가 없다. 이것이 저작자의 숙명이라면 숙명일 수밖에 없다고 하겠다.

3.

종종 인세 문제로 저작자와 출판사 사이에 심각한 분쟁이 발생하는 것을 보면 출판사가 저작자를 속이는 경우도 전혀 없지는 않은 듯하다. 한 선배 작가는 정직하지 못한 출판사를 의심하던 중 소송을 벌여 완벽하게 승소했다. 그런가 하면 어떤 동료는 출판사의 부당행위를 참다못해 기존의 출판 계약을 파기하고 다른 출판사로 저작물을 옮겼다.

이런 사례들이 일어날 때마다 필자 또한 은근히 출판사를 의심하며 내면적으로 싱숭생숭 일말의 갈등을 겪기도 한다. 하지만 일단 상대방을 의심한다는 것은 가위 양심의 가책을 받고도 남을 만한 일이다. 그래서 출판사로 전화를 걸거나 담당자를 만나 판매 부수를 확인하기가 사뭇 꺼려지는 것이다.

물론 방법이 전혀 없는 것은 아니다. 직접 제본소에 가서 해당 서적의 제작 물량을 확인할 수는 있다. 실지로 그렇게 해서 출판사의 속임수를 적발한 저작자가 있었다. 그렇다 하더라도 그것 또한 떳떳한 일은 아니다. 출판사 몰래 제본소까지 가서 제작 부수를 확인한다는 것은 검찰이나 경찰의 수사관이 할 일이지 저작자가 할 일은 아니다.

한편, 저작자가 직접 제본소에 간다 해도 제작 물량을 정확히 확인할 수 있다는 보장이 없다. 출판사와 제본소는 상호 협력 관계에 있다. 그 반면, 제본소와 저작자는 실질적인 협력 관계가 아니다. 또, 제본소 쪽에서는 저작자에 대하여 출판물의 제작 물량을 확인해 줄 의무가 있는 것도 아니다. 가재는 게 편이라는 말도 있지만, 제본소가 출판사 편이지 저작자 편이라고 볼 수는 없다. 나쁜 마음을 먹고 제본소가 저작자를 속인다면 저작자는 속수무책으로 당할 수밖에 없다. 아무튼 저작자를 따돌려 속여 먹기로 말하자면 출판사보다는 제본소가 훨씬 더 쉬울 것이다.

저작자와 출판사 사이에는 최소한 '접촉'이 있다. 하지만 저작자와 제본소 사이에는 사실상 그런 접촉이 없다. 막말로 출판사 쪽에서 저작자를 속일 때에는 양심 가책이라도 있겠지만, 제본소 쪽에서는 생면부지의 저작자에게 아무런 거리낌 없이 사실과 다른 거짓말을 할 수 있는 개연성이 훨씬 더 높다.

4.

특별한 경우가 아니고서는 통상 저작자가 출판사보다 항상 불리한 위치에 있다. 예컨대 출판 계약만 하더라도 저작자는 출판사가 제시하는 계약서에 군말 없이 서명 날인하는 것이 상례처럼 굳어져 있다.

대부분의 출판사들은 대한출판협회에서 마련한 표준계약서를 근간으로 일부 조건을 조정한다. 하지만 출판사에서 제공하는 출판권 설정 계약에는 저작자의 권리를 제한하는 내용이 적지 않다.

하지만 저작자 입장에서는 출판사가 제시하는 안에 사실상 이의를 제기하기 어렵다. 출판사가 이윤 추구를 목표로 한 기업인 반면, 저작자는 이윤 추구에 어둡고 저작에만 열중하기 때문이다.

요컨대 양자는 숙명적으로 성향이 다를 수밖에 없다. 사실 대부분의 저작자, 특히 문인들의 경우 상업적인 계약에는 물렁한 편이다. 출판사에서 작성한 계약서를 내놓고 도장을 찍으라면 찍게 마련이다.

필자가 알기로 출판계약서의 각 조항을 한 조항 한 조항 꼼꼼히 챙겨 읽고 두 번 세 번 확인하는 문인은 거의 없다. 물론 그것은 문인, 즉 저작권자의 귀책사유에 해당되는 것일 뿐 출판사의 잘못이라고 말할 수는 없다. 더욱이 저작권자 쪽에서는 책을 낼 때마다 정서적으로 성취감과 기대에 부풀어 시시콜콜 계약서의 내용을 따져볼 겨를이 없다. 이것이 우리 문인들의 가감 없는 자화상이고 현실이다. 따라서 문인들은 출판사에 비해 상대적으로 불리할 수밖에 없다.

사실 출판사 쪽에서는 저작물의 복제 및 배포에 관한 독점적이고 배타적인 권리를 주장하는 것이 관행처럼 되어 있다. 두말할 나위도 없이 저작물은 저작자의 지적 재산권이다. 그런데도 출판사는 저작자가 자신의 저작물을 복제하거나 따로 배포하지 못하도록 못을 박음으로써 독점권을 행사한다. 이게 과연 합당한 문제인지 고민해볼 필요가 있다.

5.

물론 저작자라 해도 출판사와 일단 계약을 체결하고 나면 동일한 저작물을 다른 출판사에서 출판할 수 없다. 만일 어느 저작자가 출판사와 계약을 체결한 뒤 똑같은 내용의 저작물을 다른 출판사에 넘겨 출판한다면 이는 중대한 범죄 행위라고 말할 수 있다. 이는 기본적으로 양심을 저버린 행위일 뿐만 아니라, 먼저 계약을 체결한 출판사에게 중대한 피해를 끼치기 때문이다.

그러나 저작자가 동일 출판물과는 다른 용도로 복제·배포하는 것까지 제한한다면 여기에는 저작자의 권리를 침해하는 요소가 없지 않다. 가령 한 번 출판한 작품을 저작자의 선집이나 전집에 재수록하는 것까지 제동을 걸고 나선다면 이는 출판사의 지나친 월권이 아닐까 싶다.

최근 필자의 한 지인은 이런 계약 조건 때문에 무척 애를 먹었다. 그 지인은 자신의 작품을 A출판사에서 단행본으로 출판했다. 그러고 나서 얼마 후 B출판사와 협의하여 전집 간행 계획을 세웠다. 그런데 그 단행본을 전집에 수록코자 했을 때 A출판사에서 이의를 제기하고 나선 것이다.

그 바람에 필자의 지인은 무려 5년을 기다렸다. A출판사와의 단행본 출판 최초 계약 기간이 5년이기 때문이었다. 필자의 지인은 이 5년이 지난 뒤 연장 계약 과정에서 이의를 제기한 다음 전집 간행에 착수했다.

잘 알다시피 단행본과 전집은 책의 형태, 용도, 판매 방식 등 여러 측면에서 각기 다르다. 그런데도 A출판사는 B출판사의 전집에 예의 단행본이 포함될 경우 영업에 불이익을 당할까 봐 문제의 독점권을 주장하고 나선 것이다.

단행본은 단행본이고, 전집은 어디까지나 전집이다. 상식적으로 볼 때, 자기 출판사에서 나온 단행본이 전집에 포함된다면 저작자와 함께 기뻐해 줄 수도 있으련만 A출판사는 도리어 배타적 독점권을 행사함으로써 전집 간행이 지연되는 사태를 빚어냈다.

이런 경우 저작자의 피해는 이만저만 큰 것이 아니다. 저작자가 최초의 계약 과정에서 이 같은 문제를 꼼꼼히 살피지 못한, 그리하여 미래에 대비하지 못한 불찰을 지적한다면 할 말이 없지만, 그러나 이 같은 불평등 계약은 지양되어야 할 것이다.

6.

필자는 최근 오래 거래해 온 상기 출판사와 '전송이용허락' 계약을 체결했다. 이로써 1권짜리 단행본과 8권짜리 장편소설은 전자책으로도 빛을 보게 되었다. 그러나 이 계약에 따르면 번역, 개작, 연극, 영화, 방송, 녹음, 녹화 등 2차적 사용을 출판사에 위임하는 것으로 되어 있다.

이 과정에서 필자는 사실상 절판되다시피 한 8권짜리 장편소설에 대해 의논했다. 몇 해 전 이 책에 대한 인세가 끊겼을 때, 필자는 일단 계약을 종료하고 이 책을 다른 출판사로 옮겨가겠다고 통보했다. 그러자 출판사에서도 선선히 양해해 주었다.

그런데 이번 '전송이용허락' 계약을 체결하면서 이 문제를 다시 거론했

더니 출판사 측에서는 난색을 표명했다. 문제는 구두로 계약 만료를 합의했다는 사실이다. 그때는 판매가 저조해 출판사 쪽에서 선뜻 양해해 주었던 모양인데, '전송이용허락' 계약을 체결하는 과정에서 상대방 출판사는 지난번의 양해를 철회하면서 도리어 다른 매체에 의한 2차적 사용까지 독점했다.

이와 함께 '해지 통고가 없는 한 본 계약과 동일한 조건으로 5년씩 자동연장된다'는 조항이 들어 있어서 내심 여간 불편한 것이 아니었다. 하지만 그런 조항 때문에 계약을 포기할 수는 없었다. 그 출판사와의 신의를 바탕으로 계약을 체결하기는 했지만, 좀 더 혹독하게 말하자면 울며 겨자 먹기라 해도 과언이 아니었다.

대저 저작자와 출판사는 떼려야 뗄 수 없는 동전의 양면과 같다. 저작자가 있어야 출판사가 존립할 수 있고, 출판사가 있어야 저작자도 저작 활동을 할 수 있다. 여기에 저작물 이용자가 있다. 그러니까 저작자와 출판사와 이용자는 상호 불가분의 관계에 있는 셈이다.

이렇게 볼 때, 저작자와 출판사와 이용자가 다 함께 이런저런 불편한 관계를 청산하고 편안한 관계를 유지해야 한다. 그것이 저작자·출판사·이용자가 상생할 수 있는 지름길이다. 이를 위해 저작자보다 형편이 훨씬 나은 출판사 쪽에서 조금 더 양보하는, 그리하여 저작자들의 권익을 극대화시켜 주는 분위기가 널리 확산되어야 할 것이다. (한국문예학술저작권협회 주최 2011년 저작권세미나 『출판 계약의 공정성과 문화 산업의 성장』 토론 참가. 연세빌딩 24층 대회의장. 2011. 12. 2)

소설 속에 등장하는 과학 문학

소설은 픽션이다. 일부 특수한 경우를 제외하고 대부분의 소설은 허구로 창작된다. 그렇다고 해서 소설 그 자체가 허구, 즉 거짓말이라는 뜻은 아니다. 소설이 허구로 전개되는 것은 사실이지만, 소설은 인생에 대한 깊은 성찰과 진리 탐구를 그 생명으로 하고 있다. 소설의 이 같은 특성은 아주 이율배반적이다. 허구를 통해 인생에 대해 깊이 성찰하면서 진리를 탐구한다는 그 자체가 상호 모순이면서 역설적이라고 말할 수 있다. 달리 말하자면 소재는 허구일지라도 주제까지 허구일 수가 없다는 뜻이다. 소설가는 주제를 보다 더 선명하게 부각해 내기 위해 허구를 동원하는 것이다.

예나 지금이나 소설은 허구를 통해서 보다 더 진지한 주제를 성공적으로 구현해 낸다. 이것이 소설의 묘미라고 말할 수 있다. 예컨대 「춘향전春香傳」 「심청전沈淸傳」 「홍길동전洪吉童傳」 「흥부전興夫傳」은 모두 허구로 되어 있다. 등장인물, 사건 등이 모두 픽션이다. 그렇다고 작품 자체, 즉 작가가 드러내 보이고자 하는 작품의 주제까지를 거짓이라고 말할 수는 없다.

소설의 허구는 그럴싸한, 있을 수 있는, 있을 법한, 있을 수밖에 없는 개연성이 전제되어야 한다. 그래야만 독자들이 소설가의 의도를 수긍하기 때문이다. 이처럼 그럴싸하게 꾸며낸 허구라야 독자들이 허구라는 것을 알면서도 사실인 것처럼 실감나게 받아들이는 것이다.

이따금 정치권 등에서 '소설 쓰지 말라'는, 족보에도 없는 해괴한 빈정거림이 들려온다. 이는 누군가의 폭로성 발언에 대하여 그 말을 반박하기 위한 수단으로 이용되는 빈정거림이다. 그러니까 소설을 단순히 '악의적으로 꾸며낸 허구' 정도로 치부하는 셈이다. 소설을 쓰는 사람으로서 그런 말을 들을 때마다 이만저만 화나는 것이 아니다. 소설은 아무나 쓰나. 그들은 소설이 무엇인지도 모르면서 '소설 쓰지 말라'느니 뭐니 그런 말을 함부로 내뱉는 것이다.

소설이 허구라는 사실에는 이의가 있을 수 없지만, 그렇다고 소설의 가치와 그 안에 담긴 진실까지를 하찮게 매도하는 경망스런 언사에 대해서는 결코 동의할 수 없다. 정치권 등에서는 당리당략이나 정치꾼들의 이익을 위한 거짓말이 난무한다. 사정이 이렇다 보니 그 바닥에서는 누군가를 해치기 위해 꾸며낸 이야기가 넘쳐날 수밖에 없다.

그러나 소설은 거짓말을 위한 거짓말이 아니다. 소설은 그들이 주장하는 것처럼 남을 모함하고 중상모략하기 위해 조작한 허구가 아니라, 어디까지나 인생의 성찰 위에서 보다 더 깊은 진실을 드러내기 위하여 허구라는 기법을 이용할 뿐인 것이다.

그렇다면 과학 문학을 논의하는 자리에서 어찌하여 굳이 초장부터 소설의 허구를 강조하는가. 거기에는 분명한 이유가 있다. 소설이야말로 상상력과 창의력의 산물이라는 사실을 다시 한 번 확인하려는 것이다.

소설가는 무한한 상상력과 창의력을 동원하여 소설을 쓴다. 소설가의 상상력은 무궁무진하다. 여기에 작가 특유의 창의력이 결합하여 눈부신 명작이 쏟아져 나온다. 만일 누군가에게 상상력만 있고 창의력이 없다면 작품은 나오기 어렵다.

그럴 경우 그 누군가는 소설가가 아닌, 공상가 또는 몽상가에 머물고 말지 않을까. 하지만 탁월한 소설가일수록 뛰어난 창의력을 바탕으로 얼마든지 훌륭한 명작을 써낼 수 있다. 그러니까 상상력과 창의력은 상호 맞물린 동전의 양면과 같고, 모든 문학의 전제 조건이라 해도 과언이 아니다.

사실 소설가들은 무한한 상상력을 동원, 남들이 미처 생각하지 못한 미지의 세계를 자유자재로 넘나든다. 소설가의 관심은 미치지 않는 곳이 없다. 동서고금의 세계 명작들이 말해 주듯 지난 세월 소설가들은 여러 분야에 걸쳐 다양한 세계를 천착했다.

이와 함께 많은 소설가들은 인간이 희구하는 이상향과 가상 세계를 그려냈다. 가령 토마스 모어의 「유토피아」나 올더스 헉슬리의 「멋진 신세계」는 그 대표적 사례로 꼽힌다. 그런가 하면 소설 속에 동물을 등장시키기도 하고, 특유의 혜안으로 미래를 예측하기도 했다. 예컨대 조지 오웰의 「동물 농장」 「1984」 등이 여기에 해당한다.

그뿐 아니라 이 과정에서 탁월한 과학 소설이 나왔다. 흔히 과학 소설을 공상 과학 소설 또는 사이언스 픽션(science fiction), SF 소설이라 한다. 이러한 과학 소설의 창시자로는 프랑스의 J. 베른이 꼽힌다. 그는 「해저 2만 리」 「5주간의 기구 여행」 「지구에서 달까지」 「땅속 여행」 등을 발표했다. 이들 작품은 과학 소설의 전형으로 확고한 위치를 굳혔다.

J. 베른은 이들 작품 속에 비행기, 잠수함, 움직이는 길바닥, 압축 공기 등을 등장시켰다. 이는 곧 소설가 자신의 상상력과 창의력에 의한 허구의

산물이었다. 그런데 훗날 과학자들에 의해 비행기, 잠수함, 엘리베이터, 무빙워크, 압축 공기 등이 발명 또는 제조되었다. 결국 한 소설가의 상상력이 과학자의 관심을 촉발시켜 문명 발달에 지대한 영향을 미친 것이다.

또, 영국의 소설가 H. G. 웰스는 과학 소설의 전환점을 마련하였다. 그는 1895년 과학 소설 「타임머신」을 발표한 이래 「화성火星과의 전쟁」 「달나라의 최초 인간」 「우주 전쟁」 같은 독특한 작품을 출간하였다. 그는 이러한 일련의 작품을 통해 과학의 발전을 예견했다. 아니나 다를까, 그 후 과학은 상당 부분 그의 예견대로 발전해 나왔다.

이 과정에서 J. 베른의 「해저 2만 리」 「5주간의 기구 여행」 「지구에서 달까지」 「땅속 여행」이며 H. G. 웰스의 「타임머신」 「화성과의 전쟁」 「달나라의 최초 인간」 「우주 전쟁」 등은 이미 과학 소설의 고전이 되었고, 그 후 과학 소설은 눈부신 발전을 가져왔다. 인류 사회가 고도의 산업화를 이룩하면서 과학 소설도 더 흥미진진하게 확대 발전되었다.

잘 알려진 것처럼 제1차 세계 대전과 제2차 세계 대전을 거치면서 가공할 살상 무기들이 양산되었다. 이러한 무기들은 상상력과 과학 기술의 접목이 빚어낸 성과물이었고, 세계 각국의 군비 경쟁은 과학 소설의 향상 발전에 자극제라고나 할까 촉매제 역할을 하였다.

우주 탐사 경쟁 또한 예외가 아니었다. 선진국들이 치열한 우주 탐사 경쟁을 벌이는 동안 과학 소설은 더 많은 독자들의 사랑을 받게 되었다. 지금 시중에는 그 수를 헤아릴 수 없을 만큼 숱한 과학 소설이 나와 있다. 더욱이 어린이와 청소년들을 위한 과학 소설도 끊임없이 쏟아져 나온다. 이들 과학 소설은 자라나는 세대의 상상력과 창의력을 자극하면서 그들에게 과학자의 꿈을 심어 주고 있다.

아무튼 소설가의 상상력에 의한 미래 예견이 과학과 맞물려 문명으로 발전하고, 과학의 발전이 다시 과학 소설의 향상으로 이어져 나왔음을 알 수 있다. 그러므로 문학과 과학은 얼마든지 상생할 수 있다. 더 나아가 문학과 과학이 상생할 때 인류의 발전을 앞당길 수 있으리라 믿는다.

문학은 인간 본연의 정신적 문제를 먼저 생각한다. 그 반면, 과학은 보다 더 물질적 측면으로 접근하는 경향이 있다. 따라서 문학을 통한 인간성 회복, 과학을 통한 물질적 풍요로움이 균형과 조화를 이룰 때 우리 사회는 훨씬 더 삶의 질을 높일 수 있을 것이다. (과학사랑모임 창립 12주년 기념 문학과 과학의 통섭을 통한 『과학문학』 학술포럼 지정토론. 한국철도공사 대회의실. 2012. 10. 11)

전쟁문학관 건립을 기대하며

이번 제53회 한국문학심포지엄의 주제는 「한국 전쟁 문학의 어제와 오늘」입니다. 주제 발표에서 말씀하신 바와 같이, 이 주제는 '한국 내 전쟁 문학의 어제와 오늘'로 읽힐 수도 있고, '한국 전쟁에 관한 문학의 어제와 오늘'로 읽힐 수도 있겠습니다. 하지만 저는 한 걸음 더 나아가 '한국, 즉 우리나라 전쟁 문학의 어제와 오늘'을 생각해 보았습니다. 이러한 맥락에서 부족하나마 제 소견의 일단을 짤막하게 말씀드려 볼까 합니다.

먼저 이번에 발표해 주신 「노근리 사건과 한국 전쟁 문학」이라는 주제 발표에 신선한 감명을 받았습니다. 그동안의 작업을 정리해 놓은 시론試論의 수준을 넘지 못한다고 겸손한 말씀을 하셨습니다만, 이번 발표는 아주 보기 드문 역작이라고 생각합니다. 주어진 주제를 피상적으로 다루지 않고, 노근리 사건을 소재로 한 작품을 심층적으로 연구했다는 점에서 큰 성과라 하겠습니다. 과문한 탓인지는 몰라도, 제가 알기로는 노근리 사건 관련 문학 작품을 연구한 최초의 성과가 아닌가 싶습니다. 한 사건에서 소재를 취한 이 작품들을 연구 대상으로 삼아 심도 있게 천착한 그 노고에 경의를 표합니다.

이 연구는 노근리 사건을 다룬 정은용의 소설 「그대, 우리의 아픔을 아는가」와 제이 앤 필립스의 「락과 터마이트」, 그리고 이현수의 「나흘」을 집중적으로 다루었습니다. 사실 노근리 사건은 국내외 언론 보도를 통해 비교적 널리 알려져 있습니다. 특히 방송에서 이 사건을 다큐멘터리로 제작하여 방영한 적도 있습니다. 하지만 노근리 사건이 정은용의 소설 「그대, 우리의 아픔을 아는가」를 통해 더 널리 알려졌다는 사실을 이번에 처음 깨달았습니다.

그럼에도 불구하고 제 내면에는 뭔가 아쉬움이 있습니다. 노근리 사건을 소재로 한 이들 일련의 작품은 주제 발표의 서두에서 말씀하신, 즉 '한국 전쟁에 관한 문학의 어제와 오늘'의 일부일 뿐, 그 자체로서 '한국 전쟁 문학의 어제와 오늘'이라고 말하기는 어려울 것 같습니다. 좀 더 정확하게 말하자면 노근리 사건은 6·25전쟁 중에 발생한 일로서, 전쟁이 빚어낸 사건 또는 그 비극의 일부라고 말할 수 있겠습니다.

포괄적으로 보면 한국의 전쟁 문학은 그보다 훨씬 크고 넓다는 생각입니다. 예로부터 우리나라는 가공할 전란을 많이 겪었습니다. 따라서 전쟁을 모티브로 한 작품이 적지 않습니다. 제2차 세계 대전 이후 우리나라는 6·25전쟁을 겪었습니다. 두말할 나위도 없이 전쟁은 우리 인류사에 큰 격변을 가져왔습니다.

문학이라고 해서 예외일 수가 없습니다. 전쟁에서 소재를 취했거나 전쟁의 상흔과 여파를 다룬 작품들이 잇따라 발표되었습니다. 전쟁 이전의 작품들이 보다 더 서정적이었던 반면, 6·25전쟁 이후에는 보다 더 절박한 생존과 생사의 문제들이 작품의 주제로 떠올랐습니다. 여기에 맞물려 개인적인 상처와 인간성 상실은 물론 역사, 민족, 분단 문제 등으로 그 지평이 확대되었습니다.

잘 아시는 바와 같이 1960년 『세계전후문학전집』이 나왔고, 1969년 한국문인협회에서 『한국전쟁문학전집』을 펴낸 적이 있습니다. 『세계전후문학전집』에는 외국 작품들이 훨씬 더 많이 수록되었습니다만, 제1권 『한국전후문제작품집』, 제8권 『한국전후문제시집』을 비롯하여 제10권 『세계전후문제희곡·시나리오집』에 우리나라 작품도 상당수 포함되어 있습니다. 한국문인협회가 펴낸 『한국전쟁문학전집』의 경우 전쟁과 관련된 단편소설, 중편소설, 장편소설로 구성되어 있습니다.

한편, 1960년대 베트남 전쟁을 겪으면서 우리 문학에는 새로운 양상이 나타나기 시작했습니다. 즉, 베트남 전쟁을 소재로 한 작품들이 쏟아져 나왔습니다. 이로써 우리의 전쟁 문학은 베트남 전쟁으로까지 그 영역을 확대하게 되었습니다. 물론 지금도 전쟁을 소재로 한 작품들이 계속 발표되고 있습니다.

이렇게 볼 때, 앞으로 한국 전쟁 문학에 대한 연구가 보다 더 활발히 이루어지기를 기대합니다. 충북 영동군에는 노근리평화공원이 조성되어 있습니다. 이제 우리는 한국 전쟁 문학의 어제와 오늘을 총체적으로 아우르는 전쟁문학관을 건립해야 합니다. 이를 위해 정부와 뜻 있는 지방자치단체가 좀 더 적극적으로 나서 주실 것을 촉구합니다. (한국문인협회 주최 제53회 한국 문학심포지엄 「한국 전쟁 문학의 어제와 오늘」 지정 토론. 경남 거제 예술회관. 2014. 6. 28)

한국 현대문학사에 끼친 불교 문인들의 역할과 기여

1908년 육당 최남선이 『소년少年』 창간호에 「해海에게서 소년에게」를 발표했다. 잘 알려진 바와 같이 이 작품은 종래의 창가唱歌와는 전혀 다른 형식을 취함으로써 신시新詩 또는 신체시新體詩라는 이름을 얻었다. 이를 계기로 우리 문학은 일대 전환점을 맞이했다. 문학에 대한 인식과 형식면에서 큰 변화를 가져온 것이다.

그 무렵 일본은 우리보다 일찍 서구 문물을 받아들였던 반면, 우리나라의 자주적 근대화 노력은 더디게 진행되고 있었다. 그처럼 열악한 환경 속에 해외 유학 등을 통해 현대 문물을 접한 불세출의 선각자들이 있었다. 그뿐 아니라 천부적인 혜안과 각고의 노력으로 세계사의 흐름에 통달한 분들도 있었다.

그런 선각자들은 정치 경제 사회 문화 등 여러 분야에서 눈부신 역할을 하였다. 그들은 열강의 각축 속에 나라를 지키기 위해 백방으로 노력했다. 하지만 일제의 침략이 날로 가속화되는 현실에 비추어 국운은 걷잡을 수 없는 비운의 나락으로 기울어 갔다. 그리하여 1910년 우리나라는 일제의 무력 앞에 국권을 잃고 말았다.

하지만 우리 겨레는 결코 일제에 굴복하지 않았다. 매국노들이 일제와 결탁하여 국권을 내놓았을지언정 우리 겨레는 도처에서 불굴의 의지로 일제에 항거하며 피어린 독립운동을 전개하였다. 이 과정에서 불교계의 큰 별 만해 한용운은 승려로, 시인으로, 독립운동가로 우리 역사에 우뚝 섰다.

일제강점기의 한복판을 가로지르며 만해는 「님의 침묵沈默」「알 수 없어요」 등 주옥같은 작품으로 우리 한국 현대문학사에 찬란한 금자탑을 쌓았다. 그분이 한국 현대 문학에 끼친 영향은 이루 헤아릴 길이 없다. 한평생 굴절하지 않고 올곧은 길을 걸었던 위대한 거인 만해 한용운. 1879년생인 그분이 해방을 보지 못하고 일제 패망 직적인 1944년 6월 29일 속절없이 열반에 든 것은 참으로 애통한 일이다.

그런 만해가 시단에서 치솟은 대표적 불교 문인이었다면 춘원 이광수는 단연 소설계의 대표적 불교 문인이었다. 그는 불교에서 소재를 선택한 장편소설 「이차돈異次頓의 사死」「원효대사元曉大師」 등을 남겼다. 그뿐 아니라 「무정無情」 등 그의 주요 작품에는 거의 예외 없이 불경이 인용되거나 명산대찰에 관한 담론이 등장함으로써 그 자신 얼마나 불교에 깊이 심취했던가를 엿볼 수 있다.

월탄 박종화는 시 「석굴암石窟庵 대불大佛」, 장편소설 「다정불심多情佛心」 등 불교와 관련된 작품을 많이 썼고, 조종현 스님은 불교계를 대표하는 시조시인으로 이름이 높았으며, 김동리는 불후의 명작 「등신불等身佛」을 남겼다. 소설가 선우휘는 단편소설 「상원사上院寺」를 써서 큰 감동을 안겨 주었다.

미당 서정주는 일찍이 박한영 큰스님을 만나 영향을 받은, 자타가 공인하는 우리나라의 대표적 불교 문인이다. 그는 불교를 화두로, 남들이 모방할 수 없는 불후의 작품 세계를 열었다. 「연꽃 만나러 가는 바람같이」 등 그의 작품에는 불교 정신이 도도한 강물처럼 곳곳에 흘러넘친다.

청록파 시인 박목월은 「불국사佛國寺」를, 조지훈은 저 유명한 「승무僧舞」를 남겼다. 시인 이원섭이나 김구용도 빼놓을 수 없는 불교 문인으로 꼽힌다. 그분들은 불경과 한학에 밝았다. 또, 김운학 스님은 이승에 있는 동안 승복을 입은 채 문학평론가로 활약했다.

승려 출신의 고은 시인은 대중적으로 국내외에 널리 알려져 있고, 강원도 신흥사 조실 무산霧山 조오현 스님은 시조시인으로 명성이 자자할 뿐만 아니라, 『유심唯心』 간행을 비롯하여 만해축전 등 각종 문학 행사를 적극 지원함으로써 불교 문학 중흥에 심혈을 기울여 왔다.

시인 박제천은 「와불臥佛」을 썼고, 시인이며 문학평론가인 조병무와 정광수는 각종 지면에 불교와 관련된 작품을 많이 발표했다. 이와 함께 문학평론가 유한근은 불교 문학과 관련한 여러 편의 평론을 선보였다.

법정法頂 스님은 불교 문학을 논의하는 자리에서 빼놓을 수 없는 중요한 인물이다. 그분은 살아생전 「무소유」 「산에는 꽃이 피네」 등 격조 높은 수필로 숱한 독자들을 사로잡았다.

경남 김해 봉화산 정토원 선진규 법사는 시를 쓰면서 문학지 『한국불교문학』을 지원하는 등 한국불교문인협회 발전의 견인차 역할을 하고 있으며, 진관 스님, 청화 스님, 돈연 스님은 시인으로, 이지현 스님은 시조시인으로 널리 알려져 있다. 과거 승려 생활을 하다가 환속한 황청원도 우리에게는 친근한 시인이다.

그밖에도 우리 한국문인협회 회원들 중에는 입산수도하는 스님들이 적지 않다. 이 자리에서는 그분들을 일일이 열거할 겨를이 없지만, 그들은 조용히 불법 수행에 정진하면서 문학 작품 창작에도 열정을 불태우는 것이다.

한편, 우리 문단에는 승려 출신이나 재가 불자와 더불어 불교에 조예가 깊은 뛰어난 문인들이 많다. 그들은 불교에서 소재를 구해 작품을 써서 놀라운 반향을 불러일으키곤 했다.

예컨대 환속한 소설가 김웅은 1970년대에 장편소설 「영산회상靈山會上」으로 문단에 신선한 충격을 주었으며, 조정래는 장편소설 『대장경』을 발표해 주목을 받았다. 그런가 하면 남지심은 『솔바람 물결소리』 『돌 위에 핀 연꽃』 등으로 불교 문학의 대표적 작가로 굵직한 획을 그었다.

어디 그뿐인가. 승려 생활을 하다가 환속한 소설가 김성동은 장편소설 『만다라曼荼羅』로 대형 베스트셀러를 쏘아 올리며 문단 안팎에 거대한 돌풍을 일으켰다. 이 작품은 영화로도 크게 히트했다.

독실한 천주교 신자였던 소설가 최인호는 불교를 담론으로 장편소설 『길 없는 길』을 써서 놀라운 경지를 보여 주었다. 역시 천주교 신자인 필자도 불교를 소재로 한 단편소설 「산행」을 발표하여 호평을 받은 바 있다.

그런가 하면 소설가 한승원은 『우담바라』 『아제아제 바라아제』를 내놓았고, 한국일보 신춘문예에 「무색계無色界」로 등단한 소설가 황충상은 『꽃을 드니 미소 짓다』 『부처는 똥친 막대기다』 등 일련의 역작을 발표했다.

최근에는 소설가 신지견이 대하소설 『서산』을 발표하면서 기염을 토했다. 이 소설은 저 유명한 서산대사를 주인공으로 쓴 작품인데 그 분량만 해도 무려 10권이나 된다.

불교 문학은 아동문학 분야에서도 활짝 꽃을 피웠다. 아동문학가 신현득 김종상 이영호 등 불교 신자 아동문학가들은 1982년 한국불교아동문학회를 창립했다. 이 단체는 해마다 작품집을 발간하고 한국불교아동문학상을 시상하면서 불교 문학의 발전에 기여해 나왔다. 올해에는 연간집 『시가 자라는 바다』를 간행했다.

시인이자 화가인 정정순은 계간지 『불교문학』 회장으로 사재를 기울여 불교 문학 진흥을 위해 애쓰고 있다. 이밖에도 불교 문인들은 불교를 소재로, 불교 정신이 면면히 흐르는 주옥같은 작품들을 써내면서 한국 문학을 한 차원 높은 경지로 끌어올리고 있다.

결론적으로 말하자면 불교 문인들은 예나 지금이나 한국 현대문학사에 지대한 업적을 이룩했다. 앞으로도 불교 문인들의 역할이 크게 기대된다고 하겠다. (한국불교문인협회 주최 제23회 불교 문학 심포지엄 기조 발제. 서울 묘각사. 2014. 10. 4)

세계 최고 금속 활자본 『직지直指』의 통섭적 고찰

역사 속에 조상들의 지혜가 있다. 필자는 그동안 우리 역사를 돌아보면서 한두 번 충격을 받은 것이 아니다. 역사 속의 사건과 그 기록을 보면서 깜짝깜짝 놀라곤 했다. 박물관의 문화재, 새로 발굴되는 문화재를 접할 때에는 더 말할 나위가 없었다.

언젠가 『삼국사기三國史記』를 읽다가 아, 하고 탄성을 지르면서 무릎을 탁 친 적이 있었다. 예컨대 「백제본기」 온조왕 15년조條 기사는 놀라움 그 자체라고 말할 수 있었다.

> 十五年春正月 作新宮室 儉而不陋 華而不侈
>
> 15년 봄 정월 새로 궁궐을 지었는데, 검박하면서도 누추하지 않고 화려하면서도 사치스럽지 아니하였다.

예사로 보면 무심코 넘어갈 수도 있었겠지만, 필자의 눈에는 이 대목이 신선한 충격으로 다가왔다. 검박하면서도 누추하지 않고 화려하면서도 사치스럽지 않았다는 그 기록 속에는 바로 조상들의 지혜가 깃들어 있기 때문이었다. 달리 말하자면 그 지혜는 바로 백제의 사상과 철학을 대변하고 있다 해도 과언이 아니었다.

궁궐을 짓는다는 것은 결코 쉬운 일이 아니다. 궁궐을 지으려면 우선 그 공사를 감당할 수 있는 인력과 예산이 있어야 한다. 달리 말하자면 궁궐을 설계할 수 있는 기술을 비롯하여 토목과 건축 등 시공 능력이 뒷받침되어야 한다. 어디 그뿐인가. 단청과 조경 등 거기에 부대되는 여러 기술이 복합적으로 어우러지지 않으면 안 된다.

그렇다면 온조왕 15년 당시 백제의 사정은 어떠했던가. 토목, 건축, 조경, 미술 등 그런 기술쯤이야 기본으로 하고, 궁궐을 짓되 백제인의 사상과 철학까지 구현했으니 얼마나 놀라운 일인가.

특히 필자는 백제의 대표적 문화 유산인 부여 정림사지 5층석탑을 대할 때마다 저절로 옷깃을 여미지 않을 수 없었다. 비가 오나 눈이 오나 백제의 옛 영화를 증언하며 항상 그 자리에 서 있는 장중한 석탑. 필자는 어린 시절 이후 지금까지 이 석탑을 한두 번 대한 것이 아니었다. 천 3백 년이 훨씬 넘도록 그 자리에 우뚝 서 있는 석탑이야말로 백제의 기술과 정신이 어우러진 백제 문화의 정수인 것이다.

이 석탑은 우선 기하학적으로 완벽하다. 따라서 어떤 풍우에도 너끈히 견뎌왔다. 그뿐 아니라, 단단한 석재를 얼마나 정교하게 다루었는지 마치 목재를 자유자재로 깎아 척척 꿰어 맞춘 것 같다. 더욱이 살짝살짝 날렵하게 치켜 올라간 각 층의 지붕은 아름다움의 극치를 이룬다.

그 후 부여 능산리에서 백제금동대향로가 발굴되었을 때 그 놀라움과 충격은 이루 말할 수가 없었다. 백제인들은 어쩌면 그렇게 탁월한 공예품을 만들어 낼 수 있었을까. 여의주를 문 봉황은 금세 날아오를 듯하고, 용은 꿈틀거리면서 살아 움직이는 듯하다. 대향로 아래 부분의 연꽃도 연꽃이지만, 윗부분의 산봉우리와 골짜기에는 여러 형태의 사람과 상서로운 동물들이 저마다 특이한 자태를 드러내고 있다. 요컨대 이 금동대향로는 기하, 공학, 연금술, 미술, 사상, 철학…. 등이 총화를 이루어 만들어 낸 인류가 탄복하고도 남을 문화재 중의 걸작 문화재라고 말할 수 있다.

고려 시대의 『직지』 또한 예외가 아니다. 잘 알려진 바와 같이 『직지』는 세계 최고最古의 금속 활자본이다. 우리 선현들은 이렇듯 이 지구상의 어떤 민족보다도 가장 먼저 금속 활자를 발명해 서책을 인쇄한 것이다.

그렇다면 직지는 어떻게 탄생했을까. 바로 그 밑변에 여러 분야의 통섭統攝이 있었다. 깊은 연구와 고도의 기술은 필수적이었다. 그뿐 아니라 불교의 가르침을 널리 전파하려는 강력한 의지가 있었다. 만일 불교의 가르침을 몇 사람만 알고 넘어가는 것으로 만족했더라면 종전처럼 필사본의 보급에 그쳤을 것이며 금속 활자에 의한 대량 인쇄를 시도하지도 않았을 것이다.

문제는 창의력과 기술과 사상과 철학이었다. 우리 선현들은 여러 분야에서 경이로운 창의력과 기술을 발휘했고, 이처럼 다양한 능력이 통섭으로 맞물려 급기야 남들이 생각하지도 못한 금속 활자를 발명해 냈다. 이 쾌거야말로 불교의 가르침, 금속으로 활자를 만드는 기술, 종이를 만드는 기술, 그 종이 위에 금속 활자로 인쇄하는 기술에다 제책 기술에 이르기까지 모든 분야가 통섭으로 어우러지면서 이루어낸 거대한 결실인 것이다.

활자의 기능과 역할은 새삼 언급할 필요가 없다. 활자는 대량 인쇄의 전제 조건이라고 말할 수 있다. 활자가 있어야 어떤 내용이든 대량으로 인쇄하여 지식과 정보를 널리 전파할 수 있다. 그런 점에서 금속 활자의 발명은 인류 역사상 가위 혁명적 사건이었다.

우리 선현들의 지혜는 참으로 놀라웠다. 목판으로도 얼마든지 인쇄물을 찍어낼 수 있었지만, 그것만으로 만족하지 않고 보다 내구성이 강하고 성능 좋은 금속으로 활자를 만들었다는 사실이야말로 얼마나 놀라운 일인가. 여기에 종이를 만드는 기술까지 발전시킴으로써 이미 고려 시대에 인쇄 문화의 혁명을 이루어 낸 것이다.

그 후 조선 왕조에 들어와 한글이 창제되었다. 한글은 세계에서 가장 과학적인 문자로 널리 입증되었다. 세월이 흐르면서 금속 활자와 한글은 상호 시너지 효과를 극대화하였다. 금속 활자가 한글을 널리 전파하였고, 한글이 계속 금속 활자를 발전시켰다. 그리하여 과거 활판 인쇄는 모두 금속 활자로 이루어졌다.

이렇듯 금속 활자에 의한 인쇄물이 인류 문화의 발전에 끼친 영향은 헤아릴 길이 없다. 모든 인쇄물 중에서도 책이 끼친 영향이 가장 크다. 책은 문맹을 타파하였고, 급기야 인류 문화 발전을 급속도로 앞당겼다. 우리나라의 경우 한글 전용 이후 한글과 금속 활자가 문화 발전을 극대화하였다. 그 결과 세계사에서 유례를 찾아볼 수 없을 만큼 단기간에 민주화와 산업화에 성공했다.

언제부턴가 오프셋 인쇄가 일반화되면서 활판 인쇄를 보기 어렵게 되었지만, 이러한 인쇄술의 발달과 변천은 바로 금속 활자에서 비롯되었다. 그러니까 오늘날의 인쇄술은 금속 활자를 모체로 발전해 나왔다. 따라서 금속 활자의 문화사적 의미와 가치는 상상을 초월하는 것이라 하겠다.

특히 문학은 금속 활자에 의해 무변광대한 지평을 넓혀 나왔다. 이제 문학 작품이 책으로 발간되는 것은 상식 중의 상식에 속한다. 누군가가 시든 소설이든 작품을 쓰면 인쇄를 통해 책으로 제작되어 작가의 사상과 감정이 독자에게 전달된다. 이는 곧 창작인 문학과 인쇄술이라는 과학이 만나 이루어 내는 통섭이라고 말할 수 있다. 우리는 이처럼 문학과 과학의 통섭을 통해 세계 최초 금속 활자본『직지』의 가치와 의미를 더욱 길이 빛낼 수 있다고 생각한다. (과학사랑모임 창립 제14주년 기념 직지(直指)에 대한 문학·과학적 접근 학술포럼 지정 토론. 한국프레스센터 19층 기자회견장. 2014. 12. 15)

스마트 시대를 맞이한 한국 문학의 향방

1. 들어가는 말

이번 포럼의 준비 과정에서 주최 측은 저에게 「스마트 시대의 한국 문학의 향방」이라는 주제를 맡겨 주었습니다. 아주 시의적절한 주제라고 생각했습니다. 급변하는 환경 속에서 우리 한국 문학이 어떻게 변화할 것인가 하는 담론이야말로 어제오늘의 문제가 아닙니다.

새로운 매체가 등장할 때마다 반드시 문학의 위기가 대두되곤 했습니다. 사실 문학의 위기는 아주 오래 전부터 회자된 화두입니다. 실지로 문학은 분명 심각한 위기를 겪고 있습니다. 과학이 발달하면 발달할수록 무슨 매체가 등장하여 우리 문학을 어떻게 위협할지 모르는 상황입니다.

한편, 스마트 시대라고 하면 사실상 그 범위를 특정하기가 어렵습니다. 우리는 일상적으로 스마트 또는 스마트 시대 같은 용어를 쓰고 있습니다만, 그 내용을 들여다보고 한국 문학의 미래를 진단한다면 어디에서부터 어디까지를 논의의 대상으로 삼아야 할지 막연합니다.

그러므로 저는 주어진 제목에서 약간 벗어나 새로운 각도에서 논의의 실마리를 풀어 나갈까 합니다. 달리 말씀드리자면 스마트 시대라는 용어로 오늘의 과제를 풀어 나가기보다는 인터넷, 페이스북, 구글 등 SNS 시대의 첨단 과학 및 정보 통신 기술의 발달과 맞물려 돌아가는 모든 포괄적인 환경 변화에 초점을 맞추어 한국 문학의 향방을 살펴보고자 합니다. 그래야만 한국 문학의 내일을 제대로 진단할 수 있다고 믿기 때문입니다.

특히 저는 이번 이 주제 발표를 통해 지금까지의 여러 사례들을 실증적으로 살펴보고자 합니다. 온고지신이란 말이 있습니다. 무슨 일이든 어제와 오늘을 살펴보지 않고서는 미래를 예측하기 어렵습니다. 또, 어제와 오늘 사이에 무슨 일이 일어났고, 그때 어떻게 대응했는가를 알아야 앞으로의 향방을 정확히 예견하면서 슬기롭게 대처할 수 있습니다.

지금 우리 사회에는 첨단 과학과 정보 통신 기술이 넘쳐나고 있습니다. 첨단 과학의 발달은 모든 분야에 큰 변화를 가져왔습니다만, 한국 문학의 향방을 살펴보게 될 저로서는 그중에서도 특별히 정보 통신 기술을 주목하지 않을 수 없습니다. 왜냐하면 정보 통신 기술이 우리 한국 문학의 미래에 직접적으로 가장 큰 영향을 미쳐왔고, 특별한 이변이 없는 한 앞으로도 분명 그럴 것이기 때문입니다.

제가 문학을 공부한 이래 참으로 많은 변화들이 있었습니다. 문학청년 시절은 말할 것도 없고 문단에 데뷔한 이후만 하더라도 많은 변화들이 있었습니다. 이 과정에서 정보 통신 기술이 우리 한국 문학에 지대한 영향을 미쳤습니다. 따라서 저는 제가 걸어온 길과 지금까지의 변화를 접목시켜 우리 앞에 다가올 여러 상황들을 점검해 볼까 합니다.

지난번 알파고와 이세돌 9단의 바둑 대결은 우리에게 큰 충격을 안겨주었습니다. 저는 바둑을 두지 않습니다. 하지만 알파고와 이세돌 9단의 대결이야말로 인공 지능과 인간의 대결이라는 점에서 세인의 관심을 끌고도 남는 이벤트였습니다. 저뿐만이 아니고 모든 분들이 큰 관심을 기울인 것으로 알고 있습니다.

신문과 방송 등 언론에서도 이 세기의 대결과 승부를 대서특필했습니다. 아시다시피 결과는 알파고가 4승 1패로 승리했습니다. 인공 지능이 이기고, 인간이 속절없이 패한 것입니다. 달리 말하자면 인간에 의해 만들어진 인공 지능이 인간의 능력 위에 올라선 것입니다. 참으로 가공할 일이 아닐 수 없습니다.

문학을 하는 사람이라면 이 문제를 그냥 가볍게 보아 넘겨서는 안 됩니다. 여기에는 여러 가지로 시사하는 바가 참 많습니다. 겉만 보면 그저 알파고와 인간의 바둑 대결에 지나지 않지만, 그 속을 들여다보면 우리 한국 문학과의 미래와도 밀접한 연관이 있습니다. 저는 오늘 이러한 문제까지도 총체적으로 아우르면서 한국 문학의 향방을 예측해 보고자 합니다.

2. 원고지 시대

저는 1951년생입니다. 60대 중반을 넘어선, 젊지도 늙지도 않은 어중간한 나이입니다. 법적으로는 아마 65세부터 노인 취급을 하는 모양이지만, 저는 거기에 동의하고 싶지 않습니다. 저는 아직 젊고, 저 나름대로 시대의 변화에 적응할 줄도 압니다.

아무튼 지금까지 살아오는 동안 많은 변화들을 겪었습니다. 그것을 일일이 열거하자면 한이 없습니다. 따라서 문학 활동에만 국한해서 말씀드려 볼까 합니다.

저는 중학교 때부터 본격적으로 문학 수업을 시작했습니다. 그때 우리가 공부하던 교과서는 모두 가로쓰기로 되어 있었습니다. 그 반면, 시중에

유통되는 각종 간행물은 전부 세로쓰기로 되어 있었습니다. 신문은 말할 것도 없고, 시집이며 소설이며 희곡이며 문학평론에다 한국문학전집과 세계문학전집 등 모든 문학 서적 역시 세로쓰기로 되어 있었습니다.

고등학교에 들어가 문학 수업에 더욱 박차를 가했습니다. 당연히 원고지에 작품을 썼습니다. 물론 습작품이었습니다. 그때부터 저는 원고지 세로쓰기에 익숙해졌습니다. 지금 생각하면 호랑이 담배 피우던 아득한 옛날 같습니다만, 사실은 그렇게 먼 시절의 이야기가 아닙니다.

작품의 제목은 당연히 한자로 썼습니다. 제목 밑에 붙이는 제 이름 또한 한자로 썼습니다. 말하자면 그 시대의 관행 같은 것인지라 어느 누구라도 대부분 그렇게 했습니다. 또, 그렇게 하는 것이 당연시되었습니다. 문학 작품이라면 마땅히 그래야 하는 줄 알았습니다. 그뿐이 아닙니다. 제목을 한자로 써야 작품에 무게가 실린다고 생각했습니다. 따라서 쉽고 평이한 제목이라 하더라도 한글 대신 한자로 제목을 적었던 것입니다.

그 당시 국어 교과서는 국·한문 혼용으로 되어 있었습니다. 저는 국민학교, 즉 초등학교 들어가기 전에 집에서 한문 공부를 했기 때문에 한자나 한문에 관한 한 막히는 것이 없었습니다. 아무튼 한자로 제목을 쓰던 관행은 1970년대까지도 계속되었습니다. 저뿐만이 아니고 다른 문인들도 대부분 다 그랬습니다. 기회가 닿으면 1960년대나 1970년대에 나온 문학지들을 잘 살펴보시기 바랍니다. 제 말이 결코 빈말이 아님을 알 수 있을 것입니다.

저는 1969년 서라벌예술대학 주최 전국 고등학생 문예 작품 현상 모집에 단막희곡을 응모해 당선작 없는 가작1석을 차지했습니다. 고등학교 3학년 때였습니다. 당시 현상 모집 부문에는 시·소설·희곡이 있었습니다만, 희곡 부문에서는 제가 유일한 입상자였습니다. 그때 저는 고등학생이면서도 작품을 원고지에서 세로로 썼습니다. 컴퓨터 같은 것은 생각할 수도 없었던 시절이었습니다. 입상한 작품은 2백자 원고지로 계산했을 때 약 70장 가량 되었습니다.

그 후 작품 습작을 엄청나게 했습니다. 그 무렵 제가 써서 없앤, 즉 습작을 하느라 사용한 원고지의 양은 아주 많습니다. 오죽하면 한 번 사용한 원고지가 너무 아까워 그 뒷면에 다시 쓰기도 했습니다. 잡지사·출판사를 전전하는 동안에도 원고지는 손에서 떠나지 않았습니다. 저는 원고지에 만년필 또는 볼펜으로 그 많은 원고를 써냈습니다.

1973년에는 문화공보부(현재의 문화체육관광부에 해당) 주최 문예 작품 현상 모집에 장막희곡을 응모하여 당선작 없는 가작으로 입상했습니다. 이는 제 나이 스물두 살 때의 일로서 원고 분량으로 따지면 2백자 원고지 2백50장이 넘었습니다. 또, 1974년에는 동아일보 자매지 『신동아(新東亞)』 논픽션 현상 모집에 당선하였습니다. 이 작품은 원고지 3백 장 정도 되었습니다.

1976년 단편소설로 『현대문학現代文學』 초회 추천을 거쳐 1977년 완료 추천을 받았습니다. 1979년에는 『월간독서月刊讀書』 장편소설 현상 모집에 작품을 응모하여 또다시 당선했습니다. 『현대문학』 초회 추천 작품은 1백 장 내외였고, 완료 추천 작품은 80장 가량 되었으며, 『월간독서』에 당선한 장편소설은 1천 장이 훌쩍 넘었습니다.

이처럼 문단 데뷔 어간에는 모든 작품을 원고지에 썼습니다. 그 뒤에도 마찬가지입니다. 원고를 얼마나 많이 썼던지 손아귀에 자가품이 나서 글씨를 제대로 못 쓴 적도 있습니다. 저만 그런 것이 아닙니다. 다른 문인들 모두 그랬습니다. 원고지와 펜은 문학의 상징이었습니다. 따라서 지금도 문학 단체의 심벌마크나 깃발 따위에는 거의 예외 없이 펜이 들어가 있습니다.

인쇄는 대부분 활판이었습니다. 그렇다고 오프셋 인쇄가 아주 없었던 것은 아닙니다. 책의 표지가 오프셋 인쇄였던 반면, 본문은 거의 모두 활판이었습니다. 오프셋 인쇄의 경우 납으로 만든 활자 대신 사진 식자를 쓰던 시절이었습니다. 달리 말하자면 종래의 활판 인쇄에서 오프셋 인쇄로 옮겨 가는 그런 시대였다고 말할 수 있습니다.

그런데 1970년대에 들어오면서 문단 안팎에 새로운 변화가 일어나기 시작했습니다. 일부 간행물이 가로쓰기를 선보였습니다. 교과서가 아닌, 시중의 일반 간행물이 가로쓰기를 한다는 것은 아주 파격적인 일이었습니다. 말하자면 이제까지 어느 누구도 가 보지 않은 길을 가는 셈이었습니다.

그 무렵, 타자기로 글을 쓰는 문인들이 나타나기 시작했습니다. 시와 시조와 수필 등 짧은 글은 잘 모르겠습니다만, 소설의 경우 한 칸 한 칸 원고를 메워 작품을 쓴다는 것이 무척 힘든 작업입니다. 짧게는 수십 장에서 길게는 수만 장에 이르기까지 그야말로 한도 끝도 없습니다.

저는 20대의 새파란 청년 시절 한국문인협회 기관지 『월간문학月刊文學』 기자로 일했습니다. 그런 인연으로 제 또래의 다른 문인들과는 달리 원로에서부터 신인에 이르기까지 많은 문인들을 만날 수 있었습니다. 그 이후에도 저는 지난 40여 년 동안 줄곧 문단의 한복판에서 이런저런 일을 했습니다. 따라서 문단의 동향도 누구 못지않게 잘 안다고 말할 수 있습니다. 특히 1970년대 이후의 문단 사정에 관하여는 저만큼 많이 아는 사람도 흔치 않을 것입니다.

저는 문단에 나올 때 비교적 화려하게 등단한 편이었습니다. 하지만 소위 베스트셀러 작가는 되지 못했습니다. 앞으로는 어떻게 될지 모르지만 지금까지는 제 책을 출판할 경우 출판사에서 본전치기 아니면 그저 손해나 보지 않는 정도였습니다. 제 책을 내서 출판사가 왕창 흑자를 내면 얼마나 좋겠습니까만, 간신히 면피라고나 할까 체면치레 정도에서 그치고는 했습니다.

사정이 이렇다 보니 저는 베스트셀러 작가들보다는 원고를 훨씬 더 많이 써야 했습니다. 베스트셀러 작가들의 경우 장편소설 한두 편으로 인세를 수억 원 또는 수십억 원씩 받습니다. 저는 그렇게 받아 본 적이 없습니다. 그러므로 가족들을 부양하기 위해서는 죽으나 사나 이것저것 가리지 않고 더 많은 글을 써야 했던 것입니다.

원고지를 메워 생계를 도모한다는 것은 힘든 일이었습니다. 이 세상에 힘들지 않은 일이 어디 있을까마는, 예나 지금이나 글을 써서 먹고사는 사람은 그리 흔치 않습니다. 그럼에도 불구하고 저는 글을 써서, 즉 원고료를 받아서 가족들을 부양했습니다. 베스트셀러 작가의 경우 계속 인세를 받을 수 있지만, 저는 그럴 처지가 아니어서 그때그때 새 원고를 써서 알량한 원고료로 생계를 유지했습니다. 물론 무척 힘들었습니다.

때로는 간혹 직장생활도 했습니다. 하지만 그건 생리에 맞지 않았습니다. 저는 글을 쓰고 싶었습니다. 그래서 신상 편안한 직장인으로서보다는, 좀 고달프더라도 되도록 전업 작가가 되어 제가 쓰고 싶은 작품을 쓰려고 노력했습니다. 하지만 그것 또한 여간 어려운 것이 아니었습니다. 지난 세월을 뒤돌아보면 아슬아슬한, 경제적으로 숨통 막히는 날들이 참 많았습니다.

하지만 저는 쓰고 또 썼습니다. 그래도 제게 원고를 청탁해 주는 분들이 있어서 고마울 따름이었습니다. 이렇듯 뭔가 일감이 끊이지 않는다는 것은 행운이었습니다. 저는 그런 행운을 누렸습니다. 비록 베스트셀러 작가가 되지는 못했을지라도 일감만은 계속 손에 잡고 있었습니다.

이 과정에서 하루 40~50장 정도의 원고를 썼습니다. 쉬지 않고 썼습니다. 오죽하면 화장실 가는 시간까지 아껴가면서 원고지를 물고 늘어졌습니다. 제가 생각하기에도 미련할 만큼 책상머리에서 물러나지 않았습니다. 제 방은 문자 그대로 '원고 공장'이었습니다.

저도 문장용 타자기를 구입한 적이 있었습니다. 하지만 무슨 까닭에선지 타자기를 쓰고 싶지 않았습니다. 처음에는 어떤 친구의 강권에 못 이겨 타자기를 장만하기는 했으나, 타자기로 원고를 쓰려니 글이 나오지 않았습니다. 머릿속의 생각이 이어지지 않았습니다.

자판을 두들기는 동안 생각이 줄줄이 이어져 나와야 할 텐데 그게 잘 안 되는 것이었습니다. 그때쯤 해서는 수동 타자기보다 훨씬 빠른 전동 타자기까지 나왔습니다만 저는 며칠 타자를 시도하다가 그만 포기했습니다. 타자기를 뒷전으로 미뤄놓은 채 그전처럼 원고지에만 매달렸습니다. 그러다가 그 문장용 타자기를 잘 아는 어느 선배에게 넘겨 주었습니다.

3. 컴퓨터 시대

몇몇 선후배 작가들이 타자기로 작품을 쓰는 동안 이번에는 워드프로세스가 나왔습니다. 이 워드프로세스는 타자기보다 훨씬 성능이 좋은 것으로 알려져 있었습니다만, 타자기를 샀다가 사용해 보지도 못한 채 남에게 준 터라 저는 여전히 원고지에 집착했습니다.

저는 충무로의 인쇄소에 가서 제 원고지를 직접 주문 제작해 사용했습니다. 지질은 미색 중질지로 하고, 한 번에 전지 2연씩 인쇄했습니다. 색깔은 제가 좋아하는 초록색으로 했습니다. 1백 장을 1권으로 묶은 원고지를 용달차로 가득 실어올 때의 그 기분이란 이루 말할 수가 없었습니다.

그걸 제 방에 쌓아 놓고 한 권 한 권 덜어서 썼습니다. 처음에는 원고지가 산더미처럼 많아 보여도 저도 모르는 사이에 뭉텅뭉텅 소진되곤 했습니다. 그만큼 원고지 소모량이 많았다는 뜻입니다. 시와 시조와 동시 등 짤막짤막한 글을 쓰시는 분들에게는 잘 이해가 안 될 수도 있겠습니다. 잉크를 10병씩 사다 놓고 쓰지만 금세 바닥이 드러나곤 했습니다.

필기구도 골고루 바꿔서 사용했습니다. 처음에는 주로 만년필과 볼펜을 썼습니다. 특히 어디엔가 응모할 때에는 반드시 만년필을 사용했습니다. 볼펜 글씨보다는 만년필 글씨가 품위 있어 보이기 때문이었습니다. 남들은 어떻게 생각할지 몰라도 최소한 제가 생각할 때에는 그랬다는 뜻입니다.

또, 장편소설을 쓸 때에는 반드시 만년필을 이용했습니다. 장기간에 걸쳐 그 긴 글을 쓸라치면 손가락과 팔목이 아프기 때문이었습니다. 손가락과 팔목은 민감하게 작용합니다. 만년필과 볼펜이 어떻게 다르냐고 반문할 수도 있겠습니다만, 제가 느끼기로는 엄청난 차이가 있습니다. 만년필은 줄줄 미끄러지지만, 볼펜은 힘을 주어 눌러야 하는지라 훨씬 더 힘이 들어갑니다.

얼마 후 만년필과 유사한 필기구로 플러스펜이 나왔습니다. 만년필보다는 못하지만 볼펜보다는 훨씬 힘이 덜 들어가는 필기구입니다. 저는 이 플러스펜도 한 타스씩 사다 놓고 즐겨 사용했습니다.

대부분의 소설가들이 공감하는 사안입니다만, 글을 수월하게 쓰려면 원고지와 필기구의 조화가 잘 이루어져야 합니다. 만약 원고지와 필기구가 잘 안 맞으면 그만큼 고생을 할 수밖에 없습니다. 원고지의 지질과 필기구의 감촉이 잘 맞아떨어지면 글이 술술 풀려 나오지만 그렇지 않을 경우 이루 말할 수 없는 곤란을 겪게 마련입니다.

제가 잘 아는 선배 한 분은 만년필을 장만하면 숫돌에 촉을 갈아서 씁니다. 그래야만 손목과 촉과 원고지의 각도가 맞아떨어진다는 것입니다. 수긍이 갑니다. 저도 손목과 촉과 원고지 각도를 맞추기 위해 항상 노력했으니까요. 그런데 그 선배는 보기 드물게 아직도 만년필로 글을 씁니다. 놀라운 일입니다.

그야 어찌 됐든 70년대 중반에 들어서자 가로쓰기 출판물이 부쩍 급증했습니다. 특히 문학 서적은 앞을 다투어 가로쓰기로 편집되었습니다. 제가 쓴 최초의 장편소설은 1978년에 간행한 『풍랑의 도시』입니다. 이 소설은 원고지에 만년필로 썼습니다. 세로쓰기로 써내려간 원고입니다. 하지만 이 작품은 가로쓰기로 조판되어 시중에 나왔습니다.

그 이듬해인 1979년 『월간독서』 장편소설 현상 모집에 응모할 때에도 원고지에다 만년필로 주욱주욱 세로쓰기를 했습니다. 그해 월간독서출판부에서 당선작 『목신의 마을』이 출간되었습니다. 원고는 세로쓰기로 했는데, 정작 활자화될 때에는 가로쓰기로 바뀌었습니다. 이제는 가로쓰기가 거의 일반화되고 있었던 것입니다.

여기에 제가 말씀드리고자 하는 중요한 핵심 포인트가 있습니다. 책이 가로쓰기를 선택했다면, 아니 책이 가로쓰기를 선택하는 추세라면 원고도 가로쓰기로 작성하는 것이 합리적입니다. 인쇄소에서 문선이나 조판을 할 때 세로쓰기 원고를 가로쓰기로 바꾸는 것과 가로쓰기 원고를 그대로 가로쓰기 체재로 작업하는 것은 천양지차인 것입니다.

그렇다면 필자, 즉 작가인 저도 가로쓰기를 해야 합니다. 그런데 웬걸 그게 쉽지 않았습니다. 지금까지의 습성을 바꾼다는 것은 그야말로 죽을 맛이 아닐 수 없었습니다. 타자기를 처음 사용했을 때처럼 생각이 연결되지 않았습니다. 문단에 나온 이후 저는 아마추어일 수가 없었습니다. 누가 뭐래도 글을 써서 호구를 꾸려가는 프로였습니다. 달리 말하자면 하루라도 한눈을 팔거나 한 시간이라도 허비할 수가 없었습니다.

그렇건만 세로쓰기를 가로쓰기로 바꾸는 적응 훈련이야말로 너무 가혹했습니다. 그건 '지옥 훈련'이라 해도 과언이 아니었습니다. 누가 시킨 것도 아니었습니다. 감독이나 코치가 있는 것도 아니었습니다. 하지만 시대가 바뀌었으니 저도 바뀌어야 한다는 생각이 저로 하여금 혹독한 대가를 치르게 했습니다.

그 과정에서 파지로 날려 보낸 원고지만 해도 한두 권이 아닙니다. 참으로 속 터지는 일이었습니다. 원고 마감일은 부진부진 다가오는데 파지만 내고 있을 때의 그 참담함이란 이루 말할 수가 없었습니다. 아무튼 종래의 세로쓰기에서 가로쓰기로 원고 작성 요령을 바꾸는 동안 얼마나 애를 먹었는지 모릅니다.

그런데 80년대 전후 우리 문단에는 또 다른 양상이 나타나기 시작했습니다. 출판사에 컴퓨터가 들어왔습니다. 종래에는 인쇄소에서 문선, 조판을 거쳐 책을 만드는 것이 상례로 되어 있었으나 이제는 컴퓨터로 편집만 하면 문선과 조판이 생략되는 놀라운 시대가 개막되었습니다. 이때부터 우리 문단은 가위 혁명 시대를 맞게 되었습니다.

이때부터 많은 작가들이 컴퓨터로 원고를 쓰기 시작했습니다. 하지만 저는 선뜻 덤벼들 엄두를 내지 못했습니다. 왕년에 타자기를 사용하려다가 실패한 트라우마도 있고 해서 이런저런 핑계를 대며 컴퓨터에 관심을 두지 않았습니다. 하지만 주변 환경이 급변하는 상황에서 더 이상 대세를 거스를 수가 없었습니다.

저는 마침내 1993년부터 컴퓨터를 사용하기 시작했습니다. 뒤늦은 출발이었지만 교재를 사다 놓고 독학으로 열심히 공부했습니다. '한글 2.0'

을 익숙하게 다루기까지에는 상당한 시간이 필요했습니다. 과거 문장용 타자기로 글을 쓰려다가 실패한 경험이 있고, 세로쓰기에서 가로쓰기로 바꿀 때 무척 애먹은 것처럼 이번에도 고생깨나 했습니다.

무엇보다도 생각이 연결되지 않았고, 설령 생각이 이어진다 해도 생각과 자판 사이의 간극을 극복할 길이 없었습니다. 하지만 저는 집요하면서도 끈질긴 노력 끝에 어느 단계에 이르러 급기야 컴퓨터로 글을 쓸 수 있게 되었습니다. 그때 저는 이미 불혹의 나이에 들어서 있었습니다.

여기까지는 원고 집필 방법과 그 과정의 변화를 이야기했습니다. 이는 걸음마라고나 할까, 아주 초보적인 수준에 불과합니다. 컴퓨터로 원고를 쓰는 일이야말로 아주 당연한 것이고, 컴퓨터를 다루기 시작한 이후 저는 이래저래 얼마나 큰 충격을 받았는지 모릅니다. 그 충격은 지금도 현재진행형입니다.

잘 아시다시피 컴퓨터가 사회 전반에 일으킨 돌풍은 상상을 초월합니다. 이 자리에서는 그것을 일일이 열거할 수가 없습니다. 문학과 연관된 부분만 살펴보더라도 놀라운 변화들이 급속도로 일어났습니다. 컴퓨터는 점점 더 진화하고 있습니다. 한글 프로그램만 하더라도 눈부시게 발전하고 있습니다. 따라서 우리의 문학도 종전에 볼 수 없었던 전인미답의 길로 들어서게 되었습니다. 정보의 유통과 저장과 활용이 무궁무진합니다.

인터넷, 페이스북, 구글 등 사전에도 없었던 용어들, 종전에는 보지도 듣지도 못했던 생소한 용어들이 속속 등장하면서 오늘날과 같은 SNS 시대를 열었습니다. 스마트폰의 등장은 정보 통신 기술이 얼마나 급속도로 발전하고 있는가를 입증해 주고 있습니다. 스마트폰은 가위 손에 들고 다니는 컴퓨터입니다. 그 안에 참으로 많은 정보들이 들어 있고, 언제 어디에서나 어느 누구와도 자유로이 소통할 수 있습니다.

며칠 전이었습니다. 우리 아이가 전화 통화를 하기 위해 스마트폰에 대고 누군가 사람 이름을 부르자 그 상대방 이름이 화면으로 떠오르는 것을 보았습니다. 스마트폰이 사람의 명령을 인식했다는 뜻입니다. 이건 약과입니다. 운전자 없는 자동차가 곧 도로를 누빌 것이라고 합니다. 참으로 입이 떡 벌어질 지경입니다.

이 대목에서 우리가 반드시 짚고 넘어가야 할 논제가 있습니다. 이제는 시대가 바뀌었다는 사실입니다. 과거의 시대가 아날로그 시대였던 반면 지금은 분명 디지털 시대이고 스마트 시대입니다. 달리 말하자면 패러다임이 바뀌었습니다. 이에 따라 우리 문단 안팎에서도 숱한 변화들이 일어났습니다.

가령 컴퓨터 시대의 개막과 더불어 우후죽순처럼 생겨난 문학 관련 사이트는 그 대표적 사례라고 말할 수 있습니다. 이 같은 현상이야말로 컴퓨터가 등장하기 이전에는 생각할 수도 없는 일이었습니다. 지극히 상식적인 말입니다만, 컴퓨터가 존재하니까 그 안에 여러 가지 사이트도 만들 수 있는 것입니다.

이런 사이트에는 많은 창작물이 수록되고 있습니다. 그중에는 아주 좋은 작품도 있지만, 설익은 글들이 범람하는 것도 사실입니다. 그런가 하면 무지의 소치로 남의 작품을 마구 베껴다 싣는 경우도 있습니다. 이는 아직 과도기적인 현상이 아닌가 싶습니다. 예나 지금이나 문화는 자정 능력을 가지고 있습니다. 누군가가 강제로 통제하지 않더라도 문화 특유의 자정 능력을 통해 사이버 공간에서도 옥석이 가려지리라 믿습니다.

이처럼 인터넷에서 이루어지는 창작 활동의 경우 제가 문단에 나올 무렵에는 전혀 꿈도 꿀 수 없었던 일입니다. 하지만 지금은 아주 대수롭지도 않은, 그저 자연스럽게 일상화된 사회의 한 현상일 뿐입니다. 사이버 공간에서 일어나는 일에 대하여 어두우면 어두울수록 젊은 사람들과 대화를 나누기도 어려운 실정입니다.

한편, 컴퓨터 시대가 본격화되면서 문학과 연계되는 각종 인터넷 문화가 만개했습니다. 예컨대 전자 책, 전자 도서관, 전자 서점이 그 대표적 사례라 말할 수 있습니다. 이를 일컬어 흔히 이북(e-book), 인터넷 도서관, 인터넷 서점이라고도 합니다.

사이버 공간에 들어가 보면 각종 전자 책이 넘쳐나고 있습니다. 기성세대의 경우 종이 책에 익숙한 반면, 전자 책에 관해서는 낯설어 하면서 기피하려는 경향이 있습니다. 당연합니다. 기성세대 문인들은 습작기부터 원고지와 친밀하게 지냈을 뿐 컴퓨터와는 무관했습니다. 소위 컴퓨터라는 괴물이 나와서 지금처럼 큰 영향을 미치게 되리라고는 생각하지 않았고, 컴퓨터를 배우지 않아도 얼마든지 문학을 할 수 있다고 생각했던 것입니다.

그 반면, 젊은 세대의 경우 종래의 종이 책보다도 전자 책을 선호하는 경향이 있습니다. 제 제자들 중에도 종이 책을 대수롭지 않게 생각하는 반면, 사이버 공간에 작품을 올려 놓고는 짭짤한 수입을 올리는 작가가 있습니다. 그 작가의 경우 자기는 앞으로도 계속 사이버 공간에서만 활약하겠다고 공언합니다.

제가 앞에서 원고지 시대에 많은 분량을 할애한 까닭인즉, 역사적으로 아주 오랜 세월 원고지를 통해 창작 활동이 이루어져 왔던 사실에 비추어 인터넷 문화는 그 연륜이 짧기 때문이었습니다. 하지만 인터넷 문화는 단시간에 우리 사회 전반으로 확산되었고, 문학 분야에서도 일찍이 볼 수 없었던 놀라운 변화들이 일어나고 있는 것입니다.

사이버 공간에 들어가면 전자 도서관도 쉽게 만날 수 있습니다. 인터넷 서점은 이제 거의 보편화되었습니다. 인터넷을 이용하면 시중에 유통되는 거의 모든 서적들을 구입할 수 있습니다. 요즘 많은 독자들이 서점에 가지 않고 인터넷을 통해 책을 구입합니다. 그런가 하면 책을 읽고 나서 서평을 올리는 것은 물론 토론까지 합니다. 이제 서점이 설 자리는 현저히 줄어들었습니다.

한편, 인터넷을 비롯한 각종 정보 통신이 급격히 발달하면서 종이 책을 전문으로 발간하는 출판사들이 큰 타격을 받고 있습니다. 신문 발행 부수도 많이 감소됐다고 합니다. 제지 업계에서도 매출이 줄어 큰 걱정이라고 합니다. 물론 출판계와 제지업계의 매출 감소가 반드시 인터넷 때문이라고 꼭 집어 단정할 수는 없습니다. 하지만 독서 인구가 줄면 출판사가 어려워지고, 제지 업계의 용지 공급 물량도 줄어들 수밖에 없습니다.

극단적으로 말하자면 인터넷이 아무리 발달해도 독서 인구가 늘면 출판계와 제지 업계가 호황을 누릴 수 있습니다. 특히 종이 책을 선호하는 독자들이 늘어난다면 출판계와 제지 업계가 불황을 걱정할 필요는 없습니다. 하지만 최근의 여러 정황으로 볼 때 인터넷이 종래의 출판 시장을 잠식한 것은 분명하고, 그렇다면 제지 업계도 적지 않은 영향을 받는 것이 분명합니다.

제 경우 지난 2000년 어느 전자 출판사와 계약하여 사이버 공간에 장편소설을 올린 적이 있었습니다. 그 당시 한국소설가협회 소속 다른 선후배 작가들도 그 출판사와 계약하여 앞서거니 뒤서거니 인터넷에 장편소설을 올렸습니다. 그런데 그 출판사는 출범한 지 얼마 안 되어 온다 간다 말도 없이 사라져 연락까지 두절되었습니다. 그러니까 저로서는 전자 출판을 경험한 셈이 되었습니다만, 이래저래 허망하고 허탈하기 짝이 없었습니다.

그 후 저는 여러 사람으로부터 전자 출판에 관한 권유를 받아왔습니다. 하지만 2000년도에 겪었던 낭패도 있고 해서 선뜻 응할 마음이 없었습니다. 누군가가 전자 출판, 전자 도서관에 이야기하면 지난번에 있었던 그 불미스런 사건이 뇌리를 스칩니다. 그런 현상도 어떻게 보면 일종의 트라우마라고 말할 수 있겠습니다. 그럼에도 불구하고 저는 컴퓨터 없이는 살 수 없는 지경에 이르렀습니다.

물론 이 원고도 컴퓨터로 작성했습니다. 주최 측에 송고할 때에도 이메일이라는 수단을 이용했습니다. 과거 원고지 시절이었다면 당연히 등기우편으로 원고를 우송했을 것입니다. 하지만 이제는 컴퓨터를 이용해 아무런 부담 없이 눈 깜짝할 사이에 송고할 수 있었던 것입니다.

4. 나오는 말

저는 지루하고 장황한 줄 알면서도 앞에서 습작 시절 이후 제가 걸어온 원고지 시대를 이야기했습니다. 거기에는 분명한 이유가 있었습니다. 변화를 겪어 내는 아픔과 그 과정을 이야기하려는 것이었습니다.

컴퓨터 시대는 원고의 작성, 출판물의 편집에만 혁명을 가져온 것이 아닙니다. 우리 인간의 의식 자체를 바꾸어 놓았습니다. 컴퓨터를 이용하면 안 되는 것 빼놓고는 다 됩니다. 그러니까 어느 누구라도 컴퓨터에 의존하면 무슨 문제든 척척 해결할 수 있다고 믿는 것입니다. 그러므로 컴퓨터 의존도가 점점 더 높아질 수밖에 없습니다.

지난 제19대 대통령 선거 때의 일입니다. 각 정당의 후보들은 약속이라도 한 듯 제4차 산업 혁명 시대의 공약을 들고 나왔습니다. 이 글을 쓰기 위해 인터넷에 들어가 보니 제4차 산업 혁명이란 '인공 지능, 사물 인터넷, 빅데이터, 모바일 등 첨단 정보 통신 기술이 경제·사회 전반에 융합되어

혁신적인 변화가 나타나는 차세대 산업 혁명'이라고 풀이되어 있었습니다.

저는 앞에서 알파고와 이세돌 9단의 대결을 이야기했습니다. 언젠가는 인간에 의해 만들어진 인공 지능이 거꾸로 그 주인인 인간을 지배하지 않을까 하는 생각까지 듭니다. 사실 그렇게 예측하는 미래학자들도 있는 것 같습니다. 이러한 현실 앞에서 우리 한국 문학은 어디로 나아갈 것인가 그 향방이 자못 궁금합니다.

잠시 화제를 바꾸어 보겠습니다. 활동사진, 즉 영화가 발명되었을 때 많은 사람들이 연극의 종언을 이야기했습니다. 그러다가 텔레비전 드라마가 나오자 많은 사람들이 이제 영화의 시대가 끝났다고 말했습니다. 하지만 연극과 영화는 사라지지 않고 건재합니다.

인터넷 문화가 극도로 발달한다고 해서 종이 책, 종이 신문이 사라질 것 같지는 않습니다. 종이 책과 종이 신문이 과거처럼 호황을 누리기는 어렵다 해도 여전히 남아서 그 역할을 해나갈 것입니다. 문학 서적도 예외가 아닙니다. 전자 출판이 아무리 발전한다 해도 문학 서적 역시 건재할 것입니다.

저는 앞에서 잠깐 사람의 말을 인식한 스마트폰 이야기를 했습니다. 그렇다면 이제 언젠가는 굳이 책상머리에 붙어 앉아 글을 쓰지 않아도 되는 시대가 올 것입니다. 즉, 입으로 구술만 하면 저절로 척척 인식하여 그 내용을 독자들에게 전달하는 프로그램이 나올 것으로 전망됩니다. 실지로 그런 프로그램을 개발 중이라는 소식도 접한 적이 있습니다.

그렇다면 과연 우리 한국 문학이 어디로 어떻게 흘러갈 것인지 궁금하기 짝이 없습니다. 제가 생각하기로는 주제와 소재 면에서 상당한 변화가 일어날 것으로 봅니다. 그러한 현상은 지금도 일어나고 있습니다.

잠시 소설의 경우를 살펴보겠습니다. 지금까지는 주제·구성·문체를 소설의 3요소라 하고, 인물·사건·배경을 구성의 3요소라고 합니다. 하지만 언제부턴가 사이버 공간에서는 이 같은 이론을 파괴한, 주제도 인물도 없는 소설들이 줄을 잇고 있습니다.

주제가 없으니 소재 또한 공허한 내용이 참 많습니다. 어떤 소설은 인물도 없고, 사건도 없고, 배경도 없습니다. 지금 이 단계에서는 그런 종류의 글이 소설의 주류라고 말하기 어렵습니다. 그건 어디까지나 실험 단계입니다. 하지만 그런 소설이 날로 늘어나고 있는 것만은 분명합니다. 말하자면 첨단 과학 및 정보 통신 기술의 발달이 가져온 인터넷, 페이스북, 구글 등 SNS 시대에 나타난 현상인 것입니다.

이와 함께 한국 문학의 향방과 관련하여 꼭 생각해 봐야 할 대목이 있습니다. 콘텐츠에 관한 문제입니다. 일각에서는 인터넷이 극도로 발달하면 종이 책이 없어질 것이고, 종이 책이 없어지면 문학도 사라질 것이라는 우려를 내놓고 있습니다. 제가 볼 때에는 전혀 그렇지 않습니다.

종이 책이든 사이버 공간이든 거기에는 반드시 콘텐츠가 필요합니다. 그렇다면 문학은 전통적인 종이 책에다 더욱 급속도로 발달하는 사이버 공간에 이르기까지 그 지평을 훨씬 넓히게 될 것입니다. 달리 말하자면 문학의 설자리가 그만큼 확대된다는 뜻입니다.

문제는 독서 인구입니다. 좀 더 정확히 말하자면 문학 작품을 읽어 주는 독자들입니다. 문학 작품을 읽는 독자가 느느냐, 주느냐 하는 시대 상황이 문제의 핵심이자 본질입니다. 독자가 늘면 문학이 활기를 띨 것이고, 독자가 줄면 문학은 위축될 수밖에 없습니다. 하지만 유감스럽게도 문학을 읽는 독자가 줄면 줄었지 늘고 있다는 말을 들어 본 적이 없습니다.

그렇다면 우리는 독서 인구, 즉 문학 독자의 저변 확대와 창작에 더욱 심혈을 기울일 필요가 있습니다. 또, 주제와 소재와 작품의 구성 등 스마트 시대에 잘 부합하는 작품을 써야 합니다. 이를 위해서는 깨어 있는 자세로 세상의 변화에 잘 적응해야 합니다. 이것이 우리가 가야 할 길입니다. 아울러 우리 문인들은 시대가 급변하고 있다는 현실을 직시하면서 시대 상황에 뒤처지지 않도록 촉각을 곤두세우며 끊임없이 노력해야 할 것입니다. 감사합니다. (전국 문학인 제주포럼 문학포럼-제4세션 제2일차. 제주 목관아. 2017. 10. 14)

착한 마음, 바른 행동, 참된 성공
-석양초등학교 학부모들을 위한 시간

1. 훌륭한 부모

어떤 부모가 훌륭한 부모일까요. 각기 형편에 따라 다양한 답변을 내놓을 수 있겠습니다. 하지만 자녀를 잘 키우기 위해서는 부모부터 모범을 보여야 합니다. 역시 자녀들에게 모범을 보여 주는 부모가 가장 훌륭한 부모라고 말할 수 있습니다. 자녀는 부모를 닮게 마련입니다. 부모가 부지런하면 자녀도 부지런합니다. 부모가 바른 말을 쓰면 자녀도 바른 말을 씁니다.

그중에서도 빼놓을 수 없는 것이 있습니다. 부모는 매사에 긍정적인 생각을 가져야 합니다. 부모뿐만 아니라 어느 누구라도 긍정적인 생각을 가진 사람이라야 성공합니다. 그 반면, 부정적인 생각은 성공을 가로막는 최대의 걸림돌입니다. 특히 부모는 항상 자녀를 긍정해야 합니다.

"그래." "그렇구나." "옳다." "넌 참 똑똑해." "네 생각이 기특하구나." "너는 충분히 할 수 있어." "네가 못하면 누가 하겠니?" "엄마는 너를 믿는다.” “네가 있으니까 엄마는 항상 든든하단다.”

얼마나 듣기 좋습니까. 이런 말을 들은 자녀는 반드시 착하게 자랍니다. 자신감을 갖습니다. 착하고 자신감을 가진 자녀는 무슨 일이든 ‘된다’는 확신을 갖습니다. 소리꾼이 판소리를 할 때 고수鼓手가 ‘얼쑤’ ‘얼씨구’ 하면서 추임새를 넣어 줍니다. 그러면 소리꾼에게는 더 흥이 납니다. 부모가 자녀를 칭찬하는 것도 이와 같습니다. 칭찬은 고래도 춤추게 합니다.

우리의 자녀는 어른들이 생각하는 것보다 훨씬 더 영특합니다. 부모가 자녀를 칭찬하면 자녀는 그 힘을 받아 더 착한 마음을 갖습니다. 칭찬을 받고 자란 자녀는 비뚤어지지 않습니다. 행동이 바릅니다.

그 반면, 부모가 부정적인 생각을 가지면 자녀도 부정적으로 자라게 마련입니다. 부정적인 생각을 가진 사람은 매사를 부정적인 시각으로 인식합니다. 그런 사람은 성공하기 어렵습니다.

“아니야.” “그게 아니라니까.” “너는 못해.” “너는 왜 그 모양이냐?” “네가 그걸 어떻게 해?” “엄마는 너 때문에 아무것도 못하겠다.”

얼마나 김새는 말입니까. 공부 잘하던 자녀도 그런 말 앞에서는 기가 꺾입니다. 풀이 죽습니다. ‘된다’는 생각보다는 ‘안 된다’는 생각을 갖습니다. 그렇게 되면 자녀는 자신감을 잃습니다. 그뿐 아니라 자녀는 내면에 반항심을 키웁니다. 구박은 더 말할 나위가 없습니다. 구박은 금물입니다. 부모가 자녀에게 막말을 하며 구박하게 되면 자녀는 비뚤어집니다. 그런 자녀는 탈선을 꿈꿉니다. 얼마나 무서운 일입니까.

사랑 받은 자녀가 사랑할 줄 압니다. 부모가 자녀에게 100점을 주면 자녀도 부모에게 100점을 줍니다. 부모가 자녀를 무시하면 자녀 또한 부모를 무시하게 마련입니다.

칭찬해야 합니다. 칭찬에는 비용이 들지 않습니다. 힘이 드는 것도 아닙니다. 특히 칭찬은 부메랑이 되어 부모에게 축복으로 되돌아옵니다.

가정은 작은 사회입니다. 흔히 가정을 사회의 기초 단위라고도 합니다. 집에서 새는 바가지는 나가서도 샙니다. 가정에서 착하고 바르게 자란 자녀는 사회생활을 할 때에도 착하고 바릅니다. 그렇게 마음과 행동이 반듯한 사람은 반드시 성공합니다. 비뚤어진 사람은 사회에 나가서 성공하기 어렵습니다.

자녀는 새싹입니다. 새싹은 다 자란 나무와 다릅니다. 새싹일수록 잘 가꾸어야 합니다. 새싹은 우리의 뒤를 이어 다음 시대를 책임질 희망입니다. 그러므로 우리는 그 새싹을 잘 길러내야 합니다. 만약 부정적인 생각을 가진 분이 있다면 오늘부터 마음을 고쳐먹기 바랍니다.

2. 부모의 역할

자녀의 교육에는 부모의 역할이 큽니다. 그중에서도 어머니의 역할이 더 큽니다. 동서고금을 막론하고 아버지 이야기보다 어머니 이야기가 더 많습니다. 대표적인 사례로 맹자의 어머니, 이율곡의 어머니, 한석봉의 어머니, 에디슨의 어머니를 들 수 있습니다. 이상합니다. 맹자의 아버지 이야기는 없습니다. 한석봉의 아버지 이야기도 없습니다. 이율곡의 아버지 이야기도 별로 없습니다. 에디슨의 아버지 이야기 또한 찾아보기 어렵습니다. 예수님의 행적과 말씀을 기록한 성서에도 마리아 이야기는 꽤 많습니다만 요셉 이야기는 스쳐 지나가듯 잠깐 나옵니다.

이 훌륭한 어머니의 자녀 교육에는 공통점이 있습니다. 자녀의 장점을 발견하고 그 능력을 인정했다는 사실입니다. 맹자의 어머니는 맹자가 공부에 소질이 있다는 것을 발견하고 교육 환경이 좋은 곳을 찾아 이사를 세

번씩이나 했습니다. 이율곡의 어머니 신사임당은 참 대단한 분이었습니다. 우리나라 최고 고액권 5만원 권에 그려진 인물입니다. 이율곡은 5천원 권에 나옵니다. 어머니가 훌륭한 덕택에 그 아들 이율곡이 나왔고, 아들 이율곡이 훌륭했기 때문에 그 어머니 또한 대대로 존경 받고 있습니다.

한석봉의 어머니 또한 보통 어머니가 아니었습니다. 아들의 놀라운 재능을 발견하고 온갖 고생을 다 하면서 역사에 길이 빛날 영원불멸의 명필로 키워냈습니다.

발명왕 에디슨의 어머니도 우리에게 많은 것을 가르쳐 주고 있습니다. 어린 에디슨이 달걀을 품고 병아리를 깨겠다고 했을 때 그 어머니는 아들을 기특하게 여겼습니다. 웬만한 어머니 같았으면 에디슨에게 "너 미쳤니? 정신 차려!" 하고 야단을 쳤거나 병원으로 보냈을 것입니다.

하지만 에디슨의 어머니는 아들의 남다른 발상을 믿었습니다. 그렇기 때문에 에디슨은 무수한 실험을 통해 발명왕으로 우뚝 설 수 있었습니다. 에디슨이 전구를 발명할 때의 일입니다. 에디슨은 무려 2천 번이나 실험을 계속했습니다. 하지만 그 결과는 번번이 좋지 않았습니다. 그때 동료들이 에디슨에게 말했습니다.

"에디슨, 자네는 전기 발명에 실패했어. 이쯤에서 그만두는 게 어때?"

"실패? 천만의 말씀. 자네 눈에는 내가 실패한 것으로 비칠지 모르지만 나는 성공을 위해서 2천 번이나 실험을 계속하고 있을 뿐일세."

결국 에디슨은 전구 발명에 성공했습니다. 그래서 '실패는 성공의 어머니'라는 말이 나왔습니다. 기왕 계란 이야기가 나왔으니까 유안진 시인의 시 한 편을 소개할까 합니다. 유안진 시인은 서울대 교수를 역임한 유명한 시인입니다. 제목은 「계란을 생각하며」 입니다.

밤중에 일어나 멍하니 앉아 있다//남이 나를 헤아리면 비판이 되지만/
내가 나를 헤아리면 성찰이 되지//남이 터뜨려 주면 프라이감이 되지만/
내 스스로 터뜨리면 병아리가 되지//환골탈태(換骨奪胎)는 그런 거겠지.

그렇습니다. 우리는 항상 환골탈태해야 합니다. 어제보다는 오늘이, 오늘보다는 내일이 더 나아져야 합니다. 그렇게 되려면 항상 자기를 갈고 다듬어야 합니다. 특히 자녀를 잘 가르쳐서 훌륭한 인재로 키우려 한다면 부모부터 달라져야 합니다. 착한 마음, 바른 행동을 보여 주어야 합니다.

3. 운명 이야기

말 한마디가 운명을 바꿉니다. 저 옛날 어느 산골 마을에 젊은 과부가 어린 외동아들과 함께 살고 있었습니다. 삶은 고단했습니다. 청춘에 과부된 운명도 그렇지만, 가난 속에 아직 철모르는 어린 아들을 데리고 살아가려니 이만저만 힘든 것이 아니었습니다.

그래도 그 과부에게는 소박한 꿈이 있었습니다. 어머니라면 누구나 갖게 되는, 어린 외동아들이 장차 잘 되기를 바라는 그런 희망이었습니다. 과부는 어린 외동아들에게 모든 희망을 다 걸고 뒷바라지를 아끼지 않았습니다. 외동아들이야말로 과부에게는 인생의 전부인 셈이었습니다. 그런데 웬걸 과부의 눈에 비친 외동아들은 항상 기대에 미치지 못했습니다.

참다못한 과부는 급기야 회초리를 들었습니다. 그녀는 어린 아들의 종아리를 때렸고, 그 횟수가 점차 늘어났습니다. 그런데도 외동아들은 별로 나아지는 기미를 보이지 않고 있었습니다. 그러던 어느 날이었습니다. 그 날도 과부는 회초리를 들고 외동아들의 종아리를 때렸습니다. 바로 그때 탁발을 나왔다가 그 집 앞을 지나던 노승老僧이 그 광경을 목도하고는 걸음을 멈추었습니다. 노승이 과부에게 물었습니다.

"왜 그렇게 어린 아들을 때리십니까."

과부는 다소 멋쩍어하면서 대답했습니다.

"말을 안 들어서 그럽니다."

"매를 멈추십시오. 어허, 그 아들이 어떤 아들인지 아십니까. 장차 정승이 될 귀한 아들입니다. 나무관세음보살…."

그 말을 듣는 순간 과부의 귀가 번쩍 띄었습니다. '장차 정승이 될 귀한 아들'라는 말에 그만 입이 떡 벌어지는 것이었습니다. 그 순간 외동아들도 깜짝 놀라 귀를 의심했습니다. 내가 장차 정승이 된다고? 정말 놀라운 일이 아닐 수 없었습니다.

그날 이후 그들 모자母子의 내면에 큰 변화가 찾아왔습니다. 과부는 외동아들, 비록 자기 아들이기는 하지만 장차 정승이 될 귀한 몸에 감히 회초리를 댈 수가 없었습니다. 외동아들 역시 앞으로 정승이 될 자신을 자중자애하면서 몸가짐을 단정히 하고 학업에 정진했습니다.

그리하여 훗날 그 외동아들은 과거에 장원 급제한 뒤 실지로 정승이 되었습니다. 물론 그 과부는 정승의 자당님으로 만인의 존경을 받았습니다.

이렇듯 노승의 말 한마디가 그들 모자의 운명을 바꾸었습니다. 오늘 이 순간이 힘들다고 해서 운명을 탓해 무엇하겠습니까. 마음가짐에 따라 얼마든지 그 운명을 바꿀 수 있습니다. 만일 운명을 탓할 시간이 있다면 그 시간만이라도 아껴 운명을 성공으로 바꾸기 위해 꾸준히 정진해야 합니다. 그러면 내면에 변화가 오고, 그 변화는 반드시 여러분에게 참된 성공의 서광을 아낌없이 비춰 줄 것입니다. 감사합니다. (충남 부여군 석양초 강당. 2011. 9. 26)

좋은 친구,
아름다운 꿈

1.

어린이 여러분.

참 반갑습니다. 여러분들을 만난다고 생각하니 며칠 전부터 잠도 오지 않았습니다. 어젯밤에는 가슴이 두근두근 설레었습니다. 마치 소풍 떠나는 전날 같았습니다.

실지로 여러분을 만나고 보니 이만저만 기쁜 것이 아닙니다. 여러분처럼 초등학생이 된 기분입니다. 날개를 달고 저 푸른 하늘을 향해 훨훨 날아가고 싶습니다.

그렇습니다. 저는 어렸을 때 이 학교를 다녔습니다. 우리 학교는 참 좋은 학교입니다. 저는 우리 학교에서 꿈을 키웠습니다. 운동장에서 신나게 뛰어 놀았습니다. 교실에서는 열심히 공부했습니다.

당연히 행정실에 학적부가 남아 있겠지요. 그래서 함부로 거짓말도 할 수가 없습니다. 만약 거짓말을 했다가는 선생님께 금방 탄로날 테니까요.

거짓말 하면 안 됩니다. 거짓말은 반드시 들키게 되어 있습니다. 우리는 정직한 사람이 되어야 합니다.

초등학교 다닐 때 저는 모범생이었습니다. 상을 참 많이 탔습니다. 1학년 때부터 6학년 때까지 매년 개근상, 학업 우수상을 받았습니다. 저는 학업 우수상 못지않게 개근상을 소중하게 여깁니다.

하루도 결석하지 않고 꼬박꼬박 등교한다는 그 자체가 아주 중요합니다. 학교에 와서 열심히 공부해도 매일매일 선생님께서 가르쳐 주시는 것을 다 따라가기가 쉽지 않습니다. 그렇건만 학교에 잘 나오지 않으면서 우등생이 되기를 바란다는 것은 있을 수 없습니다.

2.

사랑하는 후배 여러분.

공부를 잘하려면, 그래서 우등생이 되려면 결석하지 말고 학교에 잘 나와야 합니다. 그리고 선생님의 말씀에 귀를 잘 기울여야 합니다. 요즘 도회지 학생들은 학교 수업보다 학원 수업에 더 열을 올리는 경향이 있습니다. 하지만 학교 수업보다 더 중요한 것은 없습니다.

저는 우등생이었습니다. 1학년부터 6학년까지 줄곧 1등만 했습니다. 졸업할 때에는 충청남도 교육감상을 받았습니다. 지금도 우리 집에는 초등학교 때 받은 상장들이 잘 보관돼 있습니다.

그러나 그보다 더 중요한 것이 있습니다. 학교에 다니는 동안 다른 친구들과 한 번도 다투거나 싸운 적이 없습니다. 항상 친구들과 사이좋게 지냈습니다. 그뿐이 아닙니다. 친구들이 숙제 못해 쩔쩔 맬 때에는 제 공책을 빌려 주었습니다.

제가 초등학교 다닐 때에는 학생들이 공부 이외에도 힘든 일을 많이 했습니다. 농사 짓느라 바쁘신 부모님을 도와 드려야 했으니까요. 논에 가서 일하고, 밭에 가서 일하고, 지게를 지고 산에 가서 땔 나무를 해오기도 했습니다. 그러다 보면 아차, 숙제를 못할 때에 있게 마련입니다.

저는 공부를 잘한 편이었기 때문에 언제든지 숙제를 척척 해낼 수 있었습니다. 공부에 뒤처진 친구들에게는 이것저것 가르쳐 주기도 했습니다. 얼마나 좋습니까. 힘든 친구를 도와 주면 그 기쁨도 큽니다. 도움을 받은 친구 입장에서는 그 고마움을 평생 기억합니다.

세월이 흘렀습니다. 동창생들을 만나면, 숙제 못했던 친구들이 지금도 그때 이야기를 하면서 고마워합니다. 얼마나 좋습니까. 사이좋은 친구들은 평생 사이좋게 살아갑니다. 그렇습니다. 여러분은 항상 친구들과 사이좋게 지내야 합니다. 그래야 평생 사이가 좋습니다.

요즘 학교 폭력 문제가 종종 언론에 보도됩니다. 그래서는 안 됩니다. 친구끼리 사이좋게 지내도 모자랄 판에 누구를 따돌리고, 누구를 때리고 그래서야 되겠습니까. 친구를 도와 주지는 못할망정 친구에게 피해를 끼치면 그 피해가 고스란히 자기에게 돌아옵니다.

사람이 살다 보면 누구나 어려움을 겪을 때가 있습니다. 바꿔 놓고 생각해 보십시오. 내가 어려움을 겪을 때 도와 주는 사람이 있으면 얼마나 고맙겠습니까. 하지만 친구에게 욕설하고, 친구를 때렸던 그런 사람에게는 도와 주는 사람이 나타나지 않습니다.

친구를 어떻게 따돌릴 것인가, 친구를 어떻게 괴롭힐 것인가를 궁리할 시간에 어떻게 하면 더 공부를 잘할 수 있을 것인가, 어떻게 하면 더 친구를 사랑할 수 있을 것인가를 생각하십시오.

3.

어린이 여러분.

여러분은 선택받은 사람들입니다. 이렇게 좋은 학교에서, 좋은 선생님들을 모시고, 좋은 친구들과 공부할 수 있다는 것이 얼마나 행복합니까. 지금 이 시간, 전국적으로 보면 고통 받는 어린이가 적지 않습니다. 공부를 하고 싶어도 할 수 없는 눈물겨운 어린이가 많습니다. 그런 어린이들에 비해서 여러분은 정말 좋은 환경에서 공부한다고 말할 수 있습니다.

초등학교에 다니는 동안 꿈을 키워야 합니다. 어렸을 때의 꿈은 무럭무럭 자랍니다. 나는 커서 이 다음에 세계적인 운동선수가 되어야지, 선생님이 되어야지, 발명가가 되어야지, 과학자가 되어야지, 법률가가 되어야지, 의사가 되어야지, 외교관이 되어야지, 대통령이 되어야지… 그렇게 해서 사회와 나라를 위해 큰일을 하는 사람이 되어야지… 아니면 아주 훌륭한 농민이 되어 이 세상 어느 누구보다도 농사를 잘 지어 기록을 세워야지… 그런 꿈을 키워야 합니다.

사람은 저마다 독특한 개성을 지니고 있습니다. 운동을 잘하는 사람이 있는가 하면, 공부를 잘하는 사람이 있습니다. 운동만 해도 그렇습니다. 축구 배구 농구 등 구기를 잘하는 사람이 있는가 하면, 태권도 유도 레슬링 등 격투기를 잘하는 사람도 있습니다.

공부도 그렇습니다. 국어 영어 등 어학을 잘하는 사람이 있는가 하면 수학 과학 등 수리 계통에 뛰어난 사람이 있습니다. 음악과 미술 등 예능 분야에 특출한 사람도 있습니다. 그렇다면 나는 과연 어느 분야에 소질이 있는가, 나는 장차 어느 분야로 나아갈 것인가 잘 생각해야 합니다.

이 세상에는 우리가 해야 할 일이 참 많습니다. 그래서 직업도 다양합니다. 인류의 문명이 발달하면 발달할수록 우리가 해야 할 일은 더 많아집니다. 농사만 지을 때에는 농부가 필요했지만, 상업이 발달하면 상인이 필요하고, 기술이 발달하면 기술자가 필요하게 마련입니다.

우리의 무대도 넓습니다. 세계가 전부 우리의 무대입니다. 저는 그동안 세계 여러 나라를 다녀왔습니다. 가는 곳마다 우리나라 사람들이 진출해서 열심히 살아가고 있었습니다.

그뿐이 아닙니다. 세계 어디를 가든 우리나라 기업의 웅장한 광고판과 거리를 질주하는 한국산 자동차들을 볼 수 있습니다. 유명 백화점이나 시중의 상가에서는 우리나라에서 수출한 제품들이 소비자들의 사랑을 받고 있습니다. 이 얼마나 가슴 뿌듯한지 모릅니다.

진로를 크게 걱정하지 않아도 됩니다. 우리가 나아가야 할 길은 무한대라 해도 과언이 아닙니다. 문제는 노력입니다. 얼마나 노력하느냐에 따라 여러분의 앞날이 달라집니다. 꾸준히 노력한 사람에게는 반드시 좋은 길이 열립니다. 그러나 게으른 사람에게는 좋은 기회가 오지 않습니다.

4.

꿈나무 어린이 여러분.

제가 볼 때 후배 여러분은 다 잘 생기고 똑똑합니다. 그래서 여러분은 무엇이든 다 잘할 수 있습니다. 조금만 노력하면 여러분의 앞길에 찬란한 희망이 넘쳐날 것입니다.

나는 이래서 안 돼, 나는 안 될 거야…. 지금 그런 생각을 하는 어린이가 있다면 그 생각부터 버리십시오. 안 된다고 생각하는 사람은 무슨 일을 해도 평생 안 되게 마련입니다.

하지만 나는 할 수 있어, 나는 반드시 이 일을 해내고 말 거야. 그렇게 생각하는 사람에게는 길이 열립니다. 그렇습니다. 마음만 먹으면 무엇이든 할 수 있습니다.

여러분은 나라의 보배입니다. 여러분이 자라서 나라를 젊어지고 나아가야 합니다. 여러분이 잘 돼야 나라가 잘 됩니다. 여러분이 바로 나라의 미래를 책임질 기둥입니다.

어른들이 누구를 믿고 살겠습니까. 여러분을 믿고 삽니다. 어른들은 여러분에게 좀 더 좋은 환경, 좀 더 좋은 사회를 물려 주기 위해 열심히 땀 흘려 일합니다.

학교가 왜 필요합니까. 선생님들이 왜 여러분을 가르치시겠습니까. 선생님들은 여러분을 잘 가르쳐 훌륭한 인물로 잘 키워내려고 온갖 정성을 다 쏟고 있습니다.

꿈을 키우십시오. 꿈꾸는 사람이 꿈을 이룰 수 있습니다. 꿈도 꾸지 않는 사람이 어떻게 그 꿈을 이룰 수 있겠습니까. 정말 공짜로 얻어지는 것은 없습니다. 우리는 그 꿈을 이루기 위해서 끊임없이 노력해야 합니다.

저는 어렸을 때부터 문학가가 되려고 꿈을 키웠습니다. 좋은 작품을 써서 많은 사람들에게 감동을 줄 수 있다면 얼마나 좋을까…. 매일 그런 꿈을 꾸었습니다. 초등학교를 거쳐 중학교·고등학교에 다니는 동안 점점 더 그 꿈을 키웠습니다. 그리고 마침내 소설가가 되었고, 지금까지 약 40여 권의 책을 써서 세상에 내놓았습니다.

자기가 가고자 하는 길을 가는 사람은 행복합니다. 자기가 하고 싶은 일을 할 때 행복이 넘쳐납니다. 하지만 하기 싫은 일을 억지로 하면 짜증만 납니다. 같은 일을 하더라도 즐겁게 해야 합니다. 재미를 붙이라는 뜻입니다.

공부도 그렇습니다. 재미를 붙이면 공부처럼 재미있는 것이 없습니다. 모르던 것을 하나하나 깨우쳐 나갈 때의 그 기쁨을 무엇과 비교할 수 있겠습니까. 저도 학교에 다닐 때에는 기쁜 마음으로 공부했습니다.

5.

어린이 여러분.

건강하게 자라나서 모두 훌륭한 사람이 되십시오. 그리하여 이웃과 겨레와 세계에 이바지하는 큰 사람이 되기 바랍니다. 감사합니다. (충남 부여군 석양초등학교 강당. 2012. 5. 2)

꿈꾸는 사람의 미래

1.

홍산초등학교 어린이 여러분.

참 반갑습니다. 얼마 전, 김웅식 교장 선생님의 특별 초청을 받았습니다. 그날 이후 여러분들을 만날 생각에 줄곧 잠을 설쳤습니다. 역시 어린이 여러분들을 만난다는 것은 언제나 즐겁고 기쁜 일입니다.

저는 현재 소설가로 활동하고 있습니다. 그동안 많은 소설들을 써서 책으로 펴냈습니다. 주로 어른들이 읽어야 할 소설을 많이 썼습니다. 하지만 어린이들을 위한 책도 발간했습니다. 전래 동화 『에밀레종』과 소설 『한 권으로 읽는 삼국지』가 그것입니다.

저는 지금 한국문인협회에서 부이사장을 맡고 있습니다. 한국문인협회는 우리나라의 모든 문학인들이 속해 있는 큰 단체입니다. 시인 소설가 수필가 아동문학가가 전부 한국문인협회에 소속돼 있습니다. 회원 수는 무려 1만 2천 명이 넘습니다.

우리 협회 회원들은 아주 유명한 문학인들입니다. 회원들 중에는 훌륭한 분들이 참 많습니다. 초등학교 선생님, 중고등학교 선생님, 대학교수님 등 교육자도 많습니다. 특히 여러분들이 배우고 있는 국어 교과서의 필진들이 거의 모두 우리 협회 회원들입니다. 국어 교과서에는 좋은 동시와 동화, 그리고 시와 소설과 수필이 실려 있습니다. 그 작품들은 전부 문학인들이 쓴 것입니다.

그런가 하면 우리 협회 회원들 중에는 장관님, 국회의원님 등 고위 공직자를 비롯하여 기업체 회장님과 사장님도 많습니다. 물론 장관님, 국회의원님, 기업체 회장님이나 사장님이라고 해서 전부 우리 협회 회원이 되는 것은 아닙니다. 어떤 직업을 가지고 있든 간에 문학 작품을 창작하는 사람이라야 회원이 될 수 있습니다.

2.

어린이 여러분.

도서관이나 큰 서점에 가면 시집 소설집 수필집 동화집이 산더미처럼 쌓여 있습니다. 그중에는 외국 작가가 쓴 책도 있습니다만, 국내 작품집의 경우 거의 모두 한국문인협회 회원 선생님들이 썼다고 보면 됩니다. 이렇게 볼 때, 한국문인협회는 어마어마한 단체입니다.

저는 소설가로서 이렇게 엄청난 단체의 부이사장이라는 중책을 맡고 있습니다. 우리 회원 선생님들이 선거를 통하여 저를 부이사장으로 뽑아 주신 것입니다. 그렇기 때문에 저는 한국문인협회의 발전과 더 나아가 우리나라 문학 전체의 발전을 위해 모든 노력을 아끼지 않고 있습니다.

저 자신 이곳 부여군에서 출생했습니다. 제 고향은 여기에서 별로 멀지 않은 석성면입니다. 석양초등학교를 졸업했습니다. 여러분 같은 나이 때

학교에서 마음껏 뛰놀고 공부도 열심히 했습니다.

우리 부여군은 백제의 역사가 살아 숨 쉬는 참 유서 깊은 고장입니다. 저는 전국 어디를 가든 부여 자랑을 아끼지 않습니다. 그러면 다른 분들이 좋은 곳에서 태어났다고 칭송과 찬사를 아끼지 않습니다. 우리 고장 부여는 그만큼 자랑스러운 곳입니다.

그렇다면 오늘 왜 이런 이야기를 할까요? 부여 사람으로 태어난 우리는 그만한 자긍심을 가질 필요가 있기 때문입니다. 다른 지역 사람들이 모두 인정해 주는 부여 사람! 얼마나 좋습니까. 여러분은 부여 땅에서 자라며 이처럼 좋은 환경에서 공부하는 것만으로도 축복받은 사람들입니다.

세상에는 불우한 사람도 많습니다. 부모가 누구인지, 고향이 어디인지도 모르는 사람들. 학교 다닐 나이인데도 공부를 할 수 없는 어린이들. 지구촌 곳곳에는 아직도 가난과 질병에 시달리는 사람들이 참 많습니다. 그들에 비한다면 우리는 얼마나 행복합니까? 아니, 우리들 가운데 누군가가 지금은 불우한 환경에 처해 있다 하더라도 우리는 그런 역경을 얼마든지 극복할 수 있습니다.

사람은 누구나 성공하기 위해 노력을 아끼지 않습니다. 하지만 성공하기는 쉽지 않습니다. 성공한 사람은 무엇이 달라도 다릅니다. 저는 오늘 여러분께 성공 비결을 말씀드리고자 합니다.

먼저 인사를 잘해야 합니다. 부모님께, 선생님께, 이웃 어른들에게, 친구들에게 인사를 잘하는 사람이 성공합니다. 그 반면 인사할 줄 모르는 사람은 성공하기 어렵습니다.

감사할 줄 알아야 합니다. 이 세상에는 감사해야 할 일이 너무 많습니다. 우리를 키워 주시는 부모님, 우리를 가르쳐 주시는 선생님, 얼마나 고맙습니까. 우리를 위해 애써 주시는 모든 분들에게 감사하는 마음을 가져야 합니다.

봉사할 줄 알아야 합니다. 봉사는 먼 데 있는 것이 아닙니다. 길이나 운동장에 떨어져 있는 휴지 한 조각을 줍는 마음, 그것이 바로 봉사 정신입니다. 내가 아닌 다른 사람을 위해 조그만 노력이라도 보탤 줄 아는 사람이라야 성공할 수 있습니다.

인사, 감사, 봉사…. 인사 잘하고, 감사하는 마음을 갖고, 봉사하는 정신을 키우면 항상 기쁨이 넘칩니다. 그래서 모든 일이 잘 풀립니다. 주위의 다른 사람들부터 칭찬을 받게 됩니다. 따라서 인사, 봉사, 감사는 성공의 기본 조건입니다. 홍산초등학교 어린이들은 이 세 가지를 잘 기억해 주실 줄 믿습니다.

3.

어린이 여러분.

여러분은 지금 열심히 자라나고 있습니다. 여러분에게는 분명 꿈이 있을 것입니다. 꿈은 곧 미래에의 희망입니다. 그 희망은 삶의 목표이기도 합니다.

나는 앞으로 대통령이 될 거야, 나는 외교관이 될 거야, 나는 발명가가 될 거야, 나는 선생님이 될 거야, 나는 예술가가 될 거야, 나는 농민이 될 거야, 나는 운동선수가 될 거야…. 각자 그 꿈은 다를 것입니다.

만일 아직까지 꿈을 갖지 않은 학생이 있다면 오늘부터 꿈을 가지십시오. 꿈은 자라나면서 바뀔 수도 있습니다. 하지만 어린이 여러분은 반드시 한 가지씩 꿈과 희망을 가져야 합니다.

어린 시절의 꿈은 앞으로의 목표라고 말할 수 있습니다. 우리가 서울을 가든 부산을 가든 뚜렷한 목표가 있어야 합니다. 만일 목표가 없다면 갈팡

질팡 길에서 헤맬 수밖에 없습니다. 하지만 목표가 분명한 사람은 그 목표를 향해서 열심히 나아갈 수 있습니다.

꿈꾸는 사람이 꿈을 이룰 수 있습니다. 예나 지금이나 성공은 쉽지 않습니다. 한 가지 목표를 향해 열심히 노력하는 사람만이 성공할 수 있습니다. 그렇건만 꿈도 꾸지 않는 사람이 어떻게 꿈을 이룰 수 있겠습니까? 그렇습니다. 우리는 분명한 목표를 가지고 열심히 노력해야 합니다. 그것이 성공으로 가는 지름길이라 하겠습니다.

사실 머리가 좋고 나쁜 것은 그다지 중요하지 않습니다. 문제는 노력입니다. 머리가 아무리 좋아도 노력하지 않으면 성공할 수 없습니다. 그 대신 지능지수가 좀 낮더라도 열심히 노력하면 얼마든지 성공할 수 있습니다. 꿈을 향하여, 희망을 품고 끊임없이 노력할 때 반드시 성공의 여신이 미소를 지을 것입니다.

물방울이 바위에 구멍을 뚫습니다. 물방울은 별로 힘이 없습니다. 하지만 물방울이 오랜 세월 똠방똠방 바위에 떨어지면 마침내 구멍이 뚫리고야 맙니다. 노력도 이와 같습니다. 지성이면 감천이라는 말이 있습니다. 온갖 정성을 다하면 하늘도 감동하게 마련입니다. 이쯤에서 양사언楊士彦의 시조 한 편 소개할까요.

> 태산이 높다 하되 하늘 아래 뫼이로다
> 오르고 또 오르면 못 오를 리 없건마는
> 사람이 제 아니 오르고 뫼만 높다 하더라

그렇습니다. 꿈과 희망이 확실한 사람은 목표를 향해 끊임없이 노력합니다. 하지만 꿈과 희망이 없는 사람은 게으름을 피우면서 괜히 핑계 대기를 좋아합니다. 날씨가 더워서 어떻다, 집안 환경이 어떻다, 학교가 어떻다, 심지어 선생님이 어떻다고 핑계를 대는 사람까지 있습니다.

4.

어린이 여러분.

여러분은 어떤 경우에라도 최선을 다해야 합니다. 어려운 환경 속에서도 최선을 다하는 사람만이 성공할 수 있습니다.

저는 소설가이기 때문에 시간이 날 때마다 책을 많이 읽습니다. 책을 읽지 않으면 곧 밑천이 드러날 수밖에 없습니다. 따라서 꾸준히 책을 읽고 새로운 정보를 얻고 지식을 쌓아야 합니다.

위인전도 참 많이 읽었습니다. 역사에 빛나는 위인들은 태어날 때부터 전부 좋은 환경에서 태어났던가요? 그렇지 않습니다. 위인들 중에는 불우한 환경에서 태어난 사람도 한둘이 아닙니다. 하지만 그들은 주어진 여건을 탓하지 않고 꾸준히 노력했습니다. 위인들 중에는 온갖 어려움을 딛고 일어난 사람들이 대부분입니다.

저는 초등학교 다닐 때 줄곧 우등생이었습니다. 1학년부터 6학년까지 참 많은 상을 받았습니다. 매년 학업 우수상과 개근상을 받았습니다. 초등학교를 졸업할 때에는 전교 1등으로 충청남도 교육감상과 함께 6년 개근상을 받았습니다. 지금도 그 상장들을 잘 간수하고 있습니다.

전교 1등이라고 해서 모든 과목을 다 잘한 것은 아닙니다. 운동에는 영 소질이 없었습니다. 달리기, 뜀틀, 철봉 턱걸이를 못해서 쩔쩔 맨 적도 한두 번이 아닙니다. 달리기를 할 때, 다른 친구들은 1등을 하기 위해 총알처럼 달려 나갔습니다. 하지만 저는 꼴찌를 면하기 위해 기를 쓰고 달려야 했습니다. 뜀틀 앞에 서면 괜히 가슴이 콩닥거렸습니다.

지금도 그 일을 생각하면 저절로 진땀이 납니다. 철봉 턱걸이만 해도 그렇습니다. 다른 친구들은 철봉에 매달려 쭉쭉 몸을 위로 끌어올렸습니다. 하지만 저는 몸을 위로 끌어올리기 위해 허우적거리며 안간힘을 써야 했습니다. 무척 힘들었습니다. 하지만 결코 포기하지는 않았습니다. 어떻게 해서든 조금이라도 더 잘해 보려고 꾸준히 노력했습니다.

저는 평소 초등학교 선생님들을 존경합니다. 초등학교 선생님들은 체육 음악 미술 등 못하는 것이 없습니다. 달리기도 잘합니다. 턱걸이도 잘합니다. 뜀틀도 잘합니다. 풍금도 잘칩니다. 그림도 잘 그립니다. 저도 체육이며 예능까지 잘했다면 초등학교 선생님이 되었을지 모릅니다.

저는 어렸을 때부터 다른 그 어떤 분야보다도 글짓기에 소질이 있다고 판단해서 일찌감치 문학에의 꿈을 키웠습니다. 그 결과 20대 중반 나이에 소설가가 되었고, 오늘날까지 오직 한길을 걸어 나왔습니다. 말하자면 어린 시절의 꿈을 이룬 셈입니다.

하지만 저는 아직 가야 할 길이 멉니다. 역사에 길이 남을 만한 작품을 써야 합니다. 그것이 제 꿈이요 희망입니다. 따라서 저는 지금 이 나이에도 좋은 작품을 쓰기 위해 꾸준히 노력하고 있습니다. 만약 제게 그런 꿈과 희망이 없다면 어떻게 될까요? 아마 저는 바람 빠진 풍선처럼 허무하게 주저앉고 말 것입니다.

5.

어린이 여러분.

저는 초등학교 시절 받은 상 가운데 6년 개근상을 가장 소중하게 여깁니다. 비가 오나 눈이 오나 한 번도 결석하지 않고 6년 동안 개근했으니 무척 자랑스럽습니다.

여러분도 잘 알다시피 학교 성적이란 올라갈 때도 있고 내려갈 때도 있습니다. 시험을 잘 보면 석차와 평균 점수가 올라가는 반면, 시험에서 아차 실수라도 하면 석차와 평균 점수가 떨어지게 마련입니다.

하지만 출석과 결석은 순전히 기본적인 문제입니다. 달리 말하자면 공부하는 자세와 직결된 사항입니다. 하루도 결석하지 않고 매일 등교해도 진도를 따라가기가 쉽지 않습니다. 수업 시간에 잠시만 한눈을 팔아도 뒤처지게 마련입니다. 그렇건만 결석을 일삼으면서 성적이 쭉쭉 올라가 우등생이 되기를 기대한다는 것은 있을 수 없는 일입니다.

이쯤에서 공부 잘하는 비결을 가르쳐 드리겠습니다.

첫째도 개근, 둘째도 개근입니다. 그런 다음 수업 시간에는 항상 선생님의 말씀에 귀를 기울여야 합니다. 모든 정답은 수업 시간에 있습니다. 그러므로 선생님의 가르침을 놓치지 않도록 촉각을 곤두세워야 합니다.

서울 부산 대구 광주 인천 대전 같은 대도시의 학생들은 학원에 다니기 바쁩니다. 물론 여러분들 중에도 학원에 다니는 학생들이 있을 것입니다. 그럼에도 불구하고, 수업 시간에 충실하지 않으면 좋은 성적을 기대하기 어렵습니다. 평소 성적이 좋은 우등생들은 항상 선생님의 가르침에 귀를 기울입니다.

사실 공부는 쉽고도 어렵습니다. 공부에 흥미를 붙이면 공부처럼 재미있는 것이 없습니다. 이제까지 모르던 것을 한 가지, 한 가지, 단계별로 깨우쳐 나갈 때의 그 기쁨! 하지만 공부에 싫증을 느끼면 공부처럼 싫은 것이 없습니다. 따라서 공부에 늘 흥미를 붙일 수 있도록 주의를 기울여야 합니다.

그러자면 무엇보다도 먼저 결석을 하지 말아야 합니다. 지각이나 조퇴도 하지 말아야 합니다. 진도를 잘 따라가면 공부가 재미있지만, 만일 진도에서 떨어지면 흥미를 잃게 마련입니다. 따라서 한 시간이라도 수업에 빠지거나 한눈파는 일이 없어야 합니다.

6.

사랑하는 어린이 여러분.

학창 시절에 지각이나 조퇴, 결석을 하지 않는 사람은 어른이 되어 사회생활을 할 때에도 어디를 가나 환영을 받습니다. 하지만 지각, 조퇴, 결석을 일삼는 사람은 손가락질을 받게 마련입니다. 여러분은 어렸을 때부터 개근하는 자세가 몸에 배도록 노력해야 합니다.

사랑하는 어린이 여러분.

그러나 그보다도 훨씬 더 중요한 것이 있습니다. 뭐니 뭐니 해도 건강입니다. 건강을 잃으면 꿈과 희망을 다 잃게 됩니다. 항상 건강 관리에 힘쓰면서 앞에서 큰 꿈과 희망을 키우십시오. 그러면 여러분의 앞날에 반드시, 반드시 성공의 영광이 펼쳐질 것입니다. 감사합니다. (충남 부여군 초등학교 교장회의 특강. 홍산초등학교. 2012. 6. 24)

[부록] 소설가 이광복(李光馥) 연보

| 약력 |

1951년 음력 4월 30일(양력 6월 4일) 충남(忠南) 부여군(扶餘郡) 석성면(石城面) 증산리(甑山里) 원증산(元甑山) 마을에서 부친 이진구(李辰求, 一名 喜成) 님과 모친 윤대순(尹大順) 님의 4남 3녀 중 장남으로 출생. 본관은 한산(韓山). 누님 두 분과 동생 넷이 있음

1953년 종가(宗家)의 후사(後嗣)로 백부 이창구(李昌求) 님과 백모 강만순(姜萬順) 님에게 입양(入養)되어 같은 마을에서 자람. 유년기에는 이 같은 사실을 모르다가 나중에야 알았음

1964년 석양초등학교 졸업(제7회)

1967년 논산대건중학교 졸업(제17회)

1969년 서라벌예술대학 전국 고등학생 문예작품 현상 모집 희곡 부문 가작1석 입선

1970년 논산대건고등학교 졸업(제19회)

1972년 노동청(현 고용노동부) 공보담당관실 근무

1973년 문화공보부(현 문화체육관광부) 문예창작 현상 모집 장막희곡 입선

1974년 극작워크숍 제2기 동인

1974년 동아일보사 『신동아(新東亞)』 논픽션 현상 모집 당선

1975년 한국문인협회 『월간문학(月刊文學)』 편집부 기자

1976년 『현대문학(現代文學)』 9월호 단편소설 초회추천(初回推薦)

1977년 『현대문학』 1월호 단편소설 완료추천(完了推薦)

1979년 『월간독서(月刊讀書)』 장편소설 현상 모집 당선

1983년 독립기념관건립추진위원회 전문위원

1989년 한국소설가협회 사무차장

1991년 한국소설가협회 사무국장

1992년 한국문인협회 이사(제19대~제23대 연임)

1993년 한국소설가협회 운영위원

1994년 한국소설가협회 『한국소설(韓國小說)』 편집위원

1995년 한국소설가협회 감사

1995년 국제PEN클럽한국본부 이사(제28대~제34대 연임)

1995년 중경공업전문대학(현 우송대학교) 문예창작과 강사

1996년 '문학의 해' 조직위원회 행사분과 위원

1997년 해군사관학교 제52기 순항 훈련 참관

1999년 한국소설가협회 중앙위원

2000년 김동리-박목월문학관 건립추진위원회 발기위원

2001년 국제PEN클럽한국본부 이사, 문화정책위원장 겸 사무처장

2001년 한국소설가협회 이사

2001년 문학의집·서울 창립 회원

2003년 대한민국 명예해군(제7호, 현)

2005년 한국문인협회 편집국장(사무처장 대우)

2007년 한국문인협회 소설분과 회장(제24대)

2007년 월간 『문학저널』 주간

2009년 재경부여군민회 자문위원(현)

2010년 한국소설가협회 부이사장(제10대)

2011년 한국문인협회 부이사장(제25대) 겸 상임이사

2011년 『월간문학』 주간

2011년 『계절문학』(2015년 가을호부터 『한국문학인』으로 제호 변경) 주간

2011년 안수길전집간행위원회 편집위원

2011년 (재)나누리장학재단 창립 이사

2012년 서울남부지방검찰청 시민위원(제4기)

2013년 한국문인협회 평생교육원 소설창작과 교수

2013년 서울남부지방검찰청 시민위원(제5기)

2015년 한국문인협회 부이사장(재선, 제26대) 겸 상임이사

2015년 제1회 세계한글작가대회 집행위원회 위원

2015년 문학신문(文學新聞) 고문

2016년 한국소설가협회 부이사장(재선, 제13대)

2016년 한국문학진흥 및 국립한국문학관건립공동준비위원회 위원장

2016년 제2회 세계한글작가대회 집행위원회 위원

2016년 전라남도 남도문예르네상스 자문위원

2017년 문화체육관광부 문학진흥정책위원회 위원

2017년 국립국어원 말다듬기위원회 위원

2017년 국제PEN한국본부 자문위원(현)

2017년 사비신문 고문(현)

2017년 한국현대문학희망포럼 대표(현)

2017년 서울남부지방검찰청 시민위원(제9기)

2017년 전라남도 남도문예르네상스 자문위원(연임)

2018년 한국소설가협회 부이사장(3선, 제14대)

2018년 국립한국문학관건립운영소위원회 위원

2019년 한국문인협회 제27대 이사장(현)

2019년 『월간문학』 『한국문학인』 발행인 겸 편집인(현)

2019년 월간문학출판부 발행인 겸 편집인(현)

2019년 한국문인협회 서울지회장(현)

2019년 한국문인협회 평생교육원 원장(현)

2019년 이설주문학상운영위원회 위원장(현)

2019년 한국예술문화단체총연합회 부회장(제27대)

2019년 한국문예학술저작권협회 이사

2019년 국립한국문학관 이사(제1기)

2019년 6·15민족문학인남측협회 대표회장

2019년 제3회 아시아문학페스티벌 조직위원회 위원

2020년 한국예술문화단체총연합회 부회장(제28대, 현)

2020년 제6회 세계한글작가대회 조직위원장

2020년 한국문인협회 문단실록간행위원회 위원장(현)

2020년 통일부 제10기 통일정책최고위과정 수료

2021년 국립한국문학관 이사(연임, 제2기, 현)

2021년 목포문학박람회 자문단 위원

2022년 6·15민족문학인남측협회 공동회장(현)

| 작품 활동 |

1978년 장편소설 『풍랑의 도시』(고려원) 간행

1979년 장편소설 『목신(牧神)의 마을』(월간독서출판부) 간행

1979년 장편소설 『목신의 마을』이 KBS-R 연속극으로 제작 방송됨

1980년 제1창작집 『화려한 밀실』(도서출판 금박) 간행

1980년 제2창작집 『사육제(謝肉祭)』(도서출판 열쇠) 간행

1980년 장편소설 『폭설』(신현실사) 간행

1980년 제1콩트집 『풍선 속의 여자』(육문사) 간행

1986년 제3창작집 『겨울여행』(문예출판사) 간행

1986년 전래동화 『에밀레종』(일신각) 간행

1988년 중편소설집 『사육제』(고려원) 간행

1989년 장편소설 『열망』(문예출판사) 간행

1990년 장편소설 『술래잡기』(문이당) 간행

1991년 장편소설 『목신의 마을』(문성출판사) 재간행

1991년 장편소설 『폭설』(민문고) 재간행

1991년 제2콩트집 『슈퍼맨』(예원문화사) 간행

1992년 단편 「절벽」이 KBS-TV 미니시리즈로 극화 방영됨

1993년 장편소설 『겨울무지개』(우석출판사) 간행

1994년 장편소설 『바람잡기』(남송문화사) 간행

1995년 장편소설 『송주임』(자유문학사) 간행
1995년 장편소설 『이혼시대(전3권)』(자유문학사) 간행
1995년 광복 50년 기록영화 『시련과 영광』(120분. 국립영화제작소) 대본 집필. 세종문화회관 상영, KBS-TV 방영
1996년 남미 이민 기록영화 『꼬레야 꼬레야니』대본 집필. K-TV 방영
1997년 장편소설 『삼국지(전8권)』(대교출판사) 간행
1998년 항해일지 『태평양을 마당처럼』(도서출판 지혜네) 간행
1998년 정부 수립 50년 기록영화 『아, 대한민국』(120분. 국립영상제작소) 대본 집필. 세종문화회관 상영, KBS-TV 방영
1999년 장편소설 『한 권으로 읽는 삼국지』(대교출판사) 간행
2000년 장편소설 『안개의 집』(이노블타운) 발표
2001년 제4창작집 『먼 길』(행림출판사) 간행
2001년 장편소설 『사랑과 운명』(행림출판사) 간행
2002년 시베리아 횡단철도 기록영화 『한러친선특급』 대본 집필. K-TV 방영
2003년 시사평론집 『세계는 없다』(도서출판 연인) 간행
2004년 장편소설 『불멸의 혼-계백』(조이에듀넷) 간행
2005년 정인호 애국지사 전기 『끝나지 않은 항일투쟁』(도서출판 신원기획) 간행
2007년 소설선집 『동행』(청어출판사) 간행
2010년 교양서적 『금강경에서 배우는 성공비결 108가지』(청어출판사) 간행
2011년 교양서적 『천수경에서 배우는 성공비결 108가지』(청어출판사) 간행
2011년 장편소설 『계백』(『불멸의 혼』 개작, 청어출판사) 간행
2012년 장편소설 『구름잡기』(새미출판사) 간행
2013년 장편소설 『안개의 계절』(뒤뜰출판사) 간행
2016년 장편소설 『황금의 후예』(청어출판사) 간행
2017년 교양서적 『문학과 행복』(도화출판사) 간행
2018년 연작소설 『만물박사(전3권)』(청어출판사) 간행

2020년 산문집 『절망을 희망으로』(도화출판사) 간행

2021년 산문집 『슬픔을 기쁨으로』(도화출판사) 간행

| 상훈 |

1987년 대통령표창 수상

1990년 제7회 동포(東圃)문학상 수상

1992년 제2회 시(詩)와시론(詩論)문학상 수상

1994년 제20회 한국소설문학상 수상

1995년 제14회 조연현문학상 수상

1995년 대통령표창 수상

2005년 제1회 문학저널창작문학상 수상

2005년 제19회 한국예총 예술문화상 공로상(문인 부문) 수상

2007년 노동부장관 표창 수상

2012년 제28회 국제PEN문학상 수상

2014년 제14회 들소리문학상 수상

2014년 부여 100년을 빛낸 인물(문화 예술 부문) 수상

2016년 제30회 한국예총 예술문화대상(문인 부문) 수상

2016년 제3회 익재(益齋)문학상 수상

2017년 제9회 정과정(鄭瓜亭)문학상 대상 수상

2017년 한국지역연합방송(KNBS) 대상 수상

2017년 문화체육관광부장관 표창 수상

2022년 제35회 대한민국예술문화대상 수상